MAIS FORTE QUE O MAR

KASSANDRA MONTAG

MAIS FORTE QUE O MAR

Tradução
Regiane Winarski

Rio de Janeiro, 2019

Copyright © 2019 by Kassandra Montag. All rights reserved.
Título original: After the Flood

Todos os direitos desta publicação são reservados à Casa dos Livros Editora LTDA.
Nenhuma parte desta obra pode ser apropriada e estocada em sistema de banco de dados
ou processo similar, em qualquer forma ou ameio, seja eletrônico, de fotocópia, gravação etc.,
sem a permissão do detentor do copyright.

Diretora editorial: *Raquel Cozer*

Gerente editorial: *Alice Mello*

Editor: *Ulisses Teixeira*

Copidesque: *Marina Góes*

Liberação de original: *Marcela Ramos*

Revisão: *Marcela Isensee*

Capa: *Mumtaz Mustafa*

Imagens de capa: © *Adrian Gaut/ Trunk Archive (oceano)* e © *Yevhenii Borshosh/ Shutterstock (design topográfico)*

Adaptação de capa: *Osmane Garcia Filho*

Diagramação: *Abreu's System*

CIP-Brasil. Catalogação na Publicação
Sindicato Nacional dos Editores de Livros, RJ

M762d
   Montag, Kassandra
     Mais forte que o mar / Kassandra Montag; tradução Regiane Winarski. – 1. ed. – Rio de Janeiro: Harper Collins, 2019.
     384 p.

     Tradução de: After the flood
     ISBN 9788595085428

     1. Ficção americana. I. Winarski, Regiane. II. Título.

19-59695   CDD: 813
                                                             CDU: 82-3(73)

Vanessa Mafra Xavier Salgado – Bibliotecária – CRB-7/6644

Os pontos de vista desta obra são de responsabilidade de seu autor, não refletindo necessariamente a posição da HarperCollins Brasil, da HarperCollins Publishers ou de sua equipe editorial.

HarperCollins Brasil é uma marca licenciada à Casa dos Livros Editora LTDA.
Todos os direitos reservados à Casa dos Livros Editora LTDA.
Rua da Quitanda, 86, sala 218 — Centro
Rio de Janeiro, RJ — CEP 20091-005
Tel.: (21) 3175-1030
www.harpercollins.com.br

Para Andrew

Só o que foi completamente perdido exige ser eternamente nomeado: há uma mania de chamar por coisas até que retornem.

— Günter Grass

O Vale

Apple Falls

Harjo
Broken Tree
Ruenlock

Wharton

Map Copyright MMXVIII Springer Cartographics

PRÓLOGO

As crianças acham que são feitas por nós, mas não. Elas existem em outro lugar, antes de nós, antes do tempo. Chegam ao mundo e são elas que nos fazem. Mas para isso, primeiro elas nos rompem.

Foi o que aprendi no dia em que tudo mudou. Eu estava no andar de cima dobrando as roupas lavadas, as costas doendo por causa do peso de Pearl. Ela estava dentro do meu corpo, da mesma forma que uma baleia engole um homem e o protege dentro da barriga, esperando o momento de cuspi-lo. Ela rolava de um modo que um peixe jamais poderia se mexer; respirava pelo meu sangue, se acomodava junto aos meus ossos.

A enchente fora de nossa casa chegava a um metro e meio, cobrindo ruas e gramados, cercas e caixas de correspondência. O mesmo ocorrera no Nebraska dias antes, uma única onda espalhara água pela campina, transformando o estado no mar interior como antigamente, o mundo se tornara um arquipélago de montanhas e uma vastidão de água. Pouco antes, quando me debrucei na janela, vi meu reflexo sujo e desfigurado na água da enchente, como se eu tivesse sido esticada e rasgada em pedaços tortos.

Dobrei uma camisa, e os gritos me deixaram de olhos arregalados. A voz era uma lâmina de metal enfiada nas minhas articulações. Row, minha filha de cinco anos, devia saber o que estava acontecendo porque gritou:

— Não, não, não! Não sem a mamãe!

Larguei as roupas e corri para a janela. Uma lancha pequena estava parada. Meu marido, Jacob, nadou até o barco, um braço se movendo, o outro segurando Row, que se debatia. Ele tentou colocá-la no barco, mas levou uma cotovelada no rosto. Havia um homem de pé no barco, debruçado na amurada para pegá-la. Row usava uma jaqueta xadrez que já não lhe servia mais e calça jeans. O pingente no colar balançava como um pêndulo sobre o peito enquanto ela lutava contra Jacob. Ela se debatia e se contorcia como um peixe capturado, jogando água na cara dele.

Eu abri a janela e gritei:

— Jacob, o que você está fazendo?!

Ele não me olhou nem respondeu. Row me viu na janela e gritou por mim, os pés chutando o homem que a içava para o barco pelas axilas.

Bati na parede ao lado da janela e gritei com eles de novo. Jacob subiu no barco também. O pânico na ponta dos meus dedos virou uma labareda. Meu corpo tremeu quando me espremi pela janela e pulei na água.

Meus pés bateram no fundo da água e rolei para o lado, tentando aliviar o impacto. Quando emergi, vi que Jacob tinha feito uma careta; a expressão de dor e tensão ainda no rosto. Ele segurava Row, que esperneava e gritava:

— Mamãe! Mamãe!

Nadei na direção do barco, empurrando para o lado os detritos que cobriam a água. Uma lata, um jornal velho, um gato morto. O motor ganhou vida e o barco virou, jogando uma onda de água na minha cabeça. Jacob segurou Row quando ela esticou a mão para mim, o bracinho rígido, os dedos arranhando o ar.

Continuei dando braçadas enquanto Row se afastava. Continuei ouvindo os gritos dela mesmo depois que seu rostinho desapareceu, a boca um círculo escuro, o cabelo em pé, voando.

CAPÍTULO 1

Sete anos depois

Gaivotas sobrevoavam nosso barco, o que me fez pensar em Row. Seus gritinhos e os braços agitados quando tentou andar pela primeira vez; como ficou completamente imóvel por quase uma hora, vendo os grous-canadenses quando a levei ao rio Platte para ver a migração. Ela mesma parecia um pássaro, com os ossos finos, os olhos nervosos e atentos, sempre observando o horizonte, pronta para levantar voo.

Nosso barco estava ancorado na costa rochosa que um dia foi British Columbia, perto de uma pequena enseada com uma pequena bacia de água entre dois cumes de montanhas. Nós ainda chamávamos os oceanos por seus antigos nomes, mas na verdade restava só um oceano gigantesco, com pedaços de terra espalhados como migalhas que caíram do céu.

A aurora tinha acabado de iluminar o horizonte, e Pearl dobrou a roupa de cama embaixo da cobertura do convés. Ela tinha nascido ali sete anos antes, durante uma tempestade de relâmpagos brancos como um lampejo de dor.

Botei as iscas nas armadilhas de caranguejo e Pearl saiu da cobertura do convés, uma cobra sem cabeça em uma das mãos, a faca na outra. Havia várias cobras envolvendo seus braços como pulseiras.

— Vamos precisar comer isso hoje à noite — falei.

Ela me olhou intensamente. Pearl não se parecia em nada com a irmã, não tinha ossos finos nem cabelo escuro. Row herdou meu cabelo e meus olhos cinzentos, mas Pearl puxou o pai, com cabelo ruivo cacheado e sardas no nariz. Às vezes, eu achava até seu jeito de ficar parada parecido com o dele. O corpo sólido e firme, os pés bem apoiados no chão, o queixo levemente erguido, o cabelo sempre bagunçado, os braços um pouco para trás e o peito estufado, como se estivesse se expondo para o mundo sem medo, sem qualquer apreensão.

Procurei Row e Jacob por seis anos. Depois que eles foram embora, vovô e eu partimos a bordo do *Pássaro*, o barco que ele tinha construído, e Pearl nasceu pouco tempo depois. Sem vovô comigo naquele primeiro ano, Pearl e eu jamais teríamos sobrevivido. Ele pescava enquanto eu amamentava, pegava informações com todas as pessoas que encontrávamos e me ensinava a velejar.

A mãe dele construía caiaques, como nossos ancestrais, e ele se lembrava de vê-la dar forma à madeira, a estrutura parecendo uma caixa torácica, acolhendo pessoas como uma mãe acolhia uma criança dentro de si, protegendo-as até as margens. O pai dele fora pescador, então o vovô passou a infância nos mares da costa do Alasca. Durante a Enchente de Cem Anos, vovô migrou para o interior com milhares de outras pessoas e acabou se estabelecendo no Nebraska, onde trabalhou como carpinteiro durante anos. Mas ele sempre sentiu saudades do mar.

Foi ele quem procurou Jacob e Row quando eu não tinha mais ânimo. Alguns dias, eu só o seguia, sem forças, cuidando de Pearl. A cada vilarejo ele verificava os barcos no porto em busca de pistas. Mostrava fotografias dos dois em cada bar ou postos comerciais. Em mar aberto, perguntava a cada pescador que estivesse em nosso caminho se tinha visto Row e Jacob.

Mas vovô morreu quando Pearl ainda era bebê, e de repente essa tarefa enorme passou a ser toda minha. O desespero era minha segunda pele. Nos primeiros dias, eu amarrava Pearl no peito com um lenço velho, mantendo-a bem aconchegada, e seguia a mesma rota que ele um dia fizera. Explorava o porto, perguntava aos moradores, mostrava as fotografias. Por um tempo, isso me deu energia; era algo a fazer além de sobreviver, algo mais importante para mim do que pescar outro peixe e puxá-lo até o convés de nosso barquinho. Uma coisa que me dava esperança e a promessa de que eu voltaria a me sentir inteira.

Um ano antes, Pearl e eu atracamos em um pequeno vilarejo no meio das Rochosas do norte. As vitrines das lojas estavam quebradas, as estradas poeirentas e tomadas de lixo. Era um dos vilarejos mais cheios que visitei. As pessoas corriam de um lado a outro na rua principal, cheia de barracas e vendedores. Passamos por uma que estava carregada de bens saqueados que tinham sido levados montanha acima antes da enchente. Caixas de leite cheias de gasolina e querosene, joias para serem derretidas e transformadas em outra coisa, um carrinho de mão, comida enlatada, varas de pescar e cestos de roupas.

A barraca ao lado vendia itens produzidos ou encontrados depois da enchente: plantas e sementes, vasos de argila, velas, um balde de madeira, garrafas de álcool da destilaria local, facas feitas por um ferreiro. Também vendia pacotes de ervas com propagandas chamativas: CASCA DE SALGUEIRO BRANCO PARA FEBRE! BABOSA PARA QUEIMADURAS!

Alguns itens estavam corroídos, como acontece com objetos que passam um tempo submersos. Os comerciantes pagavam mergulhadores para entrar em antigas casas e recolherem o que não tinha sido saqueado antes das enchentes nem apodrecido. Uma chave de fenda enferrujada, um travesseiro amarelado e cheio de mofo.

Outra barraca exibia pequenos frascos de remédios vencidos e caixas de munição. Uma mulher protegia esses bens com uma metralhadora.

Eu carregava todos os peixes que havia pescado em uma bolsa à tiracolo e segurava bem firme as alças ao passar pela rua principal na direção do comércio. Ao mesmo tempo, agarrava a mão de Pearl. Seu cabelo estava tão seco que a raiz estava quebradiça, e a pele descascava, em um tom amarronzado que não era graças ao sol, e sim a um estágio inicial do escorbuto. Eu precisava de frutas para ela e de equipamentos de pesca melhores para mim.

No posto comercial, coloquei meus peixes na bancada e comecei a negociar a troca. A vendedora era uma mulher robusta com cabelo preto e sem os dentes de baixo. Começamos a barganhar. Sete peixes por uma laranja, linha de costura, linha de pesca e pão folha. Depois que coloquei as coisas na bolsa, mostrei as fotos para a mulher.

Ela observou por um tempo, depois balançou a cabeça lentamente.

— Tem certeza? — perguntei, convencida de que a pausa significava que ela tinha visto Row.

— Nenhuma garota daqui é assim — declarou a mulher com um sotaque pesado, virando-se para embrulhar meus peixes.

Pearl e eu voltamos para o porto pela rua principal. Eu daria uma olhada nos barcos, falei para mim mesma. Aquele vilarejo era tão cheio que Row poderia muito bem ter passado despercebida pela vendedora. Pearl e eu seguimos de mãos dadas, nos afastando dos vendedores que tentavam nos segurar nas barracas, as vozes ecoando atrás de nós:

— Limão fresco! Ovos de galinha! Madeira de compensado pela metade do preço!

À frente, vi uma garota de cabelo escuro comprido, usando um vestido azul.

Parei na mesma hora. O vestido azul era de Row; tinha a mesma estampa, um babado na barra e mangas boca de sino. Nesse momento o mundo se achatou, o ar ficou rarefeito. Um homem ao meu lado insistia que eu comprasse o pão dele, mas a voz chegava a mim como se de muito de longe. Minha cabeça ficou leve e vazia.

Corri até ela, desesperada, derrubando um carrinho de frutas, puxando Pearl. O mar no fim do porto era de um azul cristalino, parecendo limpo e fresco.

Segurei o ombro da garota e a virei.

— Row! — falei, pronta para ver o rosto dela de novo e a puxar para os meus braços.

Um rosto diferente me olhou com raiva.

— Não encosta em mim — murmurou a garota, soltando-se da minha mão.

— Ah, me desculpe — pedi, me afastando.

A garota correu para longe, olhando para trás com ansiedade.

Fiquei parada na rua movimentada, a poeira se erguendo ao redor. Pearl escondeu o rosto no meu quadril e tossiu.

Não é ela, falei para mim mesma, tentando me ajustar a essa nova realidade. A decepção crescia, mas sufoquei o sentimento. *Você ainda vai encontrá-la. Está tudo bem, você vai encontrá-la.*

Alguém me empurrou com força e arrancou minha bolsa do ombro. Pearl caiu no chão e tropecei para o lado, mas consegui me escorar em uma barraca com pneus saqueados.

— Ei! — gritei para a mulher, que corria pela rua principal para trás de uma barraca com rolos de tecido.

Corri atrás dela, pulei um carrinho cheio de pintinhos e desviei de um homem idoso com uma bengala.

Corri e fiquei dando voltas, procurando a mulher. As pessoas passavam por mim como se nada tivesse acontecido, e todo aquele movimento e falatório me deixou enjoada. Continuei procurando pelo que pareceu uma eternidade, o sol ficando mais fraco no céu, criando sombras compridas no chão. Corri e girei até quase cair no chão, parando perto de onde tinha acontecido. Olhei para a rua, para Pearl, que continuava caída perto da barraca de pneus.

Ela não me via entre as pessoas e barracas, e seus olhos se moviam desesperados pela multidão, o queixo tremia. Ela segurava o braço como se tivesse se machucado na queda. O tempo todo ficou esperando, parecendo abandonada, torcendo para que eu voltasse. As frutas que eu tinha conseguido eram meu único motivo de orgulho naquele dia. A única prova de que eu estava sendo uma boa mãe para ela.

E então, vendo-a ali naquela situação, fiquei arrasada. Destruída. Se eu estivesse mais alerta, se não estivesse tão distraída, a ladra não teria arrancado a bolsa do meu ombro com tanta facilidade. Eu já havia sido uma pessoa tão alerta. Mas agora, destruída pela dor, a minha esperança de encontrar Row tinha se tornado mais loucura do que otimismo.

Foi quando me dei conta: a razão pela qual eu havia reconhecido o vestido azul, pela qual aquele vestido havia me fisgado pelas entranhas como um gancho. Row tinha o mesmo vestido, mas Jacob não o levou quando a tirou de mim. Porque encontrei o vestido na cômoda do quarto depois e dormi com ele durante dias, o rosto enfiado no cheiro dela, roçando o tecido entre os dedos. A imagem permaneceu na minha memória porque o vestido tinha ficado comigo, não porque ela poderia estar por aí em algum lugar usando-o. Além do mais, ela estaria bem mais velha, o vestido não lhe serviria mais. Ela tinha crescido. Eu sabia disso, mas ainda assim Row estava congelada na minha mente como uma garota de cinco anos com olhos grandes e uma risadinha aguda. Se a visse por aí, será que a reconheceria imediatamente como minha filha?

Era demais. O fluxo constante de decepção cada vez que eu chegava a um posto comercial e não encontrava respostas, nenhum sinal dela. Se Pearl e eu quiséssemos sobreviver naquele mundo, eu precisava me concentrar só em nós. Deixar todo o passado e as outras pessoas para trás.

Foi quando paramos de procurar Row e Jacob. Pearl às vezes me perguntava por que, e eu falava a verdade: eu não aguentava mais. Sentia que eles estavam em algum lugar, ainda vivos, mas não conseguia entender por que não tinha conseguido obter notícias deles nas pequenas comunidades que sobraram escondidas nas montanhas cercadas de água.

Estávamos vagando sem destino. Todos os dias eram iguais, correndo como um rio faz até chegar ao mar. Eu passava noites em claro ouvindo o som da respiração de Pearl, o ritmo regular do seu corpo. Eu sabia que ela era a minha âncora. Todos os dias eu temia que um barco corsário nos abordasse ou que os peixes não enchessem nossas redes e nós passássemos fome. Era dominada por pesadelos e no meio da noite minha mão disparava para Pearl, acordando nós duas de susto. Mas na brecha entre todos esses medos, uma pequena esperança se escondia.

Fechei as armadilhas de caranguejo e as joguei no mar, deixando que afundassem uns bons vinte metros. Enquanto observava a costa, um medo estranho, um breve alerta, surgiu em mim. A margem era pantanosa, cheia de grama escura e arbustos, e as árvores cresciam um pouco depois da beirada da água, montanha acima. Elas passaram a se desenvolver acima da antiga linha das copas, mudas de choupo, salgueiro e bordo, em sua maioria. Havia uma pequena baía na curva do litoral, onde comerciantes às vezes ancoravam ou corsários ficavam à espreita. Eu deveria ter parado para avaliar a baía e confirmar que a ilha estava deserta. Fugir na terra não era tão fácil quanto na água. Mantive isso em mente: precisávamos procurar por água em terra. Sem isso, não duraríamos nem mais um dia.

Pearl seguiu meu olhar enquanto eu observava a costa.

— Parece a mesma costa com aquelas pessoas — disse Pearl, me alfinetando.

Ela estava falando sem parar havia dias sobre os corsários que vimos roubando um barco ao longe. Quando o vento nos afastou daquela cena, eu estava cansada, de coração pesado. Pearl ficou chateada porque não tentamos ajudar, e tentei lembrar a ela que era importante mantermos distância. Mas, por baixo desse pensamento racional, eu temia que meu coração tivesse murchado na proporção que a água subira ao meu redor, que eu tivesse sido dominada pelo pânico da mesma forma que a água cobrira a terra, distanciando todo o resto, transformando meu coração em uma coisa pequena e dura que eu nem conseguia reconhecer.

— Como poderíamos lutar contra um navio corsário inteiro? — perguntei. — Ninguém sobrevive a uma coisa dessas.

— Você nem tentou. Você nem se importa!

Eu balancei a cabeça para ela.

— Eu me importo mais do que você imagina. Às vezes não há espaço para se preocupar mais. — Eu estava exausta, era a minha vontade de dizer. Talvez fosse bom eu não ter encontrado Row. Talvez eu não quisesse saber o que seria capaz de fazer para estar com ela de novo.

Pearl não respondeu, então acrescentei:

— É cada um por si agora.

— Eu não gosto de você — disse ela, sentando-se de costas para mim.

— Você não precisa gostar. — Apertei bem os olhos e pressionei a testa.

Sentei-me ao lado dela, que continuou olhando para o outro lado.

— Você teve seus sonhos de novo esta noite? — Tentei manter a voz gentil e suave, mas, ainda assim, um tom ríspido ficou evidente.

Ela assentiu, espremendo o sangue da cauda da cobra até o buraco da cabeça decepada.

— Não vou deixar que isso aconteça com a gente. Vamos ficar juntas. Sempre.

Afastei o cabelo dela do rosto e um esboço de sorriso se formou em seus lábios.

Fui então verificar a cisterna e vi que estava quase vazia. Água por todos os lados, mas nenhuma potável. Minha cabeça doía de desidratação e minha visão periférica estava começando a ficar turva. Quase todos os dias eram úmidos; chovia praticamente dia sim, dia não, mas estávamos em um período de seca. Precisaríamos encontrar os riachos das montanhas e ferver a água. Enchi o odre de Pearl com o que restava de água fresca e entreguei para ela.

Ela parou de brincar com a cobra sem cabeça e pesou a água na mão.

— Você me deu toda a água — disse ela.

— Já bebi um pouco — menti.

Pearl ficou me olhando, enxergando a verdade. Eu conseguia esconder as coisas de mim mesma, mas nunca dela.

Apertei a faca no cinto e Pearl e eu nadamos até a margem com nossos baldes para procurar mariscos. Temi que estivesse úmido demais para mariscos, e nós duas cambaleamos pelo brejo até encontrarmos um ponto mais seco ao sul, onde o sol brilhava quente e firme. Havia buraquinhos pontilhando a lama. Começamos a cavar com pedaços de madeira, mas depois de alguns minutos, Pearl jogou o pedaço dela para o lado.

— Não vamos encontrar nada — reclamou ela.

— Tudo bem — respondi com rispidez, meus membros pesados de cansaço. — Então suba a montanha e veja se encontra um riacho. Procure salgueiros.

— Eu sei o que procurar. — Ela deu meia-volta e tentou subir a encosta, desajeitada.

A pobrezinha ainda estava tentando compensar o movimento do mar e pousou o pé no chão com firmeza demais e acabou perdendo o equilíbrio.

Eu continuei cavando, fazendo montes de lama ao meu redor. Acertei uma concha e joguei o marisco no balde. Sobre o vento e as ondas, pensei ter ouvido vozes vindas depois da curva na montanha. Eu me sentei, prestando atenção. A tensão desceu pela minha coluna e me esforcei para ouvir, mas não houve nada. Em terra, era comum sentir coisas que não existiam — ouvia música quando só havia silêncio, via o vovô mesmo que já estivesse morto. Como se estar na terra me levasse para o passado e para todas as coisas que o passado havia tirado de mim.

Inclinei-me para a frente e enfiei as mãos na lama. Ouvi o estalo quando joguei outro marisco no balde. Eu tinha acabado de encontrar mais um quando um grito baixo e agudo perfurou o ar. Paralisada, olhei para cima e procurei Pearl na paisagem.

CAPÍTULO 2

Vários metros montanha acima, na frente de alguns arbustos e de um paredão íngreme de pedra, um homem magro segurava Pearl de costas para si e mantinha uma faca em sua garganta. Ela estava imóvel, os olhos vidrados e sombrios, os braços abaixados, sem conseguir alcançar a faca no tornozelo.

O homem tinha uma expressão desesperada e desequilibrada. Levantei-me devagar, a pulsação latejando nos ouvidos.

— Vem comigo — mandou ele.

Não consegui identificar aquele sotaque estranho, entrecortado e carregado nas consoantes.

— Tudo bem — falei, as mãos levantadas para mostrar que eu não tentaria nada, e andei até eles.

Quando cheguei perto, ele disse:

— Se fizer alguma coisa, ela morre.

Eu assenti.

— Eu tenho um barco — disse ele. — E você vai trabalhar nele. Largue a faca no chão.

O pânico cresceu em mim quando soltei a faca e a chutei na direção dele. Ele guardou a arma na cintura e sorriu para mim. Havia buracos no lugar dos dentes. A pele dele era bronzeada em um tom marrom-avermelhado e seu cabelo crescia em tufos cor de areia. Tinha uma tatuagem de tigre no ombro. Era comum que os corsários tatuassem animais, mas eu não conseguia lembrar qual grupo usava o tigre.

— Não se preocupe. Vou cuidar de vocês. É assim que as coisas são.

Segui o homem e Pearl pela lateral da montanha, na direção da enseada. A grama áspera arranhava meus tornozelos e tropecei em algumas pedras. O homem afastou a faca do pescoço dela, mas manteve a mão no ombro. Tive vontade de afastá-lo, mas a faca dele estaria na garganta dela antes que eu a puxasse. Vislumbres de como as coisas poderiam acontecer surgiram na minha mente: ele decidindo que só queria uma de nós, ou um monte de gente a enfrentar quando chegássemos ao navio.

O homem começou a falar sobre a colônia do povo dele, no norte. Eu queria que ele calasse a boca para que eu conseguisse pensar direito. Um cantil pendurado no ombro dele balançava, batendo no quadril. O ruído do líquido dentro aumentou minha sede, que ficou maior até do que o medo. Minha boca seca ansiava por água, meus dedos coçavam para pegá-lo e abrir a tampa.

— É importante que tenhamos novas nações agora. Importante para... — O homem esticou a mão na frente do rosto, como se pudesse arrancar uma palavra do ar. — Organização. — O homem assentiu, claramente satisfeito. — Sempre foi assim, desde o começo, quando ainda morávamos nas cavernas. Se as pessoas não tivessem se organizado, nós seríamos todos exterminados.

Outras tribos tentavam criar novas nações, navegando de terra em terra, montando bases militares em ilhas e portos, atacando outras e fazendo colônias. O processo geralmente começava com um navio dominando outros, e os vencedores então tentavam tomar comunidades em terra.

O homem olhou para trás, para mim, e assenti feito uma boba, os olhos arregalados, deferente. Estávamos a oitocentos metros do nosso barco. Quando nos aproximamos da curva na lateral da montanha, o terreno estreitou do nosso lado, e andamos acima de uma face rochosa íngreme. Pensei em pegar Pearl, pular do penhasco para a água e nadar até nosso barco, mas era uma distância muito grande em águas agitadas. E eu não tinha como saber se a área era viável para um mergulho ou se havia rochas abaixo.

O homem agora falava sobre os navios de reprodução do povo dele. As mulheres tinham que produzir um filho por ano aproximadamente, para aumentar as equipes de corsários. Eles esperavam até o primeiro sangramento, então levavam as garotas para um desses navios. Antes disso, elas eram mantidas prisioneiras na colônia.

Eu tinha passado por navios de reprodução enquanto pescava, os reconhecia pela bandeira branca com um círculo vermelho. Era um sinal para que os demais navios não se aproximassem. Como as doenças se espalhavam tão rapidamente em terra, os corsários argumentavam que os bebês ficariam mais seguros no mar, e era mesmo verdade. Menos quando uma epidemia se espalhava a bordo e quase toda a tripulação morria. O navio virava um navio fantasma, vagando até bater em uma montanha e parar no fundo do mar.

— Eu sei o que você está pensando — continuou o homem. — Mas os Abades Perdidos, nós, nós fazemos as coisas do jeito certo. Não se pode construir uma nação sem pessoas, sem impostos, sem pessoas para cobrar esses impostos. É isso que nos dá a chance de nos organizarmos. Ela é sua filha?

Levei um susto e balancei a cabeça.

— Eu a encontrei em uma costa alguns anos atrás. — Ele não ficaria tão determinado a nos separar se achasse que não éramos da mesma família.

Ele assentiu.

— Claro. Claro. Elas são úteis.

O vento mudou quando começamos a contornar a montanha e vozes da enseada chegaram a nós, um clamor de pessoas trabalhando em um navio.

— Você parece uma garota que conheço, de uma das nossas colônias — disse ele.

Eu nem estava prestando atenção direito. Se desse um pulo para a frente, alcançaria seu braço direito, poderia puxá-lo pelas costas e pegar minha faca na bainha dele.

Ele esticou a mão e tocou no cabelo de Pearl. Meu estômago se revirou. Havia uma corrente dourada com um pingente em seu pulso. O pingente era de madeira de acácia, com o entalhe de um grou. Era o colar de Row.

O colar que o vovô fez para ela no verão em que fomos ver os grous. Não tinha cor, exceto pela gota de tinta vermelha que ele havia pingado entre os olhos e o bico do pássaro.

Parei de andar.

— Onde você conseguiu isso? — perguntei.

A pulsação latejou nos meus ouvidos e meu corpo vibrou como as asas de um beija-flor.

Ele olhou para o pulso.

— Era da garota. Dessa que eu estava falando. Uma garota tão doce. Estou surpreso que tenha vivido tanto. Não parece ter força... — Ele fez um gesto com a faca na direção da enseada. — Não temos o dia todo.

Pulei em cima dele e dei uma rasteira em sua perna direita. Ele tropeçou, e dei uma cotovelada em seu peito, deixando-o sem ar. Pisei na mão que segurava a faca, tirei a arma dele e segurei a lâmina contra seu peito.

— Onde ela está? — perguntei, a voz só ar, quase um sussurro.

— Mãe... — disse Pearl.

— Vire-se — falei. — Onde ela está? — Empurrei a faca com mais força nas costelas dele, a ponta afundando na pele e nas membranas. Ele trincou os dentes e a têmpora ficou coberta de suor.

— Vale — disse ele, ofegante. — No Vale. — Desviou os olhos para a enseada.

— E o pai dela?

Ele franziu a testa, confuso.

— Ela não tinha pai. Deve estar morto.

— Quando foi isso? Quando você a viu?

O homem estreitou bem os olhos.

— Não sei. Um mês atrás? Viemos para cá logo em seguida.

— Ela ainda está lá?

— Ainda estava quando saí. Ainda não tinha idade para... — Ele fez uma careta e tentou recuperar o ar.

Ele quase disse que ainda não tinha idade para o navio da reprodução.

— Você machucou ela?

Mesmo naquelas condições, uma expressão de prazer surgiu no rosto dele, um brilho nos olhos.

— Ela não reclamou muito — respondeu ele.

Enfiei a faca até o cabo e puxei de volta para eviscerá-lo como um peixe.

CAPÍTULO 3

Roubamos o cantil do homem e empurramos o corpo dele do penhasco. Enquanto corríamos de volta para o barco, fiquei pensando no grupo dele na enseada, imaginando quanto tempo demoraria para que começassem a procurá-lo. Havia vento suficiente para nos levar depressa para o sul. Quando o *Pássaro* entrasse atrás de outra montanha, seria difícil nos rastrear.

Uma vez a bordo, levantei a âncora, Pearl ajustou as velas e saímos dali, a costa atrás de nós ficava cada vez menor, mas eu ainda não conseguia respirar direito. Me escondi de Pearl, embaixo da cobertura do convés, o corpo todo tremendo, quase como o corpo do homem havia feito antes de morrer. Eu já tinha participado de brigas, de momentos tensos com armas, mas nunca tinha matado. Tirar a vida daquele homem foi como atravessar um portal para outro mundo. Parecia um lugar no qual eu já estivera, mas do qual não queria lembrar. Não me deu a sensação de poder; só me trouxe mais solidão.

Velejamos para o sul por três dias, até chegarmos a Apple Falls, um pequeno porto de trocas aninhado em uma montanha do antigo território de Colúmbia Britânica. A água no cantil durou só um dia, mas no fim do segundo dia choveu um pouco, o suficiente para não estarmos doentes de sede quando chegamos a Apple Falls. Joguei a âncora e olhei para Pearl. Ela estava na proa, observando.

— Eu não queria que você visse aquilo — expliquei, olhando para ela com atenção.

Pearl não tinha falado muito comigo desde então.

Ela deu de ombros.

— Ele ia nos fazer mal. Você acha que eu não deveria ter feito aquilo? Acha que ele era uma boa pessoa? — perguntei.

— Eu só não gostei. Não gostei de nada daquilo — disse ela, a voz baixa. Ela parou, como se pensando. — Pessoas desesperadas.

Ela olhou para mim muito atenta. Eu sempre dizia, quando ela me perguntava por que as pessoas eram cruéis, que pessoas desesperadas faziam coisas desesperadas.

— Sim — concordei.

— Vamos tentar encontrá-la agora?

— Vamos — respondi, a palavra saindo da minha boca quando eu ainda nem sabia que tinha tomado aquela decisão.

Uma resposta que não era racional. Fruto apenas de uma imagem na minha mente: Row em perigo, eu indo até ela, sem escolha. Só me restava uma direção a seguir, assim como a chuva cai e não volta para o céu.

Embora eu estivesse surpresa de me dar conta disso, Pearl não demonstrou choque. Só olhou para mim e questionou:

— Row vai gostar de mim?

Fui até ela, me agachei e a abracei. Afundei o rosto em seu cabelo com cheiro de salmoura e gengibre, o corpo dela tão macio e vulnerável quanto na noite em que nasceu.

— Tenho certeza.

— Nós vamos ficar bem?

— Vamos ficar ótimas.

— Você disse que é cada um por si agora. Eu não quero ficar sozinha — disse Pearl.

Meu peito se apertou e a puxei para mais perto.

— Você nunca vai ficar sozinha — prometi, lhe dando um beijo na cabeça. — É melhor contarmos isso — falei, apontando para os baldes de peixes no convés.

Row está sozinha por aí, pensei, pesando cada peixe morto na palma da mão, parte de mim pensando o quanto valia, outra parte a imaginando sozinha em alguma costa. Jacob tinha morrido? Ou abandonado Row?

Minhas mãos tremeram com uma fúria congelante diante desse pensamento.

Ele abandona as pessoas; é isso que ele faz.

Mas não faria isso com ela, argumentei comigo mesma, me sentindo puxada de volta para o ódio que me manteve por noites em claro durante anos depois que ele foi embora. Eu estava cega de amor e agora, sabia, estava cega de ódio. Eu tinha que me concentrar. Tinha que me lembrar de Row e me esquecer dele.

Nos últimos três dias que velejamos, no fundo não conseguia parar de pensar nela. Eu tinha a sensação de que meu corpo todo planejava um modo de encontrá-la, enquanto minha consciência se concentrava em apertar a corda no poleame ou em puxar a linha de pesca, as pequenas tarefas diárias que mantinham meus pés no chão. Ao mesmo tempo que havia uma vibração de pânico e de choque por descobrir que ela estava viva, havia uma estranha tranquilidade animal enquanto eu andava pelo barco como se fosse um dia qualquer. Era o que eu tinha sonhado e desejado e também o que tinha temido. Porque se ela estava viva significava que eu tinha que ir atrás dela, que tinha que arriscar tudo. Que tipo de mãe abandona a filha quando ela precisa? Ainda assim, levar Pearl nessa viagem não seria um jeito de abandonar minha outra filha? E de abandonar também a vida pacífica que lutamos para construir juntas?

Pearl e eu colocamos os salmões e halibutes em quatro cestas. Já tínhamos estripado e defumado os salmões, mas os halibutes eram frescos, daquela manhã mesmo, o que talvez nos desse poder de barganha.

Apple Falls era um nome adequado: macieiras tinham sido plantadas em uma clareira entre os picos de duas montanhas. Ladrões eram alvejados pelos guardas do pomar, que tinham torres de observação em cada lado. Eu tinha esperanças de conseguirmos trocar por pelo menos meia cesta de maçãs, e também alguns grãos e sementes. No último posto comercial em que paramos tínhamos apenas três cestos de peixes, e mal conseguimos trocar pela corda, óleo e farinha de que precisávamos. Era importante conseguir algumas sementes de legumes, verduras e frutas, para plantar mais algumas coisas a bordo. No momento, só tínhamos um tomateiro meio morto. Beatrice, minha velha amiga em Apple Falls, me daria um valor melhor pelos peixes do que qualquer vendedor em outro porto.

A água ondulava junto à encosta e a margem subia, íngreme, pela montanha, com uma pequena borda de turfa servindo de doca. Uma passarela de madeira, parcialmente submersa, exibia os remendos feitos ao longo dos anos.

Paramos nosso barco e pagamos as taxas do porto com uma caixa de pedaços de metal que encontrei enquanto caçava no raso. O *Pássaro* era um dos menores barcos no porto, mas era de construção firme. Vovô o construíra para ser simples e fácil de manobrar. Vela quadrada, um leme, uma vara para impulso e remos dos dois lados. A cobertura do convés era feita de tapetes velhos e uma lona plastificada, onde dormíamos à noite. Ele fez o barco com madeira das árvores do nosso quintal no Nebraska, no começo da Enchente de Seis Anos, quando ficou claro que fugir era nossa única chance de sobreviver.

A água já tinha coberto as costas do mundo todo quando eu nasci. Muitos países tinham sido reduzidos à metade do tamanho original. As pessoas fugiam para o interior do território, e de repente o Nebraska virou um lugar cheio de gente. Só que naquele tempo ninguém sabia que o pior ainda estava por vir: a grande enchente que durou seis anos, a água subindo mais do que as pessoas podiam imaginar, países inteiros sendo invadidos pelo mar, cada cidade uma nova Atlântida.

Antes da Enchente de Seis Anos, ocorriam terremotos e tsunamis com frequência. O solo em si parecia carregado de energia. Ao esticar a mão, eu sentia o calor como a pulsação de um animal invisível. Pelo rádio vinham boatos de que o fundo do mar tinha se aberto, de que água de dentro da terra estava se espalhando pelo oceano. Mas nunca soubemos ao certo o que aconteceu; só sabíamos que a água subia à nossa volta como se fosse nos engolir em um túmulo líquido.

O período do desaparecimento das encostas ficou conhecido como Enchente dos Cem Anos. Não durou exatamente um século, porque ninguém sabia com precisão quando tinha começado. Ao contrário da guerra, não houve uma convocação para a luta, não houve uma data que marcasse o começo. Mas durou perto de cem anos, um pouco mais do que o tempo de vida de uma pessoa, porque meu avô sempre disse que, quando a mãe dele nasceu, Nova Orleans ainda existia, e, quando ela morreu, não mais.

O que veio depois desse quase século foi uma série de migrações e tumultos por causa de recursos. Minha mãe me contava histórias de como as grandes cidades ruíram, quando a eletricidade e a internet falharam. As pessoas apareciam na porta de casas em Indiana, Iowa, Colorado, com seus pertences debaixo do braço, olhos arregalados e exaustas, pedindo para entrar.

Perto do fim da Enchente de Cem Anos, o governo também migrou para o interior, mas seu alcance era limitado. Eu tinha dezessete anos quando ouvi pelo rádio que o presidente tinha sido assassinado. Mas, um mês depois, um forasteiro de passagem disse que ele tinha fugido para as Montanhas Rochosas. E chegamos a ouvir que um golpe militar tinha tomado uma sessão do Congresso e que muitos membros do governo fugiram depois disso. A comunicação já estava prejudicada àquela altura, o mundo todo reduzido a boatos, então parei de prestar atenção.

Eu tinha dezenove anos e acabado de conhecer Jacob quando a Enchente de Seis Anos começou. Eu me lembro de estar parada ao lado dele vendo imagens da Casa Branca inundada, só a bandeira do telhado visível acima da água, cada onda encharcando ainda mais o tecido até ela pender, murcha, no mastro. Imaginei o interior daquela construção, tantos rostos olhando dos quadros, a água descendo por corredores e entrando nos quartos, às vezes barulhenta e às vezes silenciosa.

A última vez que minha mãe e eu vimos televisão juntas foi no segundo ano da Enchente de Seis Anos, quando eu estava grávida de Row. Vimos imagens de um homem deitado em um bote inflável, equilibrando uma garrafa de uísque na barriga, sorrindo para o céu enquanto passava flutuando por um arranha-céu, muito lixo boiando em volta. As formas de reagir a isso são tão variadas quanto as pessoas, ela dizia.

Isso incluía meu pai, que foi quem me ensinou o que as enchentes significavam. Eu já estava acostumada à comunicação entrecortada, as multidões nos centros de distribuição de comida tinham se tornado normais. Mas, quando eu tinha seis anos, voltei para casa mais cedo da escola por causa de uma dor de cabeça. A porta do barracão do jardim estava aberta e, pela brecha, avistei apenas o tronco e as pernas dele. Quando cheguei mais perto e olhei para cima, vi seu rosto. Ele tinha se enforcado em uma viga, usando uma corda.

Lembro-me de ter gritado e me afastado. Todas as minhas células viraram cacos de vidro; até respirar doía. Corri para dentro de casa e procurei a minha mãe, mas ela ainda não tinha voltado do trabalho. As torres de celular estavam ruins naquele mês, então me sentei no degrau da frente e esperei ela chegar em casa. Tentei pensar em como contar, mas as palavras fugiam, meus pensamentos fugiam da realidade. Em muitos dias, eu ainda me sinto como aquela criança sentada na porta de casa, esperando eternamente, a mente tão vazia quanto uma tigela lavada.

Depois que minha mãe chegou em casa, encontramos na mesa uma sacola de compras quase sem nada com um bilhete do meu pai. "As prateleiras estavam vazias. Sinto muito."

Eu achava que o entenderia melhor quando tivesse meus próprios filhos, esse desespero que ele sentiu. Mas não entendi. Eu o odiei ainda mais.

Pearl puxou minha mão e apontou para um carrinho de maçãs depois do porto.

Eu assenti.

— Acho que vamos conseguir algumas — falei.

O vilarejo era uma confusão de gente, e Pearl ficou grudada em mim. Penduramos as cestas de peixes em duas varas compridas para carregá-las nos ombros e seguimos pelo caminho sinuoso entre as duas montanhas. Era um alívio estar em terra de novo. Mas à medida que a multidão foi se fechando ao meu redor, fui tomada por um tipo novo de pânico, diferente de qualquer coisa que eu já tivesse sentido quando estava sozinha nas ondas. Um descontrole. Uma sensação de ser estrangeira, de ter que reaprender as regras sempre mutantes de cada posto de comércio.

Pearl não estava nesse limiar como eu, pairando entre o alívio e o pânico. Ela odiava estar em terra. Para ela, o único benefício era caçar cobras. Mesmo quando bebê já odiava e se recusava a adormecer quando acampávamos nas margens à noite. Às vezes, ficava enjoada e saía para nadar para acalmar os nervos quando estávamos atracadas em algum porto.

A terra estava cheia de tocos de árvores e uma cobertura densa de gramas e arbustos. As pessoas se atropelavam no caminho, um velho esbarrando em dois jovens carregando uma canoa, uma mulher empurrando os filhos na frente. Todos usavam roupas imundas e o cheiro daquela massa humana me deixou nauseada. Eu quase nunca via crianças da idade de Pearl, e em Apple Falls não era diferente. A mortalidade infantil estava alta de novo. As pessoas falavam nas ruas sobre nossa possível extinção, sobre as medidas necessárias à reconstrução.

Xinguei uma pessoa indistinta que derrubou as cestas de Pearl no chão, e rapidamente recolhi os peixes. Passamos pelo posto comercial principal e pelo *saloon* e atravessamos um mercado ao ar livre, o cheiro de repolho e frutas frescas pairava no ar. Estávamos nos arredores da cidade e, à medida que nos aproximávamos da barraca da Beatrice, os barracos se amontoavam. Eram feitos de tábuas e pedaços de metal e pedras empilhadas como tijolos. No pátio de terra de um deles, um garotinho limpava um peixe, uma coleira no seu pescoço presa por uma guia a um poste de metal.

O garoto olhou para mim. Havia pequenos hematomas que mais pareciam flores escuras nas costas dele. Uma mulher apareceu e parou na porta do barraco, braços cruzados, me encarando. Virei o rosto e segui em frente.

A barraca da Beatrice ficava na beirada sul da montanha, escondida por algumas sequoias. Ela me dissera que com uma espingarda protegia as árvores de ladrões e que às vezes acordava à noite com o som de um machado na madeira. Mas só restavam quatro balas, segundo ela.

Pearl e eu nos agachamos e tiramos as varas dos ombros.

— Beatrice? — chamei.

O silêncio se prolongou por um momento, e fiquei com medo de que a barraca não fosse mais dela, de que ela tivesse ido embora.

— Beatrice?

Ela botou a cabeça para fora e sorriu. A mesma trança no cabelo grisalho comprido e o rosto com rugas ainda mais pronunciadas, a pele com a textura áspera causada pelo sol.

Ela logo envolveu Pearl em um abraço.

— Eu estava me perguntando quando veria vocês de novo.

Seu olhar foi de mim para Pearl. Eu sabia que ela temia o dia em que não voltaríamos, assim como eu tinha medo do dia em que chegaria e encontraria a barraca dela tomada por outra pessoa, e o nome dela se tornasse só uma lembrança.

Ela me abraçou e me afastou pelos ombros para olhar em meus olhos.

— O que houve? Tem alguma coisa diferente.

— Eu sei onde ela está, Beatrice. E preciso da sua ajuda.

CAPÍTULO 4

A BARRACA DA Beatrice era o lugar mais confortável em que eu tinha estado nos últimos sete anos, desde que tinha ido para a água com o vovô. Havia um tapete persa na grama, uma mesa de centro e várias colchas empilhadas em uma cama. Cestas e baldes com um pouco de tudo (barbante, corda enrolada, maçãs, garrafas vazias de plástico) ficavam por toda a barraca.

Beatrice andava pelo espaço como um besouro, magra e ágil. Estava com uma túnica cinza comprida, calça larga e sandálias.

— Vamos negociar primeiro e conversar depois. — Ela colocou uma caneca de lata com água em minhas mãos.

— O que você tem? — perguntou ela, espiando nossas cestas. — Só peixe? Myra.

— Não só salmão. E halibute também. Uns bem grandes e bonitos. Dá para tirar um filé enorme desse. — Apontei para o maior halibute, que eu tinha colocado no alto de uma cesta.

— Nem madeira, nem metal, nem pele...

— Onde eu vou arrumar pele?

— Você disse que seu barco tem quase cinco metros de comprimento. Poderia criar uma ou duas cabras. Seria bom pelo leite e, depois, pela pele.

— Criar gado no mar é um pesadelo. Os bichos nunca vivem por muito tempo. Não o suficiente para procriar, então não costuma valer a pena.

Mas deixei que ela me repreendesse porque sei que ela precisava. Uma necessidade maternal, o prazer de repreender e acalmar.

Beatrice se inclinou e mexeu nos peixes.

— Você poderia facilmente curtir couro a bordo. Tanto sol...

Finalmente concordamos em trocar todos os meus peixes por um segundo tomateiro, alguns metros de algodão, uma faca nova e dois sacos pequenos de germe de trigo. Era uma troca melhor do que eu esperava, possível apenas porque Beatrice foi extremamente generosa com a gente. Ela e o vovô eram amigos, e depois que ele faleceu Beatrice foi ficando mais e mais generosa nas negociações. Eu me sentia ao mesmo tempo culpada e agradecida. Apesar de ser conhecida em muitos dos outros postos comerciais como uma pescadora confiável, Pearl e eu mal conseguíamos sobreviver com nossas trocas.

Beatrice indicou a mesa de centro, e Pearl e eu nos sentamos no chão enquanto ela saía para acender uma fogueira e começar a preparar o jantar. Comemos o salmão que levei, com batatas cozidas, repolho e maçãs. Assim que Pearl terminou a refeição, se encolheu em um canto da barraca e caiu no sono, me deixando sozinha com Beatrice para conversarmos baixinho enquanto a noite ia ficando mais escura.

Beatrice serviu uma xícara de chá para mim, de alguma erva refrescante cujas folhas flutuavam na superfície. Tive a impressão de que ela estava reunindo forças.

— E então, onde ela está? — perguntou, por fim.

— Em um lugar chamado Vale. Já ouviu falar?

Beatrice assentiu.

— Só fiz negócios com gente de lá uma vez. É um povoado pequeno, com poucas centenas de pessoas, creio eu. Quem vai para lá não costuma voltar. É isolado demais. O mar é agitado. — Ela me olhou por um longo instante.

— Onde fica?

— Como você conseguiu essa informação? É confiável? — perguntou ela.

— Descobri por um corsário dos Abades Perdidos. Acho que não era mentira. Ele já tinha me contado a maior parte das coisas antes...

Hesitei, pouco à vontade. Um sinal de compreensão surgiu no rosto de Beatrice.

— Foi seu primeiro?

Assenti.

— Ele me capturou junto com Pearl.

— Parece então que as aulas de defesa pessoal compensaram — disse ela, embora parecesse mais triste do que satisfeita.

Vovô me ensinou a velejar e pescar, mas Beatrice me ensinou a me defender. Depois que ele faleceu, Beatrice e eu treinávamos embaixo das árvores em volta da barraca dela, afastadas por alguns passos, eu imitando os movimentos das mãos e dos pés dela. O pai dela tinha lhe ensinado a lutar com facas durante as primeiras migrações, e ela não foi gentil comigo ao repassar o que sabia. Usava o calcanhar para me derrubar, imobilizava meu braço nas minhas costas até quase quebrá-lo.

O chá fumegava na minha frente e esquentei a mão na xícara. Meu corpo tentava recuperar alguma estabilidade, mas uma cascata ainda despencava em meu âmago, como se por dentro eu estivesse em pedaços.

— Você pode me ajudar? — perguntei. — Tem alguns mapas?

Eu sabia que sim. Mapas pelos quais ela poderia cobrar madeira e terra, e também o motivo de ter que dormir com uma espingarda à noite. Eu nunca tinha ouvido falar do Vale, mas tampouco ouvira sobre muitos outros lugares.

Como Beatrice não disse nada, falei:

— Você não quer que eu vá.

— Você aprendeu a navegar? — perguntou ela.

Como não tinha base para navegação, eu só seguia entre postos comerciais na costa do Pacífico, que eu conhecia bem de velejar com meu avô.

— Beatrice, ela está em perigo. Se os Abades Perdidos estão lá, o Vale é uma colônia agora. Você sabe quantos anos ela tem? Quase treze. Vão colocá-la em um navio de reprodução a qualquer momento.

— Sem dúvida Jacob a está protegendo. Ele pode pagar impostos a mais para mantê-la fora do navio.

— O homem disse que ela não estava com o pai.

Beatrice olhou para Pearl, encolhida em uma bola, virada para o lado, dormindo, o rosto sereno. Uma de suas cobras colocou a cabeça para fora do bolso da calça e deslizou pela perna dela.

— E Pearl? O que vai ser dela? — perguntou Beatrice. — E se você partir nessa jornada e perdê-la também?

Eu me levantei e saí da barraca. A noite tinha ficado fria. Escondi o rosto nas mãos e senti vontade de gritar, mas fechei a boca e os olhos com tanta força que doeu.

Beatrice saiu e colocou a mão no meu ombro.

— Se eu não tentar... — comecei a falar. Morcegos passaram diante da lua, vultos negros agitados, o som preenchendo o ar. — Ela está sozinha, Beatrice. Essa é minha única chance de salvá-la. Quando a colocarem em um navio de reprodução, nunca mais terei a chance.

O que eu não revelei era que eu não podia ser meu pai. Não podia deixá-la esquecida em um degrau por aí precisando de mim.

— Eu sei — disse ela. — Eu sei. Volte para dentro.

Eu não tinha ido até Beatrice só porque ela me ajudaria, mas também porque ela era a única capaz de entender. Ela conhecia minha história toda, desde o começo. Nenhuma outra pessoa viva além de Beatrice sabia que conheci Jacob aos dezenove anos quando nem fazia ideia de que a Enchente de Seis Anos tinha começado. Ele era imigrante, de Connecticut, e no dia que o conheci eu estava desidratando fatias de maçã ao sol na varanda da frente de casa. Fazia quase quarenta graus todos os dias daquele verão, então nós desidratávamos frutas na varanda e enlatávamos o resto da colheita. Eu tinha cortado vinte maçãs em fatias finas e as enfileirado em todas as tábuas da varanda antes de entrar para verificar as conservas no fogo. De manhã eu trabalhava para um fazendeiro do leste, mas à tarde ficava em casa, ajudando minha mãe. Ela trabalhava como enfermeira ocasionalmente naquela época, fazendo visitas domiciliares ou cuidando de pacientes em clínicas improvisadas, trocando seu atendimento e seu conhecimento por comida.

Quando voltei, uma das fileiras de fatias de maçã tinha sumido e havia um homem paralisado, debruçado na varanda, segurando uma fatia, mas eu o alcancei e o derrubei, e nós dois caímos no gramado do vizinho. Arranquei o saco da mão dele, que quase não resistiu, os braços erguidos para proteger o rosto.

— Imaginei que você fosse rápida, mas você é mais rápida ainda — disse ele, ofegante.

— Sai de cima de mim — murmurei, me levantando.

— Não posso pegar meu saco de volta?

— Não — falei, dando meia-volta.

Jacob suspirou e olhou para o lado com expressão meio abatida. Tive a sensação de que ele estava acostumado com a derrota e que aguentava bem. Mais tarde, me perguntei como não tive medo de perseguir um estranho, sendo que normalmente eu me esforçava para evitar desconhecidos, temendo ser atacada. Percebi que, de alguma forma, eu soube que ele não me faria mal.

Ele dormiu no barracão abandonado de um vizinho naquela noite e acenou para mim de manhã. Eu gostei de vê-lo me olhando, gostei do calor que lentamente me percorria por dentro.

Alguns dias depois, ele pegou um castor que tinha capturado no rio próximo e colocou aos meus pés.

— Estamos quites? — perguntou ele.

Eu assenti. Depois disso, ele se sentava e conversava comigo enquanto eu trabalhava, e passei a gostar do ritmo das histórias dele, do jeito curioso como sempre terminavam, com um tom de exasperação misturado com prazer.

A catástrofe nos aproximou. Não sei se teríamos nos apaixonado sem aquela mistura perfeita de tédio e pavor, um pavor que beirava a empolgação e que rapidamente se tornou erótico. A boca dele em meu pescoço, minha pele já úmida de suor, o chão molhado sobre nós, o calor no ar fazendo chover em intervalos de poucas horas, o sol vindo depois para secar tudo. Meu coração já batia mais rápido do que o normal e eu tentava me acalmar, mas era inútil.

A única foto que tiramos no nosso casamento veio de uma câmera instantânea que a minha mãe pegou emprestada com um antigo paciente. Estávamos parados no sol na varanda da frente, minha barriga já arredondada com Row, e estreitávamos tanto os olhos que não dava para ver as írises. E é assim que me lembro daqueles dias: calor e luz. O calor não passava, mas a luz do sol sumia tão rapidamente a cada tempestade que parecia que estávamos em uma sala com algum deus acendendo e apagando a luz.

Beatrice me levou de volta para a barraca. Foi até a mesa, que ficava entre o colchão e uma prateleira de panelas. Remexeu em alguns papéis e pegou um mapa que desenrolou na mesa à minha frente. Eu sabia que não seria completamente preciso; ainda não existiam mapas precisos, mas alguns marinheiros tentaram desenhar as grandes massas de terra que passaram a existir acima da água.

Beatrice apontou para uma massa de terra na parte superior do meio do mapa.

— Aqui era a Groenlândia. O Vale fica no canto sudeste.

Beatrice apontou para um pequeno vazio cercado de penhascos e mar dos dois lados. Estava escrito "icebergs" nos mares em volta da pequena massa de terra. Não surpreendia que eu não tivesse conseguido encontrar Row depois de tantos anos procurando; eu não quis considerar que ela pudesse estar tão longe.

— É um lugar protegido do clima e dos corsários por causa desses penhascos. Estou surpresa de os Abades Perdidos terem feito colônia lá. Os mercadores do Vale disseram que é mais seguro do que outras terras porque é muito isolado. Então por isso mesmo é difícil de chegar. Aqui — ela apontou para o mar do Labrador — é o Corredor dos Corsários.

Eu já tinha ouvido falar. O Corredor dos Corsários era uma parte tempestuosa dos mares escuros onde os corsários ficavam de tocaia, tirando vantagem de navios danificados ou marinheiros perdidos para saquear seus bens. Quando passava pelos portos, eu nem escutava as histórias direito, sempre supondo que jamais teria que chegar perto desse lugar.

— Os Lírios Negros deixam vários navios no Corredor dos Corsários — disse Beatrice. — Ouvi dizer que estão levando mais alguns navios para o norte.

Os Lírios Negros eram o maior grupo de corsários em atividade, com uma frota de pelo menos doze navios, talvez mais. Eram embarcações feitas de antigos petroleiros, equipadas com novas velas, ou barcos pequenos remados por escravos. Seus integrantes tinham um coelho tatuado no pescoço, e os postos de comércio vibravam com boatos de outras comunidades que eles tinham atacado e dos impostos que tinham arrancado das colônias, fazendo os civis trabalharem quase até a morte.

— E — prosseguiu Beatrice —, você vai ter que enfrentar os Abades Perdidos.

— Mas se o Vale já é uma colônia, os Abades Perdidos só devem ter deixado alguns homens de vigia, certo? Posso tirar Row de lá e ir embora antes que eles voltem.

Beatrice ergueu as sobrancelhas.

— Você acha que pode fazer isso sozinha?

Eu massageei a têmpora.

— Talvez eu consiga entrar e sair escondida.

— E como planeja chegar lá?

Apoiei a testa na mão, o cotovelo na mesa, o vapor do chá aquecendo meu rosto.

— Eu pago pelo mapa — falei, tão cansada que meu corpo doía de vontade de se deitar no chão.

Ela revirou os olhos e empurrou o mapa na minha direção.

— Você não tem barco para essa viagem. Não tem recursos. E se ela não estiver lá?

— Tenho um pouco de crédito em Harjo que posso usar para conseguir madeira e construir um barco novo. Vou tentar aprender navegação... oferecerei as ferramentas em troca.

— Um barco novo vai custar uma fortuna. Você vai se endividar. E tripulação?

— Nós mesmas vamos velejar o barco.

Beatrice suspirou e balançou a cabeça.

— Myra.

Pearl se mexeu em seu sono. Beatrice e eu olhamos para ela e uma para a outra. Os olhos da minha anfitriã expressavam carinho e tristeza, e ela esticou a mão para segurar a minha, suas veias azuis como o mar.

CAPÍTULO 5

NA MANHÃ SEGUINTE, Beatrice e eu nos sentamos na grama em frente à tenda dela, fazendo iscas com o fio que ela conseguiu em um barraco abandonado na encosta da montanha. Passei o fio vermelho em um anzol, ouvindo Beatrice me contar sobre como as coisas eram antes dos litorais desaparecerem. Nascida em São Francisco, ela era criança quando a cidade foi inundada e a família fugiu para o interior. Dava para ver que se esforçava para lembrar de como as coisas eram na sua juventude, antes de todas as migrações começarem, mas ainda assim não conseguia. As histórias de Beatrice pareciam histórias de um lugar que nunca existiu.

Os vizinhos da direita, que moravam em uma casa de lama e grama de um aposento só, encravada na lateral da montanha, estavam no meio de uma discussão, as vozes subindo numa disputa de volume. Beatrice me contou sobre os Abades Perdidos. No começo eles eram uma grande tribo latina, a maioria vinha do Caribe e das Américas Central e do Sul. Começaram como muitas tribos de corsários começam: como um grupo militar particular empregado pelos governos durante a Enchente de Seis Anos, quando as guerras civis estavam destruindo as nações. Depois que todos os países conhecidos ruíram, esses grupos desenvolveram uma espécie de povoado nômade de navegação, uma tribo cujo objetivo era construir uma nova nação.

— Semana passada, Pearl e eu vimos um barquinho ser tomado por corsários ao norte daqui — falei. — Era uma família de pescadores. Ouvi os gritos... — De olhos entreabertos, cortei o fio do anzol com os dentes. — Nós fomos para longe.

Eu senti um peso no âmago quando coloquei a mão na cana do leme e virei *Pássaro* para o sul, para longe dos gritos. Encurralada e aprisionada em mar aberto, com poucas alternativas.

— Eu não me senti mal — confessei para Beatrice. — Quer dizer, me senti, sim. Mas não tanto quanto antes. — Eu queria continuar e dizer: parece que estou anestesiada. Toda a minha superfície está dura e ferida. Não restou sentimento.

Primeiro, Beatrice não respondeu. Em seguida, disse:

— Tem gente que diz que os corsários vão controlar os mares nos próximos anos.

Eu já tinha escutado algo assim, mas não gostei de ouvir de Beatrice, que nunca falava de conspirações e especulações sobre o juízo final. Ela me contou sobre um posto comercial do sul, que governos estavam tentando se organizar para proteger e distribuir recursos. Que havia guerras civis acontecendo por leis e recursos.

Beatrice me contou que alguns governos novos aceitaram ajuda de corsários e de boa vontade tornaram-se colônias controladas por capitães. Os corsários eram fonte de proteção e recursos extra para essas comunidades em desenvolvimento: comida, suprimentos roubados ou saqueados, animais caçados ou capturados. Mas a comunidade tinha que pagar de volta todas as ajudas com juros. Uma cota extra de grãos do novo moinho. Os melhores legumes e verduras. Às vezes, alguns habitantes precisavam servir como guardas nos navios de reprodução e colônias. Os navios iam de uma colônia à outra pegando o que precisavam e os guardas ficavam para aplicar as regras quando eles iam embora.

Minhas conversas com Beatrice seguiam o mesmo ritmo todas as vezes. Ela pedia que eu me mudasse para terra firme e eu pedia que ela morasse no mar. Mas não daquela vez.

Beatrice começou a me contar sobre algo que tinha acontecido com seus vizinhos na semana anterior. Contou que, no meio do dia, de repente começou uma gritara. Havia dois homens do lado de fora do barraco, gritando e apontando para uma garotinha de uns nove ou dez anos, que estava entre a mãe e o pai. Um dos homens deu um passo à frente e pegou a criança, imobilizando os braços dela, que tentava correr de volta para a mãe.

O pai correu até a filha, mas levou um soco na barriga do outro homem. Ele curvou-se e, com um chute, caiu no chão.

— Por favor — suplicou. — Por favor... eu pago. Eu pago.

O homem pisou com o salto da bota no peito do pai, que se contraiu de dor e rolou para o lado, a mão tremendo e erguendo pequenas nuvens de poeira.

A garota chamou pelo pai e pela mãe, os braços esticados e compridos voltados para trás enquanto ela tentava correr. O homem que tinha pisado no pai lhe deu uma bofetada forte no rosto, enrolou uma corda em seus punhos e deu um nó. O outro a jogou no ombro e deu meia-volta.

Ela não gritou mais, mas Beatrice ouviu o choro baixo conforme os homens a levavam embora.

Uma hora depois, o vilarejo começou a se encher de gente de novo, passos ecoando nos caminhos de pedra, vozes altas de criança chamando umas às outras. A vizinha de Beatrice do outro lado da rua se debruçou na janela de casa para pendurar um pano de prato em um prego. Tudo seguiu em frente como se uma criança não tivesse acabado de ser tirada dos pais.

Beatrice balançou a cabeça.

— Deve ter sido um problema particular. Talvez uma dívida sendo cobrada e ninguém quis interferir. Eles não têm controle aqui... Mas mesmo assim.

Nossas mãos ficaram paradas, os anzóis cintilando ao sol em nosso colo. Beatrice procurou as palavras.

— Mesmo assim isso me preocupa — disse ela. — Uma resistência está sendo organizada aqui. Você poderia se juntar a nós. Ajudar.

— Eu não participo de grupos e não dou a mínima para resistência. Não vou ficar em terra esperando que alguém venha pegá-la — falei, indicando Pearl, que tinha encontrado mais uma cobra e estava colocando-a em uma das nossas cestas.

Pearl veio se sentar ao nosso lado, os olhos na grama, outra cobra ainda nas mãos.

— Construíram uma biblioteca, sabe — disse Beatrice baixinho, a voz cheia de sofrimento.

— Quem?

— Os Abades Perdidos. Em uma das bases deles nos Andes, Argali. Colocaram até janelas. E prateleiras. Livros que foram salvos e livros novos que estão sendo transcritos. Pessoas viajam quilômetros para vê-los. Alguns amigos me disseram que eles a construíram para mostrar que estão comprometidos com o futuro. Com a cultura.

Beatrice contraiu os lábios. Antes das enchentes, ela era professora. Eu sabia como estudar e ter livros era importante para ela. O quanto sofreu quando a escola em que lecionava fechou e os alunos se espalharam pelo país. Eu também sabia sobre o amante dela, que foi morto num barco de pesca três anos antes por uma tribo corsária. Ela já tinha medo da água mesmo antes disso e disfarçava alegando amor pela terra.

— Tem um lado bom em tudo — disse Beatrice.

Pensei no corsário que sequestrou Pearl falando sobre novas nações e a necessidade de organizar pessoas. Eu tinha ouvido aquele argumento antes em *saloons* e postos comerciais. Que a riqueza dos corsários poderia reconstruir a sociedade mais rapidamente. Faria com que voltássemos ao que éramos mais depressa.

Descrevi para Pearl como era uma biblioteca.

— Quer ir a um lugar assim? — perguntei.

— Por que eu iria querer? — perguntou ela, tentando enrolar a cobra no pulso e encontrando resistência.

— Você poderia aprender coisas — falei.

Ela franziu a testa, tentando imaginar uma biblioteca.

— Lá dentro?

Eu sempre encontrava essa resistência com Pearl. Ela não dava a menor importância para coisas que tanto me faziam falta, sem parâmetro algum para desejá-las também.

Não era só a perda das coisas que pesava, mas a perda até do desejo. Nós deveríamos ao menos poder manter nossa capacidade de desejar, pensei. Ou talvez tivesse algo a ver com as circunstâncias do seu nascimento. Talvez não fosse mais possível desejar algo tendo nascido em um mundo como aquele.

Beatrice não disse mais nada e depois que terminamos de preparar as iscas fui para a tenda arrumar as coisas. Guardei nossos grãos em um saco de linho e o coloquei no fundo de um balde. Coloquei o tomateiro em um cesto e enrolei um cobertor em volta, presente de Beatrice. Pensei em Row, imaginei os pulsos dela amarrados com corda, os gritos silenciados ou ignorados. O pensamento me fez estremecer.

Beatrice me entregou o mapa enrolado.

— Eu nem tenho bússola para você.

— Não, você já me deu muito mais do que eu esperava — falei.

— Mais uma coisa.

Beatrice tirou uma foto do bolso e colocou na minha mão. Era uma foto de Jacob e Row, tirada um ano antes de ela gritar meu nome naquele barco que se afastava rapidamente. O vovô e eu demos aquela foto para que Beatrice pudesse perguntar sobre eles aos comerciantes de Apple Falls. Na foto, o cabelo ruivo de Jacob brilhava dourado na luz do sol. O queixo partido e o nariz torto, provocado por uma briga no pátio da escola, faziam o rosto dele parecer anguloso. Row estava delicada, com os ombros pequenos e encolhidos e os olhos cinza-azulados brilhosos. Eram os meus olhos, amendoados, de pálpebras caídas. Da cor do mar. Ela tinha uma cicatriz no formato de foice em cima da sobrancelha que ia até a têmpora. Aos dois anos havia caído e feito o corte numa caixa de ferramentas de metal.

Passei o polegar no rosto de Row. Fiquei me perguntando se Jacob teria construído uma casa para eles no Vale. Anos antes era o que ele sempre dizia que queria fazer para mim. Jacob trabalhava de carpinteiro como meu avô. Eles começaram a construir nosso barco juntos, mas depois de um tempo só meu avô continuou. Passei semanas ouvindo os gritos e brigas, e de repente silêncio. Isso foi dois meses antes de Jacob fugir com Row.

    Beatrice esticou a mão, prendeu uma mecha de cabelo atrás da minha orelha e me abraçou.

    — Volte — sussurrou ela no meu ouvido, a mesma frase que sussurrava todas as vezes que eu ia visitá-la.

    Naquele abraço dava para sentir que ela achava que eu não voltaria.

CAPÍTULO 6

Pearl e eu partimos para o sul, ao longo da costa acidentada. Diziam que havia mais madeira no sul, em Harjo, um posto comercial nas montanhas de Sierra Nevada. Eu usaria meu crédito lá para obtê-la e trocaria pescado por ajuda para construir um barco maior. Meu barquinho jamais aguentaria os mares agitados do norte. Mas, mesmo que conseguisse construir uma embarcação mais robusta, eu seria capaz de navegá-lo e velejá-lo? Sempre era possível encontrar pessoas desesperadas para entrar na tripulação de um barco, mas eu não suportava a ideia de viajar com desconhecidos, gente em quem eu talvez não pudesse confiar.

Prendi um anzol na linha e depois fiz o mesmo em outra vara. Pearl e eu pescaríamos do barco mais tarde, à noite talvez até tentássemos a pesca lenta de salmão. Pearl ficou sentada ao meu lado, organizando equipamentos e iscas, separando os anzóis por tamanho e os colocando em compartimentos diferentes.

— Quem é esse aqui na foto? — perguntou ela, apontando para a foto de Row e Jacob sentados em uma cesta cheia de cordas.

— Um amigo da família.

Anos antes, quando ela perguntou sobre o pai, eu falei que ele tinha morrido antes de ela nascer.

— Por que você perguntou àquele homem sobre o meu pai?

— Que homem?

— O que você matou.

Minhas mãos pararam sobre o balde de iscas.

— Foi um teste — falei. — Pra ver se ele estava mentindo.

O céu a leste escureceu e as nuvens vieram na nossa direção. A quilômetros de distância, uma névoa de chuva encobria o horizonte. O vento ficou mais forte, inflou nossa vela e inclinou o barco. Ajeitei a vela. Estávamos no meio da tarde e o dia tinha começado claro, com um vento calmo e direto; achei que poderíamos velejar para o sul por quilômetros sem fazer ajustes.

No mastro, comecei a rizar as velas para o vento passar mais fácil. Perto da costa oeste, as ondas chegavam a muito alto. Quando quebravam, a espuma branca rodopiava sob o céu escuro. Já tínhamos enfrentado rajadas de vento, já tínhamos sido arremessadas pelo vento, quase viramos. Mas aquele soprava para oeste, nos levando para longe da costa. Um pano no convés subiu rodopiando e quase bateu no meu rosto antes de desaparecer.

A tempestade se aproximava com o rugido de um trem e foi ficando mais alta, até que percebi que seríamos bastante sacudidas. Pearl subiu na cobertura do convés e parou ao meu lado. Percebi que ela estava lutando contra a vontade de me abraçar.

— Está ficando ruim — disse ela, um tremor na voz.

Nada assustava Pearl tanto quanto uma tempestade; ela era uma marinheira com medo do mar. Com medo, como ela já tinha me contado, de um naufrágio. De não ter um porto.

— Pegue o equipamento debaixo da cobertura do convés — falei, o vento forte achatando minhas palavras. — E prenda-o.

Tentei aliviar a tensão dos cordames da vela, soltando o pano, mas o poleame estava enferrujado e emperrava o tempo todo. Quando finalmente consegui soltar, o vento aumentou e me derrubou para trás em cima do mastro. A corda voou pelo poleame e jogou a adriça voando ao vento. Segurei-me no mastro enquanto o *Pássaro* se inclinava para a esquerda, as ondas subindo e a água borrifando o convés.

— Fique aí embaixo! — gritei para Pearl, mas minhas palavras se perderam no vento. Subi pela lateral da cobertura do convés e corri na direção da popa, mas escorreguei e caí na amurada. Levantei com dificuldade e comecei a apertar a corda que segurava o leme, enrolando-a no carretel e virando o leme para pegarmos o vento.

Um trovão ribombou tão alto que senti a vibração nos ossos, meu cérebro sacolejando no crânio. Um relâmpago caiu e quando uma onda atingiu o *Pássaro*, me segurei na cana do leme. Fiquei de quatro, voltei para a cobertura e entrei na hora que outra onda nos atingiu, espalhando espuma até o outro lado.

Eu me enrosquei em Pearl, prendendo seu corpo sob o meu. Com um braço eu a mantinha junto de mim e com o outro me segurava em uma barra de metal presa ao convés. A embarcação balançou violentamente, com água entrando embaixo da cobertura, nossos corpos sacudindo como contas em um pote de vidro. Rezei para o casco não quebrar.

Pearl se encolheu e senti o coração dela batendo a mil por hora. O vento soprava do oeste, nos empurrando para longe das águas costeiras e para o meio do Pacífico. Se fôssemos empurradas mais para longe da costa, eu não saberia como voltar a um posto comercial.

Fui tomada por uma coisa sombria, um sentimento que parecia fúria ou medo ou dor, cheio de pontas afiadas raspando nas minhas entranhas, como se eu tivesse engolido vidro. Row e Pearl eram vultos em minha mente. A mesma pergunta surgia sem parar: *para salvar uma filha vou ter que sacrificar a outra?*

No DIA EM que minha mãe morreu, eu estava na janela de cima, grávida de quatro meses de Pearl, a mão na barriga, pensando em pré-eclâmpsia, descolamento de placenta, parto pélvico e todas as coisas que passaram pela minha cabeça na gravidez de Row. Mas dessa vez, sem hospitais nem locais improvisados em prédios abandonados, qualquer uma dessas coisas parecia morte certa. Eu sabia que a minha mãe me ajudaria com o parto de Pearl da mesma forma que me ajudou com o de Row, mas estava mais nervosa mesmo assim.

Nós tínhamos perdido a internet e a eletricidade de vez no mês anterior e observávamos o horizonte todos os dias, com medo de a água chegar antes que o vovô terminasse o barco.

No quarteirão atrás da nossa casa, o jardim da frente de um vizinho tinha uma macieira. Minha mãe precisava se esticar para colhê-las, uma cesta pendurada no braço, o cabelo brilhando no sol. As folhas amarelas e laranja e as maçãs vermelhas formavam um mosaico tão colorido que parecia quase estranho, como se eu já estivesse pensando em tudo aquilo como coisas já perdidas, coisas que dificilmente eu voltaria a ver.

Atrás, em direção ao céu, erguia-se um muro cinza. A princípio fiquei perplexa, minha mente chocada demais para aceitar, apesar de estarmos esperando por aquilo. Mas a água ainda não deveria estar ali... Deveríamos ter mais um ou dois meses... Ou ao menos era o que todo mundo dizia nas ruas. Todos os vizinhos, todas as pessoas empurrando carrinhos de compras cheios de pertences, migrando para oeste, na direção das Montanhas Rochosas.

Não fazia sentido que estivesse tão silencioso naquele momento, e foi então que percebi que estávamos no meio de um rugido, de um estrondo ensurdecedor de árvores sendo arrancadas, abrigos virados, carros erguidos. Era como se eu não conseguisse ouvir nem sentir nada. E só conseguia olhar aquela onda, hipnotizada pela água, todos os outros sentidos obliterados.

Acho que gritei. Pressionei as mãos no vidro. Vovô, Jacob e Row subiram correndo para ver de onde vinha toda aquela comoção. Ficamos juntos na janela, paralisados de choque, esperando o momento chegar. A água subia como se a terra quisesse vingança, se espalhava pelas planícies como um guerreiro solitário. Row subiu no meu colo e eu a abracei como fazia quando ela era pequenininha, a cabeça dela no meu ombro, as pernas envolvendo a minha cintura.

Minha mãe olhou para a água e largou a cesta de maçãs. Veio correndo para casa, atravessou a rua, passou por uma casa vizinha e quase chegou ao nosso quintal quando a onda quebrou por cima dela, tudo ao redor virando espuma branca.

No ribombar da água ao redor da casa, ela já não se via mais. Arfamos à medida que o volume ia subindo pelas paredes de casa, quebrando as janelas e entrando. Encheu a casa como milho derramado num silo. A estrutura tremeu e balançou, e tive certeza de que se partiria em pedaços, que nossas mãos seriam arrancadas umas das outras. A água foi subindo a escada na direção do sótão.

Olhei pela janela, rezando para ver minha mãe emergindo em busca de ar. Mas, mesmo depois que a água parou e a superfície ficou estável, ela não apareceu.

A inundação parou a uma distância curta da nossa janela do andar de cima. Nós andamos e nadamos durante semanas depois da onda, mas não conseguimos encontrar o corpo. Mais tarde descobrimos que a barragem tinha se rompido a oitocentos metros da nossa casa. Todo mundo dissera que aguentaria.

Depois que minha mãe se foi, eu sentia vontade de contar para ela sobre como as coisas estavam mudando, dentro e ao redor de mim, os primeiros chutes de Pearl, a água cobrindo toda a campina até onde o olhar alcançava. Eu me virava para falar com ela e lembrava que ela não estava mais entre nós. É assim que as pessoas enlouquecem, pensei.

Seria apenas um mês depois que Jacob levaria Row. Só ficamos o vovô e eu na casa, sentados no sótão, um aposento grande, do comprimento da casa, enquanto o barco ia ocupando tudo aos poucos.

Um mês depois que Jacob foi embora derrubamos a parede do sótão com um martelo e empurramos o barco para fora, para a água. Tinha quatro metros e meio de comprimento, um e meio de largura e parecia uma canoa grande com uma pequena cobertura no convés no fundo e uma única vela no meio. Carregamos o barco com os suprimentos que estávamos juntando havia um ano: garrafas de água, latas de comida, equipamentos médicos, sacos de roupas e sapatos.

Velejamos para oeste, rumo às Montanhas Rochosas. No começo, o ar parecia rarefeito e era difícil respirar, como se meus pulmões vivessem em busca de mais. Três meses depois, acordei com contrações. O vento estava tão forte que balançava o barco como um berço, e rolei de um lado para outro embaixo da cobertura do convés, trincando os dentes, apertando os cobertores em volta do corpo, chorando nos intervalos das contrações.

Pearl veio ao mundo brilhando, pálida e silenciosa. A pele parecia água. Como se ela tivesse subido das profundezas para me encontrar. Eu a segurei no peito, esfreguei o polegar na bochecha dela, que começou a chorar.

Algumas horas depois, quando o sol subiu e ela estava mamando, ouvi gaivotas. Segurar Pearl junto ao seio era parecido e diferente de como tinha sido com Row. Tentei isolar o sentimento das duas em mim, mas não consegui; um fugia e substituía o outro. No fundo, eu sabia que não podia substituir uma filha perdida, embora tempos depois tenha descoberto que tinha, sim, esperanças de que Pearl substituísse Row. Encostei o nariz na testa de Pearl, senti seu cheirinho de nova, de recém-nascida. Senti a dor da perda, a perda que senti antes de acontecer.

Nos últimos dias do meu avô, ele começou a delirar com mais frequência. Às vezes falava com o ar, dirigindo-se a pessoas que ele tinha conhecido no passado. Às vezes falava em linguagem de sonhos que eu teria achado bonita se não estivesse tão cansada.

— Agora diga para minha garota que uma pena pode segurar uma casa — disse meu avô.

Eu não sabia se por "minha garota" ele queria dizer minha mãe, eu, Row ou Pearl. Ele chamava todas nós de garotas dele.

— Pra qual das suas garotas?

— Rowena.

— Ela não está aqui.

— Está, sim, está, sim.

Isso me irritou. A maioria das pessoas com quem ele falava estava morta.

— Row não morreu — falei.

Vovô se virou para mim chocado, olhos arregalados e inocentes.

— Claro que não — disse ele. — Ela está logo ali na esquina.

Uma semana depois, meu avô morreu no meio da noite. Eu tinha acabado de amamentar Pearl e a colocado em uma caixa de madeira que o vovô tinha feito para ela. Fui engatinhando até onde o vovô dormia, os dedos esticados para acordá-lo. Quando toquei nele, ele estava frio. A pele ainda não estava cinzenta, só meio pálida, o sangue já parado. Fora isso, ele estava como sempre ficava quando dormia: olhos fechados, boca entreaberta.

Eu me sentei e o observei. Ele morrer assim, com tão pouca cerimônia, me surpreendeu. Eu nunca esperei que o sono o levasse, logo o sono. Pearl choramingou e voltei até ela.

Estávamos sozinhas, eu pensava sem parar. Não havia mais ninguém em quem confiar, só aquele bebê que dependia de mim para tudo. O pânico cresceu. Olhei para a âncora caída a uma pequena distância. Eu tinha ouvido falar de pessoas que pulavam do barco amarradas na âncora, mas não era uma possibilidade para mim. Era tão impossível quanto a água recuar na terra e as pessoas voltarem a se levantar de onde tinham caído. Tomei Pearl nos braços e saí de debaixo da lona para o sol matinal.

Eu levaria vovô comigo; ele ainda podia me guiar. Aquele homem me ensinara a viver; eu não fracassaria com ele agora. Não fracassaria com Pearl, falei para mim mesma.

Quando penso naqueles dias, em perder as pessoas que eu amava, penso no quanto minha solidão se aprofundou. Foi como ser colocada em um poço, a água subindo em volta enquanto eu tentava me agarrar às paredes de pedra, tentando alcançar a luz do sol. E pensei em como a gente se acostuma a estar no fundo do poço. A ponto de talvez nem reconhecer uma corda se fosse jogada para nós.

CAPÍTULO 7

Depois da tempestade, saímos da cobertura do convés e observamos a destruição. Tínhamos perdido toda a água de chuva da cisterna. Caí de joelhos e praguejei. As ondas batendo no barco encheram a cisterna de água salgada. Teríamos que esvaziar tudo e voltar para terra o mais depressa possível, antes de ficarmos desidratadas. Tínhamos um pequeno suprimento de emergência que eu guardava em garrafas de plástico, amarradas embaixo da cobertura do convés, mas duraria poucos dias.

Pearl ficou perto de mim, chapinhando sobre a água até a proa. Ela esticou o braço para baixo, um hematoma já visível de quando caiu ao tentar entrar embaixo da cobertura do convés com os equipamentos e as iscas. Eu me agachei na frente dela, beijei o dedo e levei ao seu braço. Uma sombra de sorriso surgiu. Afastei o cabelo do rosto dela, segurei a cabeça com as mãos e beijei sua testa.

— Nós vamos ficar bem.

Ela assentiu.

— Que tal você pegar o balde e a toalha? Para começarmos a tirar a água do convés. Vou olhar o leme.

Na popa, inspecionei o leme e a cana do leme. Uma rachadura havia partido a base e ele estava inclinado para o lado. Acima de mim, nossa única vela balançava na brisa com um rasgo no meio. Um metro na parte de baixo balançava ao vento. A tempestade tinha levado nossa vara de impulso e o tomateiro que Beatrice nos dera, mas o resto dos suprimentos estava guardado no casco ou amarrado sob o convés.

Soltei um palavrão e passei a palma da mão no rosto. Estávamos perdendo tempo, pensei. Como construiríamos outro barco se eu nem sabia onde estávamos?

— Os remos ainda estão aqui — gritou Pearl, as mãos na amurada, olhando para o local onde os remos estavam amarrados, na lateral do barco.

Protegi os olhos do sol e olhei a água cintilante na direção leste. Ou para onde eu achava que era o leste. Olhei para o sol e de novo para a água. Quanto tempo a tempestade tinha durado? A impressão era que tinha sido uma eternidade, mas poderia ter sido só meia hora. Eu não sabia o quando havíamos sido levadas a oeste em relação à rota original, que era sempre a três quilômetros da costa, direto para o norte ou para o sul, acompanhando os trechos de terra acima da linha da água.

Destroços de outro barco passaram um quilômetro e meio a leste de nós, vindo na nossa direção. Apertei os olhos e peguei o binóculo.

Era um barco restaurado, feito de vários materiais recolhidos. Alguns pneus estavam amarrados em volta de uma base de portas pregadas umas nas outras. A alguns poucos metros, a cabine de um caminhão flutuava tombada, e um barco inflável amarelo flutuava ali perto. Sacos plásticos e garrafas estavam espalhados pela superfície da água.

— Pegue a rede — pedi a Pearl.

Eu esperava que houvesse comida ou água guardada naqueles sacos e garrafas.

— Tem um homem — disse Pearl, apontando para os destroços.

Olhei pelo binóculo de novo e observei os destroços. Havia um homem agarrado no bote de pneus e portas, percorrendo a água e fechando os olhos para se proteger de cada onda que batia no rosto dele.

Pearl olhou para mim com expectativa.

— Nós não sabemos nada sobre ele — falei, lendo os pensamentos dela.

Pearl fez um ruído debochado.

— Não parece um navio corsário.

— Não é só de corsários que devemos ter medo. É de qualquer pessoa.

O nervosismo começou a se espalhar por mim. Eu nunca tinha colocado mais ninguém a bordo do *Pássaro* e não era naquele momento que queria mudar isso. Alguém dormindo ao nosso lado debaixo da cobertura do convés. Compartilhando nossa comida, bebendo nossa água.

Olhei para o homem e novamente para Pearl. Ela estava com a expressão firme de quem já tomou uma decisão.

— Nós não temos comida nem água suficientes — falei.

Pearl se ajoelhou e pegou o pote de cobras, feito de argila com brilho azul intenso. Levantou a tampa e segurou a cabeça de uma cobra pequena e fina, as presas de fora, a língua uma fita vermelha agitada. Pearl apontou a cobra abocanhando o ar para mim e sorriu. Agachou-se, cortou a cabeça do animal fora, segurou-o sobre a água e espremeu da cauda até o pescoço com o polegar e o indicador, jogando o sangue na água.

— A gente pode comer ele — disse ela.

Ela nunca oferecia suas cobras para refeições. Eu me virei para os destroços, o homem a uns oitocentos metros do nosso barco. Senti em meus ossos que ele nos traria problemas. Cada tendão do meu corpo se retesou como uma corda em uma roldana.

Mas eu não sabia dizer se o pânico era por estar perdida ou por aceitar um estranho em nosso barco. Os medos se misturavam como o sangue na água e eu não conseguia discerni-los. Achava que seria capaz de nos levar de volta até um posto comercial, mas se calculasse mal e levasse mais tempo do que o esperado e não chovesse... A ideia de desidratarmos como ameixas ao sol era insuportável.

O homem estava começando a flutuar para longe, puxado por uma corrente. Vê-lo na água me lembrou que o vovô cantava "Farei de vocês pescadores de homens" enquanto pescava nos rios do Nebraska. Ele se encostava no barco, um guarda-chuva de pé num canto para fazer sombra, um cachimbo enfiado na boca, e ria sozinho enquanto cantava. Sempre achava as coisas ao mesmo tempo bobas e sérias. O refrão começou a se repetir na minha mente enquanto o homem se afastava, e senti que essa lembrança era como uma repreensão. Trinquei o maxilar de irritação. Eu queria que o vovô me guiasse, não me assombrasse.

— Pegue a corda — falei para Pearl.

O homem mal estava consciente, então pulei na água e nadei até ele. Amarrei a corda em seu tronco e voltei para o barco. Subi no *Pássaro*, e Pearl e eu puxamos o sujeito para cima, apoiando na amurada a cada puxão.

O homem não tinha nada além de uma mochila, e quando o colocamos no convés ele tossiu e cuspiu água, deitado de lado, quase encolhido em posição fetal. Pearl se agachou ao lado dele e espiou seu rosto. O cabelo escuro batia, desgrenhado, quase nos ombros. Ele tinha peito largo, membros compridos e fortes e a pele escurecida pelo sol. Tinha a aparência maltrapilha de alguém acostumado a velejar sozinho. Apesar disso, era bonito, e de um jeito firme e solene, como uma fotografia de alguém de outra era. Quando abriu os olhos e me olhou, fiquei sobressaltada com o cinza-claro das írises.

— Querida, pegue uma garrafa de água — pedi.

Pearl deu um pulo e pegou a água. Eu me inclinei para pingar algumas gotas nos lábios dele, mas ele se afastou de mim.

— É água — falei gentilmente, segurando a garrafa na frente dele para mostrar.

Ele esticou a mão para pegá-la, e eu a afastei.

— Vou te dar só um pouco. Você pode vomitar.

Ele lambeu a água rapidamente e olhou para mim com expressão de súplica no rosto. Dei mais, metade da garrafa, meu estômago se contraindo enquanto eu fazia isso, e pensei no calor, nas garrafas de água que ainda tínhamos e nos quilômetros até terra firme.

O homem se deitou, fechou os olhos e se encostou na amurada. Pearl e eu deixamos que cochilasse. Pegamos o que conseguimos dos destroços dele com nossa rede e separamos tudo no convés. Não tinha muita coisa útil. Algumas garrafas de água, dois peixes estragados e um saco de roupa seca. Pescamos o resto de madeira da água para usarmos na reconstrução do leme. Amarramos o bote dele na proa do *Pássaro* para podermos puxá-lo como um vagão, caso fosse necessário.

Eu baixei a vela e examinei o rasgo. Quando terminei o remendo duas horas depois, estava irregular e mais volumosa no remendo, mas duraria até chegarmos à margem, quando eu poderia fazer trocas por mais fio e tecido.

Andei até o homem e chutei seu sapato. Ele levou um susto e acordou, as mãos esticadas à frente do corpo.

— É quase crepúsculo — falei. — Você consegue tirar a pele de duas cobras?

Ele assentiu.

Pearl levou o balde de carvão para onde o homem estava, perto da carlinga, e colocou os pedaços em uma frigideira, do tipo que usávamos para fazer bolos de aniversário. Tínhamos sorte de não estar ventando naquele dia. Quando ventava, tínhamos que comer comida crua ou recorrer ao estoque de carnes secas ou pão ázimo. Eu me sentei na frente da frigideira com uma caixa de gravetos, arrumando-os com as folhas em cima do carvão. Pearl acendeu com uma lasca de pedra e uma faca.

— Você não precisava. Sou grato — disse o homem.

Ele tinha voz suave e clara, como sinos distantes.

Eu estava tentando decidir se deveríamos amarrá-lo quando fôssemos dormir. A sensação de inquietação nas minhas entranhas não passava.

— Você pode me ajudar a subir a vela? — pedi.

— Com satisfação.

Ele terminou de arrancar a pele das cobras e Pearl as jogou no carvão quente. O sol estava baixo no horizonte, lançando um brilho dourado na água. Parecia descer bem mais rápido desde as enchentes, agora que o horizonte tinha subido para mais perto do sol.

— Meu nome é Daniel, a propósito.

— Myra. Pearl. O que tem na sua bolsa?
— Alguns dos meus mapas e instrumentos.
— Instrumentos?
— De navegação e mapeamento. Sou cartógrafo.
Ele sabe navegar.
Pearl pegou uma cobra do carvão com uma vara comprida e a colocou no convés à sua frente para que esfriasse. Estava enegrecida, e meu estômago deu um nó só de olhar. O cheiro era amargo. Carne de cobra era dura como tendão e eu não aguentava mais comer isso.
— Você me lembra uma pessoa que eu conheci — disse Daniel.
— Ah, é? — Cutuquei a cobra ainda no carvão com uma vara.
O que eu realmente queria saber era que tipo de cardume nadava tão longe da costa e se dava para pescá-los.
— Uma mulher com quem vivi por um ano em Sierra Madre. Ela também não confiava nas pessoas.
— O que te faz achar que não confio em você?
Ele esfregou a barba.
— Se você ficasse mais tensa, seus músculos quebrariam seus ossos.
— Ela deveria ter confiado nas pessoas?
Ele deu de ombros.
— Em algumas, talvez.
— E agora?
— Ela morreu no final daquele ano.
— Sinto muito.
Pearl tentou dar uma mordida na cobra e mastigou com determinação, o fedor da carne chegando a mim com a brisa. Ela colocou a cobra esticada no convés e a cortou e três pedaços iguais, depois jogou um para mim e outro para Daniel.
— Para quem você fazia mapas? — perguntei.
— Para quem quisesse. Pescadores. Novos oficiais de governo.

— Corsários?

Ele me olhou com seriedade.

— Não. Pelo menos, não que eu saiba.

— Imaginei que você teria um barco melhor para esse tipo de trabalho. Mapas são mais caros do que madeira.

— Digamos apenas que eu dei azar.

Estreitei os olhos. Ele estava escondendo alguma coisa.

Pearl choramingou e vi por que ela tinha ficado tão quieta durante nossa conversa. Ela mostrou o lenço e passou o dedo por um corte na beirada.

— Rasgou — disse, baixinho. — Na tempestade.

— Traz aqui — falei, esticando a mão para ela. Examinei o rasgo. — Bom, isso vai ser fácil de consertar porque é perto da beirada. Podemos dobrar assim e passar a linha em volta em um nó de mão para deixá-lo mais resistente.

Pearl assentiu e tocou no lenço com cuidado.

— Mas vou dormir com ele hoje.

O lenço vermelho tinha sido do vovô. Quando ele morreu, colocamos sobre o rosto dele e quase o perdemos na brisa quando jogamos o corpo no mar, mas consegui pegá-lo no ar. Pearl o pegou da minha mão e não largou mais, nem para dormir.

— Você presta atenção nos detalhes — disse Daniel, nos observando com certa melancolia, como se estivesse se lembrando de alguma coisa.

Ele olhou para o mar e seu rosto foi tomado de sombras.

A súbita expressão de ternura mexeu com alguma coisa dentro de mim. Era como levantar uma pedra e ver que havia vida sobre ela. Eu estava amolecendo, aparentemente. Algo em Daniel começava a me deixar relaxada. Talvez fosse o jeito tranquilo como ele me encarava, o jeito franco de falar, a falta de charme. Jacob era um homem charmoso; fingia ser simples e transparente enquanto escondia o que realmente pensava. Daniel parecia um homem que carregava a culpa com boa vontade e não desviava dela, trabalhava suas decisões.

Decidi que ele poderia dormir em liberdade naquela noite, embora eu ainda fosse dormir com um olho aberto.

— Tenho que prestar — falei.

— Ninguém tem que fazer nada — disse ele, olhando novamente para o mar.

CAPÍTULO 8

Daniel calculou nossa posição e estimou que, se velejássemos para sudeste por quatro dias, estaríamos perto de Harjo. Ele consertou o leme enquanto Pearl e eu pescávamos. Depois de observar os pássaros e a água durante horas, finalmente prendemos nossa rede no afundador e começamos a arrastá-la para tentar pegar algumas cavalinhas. Pescamos durante dois dias até pegarmos alguma coisa, o estômago roncando dia e noite, e quando a corda finalmente ficou rígida no afundador, precisei sufocar um suspiro de alívio que subiu pela garganta.

Espalhamos uma rede cheia de cavalinhas no convés, as listras pretas nas costas brilhando no sol. Cada uma tinha pelo menos quatro quilos e saboreei o peso da carne nas mãos. Eviscerei todas enquanto Pearl preparava o tripé de defumação.

Continuei de olho em Daniel. Mas por mais que tentasse manter minha postura defensiva, eu estava ficando mais à vontade com ele, porque ele mesmo já parecia à vontade havia um tempo. Ficávamos em silêncio, só ouvindo o vento bater na vela ou o esguicho distante de um peixe ou pássaro mergulhando. Só havia céu e mar por quilômetros e quilômetros, nós três, sozinhos.

Quanto mais perto chegávamos de Harjo, mais velejamos pelo antigo mundo, passando do Pacífico para uma água que ondulava acima das cidades da Califórnia. Eu costumava velejar por ali porque tinha que ficar perto das novas costas, mas sempre me senti assombrada de velejar por cima de cidades, sobre os túmulos coletivos que elas viraram. Tanta gente morreu não só durante as enchentes, mas durante as migrações, expostas ao clima ou à desidratação e à fome. Os pés das pessoas sangravam de tentar subir as montanhas e correr da água. Bens eram abandonados no sopé das montanhas como ao longo da Trilha do Oregon.

Algumas das cidades estavam tão profundas que ninguém as veria novamente. Outras, que foram construídas em locais mais elevados, podiam ser exploradas com óculos de mergulho e estômago forte. Os arranha-céus emergiam como ilhas de metal.

Eu antes mergulhava para pescar de arpão nessas cidades submersas, no entanto, mais recentemente só fiz isso quando estava desesperada. Não gostava de ficar na água por muito tempo, não gostava de lembrar como o mundo era antes. Uma vez, eu estava mergulhando e nadando por uma cidade antiga que ficava na encosta das Montanhas Rochosas. Os peixes haviam feito dos destroços seu lar, escondidos entre algas e anêmonas. Eu mergulhei dentro de um prédio de escritórios sem o teto. Algumas mesas e arquivos flutuavam na sala, os itens ao redor praticamente irreconhecíveis. Cracas cresciam em uma caneca com a foto do rosto de uma criança, um presente de aniversário que antigamente podia ser enviado pelo correio.

Fui ainda mais fundo. Um cardume de peixes-anjo se espalhou, e peguei um com o arpão. Quando me virei para subir e respirar, a corda enrolada que eu usava no ombro prendeu na alça quebrada do arquivo. Eu a puxei e soltei o arquivo perto da parede. Das sombras, um crânio caiu no chão e parou a trinta centímetros de mim. Houve um movimento na boca. Alguma coisa que vivia ali dentro se moveu.

Puxei a corda de novo para soltá-la e o armário tombou na minha direção. Empurrei o armário para o lado para que não caísse em mim e minha corda escorregou do puxador quebrado. No espaço atrás de onde estava o arquivo, havia dois esqueletos de lado, um virado para o outro, como se abraçados. Amantes adormecidos. Um deles não tinha crânio, mas, pela posição, imaginei que sua cabeça estava apoiada no peito do outro; posicionados como se tivessem escolhido se abraçar para quando o fim chegasse. Havia roupas desintegradas no chão. Meu cérebro privado de oxigênio recuou antes de eu perceber que eles deviam ter enchido os bolsos de pedras para que sucumbissem à água que subia lentamente, cobrindo primeiro os braços que tocavam o chão, um sussurro final entre eles antes de cobrir os braços que seguravam o outro. Caso contrário a água os teria separado, puxado um para cada lado, fazendo os corpos flutuarem a quilômetros um do outro.

Larguei o arpão e voltei para a superfície. Consegui algumas redes no posto seguinte e depois disso só mergulhava quando elas voltavam vazias.

Eu não sabia como falar com Pearl sobre o que havia abaixo de nós. Fazendas que alimentavam a nação. Pequenas casas construídas em ruas residenciais tranquilas para o *baby boom* pós-Segunda Guerra Mundial. Momentos da história entre paredes. Todos os marcos de nossa passagem pelo tempo, preenchendo a terra com as nossas necessidades.

Parecia crueldade enterrar tudo aquilo, tirar tudo aquilo de nós. Eu olhava para Pearl e pensava nas coisas que ela não conheceria. Museus, fogos de artifício em uma noite de verão, banhos de banheira. Essas coisas já não existiam quando Row nasceu. Eu não tinha percebido o quanto eu vivia para dar à minha filha as coisas que valorizava. Como minha própria capacidade de apreciar essas coisas tinha sumido com a idade.

Mas, em outras ocasiões, quando a noite estava bem densa no mar a ponto de eu mesma me sentir apagada, parecia uma gentileza que a vida antes das enchentes tenha durado o tempo que durou. Como um milagre sem nome.

No terceiro dia, Pearl incluiu Daniel em suas brincadeiras: pular amarelinha no convés com um pedaço de carvão, dar nome para cada nuvem ou onda estranha. No dia seguinte, choveu quase a tarde toda, e ficamos no convés contando histórias. Pearl fez Daniel contar sobre lugares a que ele foi e dos quais eu nunca tinha ouvido falar. Eu não sabia se alguma era real; pareciam tão exageradas, mas Pearl nunca perguntou se eram verdade ou mentira.

Certa manhã, enquanto eu calafetava uma rachadura na borda usando cânhamo, Daniel e Pearl brincavam de *shuffleboard* com tampas de garrafas plásticas. Eles tinham desenhado quadrados no convés usando carvão e se revezavam empurrando as tampas para os quadrados usando varetas.

— Por que você gosta tanto de cobras? — perguntou ele a Pearl.

— Elas conseguem comer coisas maiores do que elas.

A tampinha de Daniel deslizou fora do quadrado, e Pearl caiu na gargalhada.

— Quero ver você fazer melhor — disse Daniel.

— Você vai ver — disse Pearl, mordendo o lábio ao se concentrar.

Pearl empurrou a tampinha para dentro do quadrado e comemorou, as mãos para cima, pulando em um pequeno círculo.

Vê-los provocou em mim uma inesperada sensação boa, um calor que se espalhou lentamente por mim. Foi como ver um quebra-cabeça ser montado depois de desmontado.

— Para onde você vai quando chegarmos em Harjo? — perguntei a Daniel.

Ele deu de ombros.

— Talvez eu fique em Harjo, trabalhando um pouco.

Nós precisávamos de um navegador, pensei. Desde o momento em que descobri que ele era capaz de navegar, cogitei pedir que ficasse conosco, que nos ajudasse a chegar ao Vale. Tinha a sensação de que podia confiar nele... ou eu queria confiar porque precisava dele? Daniel estava escondendo alguma coisa, claramente. Dava para perceber pela mudança de expressão quando eu fazia perguntas, como uma cortina caindo sobre o rosto dele e me isolando.

Pearl e eu nunca tínhamos velejado com mais ninguém e eu gostava de ficar sozinha. A solidão era simples e familiar. Essa ambiguidade era dolorosa. Parte de mim queria que ele ficasse e outra que ele fosse embora.

Na manhã seguinte, Harjo surgiu ao longe, os picos das montanhas perfurando as nuvens. Pinheiros jovens e arbustos cresciam perto da água e as tendas e barracos subiam pela encosta.

Daniel guardou seus instrumentos de navegação, encolhido no convés, a bússola, a régua, o compasso e os mapas espalhados à frente. Eu me virei de costas para Harjo e, enquanto o via colocar cada instrumento com cuidado na bolsa, meu peito se apertou. *Você quer mesmo chegar a Row a tempo?* Mesmo que ele me ensinasse a navegar, eu não poderia comprar os instrumentos de que precisava.

Poucas horas depois, chegamos ao litoral. Gaivotas se alimentavam dos peixes em decomposição na margem. Pearl correu entre elas, gritando e batendo os braços como se fossem asas. As aves levantaram voo como uma nuvem branca e ela girou, jogando areia para alto com os pés, o lenço vermelho balançando no bolso. Pensei em Row olhando os grous-
-canadenses, pensei nos pés do meu pai suspensos. Eu não podia mais só fazer o que queria. Virei para Daniel e, com o peito apertado, perguntei:

— Quer ficar com a gente?

Daniel parou de colocar o tripé de madeira na amurada e olhou para mim.

— Nós vamos para um lugar chamado Vale — acrescentei. — Dizem que é um lugar seguro, uma nova comunidade. — Por dentro, me encolhi por causa da mentira.

Eu esperava que ele não soubesse que o Vale era uma colônia dos Abades Perdidos.

O rosto dele se suavizou.

— Não posso — disse com delicadeza. — Sinto muito, mas eu não viajo mais com outras pessoas.

Tentei esconder minha decepção.

— E por que isso?

Daniel balançou a cabeça e mexeu em um pedaço de madeira queimada à frente, as cinzas caindo no convés.

— É complicado.

— Você não pode considerar, ao menos?

Ele balançou a cabeça novamente.

— Olha, eu sou grato pelo que você fez, mas... acredite em mim. Você não vai me querer perto por muito tempo.

Eu me virei de costas para ele e comecei a colocar as cavalinhas defumadas em um balde.

— Vou trocar isso no posto. Podemos nos encontrar depois se você quiser sua parte — falei, minha última tentativa de apelo, torcendo para ele repensar.

— Essas cavalinhas são todas suas. Eu lhe devo muito mais do que isso — disse ele.

Exatamente.

— Vou carregar até o posto para você e seguir caminho — disse ele.

Chamei Pearl para nos seguir até a cidade. Subimos os degraus de pedra que levavam à encosta onde ficava Harjo, entre um amontoado de montanhas.

A cidade vibrava com movimento e vozes. Um pequeno rio cortava uma montanha e caía em uma cascata no mar. O dobro de prédios tinha sido construído durante o ano em que estive longe do sul, com um moinho de farinha parcialmente construído numa encosta de montanha e uma casa de troncos ao lado com a palavra HOTEL em letras grossas na fachada. No ano anterior, a cidades começaram a plantar sementes básicas como milho, batata e trigo, e eu esperava que houvesse grãos por um preço decente no posto comercial.

O posto era um prédio de pedra de dois andares. Paramos do lado de fora e Daniel me entregou o balde de cavalinhas.

— Para onde você vai? — perguntei.

— Primeiro? Para o *saloon*. Beber alguma coisa. Perguntar sobre trabalho. — Ele fez uma pausa e esfregou o maxilar. — Sei que devo minha vida a você. Lamento não poder ir.

— Você pode. Mas não quer.

Daniel me olhou de um jeito que não consegui interpretar, uma expressão que parecia ao mesmo tempo de lamento e repreensão. Ele se inclinou na frente de Pearl e puxou o lenço enfiado no bolso da calça dela.

— Não perca o lenço da sorte, hein? — disse ele.

Ela bateu na mão dele.

— Não vai roubar ele de mim! — disse ela de brincadeira.

O rosto dele se alterou de forma quase imperceptível, uma leve contração de músculos.

— Cuide-se — disse, baixinho.

Várias pessoas saíram do posto e eu abri passagem.

— Nós temos que ir — falei.

Daniel assentiu e se virou.

Um estranho. Não sei por que senti uma pontada de tristeza quando ele se afastou.

O CRÉDITO QUE eu tinha em Harjo dava para bem menos do que eu pensava. Gritei no balcão, segurando a irritação, mudando o peso de uma perna para a outra.

Uma mulher de meia-idade com rugas profundas e óculos com uma lente só contornou o balcão mancando para olhar meu balde.

— Na última vez que estive aqui, me disseram que meu crédito era similar a cerca de duas árvores — falei.

— Os custos mudaram, minha querida. Os peixes baixaram e a madeira aumentou.

Ela apontou para uma tabela na parede com cálculos detalhados: vinte metros de linho eram iguais a dez metros de grãos. Abrangia desde coisas pequenas como botões até grandes como navios. Ela estalou a língua quando viu as cavalinhas.

— Ah, que maravilha. Você deve ser uma ótima pescadora. Não é fácil pegar tantas cavalinhas por aqui. Foi você que esteve aqui ano passado com os peixes-vela, não foi?

— Quero falar com você sobre madeira...

— Você não vai querer comprar nem construir aqui, querida. Estamos crescendo aos trancos e barrancos. O prefeito impôs um limite para o corte de árvores. Quase não temos árvores pequenas e não recebemos nada há três semanas. Eu iria mais para o sul se fosse você.

Fiquei arrasada. Quanto tempo demoraria para encontrar madeira, e mais ainda para construir um barco? Row ainda estaria no Vale até lá?

— Há um pátio de destroços aqui?

— Um pequeno, depois da Espelunca do Clarence. Para onde você vai viajar, se é que posso perguntar? — A mulher começou a pesar as cavalinhas e a jogá-las em uma bacia ao lado da balança, a carne fazendo um barulho abafado ao cair.

— Para o norte. Onde era a Groenlândia. — Olhei ao redor e vi Pearl analisando uma propaganda presa na parede ao lado da entrada.

A mulher estalou a língua de novo.

— Você não vai chegar lá em um barco feito de destroços. O mar é agitado demais. Se quer a minha opinião, fique por aqui. Richards me disse que encontraram um petroleiro meio afundado perto da costa, alguns quilômetros ao sul. Ele vai tentar recuperá-lo e restaurá-lo. Achei a ideia maravilhosa... Um belo petroleiro espaçoso para passar meus últimos dias.

Usei meu crédito para comprar pano para uma vela nova. A mulher e eu negociamos pelas cavalinhas e finalmente concordamos em trocá-las por uma corda de dois metros e meio, frango, dois sacos de farinha, três potes de chucrute e algumas moedas de Harjo. Pearl e eu tínhamos tentado fugir do escorbuto trocando peixes por frutas frescas no sul, mas às vezes um balde inteiro de peixes só dava para três laranjas. Chucrute durava mais e era bem mais barato, mas era preciso encontrar um lugar onde houvesse plantação de repolho para conseguir.

Entreguei a Pearl a caixa de chucrute e ela disse:

— Você conseguiu.

— Meu ponto positivo — murmurei.

O sininho preso à porta tocou quando outro cliente entrou. Senti cheiro de alguma fruta suculenta e minha boca se encheu de água. Um homem estava colocando uma caixa de pêssegos no balcão.

— Temos que contar ao Daniel sobre a propaganda.

Olhei para ela com surpresa. Eu estava tentando ensiná-la a ler à noite com dois livros que tínhamos, um manual de instrução de secador de cabelo e *A casa da alegria*, de Edith Wharton, mas não sabia se minhas aulas tinham dado resultado.

A propaganda pedia um pesquisador e exibia imagens de uma bússola, um compasso e uma régua, com as palavras GANHE DINHEIRO RÁPIDO!

— Você conseguiu ler?

Ela me olhou de cara feia.

— Claro. Onde fica o *saloon*?

— É bem longe. Além do mais, tenho certeza de que ele vai ver a propaganda.

— Você só está fingindo que não quer ver ele de novo! — disse Pearl.

Ela balançou a caixa e os potes bateram uns nos outros.

Sorri, apesar da minha decepção. Ela sempre conseguia me desarmar. Eu não era tão boa em interpretá-la quanto ela era comigo.

CAPÍTULO 9

O *saloon* era um casebre velho com lateral de metal e teto de grama. A luz entrava pouco pelas janelas sujas de plástico. Na escuridão, as vozes pareciam incorpóreas, se erguiam e se misturavam nas sombras e no cheiro rançoso de terra e suor.

Baldes virados, bancos e caixas de madeira serviam de assento ao redor de mesas improvisadas. Havia um gato deitado no bar, lambendo o rabo preto enquanto o barman secava potes com uma fronha velha.

Daniel estava sentado a uma mesa com um homem com cara de adolescente que fugiu de casa, desgrenhado, cheio de vida, como se pudesse aproveitar qualquer oportunidade e partir para qualquer lugar a qualquer momento. Daniel estava inclinado para ouvir o que ele dizia, a testa franzida e os punhos fechados na mesa. Seu rosto estava virado para a porta, como se tentando bloquear a comoção do bar.

Pearl e eu estávamos na linha de visão dele, mas ele não reparou em nós. Pearl tentou dar um passo até lá, mas segurei o ombro dela.

— Espera.

Pedi uma bebida no balcão e o barman colocou uma xícara de líquido âmbar na minha frente. Empurrei uma moeda de Harjo para ele, uma moedinha com um H no cobre, por cima do balcão do bar.

Quando o sujeito parou de falar, Daniel se encostou na cadeira, os braços cruzados, as sobrancelhas baixas e pesadas, a boca apertada. O homem mais jovem se levantou para sair e pensei em ir atrás dele. Eu queria ver Daniel, convencê-lo a nos ajudar, mas não precisávamos nos envolver com o que quer que ele fizesse.

Pearl pulou na direção de Daniel antes que eu conseguisse segurá-la. Ele levou um susto quando a viu, forçando um sorriso e tentando fazer expressão simpática.

— A propaganda tinha até uma foto das suas ferramentas — disse Pearl, movendo as mãos em círculos com empolgação enquanto falava.

Daniel abriu aquele mesmo sorriso triste que costumava dar para Pearl.

— Agradeço você ter vindo me informar — disse ele.

Daniel não me encarou e senti a tensão emanando do corpo dele.

— Acho que temos que ir, Pearl — falei, colocando as mãos nos ombros dela.

Um idoso da mesa ao lado veio até nós e colocou a mão retorcida no meu braço.

— Vejo coisas pra você — disse ele, a voz chiada, fedendo a álcool e decomposição.

— Profeta da cidade — disse Daniel, indicando o homem. — Ele já me contou meu futuro.

— Qual era? — perguntei.

— Que eu enganaria a morte duas vezes e depois me afogaria.

— Nada mal — comentei.

— Você. — O homem apontou para o meu rosto de novo. — Uma ave marinha vai pousar no seu barco e botar um ovo que vai gerar uma cobra.

Eu olhei para o homem.

— O que isso significa?

— Significa — disse o homem, inclinado para a frente — o que significa.

Minha cabeça ficou vazia de repente, os pensamentos dispersos à medida que um medo branco surgia. Por que o profeta falou de cobras e pássaros? Estremeci. Cobras e pássaros eram alguns dos poucos animais que não tinham sido extintos. Ele devia incluí-los na previsão de futuro de todo mundo. Mas os rostos de Row e de Pearl surgiram na minha mente, suas vidas eram duas linhas tênues que vagavam para longe.

— Myra — disse Daniel, tocando em meu braço. Levei um susto e dei um passo para longe dele. — Não significa nada.

— Eu sei. — Olhei ao redor do *saloon* escuro, a silhueta de cabeças inclinadas sobre bebidas, corpos curvados de cansaço sobre mesas. — Temos que ir.

— Espere... Posso... Posso passar uma última noite no seu barco? — pediu Daniel.

Olhei para ele de cara feia.

— Para você não precisar pagar hotel?

Ele inclinou a cabeça.

— Ajudo você a pescar de manhã.

— Posso pescar sozinha.

— Mãe, para com isso. Pode, sim, Daniel — disse Pearl.

Olhei para ela, que ergueu as sobrancelhas para mim.

— Quem era o homem com quem você estava conversando? — perguntei.

— Um velho amigo — disse Daniel. — Só estou pedindo mais uma noite. Gosto de ficar perto de vocês duas.

Ele mexeu no cabelo de Pearl e ela riu. Olhei-o com frieza, de braços cruzados, desejando conseguir ler o rosto dele da mesma forma que conseguia ler a água.

— Mas você não vem com a gente mesmo? — perguntei.

Uma expressão sofrida surgiu no rosto dele.

— Não devo.

Ele olhou para as mãos sobre a mesa e senti sua resistência. Como se houvesse dois ímãs dentro de si, um afastando e o outro atraindo.

ANTES DE NOS acomodarmos no barco para passar a noite, procuramos madeira para fazer uma fogueira. A regra na maioria dos vilarejos era que qualquer coisa pequena ou danificada, como madeira trazida pelo mar, poderia ser recolhida por qualquer um. Qualquer coisa maior era considerada propriedade do vilarejo e tinha que ser entregue. Quem fosse pego recolhendo madeira boa que poderia ser usada para construção podia ser jogado na prisão ou até enforcado.

Nós três nos separamos na praia e fomos procurar destroços ou gravetos. Peguei um pedaço de pano sujo e um amontoado de grama seca e enfiei nos bolsos. Daniel se aproximou carregando alguns gravetos e um saco de papel velho.

— Eu estava pensando que você talvez devesse reconsiderar a sua viagem — disse ele.

— E por que isso?

— A travessia do Atlântico é difícil. Seu barco é feito para a costa do Pacífico e vai ser caro construir outro. — Daniel chutou areia de uma pedra. — O que diziam no *saloon* mais cedo era que os Lírios Negros têm um novo capitão que está usando armas biológicas agora. Cachorros com raiva, cobertores infectados com varíola. Eles geram uma epidemia, reduzem uma população à metade, assumem o local e colonizam. Estão de olho em vilarejos do norte.

— É, eu ouvi isso — murmurei e me inclinei para pegar um sapato abandonado.

Tirei o cadarço, enfiei-o no bolso e descartei o sapato.

— Sei que esse tal de Vale parece bom, mas... vale o risco? — perguntou Daniel.

Quando me encarou, vi que ele sabia que eu tinha outro motivo para ir. A pergunta dele me deixou tensa e percebi que não estava vendo Pearl na praia.

— Onde está Pearl?

Daniel se virou e olhou para trás.

— Achei que ela estivesse para lá.

Observei a extensão da praia. Não havia sinal de ninguém, só duas pessoas bem mais longe, atrás de um amontoado de pedras. Senti uma pontada na coluna. Eu tinha ouvido falar de crianças que simplesmente desapareciam. Os pais se viravam e não as encontravam mais. Sequestro era uma nova forma de furto e, aparentemente, para os que eram bons nisso, bem simples.

— Pearl! — gritei, tentando ficar calma.

— Será que ela voltou para o barco? — perguntou Daniel com um tom descuidado que me deixou furiosa.

— Claro que não — falei, olhando para ele de cara feia. — Pearl!

— Calma...

— Não me mande ficar calma! — gritei. — O que você sabe sobre perder alguém?

Saí correndo e gritando o nome de Pearl, com areia voando atrás dos meus pés. À minha esquerda a montanha subia em uma encosta íngreme e à minha direita o mar seguia até depois do horizonte. Pulei uma pilha de algas e continuei correndo e a chamando. Estava um silêncio sinistro na praia, tudo imóvel. Até um barquinho a um quilômetro da praia parecia ancorado, imóvel, como se pintado na paisagem.

Parei de correr e virei para todos os lados. Não havia para onde ela pudesse ter ido. Era como se tivesse sido levada ao céu. O pânico tomou conta. Ouvi os passos de Daniel atrás de mim e, mais atrás, o grito das gaivotas.

Pearl saiu de uma fenda na montanha, uma rachadura na base de apenas noventa centímetros, segurando uma pilha de madeira.

— A madeira toda está na caverna — gritou ela para nós.

Inspirei intensamente. O pequeno corpo delineado pela escuridão, ao mesmo tempo familiar e estranho, uma pessoa feita de mim e ainda assim independente de mim.

Corri até ela e a puxei num abraço antes de erguer seu rosto.

— Você não pode sair da minha vista.

— Eu encontrei madeira.

— Pearl, estou falando sério.

Daniel nos alcançou.

— Ela sempre exagera — disse Pearl para Daniel quando entrei na caverna para pegar uma braçada.

Ele esticou a mão e bagunçou o cabelo dela.

— Não — disse ele. — Não exagera.

CAPÍTULO 10

Acendemos uma pequena fogueira no convés, dentro da tampa de metal de uma lata de lixo. Assamos meio frango da troca do dia e comecei a fazer um pão pequeno. Pearl pegou duas panelas pequenas embaixo do convés, junto com uma xícara de água na cisterna.

O sol se pôs enquanto o frango assava e jurei que conseguia sentir o cheiro das lilases vindo da terra. Daniel e Pearl riram quando falei isso. Ficaram me provocando, dizendo que era coisa da minha cabeça. Mas era só a terra — estar perto da terra despertava a memória. O cheiro de grama cortada ou das flores da estação. Esperar as correspondências ao meio-dia. Essas lembranças eram como um membro fantasma. Talvez esse fosse o verdadeiro motivo de Pearl e eu ficarmos na água.

Pearl fez uma dancinha para Daniel e mostrou a ele suas duas cobras favoritas, a cabeça delas surgindo na beirada do pote de argila quando ela levantou a tampa. Ela implorou para que ele contasse uma história. Ele disse que cresceu na Península Superior do Michigan e passava horas caminhando na floresta quando criança. Disse que uma vez encontrou um alce.

— O que é um alce? — interrompeu Pearl.

Daniel olhou para mim.

— Ora, eles são grandes... — começou ele.

— Como uma baleia? — perguntou Pearl.

— Hum, talvez uma baleia pequena. Mas têm pelos e chifres.

Pearl franziu a testa sem entender e percebi que ela estava tentando imaginar mas não tinha referência.

— Pense em um bode bem grande, com chifres bem grandes — falei antes de Daniel recomeçar a história.

— O alce repuxou as orelhas para trás, baixou bem a cabeça e partiu para cima de mim. — Daniel fez um gesto rápido com as mãos e Pearl deu um pulo. — Ele estava a uns cinco metros, mais ou menos, e eu sabia que não conseguiria correr mais rápido do que o bicho. Então levantei os braços e gritei com ele.

Pearl riu.

— O que você gritou?

— Vai pra longe, seu animal! Sai! Vai embora! — Daniel imitou como tinha balançado os braços e gritado. — Foi bem ridículo, mas deu certo. Eu fingi que era maior.

A luz do fogo tremeluziu no rosto deles, espalhando um brilho quente por todas as superfícies. Eu sovei a farinha e a água no fundo de uma panela, escutando a conversa. Era bom para Pearl estar com outra pessoa, pensei.

— Ainda existem alces?

Eu fiz que não.

— Morreram todos.

— Pode ser que ainda tenha algum em algum lugar — disse Pearl.

— Pode ser — disse Daniel.

Nós comemos o frango e preparei o pão em duas panelas, uma em cima da outra para fazer um pequeno forno. Depois que ficou escuro, Pearl se encolheu no convés e Daniel e eu nos sentamos ao luar, o fogo morrendo em brasas, nossas vozes tremulando ao vento.

— O motivo para você não viajar mais com mais ninguém... É aquela mulher que você mencionou?

— Um pouco. E porque as coisas ficam complicadas demais quanto tem outras pessoas envolvidas.

Eu inclinei a cabeça e ele suspirou.

— Minha mãe e eu moramos sozinhos durante a Enchente de Seis Anos. Ela era diabética, então quando a água começou a chegar eu comecei a providenciar um estoque de insulina indo aos hospitais que ainda não tinham sido saqueados e inundados. Consegui bastante, mas a maioria foi roubada antes de irmos para a água. Fomos para o oeste e ficamos bem por um tempo, mas ela morreu dois anos depois de cetoacidose diabética.

Lembrando o que gritei para ele na praia, virei o rosto para o convés e arranhei a madeira com a unha, uma nuvem de vergonha crescendo no meu peito.

— Foi difícil... — Daniel fez uma pausa e olhou para o mar. O luar tocou nas ondulações na água, entalhando foices prateadas na superfície negra. — Saber que o fim estava chegando para ela... saber que eu não podia fazer nada, que não havia mais insulina em lugar nenhum. Nós tentamos ajustar a dieta. — Ele soltou um som rouco, como se estivesse pigarreando. — Mas foi impossível com tão pouca comida. Com todo mundo pegando o que havia restado.

Eu me lembrava daqueles dias, da onda de empolgação só de encontrar uma caixa de cereal em um armário vazio na casa de um vizinho. E o coração ficando apertado ao pegá-la, sem peso algum, e perceber que o conteúdo já havia sido levado por alguém.

As pessoas saquearam postos de gasolina e lojas. E lotaram os prédios até o topo. Escolas, bibliotecas, fábricas abandonadas. Multidões dormindo enfileiradas, a caminho de outra coisa que ainda não haviam decidido o quê. A maioria gentil e com medo. Já outras nem tanto, então a gente passava a maior parte do tempo dentro de casa.

— Sinto muito — murmurei e, quando olhei para ele, a dor em seu rosto fez um buraco no meu estômago.

Daniel ergueu os ombros até as orelhas.

— Aconteceu com todo mundo, não é?

Assenti e senti uma inquietação estranha nos ossos. Sustentei o olhar dele e parecia que eu estava perdendo o controle, como se eu estivesse em um mar tão salgado que me fazia flutuar.

Lembrei que não apenas procuramos por comida, como também aprendemos sozinhos a plantar. Row e eu fizemos uma horta no jardim da frente, onde o sol era mais forte. Uma vez, ela ficou nesse jardim segurando um rabanete que tinha arrancado da terra, um sorriso satisfeito no rosto, o sol batendo forte. Mesmo em todo o caos havia momentos como aquele, momentos pelos quais eu passaria o resto da vida procurando.

— Não vou para o Vale só porque parece estar melhor — falei, surpreendendo a mim mesma. — Minha filha está lá. Minha outra filha.

Se Daniel ficou surpreso, não demonstrou. A expressão estoica permaneceu igual enquanto contei que Jacob tirou Row de mim, que não tive notícias deles durante anos até algumas semanas antes, que Row no momento se encontrava em uma colônia no Vale e que eu tinha que tentar salvá-la. Tinha que tirá-la de lá antes que a levassem para um navio de reprodução, que era a minha última chance.

— Eu sei o risco — falei, a voz falhando. Olhei para Pearl no convés.

— Eu sei. Mas... tenho que tentar. — Dei de ombros e afastei o olhar. Quando nossos olhares se encontraram novamente, seu rosto estava sombrio. — A ideia de não tentar me dá a sensação de não ter mais ossos. Meu corpo fica frouxo e vazio.

Balancei a cabeça e passei a palma da mão no rosto.

— Vou com vocês — disse ele, a voz quase inaudível em meio às ondas batendo no barco.

— O quê?

— Vou ajudar você a chegar lá.

— Olha, não foi por isso que contei... — falei, mas eu não tinha tanta certeza. No fundo eu devia saber que era minha última cartada. Ou talvez eu quisesse voltar a sentir uma conexão com alguém naquele mar imenso e escuro. — Por que você está mudando de ideia?

Daniel afastou o olhar e esticou a mão para pegar um graveto e mexer nos carvões.

— Acho que podemos ajudar um ao outro — disse ele. — Eu... Eu ando solitário. Além do mais, seria bom ir para o nordeste. Nunca fui para lá.

A sensação de inquietação que senti no *saloon* voltou; afogou o alívio de ouvi-lo dizendo que ia comigo. Mudei de posição e me inclinei para o lado, apoiando-me no braço. Por que ele estava mudando de ideia? Eu não acreditava que era só porque queria me ajudar a encontrar Row. Tentei afastar a inquietação. *Você sempre teve dificuldade para confiar nas pessoas*, lembrei a mim mesma.

Quando olhei para Daniel, seus olhos estavam fechados, a cabeça encostada na amurada. Ele parecia inocente e também não acreditei nisso.

CAPÍTULO 11

Depois que perdi Row, antes de trazer Pearl ao mundo, desejei não estar prestes a ter outro filho. Parte de mim queria Pearl mais do que tudo e a outra parte achava que eu não conseguiria conhecê-la, não conseguiria olhar no rosto dela. Era tudo muito frágil.

Eu não podia me arrepender das minhas filhas, mas também não conseguia ficar livre delas, de como elas me abriram, me deixaram exposta. Eu nunca me senti tão vulnerável quanto depois do parto, nem tão forte. Era uma vulnerabilidade ainda maior do que enfrentar a morte — um vazio em expansão, diferente de uma queda livre, que era como eu me sentia todos os dias tentando cuidar de Pearl nesse mundo.

A maior diferença entre ser mãe de Pearl e de Row não era o fato ter vivido ao mar com Pearl e em terra com Row, mas ter ficado sozinha com Pearl depois que o vovô faleceu. Com Row, eu tinha medo de ela cair da escada quando brincávamos no sótão. Com Pearl, eu tinha medo de ela cair do barco enquanto eu prendia uma isca no anzol. Mas foi só no caso de Pearl que não havia mais ninguém para ajudar a ficar de olho nela. Prestar tanta atenção virou minha mente do avesso, esfolou meus nervos.

Quando Pearl era bebê, eu a carregava em um *sling* praticamente o tempo todo, até quando dormíamos. Mas quando ela começou a engatinhar, tive mais dificuldade de controlá-la. Durante as tempestades, eu a amarrava a mim com uma corda, para garantir que ela não fosse levada. Eu a treinei para ficar perto de mim nos portos e a ensinei a nadar.

Pearl teve que aprender tudo muito cedo: nadar, tomar leite de cabra, usar o banheiro, me ajudar com as linhas de pesca. Ela aprendeu a nadar com dezoito meses, mas a andar mesmo foi só aos três anos. Em vez de andar, ela se arrastava pelo *Pássaro* como um caranguejo. A infância dela foi do tipo que eu lia em histórias de desbravadores americanos, de crianças que sabiam tirar leite da vaca aos seis anos e atirar com um rifle aos nove.

No começo, isso me deu uma pena diferente da que senti de Row. Mas percebi que ter nascido mais tarde, depois que já estávamos na água, talvez fosse uma coisa boa. Ainda muito pequena ela era capaz de nadar melhor do que eu jamais nadaria, com um conhecimento instintivo das ondas.

Por isso tudo, ter Daniel a bordo me deu a sensação de poder respirar de novo. Reparei que ele ficava de olho nela como eu, sempre em sua visão periférica, um ouvido sintonizado nos movimentos dela. Daniel, Pearl e eu seguimos para o sul. À noite, dormíamos embaixo do convés, o vento assobiando acima de nós, as ondas balançando o barco como um berço. Eu dormia de lado com Pearl encostada no meu peito e Daniel dormia do meu outro lado. Uma noite, ele apoiou a mão com hesitação na minha cintura, e como não reagi ele passou o braço em volta de nós duas, um braço pesado e reconfortante, nos dando segurança.

Às vezes, em noites tranquilas assim, eu imaginava nós três vivendo daquele jeito, esquecendo o Vale, levando uma vida tranquila e simples no mar. Comecei a esperar ansiosamente os momentos em que Daniel estava perto, nós dois parados perto do leme ou encolhidos embaixo da cobertura durante uma tempestade. Podíamos estar trabalhando silenciosamente para remendar uma corda, as cabeças abaixadas sobre as fibras desfiadas, nossas mãos trançando rapidamente, e o corpo dele junto ao meu trazia serenidade.

E então eu me lembrava de Row, puxando o cobertor para todo canto pelo piso de madeira, a cabeça inclinada para o lado, a expressão um misto de curiosidade e traquinagem. Ou de como ela empurrava a mesa de centro até a janela e se sentava com a postura perfeitamente ereta, observando os pássaros. Dando nomes pelas cores: passarinho vermelho, passarinho preto. Eu sentia como se ela estivesse do meu lado. Uma maré de calor tomava minhas veias, me empurrando na direção do Vale como se eu não tivesse escolha.

* * *

Tirei sardinhas e lulas de uma das redes que tinha usado para pescar naquela manhã e joguei tudo no pote de iscas vivas, um recipiente grande de cerâmica que já tinha sido usado para guardar farinha. Deixávamos o pote amarrado ao lado da cisterna e só o enchíamos de iscas vivas quando não precisávamos comer a carne.

Eu ficava olhando o horizonte conforme nos aproximávamos dos topos de montanhas da América Central. Quando estávamos a uns vinte e cinco quilômetros da costa mais próxima, sinalizamos para um navio mercante balançando nossa bandeira, um quadrado azul de tecido com um peixe no meio. A bandeira do navio balançava ao vento, roxa com uma espiral marrom que parecia uma concha de lesma.

As pessoas já se comunicavam por bandeiras antes do vovô e eu irmos para a água. Os marinheiros diziam que os Lírios Negros tinham sido os primeiros a erguer uma bandeira, usando-a para identificar os diferentes navios dentro da tribo e, mais tarde, para sugerir que outro navio se rendesse antes de um ataque.

Assim, vovô fez uma bandeira de pescador cortando um peixe de uma camiseta branca e o costurando em uma fronha azul. Logo que Pearl começou a se deslocar, ensinei a ela os três tipos diferentes de bandeira, porque precisava que ela fosse meu segundo par de olhos no mar, alerta para quem poderia estar se aproximando se eu estivesse ocupada pescando. Ela aprendeu que algumas bandeiras eram de uma cor só: branca para comunicar perigo, preta para indicar doença, laranja para recusar um pedido. Outras indicavam o tipo do barco: mercador, pesqueiro ou de reprodução. E o último tipo eram as bandeiras tribais, bandeiras com símbolos para mostrar a identidade de uma nova comunidade, como um brasão familiar.

Apesar de os Lírios Negros terem sido os primeiros a usar esse tipo de comunicação, também foram os primeiros a sabotá-lo. Agora, diziam que eles gostavam de navegar com bandeiras falsas para chegar mais perto de um inimigo e erguer a própria bandeira pouco antes do ataque.

Assim, quando nos aproximamos do navio mercante, fiquei de olho na bandeira, as mãos na amurada, com medo de que fosse tirada e substituída por uma bandeira tribal de corsário.

— Acho que você pode relaxar — disse Daniel. — Não pode ficar em estado permanente de hipervigilância.

— Eu sempre evitei esta parte do Pacífico porque ouvi falar que os corsários têm uma fortaleza aqui.

— Eu achava que você evitava esta área porque não sabe navegar. — Daniel sorriu para mim e passou as costas da mão no meu braço.

Sufoquei um sorriso e olhei para ele, o vento jogando o cabelo no meu rosto.

— Depois da troca, nós deveríamos seguir mais para o leste em busca de peixes-vela.

Daniel olhou para o mar.

— Como você identifica?

Apontei para as fragatas voando baixo e mergulhando na água alguns quilômetros para leste. Vovô tinha me ensinado a observar os pássaros.

— Também vi cardumes de atum e cavalinha. A água aqui é quente. Dá para conseguir uns quarenta quilos de carne. Vale a pena desviar do caminho.

— Tudo bem. Só temos que tomar cuidado ao velejar tão perto da costa sem querer atracar.

Eu sabia que ele estava preocupado com as montanhas debaixo da superfície da água e com medo de encalharmos. Às vezes, dava para ver sombras na água nos locais em que as montanhas subiam ao céu e, ao passar por cima, viam-se os picos rochosos como rostos antigos flutuando nas profundezas, nos encarando. O mar se agitava, as correntes em redemoinho em meios às pedras, novos corais surgindo, novas criaturas marinhas se adaptando e se formando na escuridão.

Eu não estaria aqui para ver as coisas novas que surgiriam nesse novo mundo; teria virado cinza antes que surgissem, completamente formadas. Mas ficava pensando nisso, me perguntando o que Pearl viveria para ver e torcendo para que fossem coisas boas.

Paramos ao lado do navio mercante e trocamos nossos peixes por alguns metros de algodão, barbante, carvão e leite de cabra. Quando perguntei sobre madeira, eles disseram que tínhamos que ir ainda mais para o sul para conseguir bons preços. Um nó surgiu no meu estômago. Não podíamos perder ainda mais tempo indo mais para longe do caminho.

Quando nos separamos, o navio mercante seguiu para o nordeste, na direção de um pequeno porto na costa, e Daniel ajustou a cana do leme para virarmos para sudeste, para o ponto onde eu achava que poderia haver cardumes. Pearl ficou brincando com uma cobra no convés enquanto eu consertava os covos de pegar caranguejos, enfiando arame pelas ripas quebradas de metal. Sempre havia algo a ser consertado. O leme, a vela, o casco, o convés, o molinete e as iscas. Tudo sempre quebrava e eu mal conseguia resolver, o tempo escorregando por entre os dedos.

Nós fomos na direção dos pássaros. Pearl e eu pescamos de corrico com iscas coloridas feitas de fitas e anzóis. A água estava clara e o vento soprava com tranquilidade, um daqueles dias lindos para velejar que me davam a sensação de estar voando. Vi um peixe-vela perto da superfície, a vela cortando a água como uma barbatana de tubarão, e soltei a linha com uma lula viva no gancho.

Deixei a linha solta e mexia nela ocasionalmente, observando a água e esperando, tomando o cuidado de só atrair os peixes-vela, sem segui-los. Demorou duas horas para um morder a isca e me puxar contra a amurada. Os nós dos meus dedos ficaram brancos e o peixe quase me derrubou na água.

Daniel deu um pulo para a frente para me segurar.

— Você está bem? — perguntou ele quando me ajudava a prender a vara no suporte na amurada.

Eu assenti.

— Não podemos perder esse.

O peixe nadava com velocidade impressionante, a vela cortando a superfície da água, e nosso barco tremeu quando a linha chegou ao final. O peixe deu um puxão forte, nadou em semicírculo na ponta da linha, lutou, pulou no ar, espalhou água.

Não havia litoral à vista; o mundo estava tão plano e azul que era quase cansativo para os olhos. A vastidão era desorientadora. As nuvens pareciam finas como gaze.

Um tubarão circulou nosso barco, nadando para perto e depois para longe. Primeiro, achei que estava acompanhando os movimentos de um cardume de cavalinhas abaixo de nós, mas então percebi que estava caçando nosso peixe-vela.

— Vamos tentar puxar ele de uma vez — falei para Daniel.

— Achei que você tivesse dito que era melhor deixar que se cansasse antes de puxá-lo. Como vamos aguentar essa coisa?

Coloquei as luvas de couro.

— Você e Pearl giram o molinete. Vou pegar ele pela espada. Quando estiver com ele, você me ajuda a erguê-lo para fora da água segurando a vela e embaixo do corpo.

A vara que segurava o peixe-vela tinha sido uma haste de cerca de titânio antes do vovô transformá-la. Não se curvou nem quebrou com o peso do peixe-vela, mas o suporte preso na amurada gemeu e chiou, ameaçando se soltar.

Daniel girou o molinete, fazendo um grande esforço a cada movimento, o suor se acumulando nas têmporas. O peixe-vela continuou lutando, pulando no ar e sacudindo o corpo. A água borrifou no nosso rosto. O corpo bateu no barco durante a luta. Pisquei para afastar o sal nos olhos e perdi o tubarão de vista.

Quando o peixe-vela estava perto o suficiente para eu segurá-lo, eu me debrucei na amurada e estiquei os braços. Ele se sacudiu na linha, a cabeça longe da água, o anzol brilhando na boca.

Segurei a espada e ele quase escorregou das minhas mãos, como gelo. O odor sulfúrico de coral e algas pairava ao nosso redor. Deveríamos estar perto de topos de montanhas, pensei rapidamente.

Daniel travou o molinete e se inclinou por cima da amurada para segurar a vela. Com o canto do olho, vi o tubarão reaparecer. Bateu no casco e balançamos de leve.

O medo subiu como bile até minha garganta. O tubarão mergulhou mais fundo na água, a forma indefinida e depois invisível nas profundezas. Os olhos do peixe-vela se deslocavam de um lado para outro. As guelras se abriam e as escamas tremiam, girando na luz do sol como um caleidoscópio. Até ele parecia ter sentido uma nova onda de medo.

O peixe arregalou os olhos e pulou da minha mão em um puxão violento, caindo na água.

— Droga — murmurou Daniel, esticando a mão para a água para pegar a vela.

— Daniel, não!

O tubarão emergiu e abocanhou o antebraço dele, balançando a cabeça em um movimento violento antes de cair de volta na água. Daniel gritou e caiu para a frente, na direção do mar.

CAPÍTULO 12

Segurei as costas da camisa de Daniel, apoiada na amurada, e puxei com força. Nós dois cambaleamos para trás e caímos no convés. O sangue que escorrida do braço descia pelas rachaduras na madeira.

— Pearl! Pegue o tecido! — gritei.

Eu não conseguia ver o ferimento no meio de tanto sangue. Havia pele e tendões pendurados no braço. Alguma artéria tinha sido rompida? O osso estava esmagado?

Pearl correu até a cobertura do convés e voltou com o tecido que adquiri em Harjo. Eu apertei no braço dele.

— Vai ficar tudo bem — falei, sentindo meu sangue pulsar nos ouvidos. — Só precisamos estancar o sangramento.

Ele apertou bem os olhos. O rosto estava pálido e a respiração saía em explosões rápidas e curtas.

— Pearl, segura isto aqui e faz pressão — pedi.

Ela segurou o tecido sobre o ferimento enquanto eu tirava o cinto e o prendia em volta do braço, acima do cotovelo. Fiz um buraco novo no couro usando a faca, apertei o cinto e o coloquei no lugar.

Sentei-me para olhar melhor para ele e coloquei a mão em seu ombro.

— Respira — orientei. — Tenta ficar calmo.

O som de madeira em pedra encheu o ar, um ronco virando um rugido seco. O barco balançou de repente e me derrubou.

Daniel abriu os olhos.

— Montanha. Montanha! — disse ele freneticamente.

Dei um pulo, corri até a popa e olhei por cima da amurada. Os topos das montanhas cintilavam abaixo da superfície, cheios de fendas e picos, pequenos amontoados de corais surgindo nas sombras. Estávamos encalhando.

Virei a cana para levar o leme o máximo possível para a direita e senti o barco começar a desviar. Um vento forte alcançou a vela e fomos em frente. Além da proa, vários picos surgiam alguns poucos metros acima da água. Nós tínhamos que virar mais para a direita, e rápido.

— A vela! — gritei para Pearl, mas ela já estava no poleame, enrolando a corda.

Juntei-me a ela, puxando a corda, lutando para soltar um nó.

As mãos de Pearl tremeram e lágrimas escorriam por seu rosto.

— Nós vamos acabar dentro d'água — disse ela, choramingando.

— Nós vamos ficar bem — garanti.

Larguei o nó, tirei a faca da bainha e cortei a corda, soltando a vela para que se abrisse e nos levasse para longe do vento.

Mas era tarde demais. A ponta rochosa de uma montanha trinta centímetros acima da superfície da água estava a apenas seis metros à nossa frente. Segurei Pearl e a puxei para perto.

O *Pássaro* se inclinou para a esquerda quando passamos em cima da montanha, a água entrando no convés e Daniel rolando na direção da amurada. Pearl e eu caímos em cima do mastro e nos agarramos a ele. O barco deslizou por cima da montanha e o som de madeira rachando trovejou à nossa volta.

O casco voltou para a água com um baque e o *Pássaro* quase se ajeitou. Corri até Daniel, puxei-o pelas axilas e o apoiei na amurada. Ele segurou o braço contra o peito e trincou os dentes. O *Pássaro* começou a se inclinar para a direita. A água não parava de entrar. Eu me levantei e observei o horizonte, na esperança de ver terra.

— Pearl, pega o balde e uma tocha — falei.

Abri a escotilha no convés e espiei a cavidade entre o casco e o convés. Tábuas entrelaçadas bloqueavam minha visão, mas ouvi água correndo. Pearl me entregou a tocha, um galho com um pedaço de tecido amarrado na ponta e um saco plástico por cima para mantê-lo seco. Arranquei o saco plástico e Pearl bateu com as pedras para fazer uma fagulha.

Pulei no buraco e meus pés caíram na água. A chama só iluminava trinta centímetros ao redor e lançava sombras profundas entre as tábuas entrelaçadas. À direita, vi o buraco, perto do fundo direito do casco. A água já estava com sessenta centímetros. Afundaríamos em uma hora ou menos.

Saí pelo buraco e peguei um balde com Pearl. Ela já tinha amarrado um pedaço de barbante na alça e o joguei no buraco e puxei para cima, a água pingando e transbordando.

— Pearl, enquanto eu tiro a água, coloque a comida e os instrumentos do Daniel nas nossas bolsas. E coloque uma parte da água da cisterna em garrafas.

— Não vai caber tudo.

— Deixa a farinha, então.

— Está bem — disse Pearl.

Ela se virou e desapareceu na cobertura do convés, arrastando nossas bolsas e as jogando no convés na frente dela.

Desci o balde várias vezes e meus braços e minhas costas começaram a doer.

— Merda — murmurei.

Eu não estava ganhando tempo. Joguei água para fora do barco e a luz foi capturada em uma curva brilhosa, cintilando como cristal. Apertei bem os olhos e abri de novo. O *Pássaro*, pensei, lembrando as mãos do vovô durante a construção, as palmas calejadas passando pela madeira.

Vi o *Pássaro* afundar me segurando ao bote de Daniel. Daniel e Pearl estavam sentados nas bordas, se segurando nas laterais para não serem derrubados a cada onda. O bote suportava apenas duas pessoas, então coloquei Pearl em cima para que ela ficasse em segurança e Daniel para ele parar de me irritar sangrando na água. Cada um de nós carregava uma mochila cheia de suprimentos.

O *Pássaro* se inclinou para o lado e pareceu ficar firme enquanto a água entrava. Eu sentia como se a água estivesse enchendo a mim também, seu peso inescapável. Mas um gorgolejo veio do barco, a água puxando a estrutura para baixo, até que ele desapareceu como uma moeda jogada em um poço de desejos. Respirei fundo. O *Pássaro* era a última coisa que me conectava à minha mãe e ao meu avô e sem ele eu me senti suspensa, afastada. Sufoquei o choro e agarrei o bote com mais força.

Eu estava com a faca na outra mão, observando a água para ver se o tubarão aparecia.

— Está esperando a gente se cansar — disse Daniel, me observando, a preocupação suavizando sua voz.

Olhei para ele com irritação. *Você vai se cansar primeiro*, pensei, meio tentada a jogá-lo na água se visse o tubarão de novo.

— Eu falei para você não tentar pegar o peixe — soltei, com rispidez.

— Eu falei que deveríamos ter seguido a rota e ido direto para o porto — respondeu ele. — Navegar perto assim da costa é impossível.

Um som baixo e estrangulado escapou de Pearl, um soluço preso na garganta. Ela não tinha parado de tremer desde a primeira colisão.

Estiquei a mão para segurar seus dedos brancos.

— Pearl, querida. Nós vamos ficar bem.

— Não quero você na água. O tubarão — choramingou ela.

— Estou com a minha faca — falei, mostrando a lâmina, que brilhou no sol. Forcei um sorriso e apertei a mão dela. — Nós vamos ficar bem.

As lágrimas de Pearl caíram na minha mão por cima da dela. Uma onda bateu em meu rosto e engoli água salgada, sentindo a fúria crescer dentro de mim. Praguejei a mim mesma. Não deveria tê-lo deixado subir a bordo.

Todas as minhas linhas e minha isca, a maior parte do suprimento de comida, a água fresca na cisterna. Tudo perdido. Mesmo que chegássemos em terra, eu não teria nada para trocar por comida e novos equipamentos de pesca.

— Myra, estou vendo alguma coisa — disse Daniel.

— Cala a boca.

— Myra...

— Eu mandei calar a boca — falei, segurando a faca com mais força.

— É um navio — disse ele, enfiando a mão em uma bolsa para pegar o binóculo.

— Passa pra mim.

Olhei pelo binóculo para o horizonte até encontrar um navio. Era maior do que um barco de pesca, do tamanho de uma embarcação mercante. Apertei os olhos pelo binóculo procurando uma bandeira.

— Não sei quem são — falei.

Estranhamente, pareciam estar vindo na nossa direção, embora eu tivesse dúvida de que conseguissem nos ver. Pareciam a uns cinco quilômetros de nós, mas éramos um pontinho muito pequeno num mar enorme. Eu duvidava de que conseguissem nos ver, a não ser que estivessem nos procurando.

Mordi o lábio, já seco do sal e do sol. Olhei na direção do navio e só consegui ver uma pequena sombra no horizonte sem o binóculo. O navio poderia nos salvar ou nos condenar a um destino pior do que tentar a sorte no mar aberto.

— Você deveria fazer sinal pra eles — disse Daniel, enfiando a mão na mochila para pegar nossa bandeira branca.

— A gente não sabe quem é — repeti. — Prefiro enfrentar minhas chances no mar aberto a ser acorrentada no casco de um navio corsário.

— Vale o risco — disse Daniel.

Olhei com raiva para ele. Valia o risco para ele, pensei. Ele não sobreviveria em mar aberto por muito tempo, mas Pearl e eu talvez sim. Pelo menos por alguns dias e, se as correntes fossem as certas, talvez conseguíssemos chegar na costa.

Ele pareceu ler meus pensamentos.

— Vocês duas não vão durar muito. Estamos a vários quilômetros da costa. Aqui não é um território muito percorrido; não vai aparecer ninguém.

Olhei novamente para o navio. Lembrei-me da minha mãe e eu conversando no sótão, sentadas no degrau mais alto, enquanto o vovô encaixava as juntas do *Pássaro*. Nós conversávamos sobre os últimos relatórios, até onde a água tinha ido, que prédios na cidade evitar. Jacob tinha saído para se encontrar com alguns amigos novos que eu não conhecia. Row passou por nós carregando um balde, que colocou ao lado dos outros, pela área do sótão. A água da cidade tinha sido cortada na semana anterior e estávamos recolhendo água da chuva em todos os nossos baldes e bacias. Row se ajoelhou na frente do balde, se inclinou para a frente e sorriu para o próprio reflexo.

— Oi — dissera ela para si mesma e riu.

Vovô sorriu para ela e bateu na lateral do *Pássaro*.

— Vai ser um bom barco para começar — anunciara ele.

Fiquei surpresa com essas palavras na época, porque nunca imaginei que deixaríamos o *Pássaro*, não depois de tanto trabalho para construí-lo. Eu era tão jovem, não estava acostumada à perda e à impermanência como o vovô. Não sabia como esperá-la, como aceitá-la.

Meus batimentos aceleraram e tentei respirar fundo. Não havia escolha além de ir em frente, eu disse para mim mesma.

— Passe a linha de pesca — pedi.

Eu ergui meu corpo no bote e bati o pé na água. Passei a linha de pesca pelo tecido e a amarrei no remo para fazer uma bandeira.

Quando Daniel a ergueu com o braço ileso, senti um frio na barriga, com quem espera por uma sentença. Fiquei olhando para o navio conforme foi ficando maior e tive uma sensação de desdobramento, um movimento de expectativa crescente, uma sensação de que esse navio mudaria tudo.

CAPÍTULO 13

Quando o navio se aproximou, temi que fosse colidir conosco. Antes que estivéssemos na sombra do casco, vislumbrei vários marinheiros se movendo a bordo. O navio em si tinha duas velas e parecia ter uns vinte metros de comprimento. O nome sedna estava pintado em letras pretas de forma no casco. Lembrava uma embarcação mercante que eu tinha visto em livros de história quando criança. Havia uma cabine na popa, uma cabra em um cercado no convés e uma pequena canoa pendurada na parede da cabine.

Daniel foi ficando mais pálido conforme esperávamos e agora suas pálpebras pesavam sobre os olhos.

— Fica acordado — mandei, com rispidez.

Pearl ainda estava agarrada à lateral do bote com os nós dos dedos brancos, os olhos arregalados, vendo o navio se aproximar. A desidratação fazia minha garganta arder, e engoli em seco e pisquei para tentar clarear os pensamentos. Até meu sangue parecia confuso de cansaço. Uma escada caiu pela amurada do navio até o mar enquanto o navio ainda estava a três metros.

— Vamos ter que nadar — concluí.

Os olhos de Pearl ficaram arregalados de terror e Daniel assentiu de um jeito embriagado.

Falei um palavrão baixinho.

— Vou levar vocês, ok? Pearl, vamos.

Pearl passou os braços finos em volta de mim e nadamos até a escada. Depois que ela começou a subir, voltei para buscar Daniel.

Ele era tão pesado e seus membros se moviam com tanta lerdeza que senti uma onda de pânico achando que nós dois afundaríamos, puxados pelo peso dele. Debati-me furiosamente na água, arrastando-o junto. Quando chegamos à escada, ele a segurou.

— Vai primeiro.

Se ele caísse, eu não tinha certeza de que conseguiria salvá-lo, mas me surpreendi ao perceber que tentaria.

Daniel subiu a escada com mais facilidade do que imaginei, devagar mas sem parar. Tive a sensação de que ele desabaria assim que chegasse no convés, então subi rapidamente atrás, minha mente vibrando e pensando em Pearl sozinha lá em cima.

Um homem segurou meu braço quando cheguei na amurada e levei um susto, botando as mãos no peito dele para empurrá-lo, mas fui recebida com olhos escuros gentis.

— Calma, calma. Só quero ajudar. Essa amurada é alta — disse o homem, me levantando até o chão do barco.

Ele era atraente, o rosto anguloso e simpático. Tinha cabelo preto e pele morena clara; usava uma bandana no pescoço e botas de couro de amarrar.

— Meu nome é Abran — disse ele, apertando minha mão. — Bem-vinda ao *Sedna*. Que bom que chegamos a tempo. — As mãos dele se moviam em explosões rápidas enquanto ele falava.

— Myra — falei, olhando para a tripulação e tentando decidir o que achava deles. — Esses são Pearl e Daniel.

— Nós normalmente recolhemos armas — disse Abran quando minha mão voou para a faca embainhada na minha cintura. — Mas queremos receber vocês em nosso navio de boa-fé — disse ele, me observando com atenção. — Sabemos um pouco sobre vocês. Temos uma amiga em comum. Beatrice, de Apple Falls.

Meus olhos se arregalaram de surpresa.

— Beatrice — repeti, baixinho.

— Ela disse que você sempre pega coisa boa. Nós não esperávamos pegar você.

Abran e alguns outros riram e olhei de cara feia.

— Mas, no porto de Myer — Abran apontou para trás, na direção do posto comercial —, alguns mercadores disseram que fizeram uma boa troca com você, então tentamos alcançá-la. Fiquei com medo de não a encontrarmos. Wayne estava de olho, mas de repente pareceu que vocês desapareceram. Por sorte já estávamos vindo logo atrás.

O mundo estava tão pequeno agora, e como eu visitava os mesmos vilarejos comerciais todos os anos, muitas vezes durante a mesma estação, eu era presença regular. Nomes de pescadores e comerciantes de confiança eram trocados por cima de copos de uísque ou no meio da fumaça de um cachimbo de tabaco em postos comerciais.

— Que tipo de navio é este? — perguntei.

O navio era grande demais para ser um barco de pesca comum e não tinha a costumeira ostentação de riqueza que se via em uma embarcação mercante.

— Nós somos uma comunidade — disse Abran, e olhei para ele com ceticismo. — Mas primeiro precisamos... — disse Abran, indicando Daniel — precisamos cuidar dele. Jessa e Wayne... — Uma jovem e um homem de meia-idade estavam a uma distância curta nos observando. Jessa era pequena, o rosto em formato de coração e a pele clara. Wayne tinha cabelo louro tão desbotado pelo sol que parecia branco e várias tatuagens nos braços. — Eles vão pegar o que tiver sobrado do seu bote.

Eu assenti. Abran foi na frente pelo convés até a cabine, perto da popa. A cabine era quadrada, um único aposento com uma cortina o dividindo no meio. Nessa metade do aposento, a porta da cabine ficava em frente a uma mesa comprida e na parede em frente à porta havia uma pequena janela. Ao longo da mesa, prateleiras e cestas ocupavam a parede, cheias de mapas, livros, corda, molinetes e cabos.

O sol entrava pela janela e caía em um quadrado na mesa. Era estranho estar bloqueada do vento em um navio, me mover com as ondas, mas não sentir o vento no meu corpo.

— Se usar um machado em vez de espada, vai ter mais força por trás. De verdade, é melhor — disse uma voz por trás da cortina.

— Aham — murmurou outra voz, a voz de uma mãe que não está prestando muita atenção.

Abran deu um passo à frente e puxou a cortina, exibindo uma pequena cozinha. Um adolescente de uns dezessete anos mexia uma tigela com alguma coisa cheirando a tomate em vinagre, o aroma doce e pungente fazendo meu estômago se contrair de fome. Ao lado dele, uma mulher de meia-idade estava de pé em um banco, procurando alguma coisa em um armário acima de uma bancada.

— Marjan — disse Abran, indicando a mulher. — Ela é nossa quartel-mestre e cozinheira. E Behir — disse ele, indicando o jovem. — Esses são Myra, Daniel e Pearl.

Marjan se virou no banco e sorriu para nós.

— Oi. Finalmente encontramos vocês.

O rosto dela era quadrado, a pele marrom, os olhos pretos cintilantes e uma trança preta caía pelas costas. Algo na expressão dela e no jeito como se portava, segura e calma, me lembrou Beatrice e senti uma onda de tristeza.

Behir veio até nós com a mão esticada para um cumprimento, um sorriso enorme no rosto. Um calor irradiava dele. Parecia uma versão um pouco mais alta e um pouco mais magra da mãe, com os mesmos olhos brilhantes e atitude gentil.

Marjan desceu do banco e colocou um saco de grãos na bancada. Deu um passo à frente, tropeçou no banco e quase caiu, mas Behir segurou o cotovelo dela e a sustentou.

— Tudo bem?

Ele fez a pergunta com tanto carinho que senti aquela vibração nas veias, o choque elétrico de quando Pearl fazia alguma coisa atenciosa comigo. Eu tinha encontrado tão poucas outras mães com filhos ainda vivos. Parecia que agora eu só conhecia um sem o outro: mães sem filhos ou órfãos. Olhei para eles, absorvendo os dois brevemente até que Abran disse meu nome.

— O quê?

— Você pode botar Daniel na mesa enquanto eu pego minhas coisas? — perguntou Abran.

Ele foi até as prateleiras junto à parede e puxou uma caixa de iscas.

Coloquei a mochila no chão e ajudei Daniel a se deitar na mesa. Indiquei para Pearl um banco no canto e ela se sentou, puxando os joelhos até o queixo. Estava surpreendentemente silenciosa, os olhos se deslocando pelo aposento, observando Abran.

Abran tirou o curativo do braço de Daniel lenta e delicadamente, tomando o cuidado para não arrancar a pele. Daniel trincou os dentes e apertou bem os olhos.

— Marjan, pode nos passar o uísque? — pediu Abran, e olhou para mim. — Temos analgésicos, mas são só para a tripulação — disse ele, pedindo desculpas.

Eu assenti, surpresa por ele mencionar analgésicos. Só os ricos tinham guardado remédios e era ainda mais raro mencionar isso para estranhos por medo de roubo.

Marjan levou uma garrafa de argila para a mesa e segurou a cabeça de Daniel para ele beber.

Abran soltou o torniquete e apertou os dedos de Daniel, o sangue os colorindo lentamente.

— Pegou a artéria ulnar, por isso você perdeu tanto sangue. Mas pelo visto já está começando a cicatrizar. O ferimento não é tão profundo quanto parece. Pegou mais pele do que músculo. Sempre fico feliz quando as coisas não são tão ruins quanto parecem. Vamos dar uns pontos e jogar um pouco de álcool — disse Abran.

A falação dele me deixou tensa.

— Você é médico? — perguntei.

— Era.

Ele ficou em silêncio. Perguntar sobre o passado de alguém sempre fazia com que a pessoa se abrisse ou se fechasse, e eu sempre queria saber qual das duas coisas aconteceria.

Abran mergulhou a agulha na garrafa e passou um fio bem fino nela. Entregou-me um pedaço de pano e limpei o sangue no braço de Daniel.

O ex-médico se inclinou para a frente, o rosto a centímetros do braço de Daniel. Trabalhou lentamente, esticando e costurando a pele rasgada. O braço de Daniel seria uma colcha de retalhos quando ficasse bom.

— Para onde vocês estavam indo? — perguntou Abran.

— Para os Andes. Para fazer trocas — respondi.

— Nós também. É onde planejamos encontrar um lugar para nos assentarmos. Vocês têm planos de ficar na água?

As perguntas dele me deixaram irritada e torci para Pearl não abrir a boca e revelar nada. Quanto menos soubessem, melhor. Pelo menos até eu saber mais sobre eles.

— Como eu disse antes, ouvimos falar de você. Que você é uma boa pescadora. De confiança. Que percorre os vilarejos litorâneos com muita coisa para trocar. Que é uma operação pequena e independente, coisa rara hoje em dia. E está ficando mais difícil fazer isso com as pessoas se unindo. — Ele olhou do braço de Daniel para mim, os olhos curiosos.

— Como vocês conseguiram um navio grande desses? Acho que isso também está ficando mais comum — comentei.

O olhar de Abran se deslocou até mim antes de voltar ao braço de Daniel. Ele entendeu minha outra pergunta.

— Tive um pouco de azar, depois tive sorte e alguns recursos caros para trocar. Consegui madeira extra e uns bons operários. Consegui também uma tripulação que nos mantém em movimento. — Abran se empertigou e limpou a agulha com um pano. — Nós não negociamos com corsários.

Da cozinha, o som de panelas batendo, água sendo servida e movimento de carvão encheu a cabine. O cheiro de carne atravessou a cortina. Abran olhou para Pearl, quieta no canto.

— E o que você achou do nosso navio? — perguntou ele a Pearl com a simpatia tranquila de alguém acostumado com estranhos.

— É bonito — disse ela, baixinho.

Alguma coisa na bolsa de Pearl se moveu.

— O que tem na bolsa? — perguntou Abran, um tom penetrante na voz.

— Cobras — disse ela.

Abran olhou para mim.

— Pearl! Você trouxe as cobras? Nós poderíamos ter trazido a farinha! — Eu olhei para Abran. — Me desculpa. Ela corta a cabeça das venenosas e essas não são venenosas. Podemos oferecê-las como comida.

— Não! — disse Pearl.

— Pearl!

Abran abriu um sorriso inseguro.

— Vamos falar sobre as regras do navio mais tarde. Nós temos uma regra sobre compartilhar tudo.

Uma sensação de inquietação surgiu em mim. Eu tinha ouvido falar de pessoas que tinham que ficar em navios como escravos, para pagar dívidas. Aquelas pessoas haviam nos resgatado, abrigado e alimentado e teríamos uma dívida com elas.

— Nós gostaríamos de seguir nosso caminho o mais rápido possível. Como podemos retribuir?

— Podemos falar disso depois — disse Abran, retirando sangue do braço de Daniel com um pano molhado. — Agora, ele precisa descansar. Inchaço é normal, mas líquido escorrendo não, ok? Me procure se você perceber qualquer sinal de infecção.

Abran viu a preocupação no meu rosto e esticou a mão para apertar meu braço.

— Vai ficar tudo bem. — Ele bateu as mãos e tirou uma mecha de cabelo do rosto. — Agora, que tal eu mostrar o navio? Assim vocês vão saber andar por aí. — Ele deu um sorriso caloroso e abriu as mãos em um gesto de boas-vindas.

Ele tinha uma energia animada, um carisma que me deixou inquieta, mas logo me dei conta do motivo. Ele me lembrava Jacob.

CAPÍTULO 14

Pearl quis ficar com Daniel, enquanto Abran me mostrava o navio. Antes de sairmos da cabine, espiamos Marjan cozinhando canja sobre carvões quentes, a fumaça enchendo o cômodo e subindo por um buraco enorme no teto.

Ele me mostrou o convés e passamos pelo cercado da cabra e por três cisternas grandes, o metal brilhando ao sol. Eu esperava que Pearl pudesse tomar um pouco do leite de cabra antes de irmos embora do navio, mas não pedi. Eu não queria que nossa dívida crescesse ainda mais.

Descemos pela abertura no convés até o casco, onde percorremos o alojamento, pequenos quartos divididos por paredes finas. O banheiro tinha um penico, uma jarra e uma bacia. Em frente ao banheiro ficava uma sala com suprimentos de pesca e ao lado o quarto de Abran, o aposento do capitão. Era do tamanho de um armário grande, com uma cama apertada junto de uma das paredes e uma cômoda pequena. O maior aposento era o da tripulação, cheio de beliches e prateleiras para roupas e itens pessoais. Havia um homem deitado em um beliche inferior, gemendo, a pele da perna inflamada e vermelha.

— John está doente — disse Abran, baixinho e saímos do local.

Havia caixas empilhadas no canto de trás do casco, com várias coisas aparecendo: pedaços de corda, madeira, poleames quebrados e equipamentos de pesca. Entramos em um depósito ao lado, assustando um homem que remexia em uma caixa com pecinhas de metal.

— Thomas — disse Abran. — Essa é Myra. Thomas é nosso contramestre.

Thomas deu alguns passos mancos, favorecendo a perna direita. Seguiu meus olhos e disse:

— O tornozelo quebrado nunca cicatrizou direito.

A pele dele era escura, e o cabelo preto, cortado rente à cabeça. Ele apertou minha mão e sorriu.

— Não consigo encontrar um aro de metal para esse mastro — disse Thomas para Abran.

— Acho que tem um sobrando naquela caixa — respondeu Abran, apontando.

Thomas remexeu na caixa, achou o que precisava e saiu do depósito.

Não consegui afastar o olhar das caixas de repolho enlatado, sacos de farinha, açúcar, sal, feijão, milho e caixas de carne de porco salgada e chá empilhadas nas prateleiras. Baldes de água seguravam os fundos das prateleiras. Tentei imaginar como seria viver em um navio com tanta comida guardada, tanta variedade. Não só peixe com pão ázimo, todos os dias e todas as noites até chegar a um posto comercial. A sensação de estar em um aposento assim em um navio, com comida embrulhada e rotulada com tanto cuidado, era segura e calma.

— Muita comida — falei, baixinho, passando o dedo por uma lata de repolho.

— Nós controlamos tudo com cuidado e trocamos com comerciantes de reputação que são justos conosco. Todo mundo aqui tem uma função e a cumpre bem — disse Abran.

Ele fez sinal para irmos em frente e me levou ao arsenal. Armas, facas, bombas, arcos, flechas e algumas clavas cobriam as prateleiras. Eu me virei e olhei para Abran, esperando que ele dissesse alguma coisa.

Ele deu de ombros.

— Todo navio precisa se proteger. — Era tudo o que ele tinha para dizer.

— Sim, mas onde você conseguiu isso tudo? Tantas armas atualmente... — Parei de falar.

Aquelas armas valiam mais do que o *Pássaro*. Fiquei olhando para elas, o metal cintilando na luz fraca do lampião de querosene que Abran estava segurando.

— Eu roubei — disse Abran.

Olhei para ele, esperando que continuasse.

— Encontrei um depósito de armas enterradas por corsários. Um depósito de reserva. Estava marcado com uma bandeira de corsário nas caixas, então eu peguei.

Hesitei, ainda o observando, pensando na história dele. Era comum que corsários escondessem recursos, principalmente coisas caras como armas ou remédios, em locais secretos para que pudessem voltar e buscar caso seu navio fosse roubado. O incomum era encontrar esses locais escondidos.

— Como você encontrou? — perguntei.

O navio estalou ao virar para a direita, o piso se inclinando e as armas batendo umas nas outras nas prateleiras.

— Sorte — disse Abran. — Vi uns corsários na encosta da montanha perto de onde eu morava. Eles passaram um tempo remexendo no solo. Eu sabia que não havia nada lá em cima para atrair a atenção deles por tanto tempo; nem água, nem boa caça. Então, depois que eles foram embora, eu fui olhar.

Abran sorriu e inclinou a cabeça, uma mecha de cabelo preto caindo nos olhos.

— Tive sorte algumas vezes. Espero que dure mais um pouco. — Ele me observou com atenção e um leve sorriso brincando nos lábios.

— Para onde vocês já viajaram?

— Já subimos até o que era o Alasca, percorremos o Caribe e contornamos os Andes. Agora, estamos procurando um lugar para nos assentarmos.

— Para se assentarem? Por quê? Se você tem um navio assim?

— Estar na água não é permanente. — Abran pendurou o lampião de querosene em um gancho no teto. — Nós queremos uma comunidade. Quero construir uma estrutura onde certos valores são mantidos. Onde todo mundo trabalhe e todos tenham oportunidade de uma vida melhor.

— E que lugar vai ser esse? — perguntei, tentando tirar o sorrisinho da boca.

Dei um passo para trás para me inclinar em uma prateleira, o cabo de um rifle espetando minhas omoplatas.

— Sei que pareço idealista — disse Abran. — Mas é preciso correr esses riscos para ter esperança. — Ele deu um passo para mais perto e senti uma atração magnética vinda dele. Abriu as mãos em um gesto amplo, como se estivesse tentando me dar boas-vindas a uma ideia compartilhada. — Além do mais, não fomos feitos para viver na água.

— Acho que isso não tem mais alguma importância.

Abran parou e pegou o lampião de querosene no gancho.

— Temos que voltar para o convés. Para dar uma olhada em Daniel.

— Me desculpa. Eu não estava debochando. Acho que sou meio cética.

— Você pode até pensar que não tem crenças e esperanças, mas tem. E é melhor estar ciente delas — disse Abran, se virando e indo na frente para sairmos do arsenal.

Nós subimos a escada e voltamos ao convés.

— Eu entendo as suas preocupações — disse Abran. Ele foi até a amurada e encostou nela, olhando o mar.

— Que preocupações?

— Sua... hesitação. Sua relutância em confiar em nós. Nós não queremos tirar nada de você. Na verdade, estamos procurando mais gente para se juntar à nossa tripulação.

Fiquei em silêncio por um momento, mas acabei perguntando:

— Por que vocês iam querer que nós nos juntássemos a vocês?

— Lembra que falei que todo mundo aqui tem um trabalho? Bom, nós precisamos de alguém que saiba pescar. Tínhamos um pescador, mas ele... Bem, ele não está mais conosco. Como eu disse antes, ouvimos falar de vocês, a mãe e a filha que sempre têm bons peixes, mesmo quando outros pescadores aparecem sem nada. Você tem reputação de conseguir ler a água.

Era assim que o vovô chamava. Ler a água. Foi ele que me disse que a água me diria o que tinha a oferecer, eu só precisava ouvir e responder.

Nós procurávamos uma baía funda quando pescávamos no gelo para pegar picões-verdes no inverno ou jogávamos a linha perto das rãs quando queríamos pegar robalos no verão. E quando tudo estava tranquilo, ele me mostrava como interpretar o oceano, lembrando seus dias de pescaria nas margens do Alasca. O Nebraska, ele sempre dizia, foi um mar, e era fácil acreditar quando só tinha vento e céu e ondas de grama em todas as direções. Mas isso não queria dizer que ele não sentia saudades do mar. Quando a água chegou ao Nebraska, ele ficava olhando pela janela e murmurava: "Os mares se retraem e voltam a subir."

Senti os olhos de Abran em mim e ergui o olhar até encará-lo. Uma pontada de vontade me pegou de surpresa. Eu queria a vida em um navio assim. Queria as beliches, as caixas de comida no casco. Mas pensei em Row, sozinha no Vale, e senti um peso nas costas, um peso resoluto se espalhando por mim.

— Então você vai pensar no assunto? — perguntou Abran, roçando os dedos no meu antebraço para chamar minha atenção.

Aquilo me irritou. Nós não sabíamos nada sobre aquelas pessoas. Eu sabia que Abran não tinha me contado toda a verdade sobre como havia conseguido todas as armas naquele arsenal. Mas parte de mim se perguntou se o risco de confiar neles valia a pena. Eu me perguntei se conseguiria convencê-los a mudar de rumo para o Vale. Aquele tipo de navio aguentaria os mares do norte. Eu já estava semanas atrasada.

— Sim — falei. — Vou pensar.

CAPÍTULO 15

Pearl comeu canja no jantar. Ergueu a tigela e virou o restinho na boca como água de uma jarra em uma bacia. A canja tinha cenoura e aipo e eu não sentia gosto de nenhuma dessas duas coisas havia pelo menos dois anos. Tentei disfarçar a fome comendo devagar, mas não enganei ninguém. Assim que meu prato e o de Pearl estavam vazios, Marjan ergueu a concha e perguntou se queríamos mais.

— Sim — disse Pearl com avidez, com caldo pingando do queixo.

Marjan riu e colocou mais canja no prato dela. Eu me perguntei se eles tinham comida boa assim todas as noites ou só quando precisavam impressionar os hóspedes.

Estávamos sentados em volta da mesa na cabine e reparei em uma placa de madeira pendurada acima da porta: a personalidade de um homem é seu destino. Sufoquei uma gargalhada.

— Qual é a graça? — perguntou Wayne.

— Você acha que a circunstância não tem nenhuma influência? — questionei, apontando para a placa.

— Talvez nem sempre a gente faça o próprio destino, mas sempre decidimos como vamos encará-lo — disse Abran.

— Ou são os deuses que decidem nosso destino — disse Marjan, um pequeno sorriso nos lábios.

Thomas e Wayne riram. Parecia uma piada interna.

— Eu adoraria saber o que eles estavam pensando — disse Thomas, balançando a cabeça.

— Quando a enchente chegou? — perguntei.

— Não, quando eles fizeram a gente — disse Thomas.

O aposento ficou silencioso e só havia o som de colheres de madeira em pratos de argila. Depois de alguns minutos, Jessa começou a falar sobre consertar uma rachadura no mastro principal e sobre o que eles precisariam trocar no próximo posto comercial. A conversa seguiu leve, e eu relaxei, observando a familiaridade e a calma do grupo. Tive uma sensação de calor à mesa, cercada pela tripulação. Inclinei a cabeça e observei as mãos deles se movendo, os ombros relaxando, as risadas rápidas e os ocasionais olhos revirados.

Eles são como uma família. Não era uma coisa que eu visse muito, esse bem-estar em grupo. Eu tinha passado tanto tempo sozinha que fiquei incomodada e também cheia de saudade. Eu me lembrava de noites em volta da mesa à luz de velas em casa, o crepúsculo ainda espalhando um pouco de luz. Minha mãe trazia pratos de aveia ou de batatas assadas. Jacob, Row, vovô, mamãe e eu brincávamos falando do clima, lembrávamos os anos anteriores, especulávamos sobre o amanhã. E a luz à nossa volta morria e o espaço encolhia para só nós cinco, nossas vozes tremeluzindo como as chamas, se espalhando na noite.

Eu me perguntei como cada um deles foi parar ali e o que faziam antes. Quais eram seus segredos e quão bem guardados estariam. O que aconteceria se eu me juntasse a eles? Reparei que Daniel me observava enquanto eu observava a tripulação, o rosto perturbado como se ele fosse capaz de ler meus pensamentos.

— Sei que você está pensando em se juntar a eles — disse, a voz baixa para ninguém mais ouvir.

— E?

— Má ideia.

— Por quê?

Daniel só balançou a cabeça e se encostou na cadeira, o braço machucado sobre o peito.

A conversa da tripulação seguiu e Thomas começou a falar sobre um velho amigo que agora morava em Harjo.

— Ele admitiu que faz negócios com corsários. Diz que não consegue sobreviver se não for assim. — A voz de Thomas estava baixa e lamentosa.

A sensibilidade dele me lembrava o mundo anterior, uma delicadeza no corpo que parecia confiança.

Wayne bateu com a mão na mesa, balançando nossos pratos e fazendo todo mundo se calar.

— Papo furado! Besteira! Não consegue sobreviver se não for assim? Ele poderia muito bem estar cortando gargantas com as próprias mãos, então. Poderia muito bem estar estuprando crianças… — Wayne apontou para Pearl, que o encarou de olhos arregalados.

— Chega — disse Abran, se levantando, as mãos na mesa, olhando de cara feia para Wayne.

— Não mesmo — disse Wayne, empurrando a cadeira para trás com tanta força que a cadeira virou. — Não está nem perto.

Wayne saiu do aposento, os ombros tão largos que ele mal conseguia passar pela porta sem virar de lado, o cabelo roçando na moldura da porta.

— Wayne perdeu a esposa — disse Abran, sentando-se.

— Não só perdeu — disse Jessa. — Ela foi assassinada na frente dele.

Não perguntei por quem. Mas sabia que Abran não estava mentindo quando disse que eles não faziam negócios com corsários. Ou, se faziam, a maioria da tripulação não sabia.

Enquanto estávamos lavando e guardando a louça do jantar, Marjan saiu com um prato de comida. Quando voltou para a cabine alguns minutos depois, ela disse alguma coisa baixa para Abran.

Abran fechou os olhos e assentiu.

— John — disse Thomas, se inclinando para a frente e segurando as costas de uma cadeira.

A tripulação ficou imóvel e silenciosa, como se o ar tivesse sumido do aposento.

Abran assentiu novamente.

— John faleceu hoje. Vamos fazer o funeral no mar esta noite.

Abran veio até mim e inclinou a cabeça para que eu o ouvisse falar baixinho:

— Já prevíamos que isso aconteceria, mas é um golpe mesmo assim.

— Abran olhou em volta. Todos pareciam se mover languidamente, sob o peso de uma nova gravidade. — Ele ficou conosco quase um ano. Era um bom marinheiro.

— Sinto muito. O que...

— Septicemia. Começou como uma infecção no pé. Ele cortou pisando em alguma coisa. — Abran balançou a cabeça. — Sempre andava descalço pelo convés.

Nós todos fomos para o convés. O sol estava baixo, e o céu ficava nublado. A bandeira do *Sedna* balançava ao vento, um quadrado de tecido cinza com um sol vermelho no meio. Os gritos das gaivotas soavam à nossa volta enquanto Marjan enrolava o corpo de John em lona. Sua boca estava retorcida em uma careta e me perguntei por quanto tempo ele ficou sentindo dor, se o rosto dele tinha esquecido outras expressões. Eu conseguia imaginá-lo tremendo de febre, o calor emanando do corpo, a respiração curta e difícil.

Wayne puxou o bigode louro denso, parecendo irritado.

— Uma lona inteira?

— Nós podemos — disse Marjan.

— Ele era um de nós — disse Abran.

Wayne cruzou os braços, assentiu e olhou para baixo.

Fiquei surpresa. Parecia quase extravagante demais essa exibição de lealdade. Uma lona inteira poderia ser trocada por dois centos de peixes.

Quando terminaram de enrolá-lo, cada pessoa da tripulação murmurou uma despedida. Abran foi o último e, depois de dar adeus, disse para a tripulação:

— John acreditava no que nós acreditávamos: em um santuário, um lugar para nos assentarmos. Onde possamos construir o que sabemos que vai nos sustentar e continuar depois de nós. Honraremos sua memória seguindo em frente.

Thomas e Wayne ergueram o corpo de John sobre a amurada e o soltaram na água. A água escura o engoliu. Eu nunca superaria a rapidez com que a água fazia isso; sempre me assustava.

Depois, alguns membros da tripulação ficaram no convés, murmurando uns com os outros ou ficando distantes, em silêncio. Marjan passava o dedo por um colar no pescoço como se fosse um cordão de contas de oração. Após certo tempo, Marjan voltou para a cozinha para arrumar as coisas e me ofereci para ajudar.

Quando voltei para o céu escuro, vi Pearl e Daniel na proa, conversando e rindo. Pearl se afastou de Daniel e deu um rodopio, a luz das estrelas entalhando a silhueta dela na escuridão. Ela franziu o nariz como fazia quando achava uma coisa muito engraçada. Fiquei pensando se Row ria e se movia assim, com entrega.

Do outro lado do convés, Abran amarrava uma corda em um poleame. Ele assentiu para mim e sorriu. Ia querer uma resposta minha em breve. Apertei bem os olhos, desejando que Pearl e eu ainda estivéssemos no *Pássaro*, não jogadas em uma vida diferente com pessoas sobre quem eu não sabia nada. Sempre esperei perigo dos outros, mesmo quando mais nova.

Aos dezessete anos, caminhei pela rua a vários quarteirões da minha casa, procurando comida e roupas quentes em casas abandonadas. Eu empurrava janelas quebradas ou verificava portas dos fundos. Muitas já estavam vazias, as pessoas já tinham ido para lugares mais altos. Nos anos anteriores, o Nebraska tinha ficado lotado de imigrantes, mas depois o estado todo ficou parecendo uma cidade fantasma.

Passei por açafrões em um jardim e me abaixei para colher alguns. Atrás de mim, vi um homem se aproximando. Ele usava roupas esfarrapadas e o rosto estava meio rosado de bebida ou doença. Era uma pessoa por quem eu tinha passado mais cedo, no parque. Nós nos olhamos antes de seguirmos rapidamente em direções opostas.

Ele estava me seguindo? Larguei as flores e me apressei pela rua. Virei uma esquina e fui para casa.

Ele me seguiu, acelerando o passo. Meus pensamentos dispararam. Eu deveria correr? Mas aí ele correria atrás de mim e era provável que eu não conseguisse ser mais rápida. Era melhor me defender.

Ele estava poucos passos atrás de mim quando puxei a faca e me virei. Ele parou e levantou as mãos.

— Não tenho a intenção de incomodar você.

Ele enfiou a mão no bolso do casaco e tirou uma ameixa e a colocou no concreto entre nós.

— Eu só queria dizer que você tem lindos olhos. — Ele parou, como se estivesse lutando com alguma coisa. Mordeu o lábio e seu rosto pareceu tão assombrado que senti um vazio. — Me lembram os da minha filha.

Ele recuou para longe de mim rapidamente, deixando a ameixa, um pequeno presente.

Guardei a faca no cinto e mordi a fruta. Havia muitos meses que eu não comia algo tão doce.

A gargalhada de Pearl me levou de volta ao convés. Ela batia os braços como um pássaro e ria feito louca. Pensei naquela tripulação e em como eu sempre agia como se fosse eu contra o mundo, sempre pronta para puxar a faca. Vovô me dizia que essa atitude às vezes me daria aquilo de que eu precisasse, mas nem sempre.

Aquilo poderia ser bom, concluí. *Posso pescar para eles. Posso convencê--los a ir para o norte.*

Observei Pearl por mais alguns minutos. Agora, ela estava levantando o braço bom de Daniel e tentando fazê-lo girar. Ela riu quando ele fingiu perder o equilíbrio e cair na amurada. Eu gostava de ver Pearl assim de longe, de ficar para trás e observá-la sem mim. Parecia uma janela para o futuro; como ela seria quando eu não estivesse mais por perto.

CAPÍTULO 16

Depois que botei Pearl na cama, encontrei Daniel no convés, perto da proa do navio. As estrelas cintilavam acima, claras e intensas como diamantes espalhados em veludo preto. Estavam tão brilhantes sem as outras luzes para ofuscá-la. Os sons noturnos do mar nos envolviam; ondas batendo no barco, corda rangendo nos poleames de metal, o chiado de madeira da adriça forçada no vento leve.

— Acho melhor trocarmos suas ataduras — falei.

— Não é porque talvez sejam boas pessoas que acho que devemos ficar com eles — disse Daniel, a voz baixa.

— Por que você é tão contra a ideia?

— E o Vale? — perguntou Daniel, se virando da água para me encarar.

— Eu ainda vou — falei, baixinho.

A um quilômetro, alguma criatura grande apareceu e desapareceu na água.

— Você vai tentar convencê-los a ir para lá, não vai?

— E se eu for?

— Não faça isso.

— Por quê?

— Você pretende dizer que é uma colônia dos Abades Perdidos?

Franzi a testa e observei o rosto dele ao luar.

— Eu não mencionei os Abades Perdidos. Só falei que era uma colônia.

— Eu conversei com algumas pessoas em Harjo — disse ele, se virando de lado para mim e apoiando os cotovelos na amurada.

— Eu sei. Eu vi. Sobre o que mais você conversou em Harjo?

— Essas pessoas estão procurando um lugar seguro para se assentarem. Não é por isso que você está indo.

— Pode ser um bom lugar para se assentar. Tem proteção natural contra invasões, já que fica entre duas montanhas. Também é de difícil acesso, então não vão sofrer muitos ataques.

Daniel olhou no fundo dos meus olhos.

— Não posso contar meus motivos, Daniel. Se eu contar, eles não vão querer ir. Só vão se acharem que é um lugar seguro para ficarem.

Eu não podia contar a verdade: que estava indo salvar minha filha e que havia riscos lá, afinal, se fosse um lugar seguro, por que eu precisaria salvá-la? Dava para perceber que Abran era cauteloso, que valorizava a estabilidade na comunidade acima de tudo. Eu não podia ser o elo instável e achar que poderia convencê-los a mudar de rumo. Eu precisava ganhar confiança, me tornar indispensável.

— Você acha que tenho tempo e recursos para construir um barco assim? — perguntei.

— Não era esse seu plano original?

— Você concordou em vir comigo porque sabia que eu não chegaria lá. Sabia que um plano assim não daria certo. Até onde você achava que eu poderia chegar? Para onde *você* estava querendo ir? — indaguei, minha voz aumentando.

Fechei os punhos. Thomas e Jessa, conversando perto da popa, olharam para nós.

Daniel balançou a cabeça e soltou uma gargalhada baixa e irritada.

— Talvez você não saiba, mas as coisas se complicam em um piscar de olhos quando se viaja em um grupo grande. Talvez eu não devesse ter concordado com isso.

O *Sedna* se inclinou em uma onda e fomos jogados para a frente com tudo. Percorríamos a noite como um peixe solitário em um lago sem margens. Mordi o lábio e estiquei a mão para a de Daniel na amurada.

— Por favor — pedi.

Ele puxou a mão para longe e me olhou com atenção.

— Não quero ter mais um motivo de arrependimento. — Ele se virou como se fosse sair andando, mas voltou. — O que acontece em um grupo grande como esse é que as pessoas começam a querer coisas diferentes.

Esperei que ele continuasse, o navio estalando na água, o gemido baixo das partes se encaixando nas outras.

— Aquela mulher sobre quem contei mais cedo? Bem, eu e ela nos juntamos a um navio grande, com umas dez pessoas, no Caribe, três anos atrás. Éramos basicamente coletores, procurávamos metal, carne, madeira, pele. Alguns faziam armadilhas nas margens. Nós pescávamos um pouco, mas nunca era rentável. Bem, metade das pessoas queria começar um barco de reprodução e se juntar a corsários.

Eu enrijeci e ele engoliu em seco, fazendo uma pausa antes de prosseguir.

— Estávamos passando fome, o navio estava se deteriorando, nós não tínhamos recursos para fazer os reparos nem para nos assentar. Era como estar no meio do espaço, flutuando entre as estrelas, considerando nossas opções. Acontece que Marianne... Bem, Marianne não ficou quieta e começou a fazer críticas. Ela e eu planejamos descer do navio no posto comercial seguinte e viver como mendigos, fazendo o que fosse possível só para sairmos do barco. Mas na noite anterior a atracarmos, eu fui espancado e me trancaram no casco do navio. Então estupraram Marianne. Eu ouvi do andar debaixo. Fiquei acordado a noite toda, ensanguentando os pulsos nas cordas, ouvindo os gritos dela. O silêncio só veio pela manhã. Quando me tiraram, ela tinha sumido. Pulou do navio com a âncora presa no tornozelo.

Não consegui falar por um momento. Ele passou a palma da mão pela amurada como se estivesse tentando limpá-la. Segurei a mão dele.

— Sinto muito — falei.

— Eu matei todos — disse Daniel, os olhos abalados e assombrados. — Na manhã seguinte, quando me soltaram, eu... Eu enlouqueci. Matei todos eles.

Um arrepio desceu pelo meu corpo, mas fiquei segurando a mão dele. Depois de alguns segundos, Daniel disse:

— Não acho que vá acontecer alguma coisa assim aqui. Essas pessoas são boas demais para isso. Mas... alguma coisa vai dar errado.

Eu não podia discordar. Sentia meus olhos carregados de lágrimas e pisquei para afastá-las, tentando firmar a voz.

— Ela está sozinha, Daniel. Eu tenho que ajudá-la.

Daniel assentiu e colocou a outra mão em cima da minha.

— Você ainda vai com a gente?

Daniel não disse nada por um minuto. Nuvens se deslocaram e o luar iluminou o mar.

— Eu dei minha palavra.

— As coisas mudaram. Você pode ir embora se quiser — falei, torcendo para que ele não fizesse isso.

Daniel balançou a cabeça.

— Não vou.

CAPÍTULO 17

Na manhã seguinte, o céu estava de um tom cinzento suave e um brilho laranja se espalhava pela água, onde o sol em breve nasceria. Eu estava no convés, acordada desde cedo porque a barriga doía de fome. Apesar de ter comido bem na noite anterior, sabia que levaria dias para meu estômago se acalmar depois de ter passado tanto tempo vazio.

— Acordou cedo.

Eu me virei e vi Abran andando na minha direção, o cabelo desgrenhado, a pele ainda macia e descansada, ainda não maltratada pelo vento nem vermelha do ar marinho.

Nós dois ficamos em silêncio por alguns instantes. O sol nascente espalhou uma luz rosada pela água e imaginei que antes mesmo que o calor subisse completamente eu já o sentia.

— Espero não estar sendo invasivo demais, mas... você e Daniel são um casal?

Levantei as sobrancelhas como quem duvida da seriedade da pergunta. Abran ficou vermelho e prosseguiu:

— Nós nunca tivemos um casal a bordo. Nosso alojamento é comunitário e não sei se temos espaço para acomodar...

— Não somos um casal.

— Ah. Certo. Que bom.

— E nós decidimos ficar — falei.

Senti Abran sorrindo para mim, mas não me virei para olhar para ele. Eu estava tentando pensar em um jeito de falar sobre o Vale com ele, de ver se consideraria mudar a rota.

— Que notícia maravilhosa!

— Daniel sabe navegar — contei.

— Eu sei. Marjan conversou com ele sobre isso. Uma pescadora e um navegador. Que sorte. Thomas e eu navegamos, mas não somos muito habilidosos. Vai ser bom ter um especialista a bordo.

— Com um navegador como Daniel, vocês não precisam ficar confinados ao Pacífico e ao Caribe.

— Como assim?

— Talvez vocês pudessem considerar outros lugares além da América do Sul na hora de procurar onde se assentarem. Tem um lugar no sudeste da Groenlândia chamado Vale. Ouvi falar que é uma comunidade pacífica, um bom lugar para ficar...

Abran balançou a cabeça.

— Seria preciso atravessar o Corredor dos Corsários para chegar lá. É considerado pior do que o Caribe.

— Você não acha que algumas dessas histórias são exagero?

— Não vale o risco. — A voz dele soou ríspida e determinada.

A irritação cresceu em mim e eu respirei fundo, assentindo e abrindo um sorriso rígido, mas Abran percebeu.

— Desculpe, mas tenho responsabilidade com essas pessoas. Não posso assumir riscos desnecessários.

— Eu entendo.

Tive uma sensação ruim, um tremor impotente estranho. Eu teria que tentar persuadi-lo de outras formas. Talvez se déssemos de cara com algum problema no sul eu pudesse convencê-lo de que o norte não era pior. Mas seria um desperdício de tempo enorme. Eu sentia como se houvesse um relógio tiquetaqueando dentro de mim, bombeando meu sangue mais rápido, fazendo minha mente vibrar.

— Olha... eu deveria ter explicado mais cedo, mas nós temos regras — disse Abran.

Eu assenti e mordi o lábio. Claro. Eu deveria ter perguntado sobre as regras. Todo navio tinha regras que os novos membros precisavam aceitar.

— Estão escritas na cabine e vamos pedir que vocês assinem seus nomes na lista. Até Pearl. Não acendemos luzes depois das nove. As refeições são na cabine às oito, meio-dia e às seis horas. Dia sim dia não da semana nós tomamos banho de esponja com água da cisterna se houver suficiente para beber. Não é permitido roubar nem tirar do próprio trabalho. Coisas como guardar alguns peixes para trocar por conta própria no posto, por exemplo. Todo mundo tem voz igual nas grandes decisões. Deserção em batalha ou qualquer tentativa de motim é punível com abandono em terra. Perdemos algumas pessoas assim. É isso, basicamente.

— Sugerir outra rota…

Abran riu.

— Isso não é motim. Pelo menos eu espero que não precise me preocupar com isso vindo de você — disse ele, me cutucando com o cotovelo.

— Vocês já tiveram que abandonar gente?

— Dois caras começaram a tentar decidir tudo. Começaram com coisas pequenas: com quem fazíamos comércio, onde pescávamos, onde atracávamos. Mas depois foram mais longe. Começaram a decidir o racionamento de comida e óleo e mudanças de rota, tudo sem votação. No final, queriam se livrar de mim. Thomas descobriu e me procurou. Nós os deixamos em uma pequena ilha na parte noroeste das Montanhas Rochosas. Com alguns suprimentos. — Como não falei nada, Abram sorriu e acrescentou: — Não dá certo com todo mundo. Mas tenho quase certeza de que vai dar certo com você.

Eu esperava que ele tivesse razão, mas o nó na minha garganta não afrouxava.

Daniel montou os instrumentos de navegação na cabine naquela manhã e calculou nossa localização, três mil e duzentos quilômetros de Alahana, um vilarejo nos Andes. O plano era parar e fazer trocas lá antes de seguirmos para o sul.

Uma arraia pulou da água a um quilômetro e meio. Às vezes, xaréus — famosos por gostarem de água mais limpa e costeira — eram avistados nadando com as arraias, para caçar disfarçados. Eu me sentei no convés com um balde de anchovas e comecei a prendê-las em anzóis. Tentaria pescá-los com peixes pequenos e iscas coloridas, depois tentaria passar uma rede de arrastão par pegar camarões e bacalhaus antes de chegarmos perto demais da costa. O afundador deles, preso perto do leme do navio, era bem maior e mais forte do que o meu e eu estava ansiosa para experimentar. Talvez depois de um bom dia de pesca eu pudesse falar com Abran sobre o Vale de novo.

Abran passou por mim e acenou quando entrou na cabine. O gesto charmoso e confiante me lembrou Jacob. A princípio achei que essa similaridade me faria não gostar dele, mas, ao contrário, fez com que eu me sentisse estranhamente próxima. Familiar. Como se nos conhecêssemos havia mais tempo. Abran implicava comigo por causa das horas que eu passava no convés, fazendo poucas pausas, e eu implicava com ele por sempre parecer ocupado mas no fundo não fazer muita coisa. Ele ria e balançava a cabeça, esticava a mão e me dava um empurrãozinho. Sempre que falava com ele, eu sentia que estava retornando a um padrão.

Pearl observava Jessa e Wayne enrolando uma corda por um poleame novo perto do mastro principal.

— Não é assim que se faz — repreendeu Pearl. — Eles não sabem o que estão fazendo.

Jessa e Wayne nos olharam de cara feia.

— Posso ir lá dizer como é o certo? — perguntou Pearl.

— Não — respondi.

Jessa veio até nós e apontou para as cobras enroladas nos pulsos de Pearl.

— Ela precisa usar isso?

— Não vejo problema — falei.

Pearl olhou de cara feia para Jessa e começou a acariciar uma das cobras com o dedo.

— Não é higiênico. Elas estão mortas — disse Jessa.

— Charlie não está — retrucou Pearl.

Charlie era a cobra que Pearl guardava viva em um pote no alojamento.

— Carne de cobra não estraga tão rápido quanto de peixe; dá para deixar com a pele por algumas horas — expliquei.

Marjan saiu da cabine e veio até nós.

— A carne vai estragar e nós precisamos dela. Isso é violar as regras — disse Jessa.

— A carne está estragada? — perguntou Marjan.

— Não, eu não vou deixar que estrague. Ela só gosta de brincar com elas depois de capturá-las. Vou defumá-las assim que terminar com essas iscas.

— Não é eficiente — disse Jessa.

Marjan levantou a mão.

— Não precisa ser. A garota gosta delas e a carne não está estragada. Tudo certo.

Jessa fez cara de quem ia discutir mais, mas revirou os olhos e se virou. Marjan abriu um sorrisinho e deu de ombros.

— Posso ajudar? — perguntou Marjan. — Acabei de terminar a costura.

Eu assenti.

— Prenda o anzol perto da cauda, para parecer que estão nadando quando puxarmos pela água.

— É muito bom ter uma criança a bordo. Ela me lembra a minha menina — disse Marjan, olhando para Pearl, sentada de pernas cruzadas ao meu lado. Estava com sandálias de couro e uma túnica larga de algodão com uma calça. — Tão cheia de vida.

— E brigona — acrescentei.

Marjan passou o dedo pelo cordão e o esfregou por uma conta de madeira. Eu tinha visto outras pessoas usando cordões assim. Era uma conta pra cada ente perdido. O cordão de Marjan tinha três.

Marjan me pegou olhando.

— Ela estava com sete anos quando a água chegou ao Arkansas.

Desviei o olhar rapidamente. Eu não queria ouvir a história dela. Não sabia o quanto queria me aproximar daquelas pessoas. Eu tinha medo delas, medo principalmente da gentileza. Despertava uma coisa em mim que eu não reconhecia; uma coisa que parecia ao mesmo tempo resistente e terna, esquecida e enterrada. Uma coisa que tinha murchado sem oxigênio, sem atenção, mas ainda assim sobrevivia.

— Foi quando viajamos para oeste, para as Rochosas. Ela... Ela morreu na viagem. Talvez no Kansas, em Oklahoma. Não sei. A água a arrancou das minhas mãos. Behir e eu fomos separados do pai e do irmão dele durante uma enchente repentina.

A voz de Marjan foi ficando baixa. Eu tive a sensação de que ela recontava essa história repetidamente em pensamento, tentando entender o que havia acontecido sem nunca conseguir.

— Eles não emergiram. Eu acho que... Acho que não sobreviveram. Se eu estivesse com eles quando a enchente chegou... — Ela balançou a cabeça. Seu rosto estava contraído, mas os olhos não se encheram de lágrimas. — Talvez não tivesse feito diferença.

— Sinto muito.

Marjan assentiu, pensativa, e me ofereceu um sorriso tímido como se para me reconfortar.

— Fique de olho na sua menina — disse ela.

— Vou ficar — falei, o peito apertado.

Ficamos em silêncio, as cabeças inclinadas para os anzóis, os peixinhos se debatendo nos nossos dedos. Abran saiu da cabine e sorriu para nós antes de subir no mastro para ajustar a vela. Ainda estava com a bandana no pescoço.

— Ele gosta de você — disse Marjan.

— Ele parece o tipo de pessoa que gosta de todo mundo — respondi.

— Humm. Não exatamente. Mas ele é um bom capitão. Leva as coisas muito a sério. Está planejando e trabalhando por essa nova comunidade há quatro anos. Está captando aos poucos os recursos e construindo uma boa tripulação. Às vezes... ele sucumbe à pressão. Tudo pode se perder com muita facilidade.

Marjan me olhou pelo canto do olho, observando meu rosto. Parecia estar me avaliando, tentando decidir se eu seria o elo frágil.

Terminamos de prender as anchovas nos anzóis, penduramos linhas nos aros e as jogamos na água, pela lateral do barco.

— Ele conhece outra forma de estar no mundo — disse Marjan. — Outra forma de viver. Isso o motiva.

Eu também conheço, tive vontade de dizer. Sei como estar no mundo e também não estar.

CAPÍTULO 18

Abran entrou na cabine repentinamente durante o café da manhã.

— Eles estão a uns oitocentos metros. Estamos com as cestas prontas?

Marjan apontou para as cestas de peixes enfileiradas perto da cortina da cozinha. Abran bateu palmas.

— Que bom, vai ser a primeira troca em um tempo. Essas pessoas são ótimas, acho que vamos conseguir coisas boas. Vamos entrar em posição.

Ao nascer do dia, Abran viu um navio amigo e sinalizou que queria fazer uma troca. Antes do café da manhã eu corri pelo convés, verificando e colocando em cestas os peixes que tinha pescado e defumado. Eram amigos com quem ele já tinha feito trocas muitas vezes no Caribe e estava com esperança não só de conseguir uma boa troca pelos peixes, mas de ter notícias do sul.

— Estou animado — disse Abran. — Ouvi boatos de que eles tinham sido atacados por corsários.

Quando estavam perto o bastante, jogamos uma corda até lá, para que nossos navios ficassem ancorados um no outro. O deles era quase do tamanho do *Sedna*, só que mais gasto e maltratado. Havia buracos nas velas, cordas e poleames faltando em parte do cordame e madeira rachada e seca ao longo do casco.

Abran, Wayne e eu fomos fazer a troca depois de jogar a canoa na água, remar até eles e subir uma escada que eles jogaram. Fiquei na canoa com as cestas de peixe e Wayne desceu uma corda pela lateral para puxá-los até lá em cima. Quando todos estavam a bordo, eu também subi a escada.

Passei por cima da amurada e senti o fedor de peixe podre, fezes e decomposição. Olhei para Abran e vi o choque no rosto dele. Um homem baixo, corpulento e idoso com cabelo branco e pele pálida queimada de sol veio mancando até nós, com uma túnica puída. A embarcação parecia um navio fantasma e me perguntei se havia mais alguém a bordo.

— Robert — disse Abran, apertando a mão do homem. — Quanto tempo.

— Muito mesmo — disse Robert com uma voz aguda que parecia um relincho de cavalo.

— Trouxemos peixe para trocar — disse Abran, indicando com orgulho os cestos de peixe.

— Maravilha — disse Robert, olhando para os peixes. — Não como há dias.

Meus ombros se contraíram. Ele estava mentindo, obviamente. Até a exuberância de Abran estava começando a sumir, uma linha se formando entre as sobrancelhas enquanto ele observava o antigo amigo.

— E você? — perguntou Abran, olhado ao redor para ver o que eles tinham a oferecer.

— Não tenho nada para trocar, infelizmente — disse Robert.

— Mas você respondeu com a bandeira — disse Abran.

Depois que erguemos a bandeira de comércio, uma bandeira azul com duas mãos amarelas, eles subiram a deles.

— Vocês não deveriam ter nos chamado se não tinham nada para trocar — disse Wayne.

Robert sorriu e ficou em silêncio. O navio todo estava quieto demais. Eu queria voltar para a canoa.

— Mary! — chamou Robert na direção da cabine no convés.

Uma mulher saiu de lá, e eu sufoquei um gritinho. Os olhos dela tinham sido arrancados e havia tecido cicatricial denso e branco no lugar. Vasos sanguíneos cobriam as órbitas como rios vermelhos finos. Ela ficou parada na porta da cabine, virada para nós como se exibindo sua imagem. A mulher era pesada, mais bem alimentada do que qualquer pessoa que eu tivesse visto em muito tempo.

Abran deu um passo para trás e quase tropeçou, o rosto contraído de choque.

— Mary... — sussurrou ele. Abran olhou para Robert. — Quem fez isso com vocês?

— Nós não temos passado muito bem, meu amigo — disse Robert. Ele juntou as mãos na frente do corpo e pareceu estranhamente satisfeito. — Agora, contamos com a bondade dos outros. — Robert abriu bem os braços.

Abran estreitou os olhos para Robert.

— O que aconteceu com você? Esse não é você. — Os músculos de Abran tinham ficado tensos, o corpo preparado para pular em cima do amigo. Meu coração martelava no peito.

Robert deu de ombros.

— Nós não estávamos conseguindo sozinhos. Não há peixe suficiente.

A mulher cega se aproximou e um homem saiu da cabine atrás dela, segurando uma espingarda de cano serrado. Abran recuou mais um passo, esticando os braços e me puxando para trás junto de Wayne.

— Robert, não faça isso. O resto da minha tripulação está em alerta — disse Abran.

Wayne empurrou o braço de Abran e tirou a pistola da bainha.

— Wayne, calma — disse Abran.

— Acho que todos nós sabemos no que isso vai dar — disse Robert. — Vocês já subiram a bordo. Como sua tripulação vai recebê-los de volta, cheios de balas?

Wayne engatilhou a pistola e a ergueu, Abran falou um palavrão para ele e empurrou o braço dele para baixo.

— Não queremos fazer mal a vocês. Só queremos comida — disse Robert, batendo na barriga e sorrindo.

Abran observou o navio rapidamente, procurando uma saída. Minhas mãos estavam geladas e grudentas. O rosto de Abran tinha assumido uma expressão de fúria, as sobrancelhas unidas, o maxilar contraído. *Ele vai fazer o que quiser*, pensei. Abran fala tanto de estabilidade porque ele mesmo não tem essa característica. Por isso é tão importante se cercar disso. Senti como se o mundo estivesse escapando de mim e eu precisasse esticar a mão e o segurar.

— Eu pego mais — murmurei para Abran. — Eu pego mais pra nós.

Ele ficou encarando Robert e não pareceu registrar minha voz. Em um momento curto e luminoso, o sol quente nas nossas costas, a água reluzindo com a luz, achei que Abran atacaria Robert, o corpo preparado para isso, mas o momento passou e Abran levantou as mãos.

— Tudo bem. Tudo bem — disse Abran, cuspindo as palavras.

— Abran... — disse Wayne.

— Para a escada. Agora! — gritou Abran.

Ele se virou para a escada de corda.

Wayne apertou os olhos e, sem embainhar a pistola, subiu pela amurada e desceu.

Robert sorriu de novo e se inclinou para pegar um peixe no cesto, pesando-o na palma da mão. Senti um tremor de fúria, mas dei um passo para trás, tentando guiar Abran para a escada.

— Ainda está indo para o sul? — perguntou Robert quando Abran passou a perna pela amurada.

Abran olhou para ele de cara feia.

— Não sobrou terra boa nos Andes — disse Robert. — Esse é meu presente para você, velho amigo. Informação. Não vá para o sul. Não sei ao certo quantas pessoas estão indo para lá em busca de um lugar seguro. Mas sei que todas estão morrendo no caminho, chegando lá com metade da tripulação em um vilarejo lotado ou algum litoral rochoso impossível de atracar. Você vai ter que ir para outro lugar. — Robert sorriu, um sorriso que mais parecia uma careta. — Não sei bem para onde.

CAPÍTULO 19

Depois que voltamos para o *Sedna*, Wayne teve um ataque de fúria, falando em vingança, em bombardeá-los e afundá-los. Abran desapareceu nos aposentos dele e sobrou Marjan para acalmar Wayne.

— Só umas cestas de peixe — disse ela. — É melhor seguirmos em frente. Se os encontrarmos de novo, pode ter certeza de que vão receber outra coisa de nós.

Apesar disso, percebi que ela estava furiosa e ficava esfregando as contas entre os dedos, os olhos apertados e a voz aguda.

Nas duas semanas seguintes, nos ocupamos com trabalho no navio. Consertamos uma rachadura no mastro, remendamos redes e velejamos para o sul. Quando perguntei a Abran se deveríamos considerar o comentário de Robert sobre o sul, Abran balançou a cabeça e se virou de costas para mim.

Pearl e eu visitávamos outros membros da tripulação enquanto trabalhávamos, mas Daniel ficava na dele. Só falava com Pearl sobre seus mapas e gráficos e a ensinou a usar o sextante e a bússola. Quando entrei na cabine para buscar barbante e parei na frente das prateleiras para remexer nas caixas, ele se aproximou por trás de mim, colocou as mãos nos meus ombros e perguntou como eu estava. Quando me virei para olhar para ele, me senti estranhamente confusa e dei um passo para longe.

— Bem. Acho que não vamos para o sul depois do que...

— Ele ainda acha que é a melhor opção. Ele é o capitão.

Eu assenti e voltei para o convés para olhar nossas linhas. Algumas horas depois, Pearl e eu pegamos dois xaréus, e jogando a rede mais fundo, pescamos quase quarenta quilos de camarão e alguns bacalhaus e cantarilhos. Colocamos os peixes em baldes e cestas enquanto Thomas e Marjan ajudavam a montar o tripé de defumação.

— Eu sabia que ficaríamos felizes por você ter ficado aqui — disse Abran, olhando os peixes.

Ele esticou a mão, tocou no meu braço e sorriu.

Eu também sorri. Não esperava cumprir minha promessa tão rapidamente depois de termos sido roubados, mas fiquei grata. Essa posição seria boa para mim.

Muitas vezes, eu via Abran observando a mim e a Pearl enquanto pescávamos, o olhar dele ardendo como o sol nas minhas costas. Quando eu me virava, no entanto, ele afastava o olhar. Enquanto puxava as linhas ou descamava peixes, eu pensava no tenor da voz dele de manhã, a rouquidão leve que o sono deixava. À mesa de café da manhã, percebia que estava olhando para as mãos dele e então me obrigava a prestar atenção na história de Pearl sobre um mapa antigo que ela tinha encontrado do mundo anterior.

À noite, quando não conseguia dormir, eu me perguntava o que ele faria se eu batesse à sua porta. Ouvia Daniel roncando acima de nós, a respiração pesada. Ele mal se movia quando dormia, como se a mente tivesse evaporado do corpo, deixando-o vazio e pesado com a imobilidade. Ao contrário de mim, que passava a noite me revirando, os sonhos borbulhando da inconsciência, fazendo eu me debater e trincar os dentes, suscetível ao menor barulho das outras pessoas dormindo.

Naquela noite, a tripulação toda estava animada por causa das boas peças, e Wayne pegou o violão artesanal depois do jantar. Era uma caixa de madeira com fios esticados por cima de um buraco no meio e Wayne tocou algumas baladas irlandesas antigas. Abran pegou bebida artesanal no depósito e passamos a garrafa de mão em mão. Marjan, que quase nunca era vista fazendo outra coisa além de trabalhar, até deixou de lado o chapéu de palha que estava fazendo para ouvir Wayne tocar e rir das tentativas de Jessa de dançar um jig. O navio estalava e gemia, o vendo nos empurrando para a direita, o piso se inclinando de leve. O lampião de querosene balançou no gancho. Thomas e Daniel estavam alheios em uma conversa e Pearl parou na frente de Wayne, batendo palmas enquanto ele terminava uma música.

— Quer saber por que o nome do navio é *Sedna*? — perguntou Behir a Pearl.

Ela assentiu.

— Ela não precisa ouvir essa história. É só uma criança — disse Abran, tomando outro gole de uísque.

Ele estava recostado na cadeira, com a fala ligeiramente arrastada. Eu nunca o tinha visto tão relaxado.

Wayne colocou o violão na mesa e riu.

— Não existem mais crianças. Além do mais, essa história é sobre uma criança.

Falou quase em um tom de ameaça. Eu já tinha sentido essa tensão em tavernas e lojas em portos antes. Os olhares enviesados e o aperto de lábios quando as pessoas viam Pearl. Crianças eram ao mesmo tempo uma lembrança da perda e um modo de refutá-la.

Com o rosto vulnerável e a pele ainda ilesa aos efeitos do sol, eram um lembrete da vida de antes, quando todos nós podíamos ser um pouco menos duros. As crianças eram o futuro, mas nós ainda queríamos futuro? A pergunta em si era uma traição desconfortável dos nossos corpos e da história, nossa marcha inevitável pelo tempo. Quem seríamos sem pessoas que viriam depois de nós?

Eu me virei para longe de Wayne e perguntei a Abran:

— Quem escolheu o nome *Sedna*?

— Thomas escolheu o nome. É ele quem está há mais tempo comigo, me ajudou a começar isso tudo — disse Abran.

Thomas sorriu para mim.

— Nós precisamos da Mãe do Mar do nosso lado, considerando as circunstâncias — disse ele, achando graça.

Pearl subiu na cadeira ao lado de Behir.

— Era uma vez uma garota — começou Behir —, filha de um deus. Mas ela era giganta e por isso vivia com fome, tanta fome que atacou os pais para tentar comê-los. Para se proteger, a mãe e o pai tiveram que levar a filha para longe. O pai botou a filha no caiaque e disse que a levaria para uma ilha distante. Mas quando eles estavam no mar, ele a jogou na água para afogá-la. Ela se agarrou ao caiaque e suplicou pela vida, mas o pai cortou os dedos dela, que afundou até o solo marinho, onde agora reina com os monstros das profundezas. Seus dedos se tornaram focas, morsas e baleias. Sedna virou uma deusa marinha vingativa. Quem desagradá-la verá sua fúria nas ondas do mar e não terá nenhum peixe nas redes.

Behir levantou as mãos e balançou os dedos e Pearl riu.

— Como ela é? — perguntou Pearl.

— Ela tem cobras no lugar de cabelo e pele azul — disse Behir.

— Quero ser assim. O que aconteceu com os pais dela?

— Não sei. A história não vai até aí.

— Acho que eles também foram parar no mar — disse Pearl.

Marjan começou a recolher os pratos, o cheiro de vegetais e peixe ainda forte no ar. Pearl tinha começado a ganhar peso desde que fomos para o *Sedna*, mas essa não tinha sido a única mudança. Ela estava mais aberta a outras pessoas, menos mal-humorada e mais leve.

Quando o sol estava se pondo, Thomas, Jessa, Behir e Wayne saíram da cabine para executar as tarefas da noite e Daniel se ofereceu para levar Pearl para o alojamento e colocá-la na cama. Abran embrulhou os restos de peixe, e Marjan e eu lavamos os pratos. Ficamos caladas, deixando a agitação da noite se transformar em silêncio.

Quando terminamos com a louça, Marjan e eu nos viramos para sair.

— Myra — disse Abran. — Você pode ficar um minuto?

Eu me sentei ao lado de Abran.

— Eu queria saber como estão as coisas.

Ele colocou a caneca de bebida na mesa, o latão martelado de um tom fosco de bronze. O rosto dele estava vermelho.

Eu disse que estavam indo bem e esperei que ele falasse. Ele pareceu ter outras coisas em mente.

— Posso perguntar... Daniel... como você o conheceu? — perguntou Abran.

— Eu o resgatei depois de uma tempestade.

— E você confia nele?

— Por que não deveria? — perguntei.

Abran deu de ombros.

— Tenho essa sensação estranha em relação a ele. Ele passa muito tempo olhando mapas e anotações.

— Ele é dedicado — falei, na defensiva.

Abran assentiu e fez uma pausa.

— Espero que você não esteja decepcionada demais por não estarmos indo para aquele lugar — disse ele.

— Tudo bem — respondi, rapidamente. — Mas só ouvi coisas boas a respeito de lá. Você acha que Robert estava falando a verdade? Sobre o sul?

— Não me surpreenderia — disse Abran, passando a palma da mão no rosto.

Ele parecia um garoto magoado, perdido e sozinho, os olhos vidrados de surpresa ao ver onde tinha ido parar.

— Ele fez aquilo com ela? A mulher sem olhos? — perguntei.

— Não. Mary é sobrinha dele. Os boatos que eu tinha ouvido eram verdade. Eles devem ter sido atacados por corsários e poupados se aceitassem se tornar um navio de mendicância. Os corsários torturam a tripulação até os capitães aceitarem seus termos. Robert não teria se submetido de outra forma. — Abran balançou a cabeça. — Não o Robert que eu conheci.

— Só ouvi falar de navios de reprodução.

— Os Lírios Negros começaram a fazer navios de mendicância e algumas outras tribos corsárias imitaram. Eles agem como mercadores e fingem querer fazer trocas. Quando roubam dos outros, entregam a carga para a tribo a quem pertencem, mas ficam com uma boa parte.

Percebi que a mudança de Robert foi um golpe forte para Abran, mais forte do que ele queria revelar. Perder pessoas por traição era o mais difícil. Eu estiquei a mão e apertei a dele.

— É por esse motivo que temos que fazer isso. Eu fiz uma promessa. De que faria uma coisa certa.

— Para quem você prometeu? — perguntei.

— Para o meu irmão — disse ele, tomando outro gole. — Mas não quero falar disso. Quero falar sobre a comunidade que vamos construir.

Ele começou a descrever uma comunidade democrática onde todos tinham voto e todos tinham emprego. Onde as crianças ficavam seguras e os idosos recebiam cuidados. O comércio só era feito com comerciantes de reputação e os limites eram protegidos por uma pequena força militar. Não entendi o que havia de novo nessa ideia, de que forma poderia ser realista. Mesmo que fosse possível criar esse tipo de refúgio, seria preciso defendê-lo eternamente de gente tentando invadi-lo. As pessoas não sempre tentavam criar um refúgio seguro e acabavam vendo tudo lhe escorrer pelos dedos, mais fugazes do que os peixes das profundezas?

— Nós precisamos uns dos outros — disse ele. — Agora mais do que nunca.

— Por que está me dizendo isso?

Ele se sobressaltou e me olhou como se tivesse acabado de notar que eu estava lá.

— Você... — murmurou ele. — Acho que você entende. Que percebe como isso é frágil. Eu vi o medo que você sentiu quando fez sinal para nós. Algumas pessoas... — Abran olhou para a bebida e a balançou para romper o reflexo. — Algumas pessoas esqueceram como é sentir medo. As que já perderam coisas demais. Mas eu nunca quero parar de sentir medo.

Nós nos olhamos. Eu sabia exatamente o que ele queria dizer.

— Sou grata por vocês terem aparecido — falei.

— Eu também — disse ele, esticando a mão por cima da mesa e colocando sobre a minha.

Eu afastei o olhar e ele recolheu a mão. Terminou a bebida e empurrou a caneca de latão para longe. Levantou-se, tirou o lampião de querosene do gancho e se virou para a porta. No batente, se virou e olhou para mim, o lampião gerando pontos de luz e sombra no rosto dele.

— O que aconteceu com o pai de Pearl? — perguntou ele.

— Morreu.

— Sinto muito. Deve ter sido difícil.

Dei um sorriso tenso e assenti. *Nem tanto.*

— Me procure. A qualquer hora. Se precisar de qualquer coisa — disse ele, se afastando e me deixando na escuridão.

Fiquei no escuro, balançando a cada onda, ouvindo os estalos do navio na noite. A expressão ferida no rosto de Abran voltou à minha mente. Eu era melhor do que Robert? Afinal, também não estava fingindo ser amiga dele só para tentar convencê-lo de ir até o Vale sem contar toda a verdade?

Apertei bem os olhos e os abri, envolvida pela escuridão. Pensei em Marjan, que perdera o marido e dois de seus filhos. Eu sabia que estava sendo gananciosa. Ainda tinha uma filha, tão saudável e vibrante quanto no dia em que nasceu. Ela não bastava?

Mas a questão não era se Pearl bastava; era se *eu* bastava. Aquela viagem estava mudando a vida dela, mas era mais sobre mim do que sobre ela. Era uma forma de provar que Jacob estava errado em relação ao que achava de mim quando foi embora. Talvez ele achasse que eu não sobreviveria naquele mundo. Talvez achasse que eu não poderia ajudar. Que eles não precisavam de mim.

Na escuridão, as lembranças de Row surgiram. As bochechas arredondadas. O cheiro de canela em seu rosto de manhã, depois do mingau de aveia. Imaginei todas as lembranças dela que eu não tinha mas queria.

Ela lendo um livro no verão, com a luz de uma janela chegando até as páginas. Momentos que se apagariam como uma chama de vela se eu não a ajudasse. Mantive outra imagem longe, no limite da consciência: Row subindo no barco de reprodução, o corpo pequeno escondido entre os homens ao redor.

CAPÍTULO 20

Fui ao quarto dele naquela noite por dois motivos. Eu queria ser tocada. E queria começar a tentar fazê-lo mudar de ideia.

Parei na frente da porta dele ouvindo roncos e ruídos do alojamento da tripulação. Fiquei hesitante de bater e alertar alguém sobre onde eu estava, mas não podia entrar sem bater. Assim, botei os dedos na superfície da porta e deu uma batidinha leve.

Levei um susto quando ele abriu a porta, surpresa por ele ter ouvido. Ele estava só de calça, o cabelo desgrenhado. A vela que segurava lançou um brilho quente ao nosso redor.

— Posso entrar? — sussurrei.

— Claro — disse ele, abrindo mais a porta e espiando atrás de mim para ver se eu estava sozinha.

Quando entrei no quarto dele, me dei conta de que não sabia o que dizer ou fazer. Estava insegura, confusa sobre como agir. Então fiquei ali parada, atordoada, olhando ao redor para a luz fraca de várias velas. Senti o cheiro suave de tabaco, lençol não lavado e madeira molhada. Uma caixa de madeira estava virada de cabeça para baixo formando uma mesa e havia livros em pilhas altas junto às paredes. Havia uma colcha na cama e vários livros espalhados nela.

— Você estava lendo?

Com um sorriso culpado, ele deu de ombros.

— Violando as regras... — disse ele, indicando as velas.

— Não vou contar. — Sorri para ele. — Como você conseguiu todos esses livros?

— Coleciono há anos. Agora está mais difícil encontrar. Muitos foram jogados em fogueiras para gerar calor no começo. Mas fiquei sabendo que montaram uma biblioteca nos Andes, então as pessoas devem estar guardando de novo aqueles que encontram. Parece sinal de boa sorte ter livros por perto.

— Parece mesmo — falei, observando todos aqueles e me perguntando se era a mesma biblioteca sobre a qual Beatrice tinha me contado, criada pelos Abades Perdidos.

Não havia onde sentar além da cama, exatamente onde Abran fez sinal para que eu sentasse, e obedeci. Meu rosto estava quente e eu não sabia onde colocar as mãos.

— E então — disse Abran, sentando-se ao meu lado. — Por que veio aqui?

Ele se debruçou, os braços entre nós, os punhos apoiados no colchão. O peso dele me empurrava para sua direção. Eu me afastei para impedir o impulso de me jogar nele.

Procurei alguma coisa para dizer e surpreendi a mim mesma com a sinceridade.

— Eu estava me sentindo sozinha. Queria estar aqui. Ver você.

Abran colocou a vela na mesa e prendeu uma mecha de cabelo atrás da minha orelha.

— Estou feliz. É bom ter você aqui.

Eu estava usando o colar que um dia tinha sido de Row e ele esticou a mão e tocou no pingente entre meus seios.

— Um grou — disse, baixinho. — Eu soube que não existem mais. O vento não é adequado para eles.

Eu tinha a sensação de que eles ainda existiam em algum lugar. Um lugar sobre o qual não sabíamos. Pelo menos eu queria acreditar nisso. Levei o olhar ao dele e ele me encarou com tanta intensidade que senti meu corpo se desfazendo, o sangue sumindo da cabeça e me deixando tonta.

Eu me levantei e me agachei na frente de uma pilha dos livros, passando o dedo pelas lombadas. A escola local fechou de vez quando eu tinha quinze anos e antes disso eu só ia esporadicamente. A biblioteca fechou quando eu tinha treze. Como tinha ficado destrancada, os migrantes dormiam lá dentro. Eu entrava e andava pelas fileiras de livros e levava para casa os que me agradavam, pilhas e pilhas de livros que depois acabariam inchados, quando a casa se encheu de água. Sozinha no *Pássaro* à noite, sem nada além do céu escuro e as ondas negras falando comigo, eu morria de vontade de folhear as páginas de algum livro, de sentir a conexão com outra mente.

Abran e eu estávamos em silêncio, mas ele perguntou:

— Em que você está pensando? — Colocou a mão no meu ombro e o senti me chamando de volta para a cama.

— Quero que Pearl possa ler mais livros. Possa viver em um lugar seguro. Como o Vale.

Senti a postura dele enrijecer e ele tirou a mão do meu ombro.

— Não quero que isso seja um problema — disse ele.

Eu me virei para olhar para ele, mantendo a postura convidativa, os ombros relaxados, os joelhos no chão, as mãos para baixo, os olhos suplicantes. Infantil, inocente, inofensiva.

— Não vai ser — falei, baixinho.

A expressão cedendo, ele disse:

— Tudo bem. Me conte sobre isso.

— É difícil chegar lá e por isso não existem tantas ameaças. É um lugar isolado. Com recursos. Mais terras, menos gente. A vegetação cresce bem lá agora com o aumento da umidade. Como é um vale, as pessoas ficam naturalmente protegidas de tempestades e ataques.

— Mas duvido que haja muitas árvores. O solo ainda não se adaptou no norte. Como construiríamos?

— Podemos improvisar com materiais que já existem lá.

— Mas não precisaríamos de mais recursos para fazer esse tipo de viagem? Mais comida, mais armas?

— Posso pegar mais peixes e podemos fazer mais trocas. Vocês já têm tanta coisa...

— Também pode colocar em risco tudo que eu construí.

— Se você quiser mesmo erguer essa comunidade, vai precisar da terra certa. Senão, vai voltar para a água em menos de um ano.

— Não posso correr esse tipo de risco.

Eu o senti se afastando de mim, uma ostra se fechando bem diante dos meus olhos. Ele desviou o olhar e de repente pareceu muito cansado, a fadiga presente nas linhas e vãos do rosto.

Eu me levantei do chão e me sentei na cama. Tocando seu ombro, murmurei:

— Você está certo. É arriscado demais.

— A questão é... nós não estamos só procurando terra, estamos procurando a terra certa. Para mim, os Andes eram nossa melhor aposta. Existem vários vilarejos e portos lá. Precisamos nos assentar em algum lugar próximo de um vilarejo para poder fazer negócios, mas também precisamos de espaço e recursos em terra para plantar, criar gado, cortar árvores para construir. Não podemos ir para qualquer lugar e esperar sobreviver.

Eu sabia que ele estava certo. Vilarejos e portos costumavam ser lotados de gente, que explorava todos os recursos das terras ao redor, ficando estéreis e inabitáveis. Os rios eram drenados para irrigar fazendas nos vilarejos, e as árvores cortadas para troca nos portos. Ou a terra em si não parecia disposta a sustentar vida; solo rochoso sem chance de plantação ou pântanos só com água podre e animais estranhos.

— Nós vamos encontrar aquilo de que precisamos — garanti, me perguntando como faria para convencê-lo a respeito do Vale.

Ele olhou para mim, a testa franzida de preocupação, os olhos carregados de tensão.

— E se eu não conseguir?

Aninhei o rosto dele em minhas mãos.

— Você consegue.

Ele se inclinou e me beijou, me puxando. Eu derreti. Comecei a desamarrar a bandana no pescoço dele, mas ele me impediu.

— Não — sussurrou.

— Tudo bem.

As mãos dele relaxaram. Eu desamarrei a bandana e senti tecido cicatricial no pescoço. Uma cicatriz alta, rosada e nodosa, parecendo resultado de uma queimadura feia. Virei o rosto dele para o lado para beijá-la.

Ele me empurrou para me deitar na cama. Quando coloquei minhas mãos no peito dele, senti seu coração disparado. Tentamos nos mover em silêncio, nossos corpos se esforçando para não fazer barulho. Quando a língua dele entrou e saiu da minha boca, fui ficando mais molhada, líquido e calor se espalhando, me fazendo latejar. Virei a cabeça para o lado e vi a sombra da vela tremeluzir na parede. Tiramos as roupas, o quarto ao redor uma mancha de imobilidade diante de nossa movimentação. Eu arqueei o pescoço, as mãos indo até o cabelo dele, denso e quente entre meus dedos.

Quando ele penetrou em mim, algo em meu âmago se contraiu e se expandiu, um movimento fluido, crescente. Nós nos movemos juntos, a respiração quente, os nervos à flor da pele, e eu me abria, cada vez mais perto do clímax. Ele arremeteu várias vezes, o ritmo da pulsação acelerada de algum animal, e surgi das profundezas escuras como se emergisse ao sol que se abria. Um ponto branco de luz, uma fagulha repentina que me deixou de pálpebras pesadas e sonolentas.

Ele tirou antes de terminar e manteve minhas mãos em seu quadril, guiando o movimento para derramar seu líquido na colcha. Ficamos deitados em silêncio, meu corpo encaixado no dele, o braço dele em minha cintura. Minha mente divagava meio sem jeito, como uma borboleta com um buraco na asa, passando por pessoas e lugares. Row quando comeu um giz de cera e ficou com um filete azul escorrendo pelo queixo. As campinas por onde meu avô e eu andávamos para chegar ao lago favorito dele. E como Daniel quase tinha esse cheiro, de bosque florido e grama que nunca foi cortada. Eu não tinha me dado conta do quanto o cheiro dele era parecido com cheiro de lar até estar deitada ao lado de outra pessoa. Às vezes eu tinha vontade de esconder o rosto no pescoço dele e inspirar.

Abran se mexeu e virou. Na última vez que dormi com alguém, Jacob e eu concebemos Pearl. Revisitei a visão do cabelo dele caindo no rosto quando se movia sobre mim. Eu gostava da aparência dos ombros dele daquele ângulo; gostava do calor que emanava do peito dele.

Nós havíamos acabado de ter uma discussão sobre Row brincar lá fora sozinha e o encerramento foi repentino.

Já estávamos conversando menos naquela época. Ele também me olhava de um jeito diferente. Jacob sempre fora tão cativado por mim, mas, depois de Row, depois que a enchente piorou, depois que paramos de nos falar, havia distância no olhar dele. Como se fôssemos estranhos. Ou melhor, muito menos misterioso que isso. Estávamos mais para pessoas que se conheceram quase em outra vida.

Conceber Row foi decisão nossa. Nosso jeito de demonstrar desprezo pelo mundo. E não fomos só nós. Durante a Enchente de Cem Anos, a taxa de natalidade não caiu como era de se esperar, se manteve firme. Algumas pessoas que queriam filhos decidiram que não poderiam cuidar deles com a água chegando à porta de casa. E outras, que nunca haviam se decidido sobre o assunto, de repente começaram a ter um filho por ano, dando à luz como flores na primavera, para lembrarem a si mesmos de como era ser fértil. Mas muitas dessas crianças morreram nos primeiros dois anos, nas rotas de migração, o tifo e a cólera dizimando assentamentos de refugiados.

Se minha gravidez preocupava minha mãe, ela nunca demonstrou. O hospital onde ela trabalhava como enfermeira já estava fechado, mas ela ainda trabalhava na clínica livre que ficava em um armazém abandonado a alguns quarteirões de casa e começou a estocar suprimentos para um parto caseiro: luvas estéreis, tesouras, analgésicos.

Ao contrário de Row, Pearl foi uma surpresa. Nós estávamos usando preservativos velhos que encontramos na farmácia local e um dia em abril eu me dei conta de que não sangrava havia mais de um mês. Entrei em pânico e procurei Jacob. Quando contei, ele só me encarou e virou o rosto, o maxilar trincado, desespero nos olhos.

A respiração de Abran ficou mais pesada e lenta e eu sussurrei:

— É melhor eu ir. — Levantei o braço dele da minha cintura.

— Ou você pode ficar — disse ele, levantando a cabeça, grogue.

— É melhor não ficarem sabendo — falei, me sentando e pegando a blusa. — Vamos deixar isso só entre nós.

Abran olhou para mim com cautela, como se tentando entender meu argumento.

— Tudo bem.

Andei na ponta dos pés pelo corredor, com as mãos nas paredes para achar o caminho até o alojamento e a minha cama. Quando me deitei, ouvi Daniel se mexer na dele, acima. Eu esperava que ele estivesse dormindo. Nós não fizemos barulho. Ele não pode ter ouvido, eu disse a mim mesma.

CAPÍTULO 21

Quando acordei na manhã seguinte, ouvi Pearl murmurando uma oração de St. Bridget e puxando a ponta do lenço centímetro a centímetro pelos dedos apertados. Ela movia o lenço do jeito que minha avó movia as contas do terço. Vovô tinha ensinado a oração a Pearl durante as longas noites que passamos no barco, depois que as linhas de pesca tinham sido recolhidas e o luar caía pesado na água. As palavras confortavam Pearl, e eu a via fazendo isso quando estava sozinha, tentando ser corajosa.

Acordamos tarde; todo mundo já tinha subido para tomar café da manhã.

Estiquei a mão, massageei o ombro de Pearl e a puxei para baixo do meu queixo.

— O que foi, querida?

— Nós vamos afundar — disse ela, antes de retomar a oração. — ... perfurando Teus pés delicados e não Te encontrando em estado deplorável suficiente para satisfazer a ira deles...

— Por que está dizendo isso, Pearl? — Eu sacudi de leve o ombro dela.

Meu avô não era especificamente religioso, mas as orações foram passadas a ele pelas gerações. Ele muitas vezes as recitava quando estava trabalhando, com voz jovial, as palavras duras e os sentimentos sombrios estranhos na voz dele, que nunca era austera ou reverente.

Não gostei quando ele ensinou as orações para Pearl porque achava que eram violentas demais e perturbadoras demais para uma criança pequena.

Eram histórias de sofrimento, ele diria. Histórias que seria bom lembrarmos.

Eu não sabia bem o benefício que essa lembrança dele traria para ela, mas queria que ela guardasse parte do avô, então deixei que ele lhe ensinasse as orações.

— ... puxaram-Te por todos os lados, assim deslocando Teus membros...

— Pearl — chamei, com firmeza, puxando o lenço das mãos dela.

— Não! — disse ela, pegando o lenço de volta. — Vão nos jogar no mar e vamos afundar. Como Jonas. Mas não vamos ser engolidas por uma baleia. Vamos ser engolidas por outro navio.

Ela sempre tinha pesadelos sobre naufrágios, sobre afundar no mar estando presa no navio, a água escura e fria virando seu túmulo.

— Não, nada disso, Pearl. Você teve outro pesadelo? Isso não vai acontecer.

O rosto de Pearl se contraiu e ficou vermelho.

— Nós fomos amaldiçoadas e eles verão. O mar vai nos levar. O mar não vai descansar — choramingou, cobrindo o rosto com o lenço.

Aninhei-a no peito e fiz carinho nas costas dela.

— Não, querida. Não. Isso são histórias que você ouviu.

O corpinho de Pearl tremeu e eu apertei bem os olhos. O que me golpeou como uma pedra no peito foi o fato de ela estar certa. O mar acabaria nos levando de alguma forma e nós desapareceríamos nas profundezas. Eu não podia impedir a água de subir; não podia nos manter flutuando para sempre. Eu a tinha trazido para aquele mundo e alguns dias esperava não estar presente quando ela o deixasse.

Ela virou o rosto para cima encostada no meu peito, a voz baixa e singular, como a de um pássaro.

— Não quero ficar sozinha. Você vai comigo?

— Eu vou com você.

As bochechas estavam rosadas. Prendi uma mecha de cabelo atrás da orelha dela.

— Estou aqui. Sempre — sussurrei no ouvido dela.

Senti Pearl finalmente relaxar junto ao meu corpo, os dedos afrouxando no lenço.

Daniel e eu limpamos peixes no convés, eviscerando as cavalas e jogando as entranhas em um balde. O sol da tarde ardia em nossas costas e o suor ficava caindo no meu olho. Eu só sentia cheiro de sangue de peixe e sal. Sal no meu corpo e sal do mar; a sensação era de que não tinha como escapar.

Cortei uma espinha dorsal e uma cabeça, empurrei o peixe para o lado e peguei outro.

Pearl estava ajudando Marjan a descascar batatas na cabine. Pela porta aberta eu via a cabeça dela, inclinada para executar a tarefa. Eram as últimas batatas. Nós precisávamos ir a um porto em breve fazer trocas por legumes e verduras.

— Eu ouvi você ir ao quarto dele ontem à noite — disse Daniel, a voz baixa.

O som de lâmina na madeira, um leve arranhão ao empurrar a cabeça para longe do corpo.

— E? — Fiquei surpresa de ver tristeza, uma espécie de lamento melancólico nos olhos cinzentos dele.

O olhar dele fez com que eu me sentisse exposta.

— Você contou tudo para ele? Sobre Row? — perguntou Daniel.

— Você sabe que não.

— Mas foi tentar convencê-lo de ir para o Vale, não foi?

— Eu também gosto dele — falei, torcendo para ele calar a boca.

Uma expressão magoada surgiu no rosto dele, que arrancou as entranhas de outro peixe, jogando tudo em um balde. As vozes de Behir e Abran, conversando e rindo, chegaram a nós.

— Sabe o que você não mencionou esse tempo todo? — perguntou Daniel.

— O quê?

— Jacob. Você falou sobre Row, mas não fala sobre Jacob.

Ele esperou para me ver minha reação ao nome. Dei de ombros, mas senti uma queimação na espinha, um zumbido entre as orelhas. Eu supus que Jacob estava morto pelo que o corsário na costa tinha dito, mas ele ainda parecia estranhamente vivo para mim, uma presença de outro mundo que me penetrava onde quer que eu estivesse, como um fantasma fora do meu alcance. Antes de eu supor que ele estava morto, também desejei tê-lo de volta comigo. Não estar sozinha. Estar com alguém familiar.

— Você já se perguntou por que ele fez aquilo? Tinha ideia de que ele faria uma coisa daquelas? — perguntou Daniel.

— Não — menti, minha voz fria como aço.

Apertei mais a faca.

— Eu não quis dizer...

— Quis, sim — falei, a garganta apertada. — Você quis dar a entender que ele me abandonou porque eu sou péssima. Você quis dar a entender que eu deveria ter percebido. Você quis dar a entender que é culpa minha ele ter ido embora... — Minha voz falhou e eu calei a boca, apertando a língua no céu da boca e piscando furiosamente para afastar as lágrimas dos olhos.

Daniel esticou a mão para me tocar, e eu bati na mão dele.

— Não encosta em mim!

— Eu perguntei porque... — Daniel balançou a cabeça e olhou para baixo. — Deve ter sido horrível.

Ele parou de falar e eu o olhei com cautela.

— Não. Eu nunca imaginei que ele pudesse fazer uma coisa daquelas. E, sim, já me perguntei por quê. Acho que ele achou que eu seria um ponto fraco. Eu estava grávida. Isso o deixava nervoso.

— Eu não quis...

— Quis, sim. Não me obrigue a falar sobre ele, ok? Não seja invasivo. Achei que você não era assim.

A vergonha corou o rosto de Daniel, e ele olhou para o peixe à frente, o único olho o encarando, as escamas cintilando no sol. Ele limpou as mãos ensanguentadas em um pano.

— Você está certa. Me desculpe. Eu sei como é... querer mudar o que já aconteceu.

Senti o ceticismo como uma coceira na coluna, mas quando ele olhou para cima e seu olhar encontrou o meu, vi que ele estava falando a verdade. Seus olhos estavam carinhosos e calmos, como uma palma aberta esticada na minha direção. Também vi arrependimento nele, mas um arrependimento parcial. Daquele tipo que a gente tem quando se sente mal por alguma coisa, mas não o suficiente para parar de fazer.

Assenti rapidamente e voltei a limpar os peixes. Eu estava me sentindo quente e exposta, desconfortável, como se tivesse andado nua por um tempo e precisasse de abrigo. Nós voltamos a trabalhar em silêncio.

Parte de mim sentia que conhecia Daniel. Mas ele era meio ausente, meio distante. Estava se protegendo de mim por algum motivo. Era como se eu visse apenas uma pequena parte dele. Essa dança de dar um passo mais para perto e outro para trás.

As perguntas que Daniel fez eu já tinha feito para mim mesma. Durante os primeiros anos na água, eu ruminava constantemente sobre o motivo de Jacob ter partido e ter tirado Row de mim. Por anos e anos, eu me culpei. Eu devia tê-lo afastado, eu pensava.

Mas, ao longo dos anos, uma imagem diferente surgiu: uma imagem cheia de outros desaparecimentos pequenos dele ao longo dos anos em que estivemos juntos. Quando Row era recém-nascida e chorava por horas de cólica, ele saía de casa durante dias, ficava com amigos e me deixava cuidando sozinha dela. Nunca houve menção de revezamento, ele só cuidava de si. Era charmoso e divertido, mas quando as coisas ficavam difíceis, ele desaparecia. Ele tinha esse hábito e as enchentes só trouxeram seu desaparecimento final.

Ele podia ser a pessoa mais generosa que conheci. E podia ser insensível em sua fraqueza, sempre procurando uma saída. Uma pessoa que sabia falar bonito, mas que nunca cumpria o que dizia. Eu me agarrei a esse lado de Jacob e comecei colocar a culpa somente nele.

O que não contei para Daniel foi que Jacob me pediu que fosse embora com ele uma vez. Ele estava tenso com os relatos da água vindo na nossa direção. Duvidava de que o barco que o vovô estava construindo fosse grande o suficiente para todos nós ou que fosse ficar pronto a tempo.

Eu estava no jardim da frente, arrancando ervas daninhas da horta. Tinha acabado de recolher um dente de leão e o jogado no balde.

Jacob fez uma careta e olhou para a casa do outro lado da rua. Todas as janelas estavam cobertas por tábuas pelo lado de dentro e ao passar por lá dava para sentir cheiro de decomposição. O vizinho não saía havia meses e não sabíamos se estava vivo.

— Acho que deveríamos sair antes — disse Jacob.

Eu me levantei e limpei a terra da calça.

— O que você quer dizer com antes?

— Davis me disse que a barragem pode romper. Além do mais, não vai dar certo todos nós naquele barco.

Eu olhei para ele de cara feia. Jacob nunca tinha se dado bem com o meu avô.

— Davis tem uma lancha. Estou tentando convencê-lo a nos deixar partir com ele e a família dele.

— Todos nós?

— Sua mãe e seu avô podem ficar no barco que estão construindo. Eles vão logo atrás de nós. É mais apropriado para duas pessoas.

Sufoquei a vontade de mandar Jacob se foder. Eu já estava exausta, tentando preparar nossa partida, e lá estava ele, perdendo a coragem.

— Eu não vou embora sem os outros. Nós ficamos juntos. Somos uma família. Todos nós.

Jacob suspirou e olhou para o sótão, onde podíamos ver meu avô pela janela, debruçado no barco. Na calçada perto dos meus pés, poças de água surgiram lentamente das rachaduras do cimento. Como se a terra estivesse tão cheia de água que chegasse até nós.

— Myra, você não está me ouvindo.

— É, você tem razão. Não estou. Por que você não ajuda um pouco em vez de fazer outros planos? Nós ainda estamos estocando comida. Você não caça há dias.

Jacob se afastou de mim, balançando a cabeça. Eu nunca consegui entender por que ele não podia simplesmente ajudar. Estava sempre perambulando ao redor da minha família, como se não fizesse parte dela, mas eu nunca imaginei que ele simplesmente iria embora. Ele precisava de mim, não precisava?

Eu guardava a raiva de Jacob muito lá no fundo, mas às vezes a sentia explodindo, quase descontrolada. Quando ele foi embora, senti que eu estava me segurando na amurada de um barco como *Sedna* fizera e que ele cortou cada um dos meus dedos e me viu cair em um túmulo de água. E parte de mim queria surgir das profundezas e arrastá-lo para baixo comigo.

Fiquei decepcionada quando soube que ele estava morto, mais do que eu queria admitir. Eu queria vê-lo de novo; era um desejo ardente que eu nem tinha percebido direito.

Mas por que vê-lo de novo? Para exigir respostas? Para me vingar?

Depois que matei aquele corsário na costa, eu às vezes imaginava que era o corpo de Jacob caído aos meus pés e esperava para ver qual seria a sensação, guardando aquela imagem na mente. Mas nenhum sentimento vinha. Só vazio.

Minha raiva ainda batia como um segundo coração. Eu me perguntava: se visse Jacob em carne e osso, seria capaz de matá-lo tão friamente? Eu realmente queria isso?

Talvez houvesse mais alguma coisa por baixo da raiva, por baixo da dor. Uma terceira opção entre vingança e absolvição, algo que pairava além da minha consciência, esperando para ser identificada.

Eu sabia que o odiava demais para que não restasse nenhum amor.

CAPÍTULO 22

Segui pelo corredor escuro até o quarto de Abran várias noites durante três semanas. Eu sabia que nossos momentos juntos teriam que acabar logo. Ele estava começando a nos levar a sério, começando a dizer "nós" com muita frequência. Eu queria convencê-lo a ir para o Vale antes que fosse tarde demais, mas sabia que não podia forçar. Abran era o tipo de pessoa que tinha que achar que a ideia era dele.

Nessas noites, Abran adorava contar histórias sobre seu passado. Eu ficava deitada, semidesperta, os lábios de Abran roçando meu cabelo, e ele me contava sobre os lugares por onde tinha passado e quem tinha conhecido. Não fazia muitas perguntas sobre mim e não revelei muitas coisas. Depois de um tempo, fiquei com a sensação de que ele não estava exatamente compartilhando histórias e sim confessando. Precisava contar tudo, todos os pequenos detalhes, para chegar às partes mais sombrias.

Uma noite, estávamos deitados nus de lado, a colcha nos cobrindo só em parte, a luz das velas pulando e caindo como uma onda. Abran falou sobre a comunidade que queria fundar, seus planos de distribuição de trabalho.

— Por que você prometeu ao seu irmão que fundaria a comunidade? — perguntei.

Abran ficou em silêncio e me virei para olhar para ele. Abran olhou para mim com cautela e beijou minha testa. Eu afastei o cabelo escuro dele do rosto.

— Meu irmão, Jonas... ele sentia culpa — disse Abran. — Nós tínhamos feito coisas ruins. Ele queria construir um lugar seguro. Um lugar onde gostaríamos de viver.

Pensei no corsário que matei na costa, no jeito apavorante como o corpo dele tremeu enquanto eu esperava que ele morresse de hemorragia.

Às vezes, eu ficava acordada à noite pensando no homem. Eu pensava em quem ele era antes das enchentes. Que poderia ter sido um vizinho, um homem por quem passei quando estava carregando compras para casa, alguém que disse "oi" e seguiu caminho entre as folhas caídas na calçada.

— O que vocês fizeram? — perguntei.

Abran espalhou meu cabelo como um leque no travesseiro. Os fios, antes sedosos, tinham ficado ásperos expostos constantemente a sal, vento e sol.

— Nos envolvemos com algumas pessoas. Acabamos conseguindo nos afastar...

Era raro Abran ficar relutante em falar.

— Acho que deveríamos contar à tripulação sobre nós — disse ele.

Eu enrijeci.

— Ainda não.

Eu já temia que a tripulação soubesse sobre minhas visitas noturnas. Tinha a sensação de que Wayne e Jessa nos olhavam de um jeito estranho e perturbador, e que Marjan havia colocado um travesseiro extra na cama de Abran na semana anterior.

— Não me faça esperar para sempre — disse ele, sorrindo e cutucando meu ombro.

Eu sorri e senti um arrepio nas veias. Eu nutria um sentimento por Abran, mas, o que quer que eu sentisse, sabia que não podia durar. Eu já tinha passado por aquela situação antes, carente e dominada pelo desejo, pronta para ter o coração partido.

Ficamos deitados em silêncio por alguns minutos e toquei as cicatrizes no pescoço dele.

— Um homem que matei perto de Apple Falls tinha uma tatuagem no ombro.

Pensei no carisma de Abran, em como ele reunia as pessoas naturalmente ao seu redor. Muitas vezes, os corsários que encontrei eram sujeitos charmosos, capazes de encantar qualquer pessoa antes de revelarem sua verdadeira natureza e, então, ser tarde demais.

O *Sedna* estalou e rugiu, o contato do mar no navio fazendo um rosnado baixo. Abran e eu nos olhamos por um momento antes de ele falar:

— Lírios Negros.

Arregalei os olhos e senti um peso no estômago. Desconfiava de que ele tinha sido parte de um navio corsário, mas era uma coisa abstrata e distante. Ter feito parte dos Lírios Negros tornava esses corsários mais presentes, como se os trouxesse para mais perto de nós. Eu tinha ouvido falar que eles iam atrás de quem desertava e mudava para outros navios. Tínhamos que ficar de olho em navios nos seguindo?

Não era mais tão fácil encontrar pessoas, lembrei a mim mesma. Em mar aberto era quase impossível. Além do mais, os corsários entravam em tantas batalhas que era provável que metade da tripulação que Abran conheceu já estivesse morta.

— Eu soube que os Lírios Negros começaram como algumas famílias protegendo sua terra. Mas quando me juntei a eles já eram uma tribo militar — disse Abran, se sentando.

Ele apoiou os braços nos joelhos, as costas uma longa curva. Eu me sentei e apoiei a mão na coluna dele.

— Eles vieram até nós, até a nossa casa. Meus pais eram cirurgiões. Durante a Enchente de Cem Anos, eles foram para uma comunidade fechada no alto das montanhas com outros amigos. Guardaram os antigos livros de medicina e os usaram para ensinar o ofício da família para mim e para o meu irmão. Meus pais furtaram medicamentos antes que os hospitais onde trabalhavam fechassem. As pessoas viajavam até nós para receber atendimento e nós os tratávamos na nossa sala. Éramos pagos com comida e itens recolhidos. Por um tempo, conseguimos viver como se o mundo não estivesse desmoronando... até a Guerra Mediterrânea. — Abran emitiu um som engasgado e engoliu. Eu passei a mão nas costas dele. — Alguns dos amigos dos meus pais tinham ligação com os Lírios Negros, e eles precisavam de uma base militar durante a guerra, então foram morar lá. Um surto de disenteria se espalhou pela nossa comunidade e pelas áreas em volta. Meus pais morreram quando eu tinha vinte e seis anos. Jonas e eu cogitamos fugir para o sul, mas não tínhamos comida suficiente para a viagem. E então, Jonas ficou doente. Conhecemos um homem que se ofereceu para tratá-lo e nos deixou ingressar na tripulação dele. Começamos como garotos de convés, lavando o convés e arrumando munição no interior do navio. Não sabíamos o que eles faziam quando entramos, mas uma vez lá dentro... era tarde demais para sair. Ninguém os chamava de corsários na época. Nós achávamos que eles estavam se protegendo... não atacando outros.

Abran balançou a cabeça e olhou ao redor, como se procurando uma janela pela qual olhar. Pareceu estar sofrendo tanto, tão perdido, que fiz carinho e sussurrei:

— Você não é igual a eles.

— Tudo era muito confuso naquela época. Tantas pessoas e ao mesmo tempo tão poucas. O mundo parecia expandir e contrair o tempo todo. Nós transportávamos bens, fazíamos trocas, lutávamos com outros navios, mas era o que todo mundo fazia, então tentávamos não pensar nisso.

Abran colocou a mão nas cicatrizes no pescoço, como se para escondê-las.

— E então, tatuaram o coelho no nosso pescoço. Começaram a falar mais sério sobre aldeias de colonização em terra. Jonas e eu já estávamos falando sobre tentar fundar nossa comunidade. Foi ideia dele. Meu irmão sentia mais culpa do que eu. A saúde dele estava mal; ele não dormia à noite. Nós fizemos um pacto de que, se algum de nós não sobrevivesse na hora de sair do navio, o outro seguiria em frente e fundaria uma comunidade onde certas coisas... certas coisas não aconteceriam. Então, quando abandonamos os Lírios Negros, eu roubei algumas pessoas da tripulação para formar o *Sedna*. Ainda sei onde alguns recursos deles estão escondidos. Eles têm remédios, principalmente antibióticos, enterrados a nordeste daqui.

— Antibióticos? — perguntei.

Abran balançou a cabeça.

— Mas é perigoso demais ir atrás deles. É melhor ficarmos o mais longe possível porque às vezes, eles deixam homens protegendo esses recursos.

Meu coração ficou apertado, mas tentei não demonstrar minha decepção.

— Você contou aos outros? Sobre os Lírios Negros?

— Não. Não quero que saibam.

— Não vão saber por mim. — E eu falava sério. Os segredos dele eram dele. — Seu irmão...?

Abran balançou a cabeça e se deitou de volta, tapando os olhos. Eu me deitei ao lado dele. O *Sedna* balançou abruptamente e alguns livros caíram da mesa. Abran levantou a cabeça do travesseiro e a apoiou na mão.

— Você acha mesmo que conseguiríamos chegar ao Atlântico Norte?

— Acho. Com este navio nós temos mais chances do que muitos.

— Se nós fôssemos para lá, teríamos o local quase que só para nós. Não é muita gente que consegue viajar para o norte.

Ele estava repetindo as minhas palavras para mim. Fiquei em silêncio, deixando que ele ponderasse.

— Tenho pensado mais no que Robert disse. Não acho que ele estivesse mentindo — disse Abran.

Ele passou a ponta do dedo na veia da minha mão e subiu pelo meu braço. Senti um arrepio que chegou até os ossos. Depois de semanas plantando sementes cuidadosamente, eu enfim começava a ver o verde despontar da terra.

— Tem certeza de que confia nele? — perguntei, bancando a advogada do diabo, dando a ele a resistência necessária.

— Nem um pouco — disse Abran. — Mas ouvi a mesma coisa em outros lugares do sul. Em cada posto comercial. Eu só estava obcecado em ir para o sul porque... era para lá que Jonas e eu pensávamos em ir. — Abran massageou meu pulso com o polegar. — Naquele dia, acho que Robert se sentiu poderoso e quis me dar uma coisa que... que eu não queria.

Percebi que Abran interpretava as pessoas melhor do que eu esperava. O quanto será que ele era capaz de depreender a meu respeito?

— Ando pensando no assunto com mais frequência e tudo que você diz está certo. O isolamento, os recursos. Eu tenho medo do risco, mas vou me arrepender se não tentar — disse Abran.

Fui tomada de euforia, como se uma barragem tivesse rompido. Não acreditava que finalmente tinha conseguido. Toda a persuasão suave e os lembretes casuais compensaram. Eu já conseguia ver as margens da Groenlândia, seu litoral rochoso, o ar frio. Tentei ignorar uma contracorrente de pensamento: imagens de guardas patrulhando as ruas do Vale, as rações exíguas no refeitório. Espancamentos públicos e revistas espontâneas nas residências. *Pelo menos você está indo para mais perto dela.* Segurei a mão de Abran e senti os calos.

— Mas não depende de mim — disse ele. — Temos que fazer uma votação com o resto da tripulação.

CAPÍTULO 23

ABRAN DISSE QUE faríamos a votação sobre a troca de destino para o Vale na noite seguinte. Ele queria pedir a Daniel para desenhar a rota antes, para mostrar à tripulação em detalhes quanto tempo demoraria. Eu não falei que Daniel já tinha feito essa rota.

Naquela manhã, depois do café, Abran me puxou num canto e me disse que precisávamos de mais provisões para a viagem. Eu tinha que pegar mais peixes do que tinha conseguido até o momento se queria provar para a tripulação que conseguiríamos atravessar o Atlântico. Não consegui parar de pensar na votação enquanto fazia minhas tarefas matinais, considerando cada pessoa e de que lado ela possivelmente ficaria.

O *Sedna* se aproximou de uma pequena cadeia de montanhas a alguns quilômetros. Thomas estava na proa com o binóculo, procurando montanhas embaixo da água. Achei que estávamos perdendo tempo viajando para o sul, mas Abran insistiu para que esperássemos anoitecer para votar. A água estava mais quente e nos aproximávamos dos canais e estuários, então Pearl e eu começamos a tentar pescar anchovas com iscas vivas.

Quando não estava vigiando a água e nossas linhas de pescas, eu olhava para as montanhas. A menos de um quilômetro da cordilheira havia uma pequena ilha, uns quinze metros acima da água. Daniel fazia nossa rota para que passássemos por essa distância entre a costa e a ilha, para não termos que contornar completamente a terra. Quando chegássemos perto da ilha, começaríamos a contorná-la, indo mais para o sul. Era pequenina, com uns oitocentos metros de um lado a outro, e um amontoado de árvores baixas crescia, parecendo um acampamento. Tive a sensação distinta de que estávamos nos aproximando de território inimigo.

Pearl e eu jogamos uma rede para capturar iscas vivas e Abran parou ao meu lado enquanto eu mexia no afundador.

— Usar rede é mesmo uma boa ideia aqui? — perguntou Abran. — Como estamos próximos da costa, a rede não pode acabar prendendo em alguma coisa?

— Nós precisamos de mais iscas vivas — falei.

Ele estava certo. Era um péssimo lugar. Eu provavelmente nem estava alcançando a profundidade certa, mas queria uma rede cheia para me exibir antes da votação.

— Tudo bem. É que está atrapalhando nossa velocidade. As velas não são grandes o suficiente.

— Vai ser rápido...

— Abran! — chamou Thomas da proa.

Abran correu até a proa e Thomas lhe entregou o binóculo. Estávamos contornando a pequena ilha, chegando perto da costa, passando por um canal pequeno. Parecia arriscado velejar tão perto do litoral e me perguntei por que Daniel tinha planejado essa rota em vez de mais longe, ao mar.

Apertei os olhos para ver o que Thomas estava apontando. Achei ter visto a proa de outro navio atrás da ilha. Talvez fosse só um pesqueiro; as pessoas costumavam pescar perto da costa, pois podiam chegar a um porto e trocar com mais facilidade.

A ilha estava a menos de trezentos metros e Jessa tinha ajustado a vela na adriça para pegarmos o vento do norte. Viramos mais para o sul. Wayne estava na cana do leme, virando o navio para contornarmos a ilha, e puxei a rede no afundador o mais rápido que consegui.

Behir, Jessa e Marjan foram até a proa e fui atrás deles. Pearl tentou me seguir, mas me virei e apontei para a cabine.

— Vai até o Daniel — falei para ela.

— O que houve? — perguntou Pearl.

— Anda! — ordenei.

Pearl me olhou de cara feia, mas obedeceu e foi para a cabine, onde Daniel fazia seus cálculos. Contornamos a ilha e quase nos chocamos com dois navios que pareciam ancorados lado a lado. O vento do norte nos empurrou para ainda mais perto deles, nos deixando a apenas trinta metros deles.

Abran baixou o binóculo e gritou para Wayne, na cana do leme.

— Vire na direção da costa! Siga a faixa litorânea! — Havia pânico na voz dele, que segurou a amurada.

Estreitando os olhos, vi corsários do navio maior subindo a bordo do pesqueiro, armados com clavas e facas, uma bandeira preta balançando ao vento na proa do navio maior.

O *Sedna* começou a seguir rumo ao litoral, mas estávamos encurralados e não dava para nos afastarmos. Um homem no pesqueiro levou uma machadinha no peito e caiu de joelhos. Gritos reverberavam à nossa volta, tão horríveis que pareciam vir do nosso próprio navio. Dois corsários passaram uma corda pelo pescoço de um homem, a outra ponta amarrada na popa do navio deles, a corda frouxa na água entre os dois navios.

Vão arrastá-lo na água embaixo da quilha, pensei, distante, a bile subindo pela garganta. Tentei engolir e lutar contra a vontade de sair correndo.

Um corsário tentava arrancar um bebê dos braços da mãe, e ambos gritavam em uníssono, a mulher arranhando o homem. Outro corsário segurou o braço dela e a puxou para trás. O homem com a corda no pescoço gritou e partiu para cima dele, mas foi puxado para trás, caiu, o rosto vermelho e ofegante.

— Temos que parar — sussurrou Jessa, os olhos arregalados.

Eu estava pensando a mesma coisa, mas não falei nada. Fiquei grudada no convés, minha mão coçando para sentir o peso de uma faca, mas meus pés imóveis, parte de mim ciente de que, se eu não fizesse nada, passaríamos direto, isolados, sem perdas.

Behir tocou no braço de Jessa.

— Vem — disse ele, tentando puxá-la para a cabine.

— Nós temos que parar! — gritou Jessa, correndo na direção de Abran.

Ela o segurou pelos ombros e o sacudiu.

— Behir... por favor — disse Abran, as mãos na cintura de Jessa, tentando empurrá-la para Behir.

Seu rosto mostrava sofrimento, com uma nova imobilidade no olhar. Como se ele estivesse fechado, parte de si guardada, silenciada.

Behir deu um passo à frente e segurou o braço dela, que se virou para longe dele, esticou a mão, abrindo e fechando, para o navio pesqueiro.

O corsário que estava segurando o bebê voltou para seu navio. Uma mulher foi até ele, pegou o bebê e desapareceu dentro do casco. Meu estômago se contraiu e eu soube o que viria em seguida. Eles separariam mãe e filho, a transfeririam para outro navio ou base. Criariam a criança para ser parte da tripulação, para invadir navios no mar ou proteger colônias em terra.

Os gritos continuaram, mas estavam abafados, como se eu os ouvisse por uma porta fechada. O ar sumiu dos meus pulmões e me senti flutuar. Eu era uma pena no vento, oscilando nos calcanhares, meus joelhos quase cedendo.

Behir segurou Jessa que gritava e caía de joelhos. Eu recuei para longe, a vontade de fugir ardendo como fogo no peito.

Os corsários voltaram para o navio, levando o que saquearam. Abriram a porta de uma pequena gaiola e um pássaro saiu voando, disparando para oeste, como se puxado por um fio invisível. Passamos por eles e a distância entre nós foi aumentando.

Fiquei grata. Eu não queria ver o resto; sabia tudo que eles fariam. Levariam a mãe e também qualquer água potável que houvesse na cisterna do barco de pesca. Deixariam o capitão, e quando as velas dos corsários fossem infladas pelo vento, a corda o derrubaria, o corpo dele batendo na amurada e caindo no mar. Ele seguiria puxado como um peixe fisgado pelo anzol por um ou dois dias, sangraria ao bater na craca no navio, nos corais das montanhas submersas, engolido pelo mar. Depois, ficaria pendurado na proa, molhado e roxo, o sol secando seu cabelo até tornar os fios macios, finos como a penugem que os bebês perdem antes de nascer.

CAPÍTULO 24

Jessa não quis sair do alojamento por três dias. Wayne andava de um lado para outro do convés, resmungando e delirando sobre dar meia-volta e ir atacar os corsários. Todos deixaram que falasse, com a compreensão tácita de que com o tempo ele pararia e tudo voltaria ao normal.

Quando Jessa finalmente saiu, a primeira coisa que fez foi entrar como um furacão na cabine onde Abran conversava com Daniel, exigindo saber por que não ajudamos as pessoas naquele pesqueiro.

Eu estava na cozinha com Marjan, a cortina aberta, e vi Abran tentando esticar as mãos para reconfortar Jessa. Ela empurrou as mãos dele.

— Nós não estamos preparados para atacar um navio corsário — começou Abran.

— Mentira! — gritou Jessa. — Nós temos um arsenal enorme!

Abran balançou a cabeça.

— Jessa... não podemos proteger cada navio atacado. Nossa lealdade é entre nós. Não dá para salvar todo mundo.

Lágrimas escorriam pelo rosto de Jessa. Ela queria voltar no tempo. Queria salvar aquelas pessoas para, assim, salvar a si mesma. Eu conhecia aquele sentimento e aquela necessidade. Quanto da minha vida eu poderia reescrever se salvasse Row?

Eu me via novamente tomada pela vontade de fugir, de me afastar dela. Ver Jessa era muito como olhar no espelho.

Depois que Behir ajudou Jessa a voltar para o alojamento e Marjan e eu voltamos a descamar os peixes, ela se inclinou para perto de mim e sussurrou:

— Aconteceu com ela.

Os pelos dos meus braços se eriçaram, como se pudessem manter a verdade longe, deixar todas as minhas superfícies impenetráveis.

— O quê?

— Jessa tinha um bebê.

Enfiei a faca entre músculo e escamas. *Não quero saber.* Eu não era capaz de lidar com esse tipo de dor, não conseguia ficar nem perto. Parecia uma coisa contagiosa, um lugar no qual eu já estivera e ao qual talvez eu não sobrevivesse caso retornasse.

Além do mais, eu não precisava que Marjan me contasse. Eu já sabia que Jessa tinha sofrido a mesma coisa que aquela mãe. O grito dela tinha esse tom, de reviver uma coisa que não deveria jamais ter acontecido. Eu sabia, mas não conseguia suportar a ideia de ouvir a explicação, de ter que aceitar.

Mas por que não? Por que esse desejo de manter as pessoas sempre afastadas?

Talvez, eu pensei, *se todo mundo tiver enfrentado perdas como a sua, você não possa usá-los para o seu propósito. Você não aguentaria enganar pessoas que sofreram o mesmo que você. É mais fácil não saber muito.*

— Wayne e Jessa eram militares — contou Marjan. — Wayne era de uma unidade de combate, e Jessa, da inteligência. Quando parte da unidade de Wayne se juntou aos Lírios Negros e ele se recusou a ir, foram feitos prisioneiros em um navio. Wayne, sua esposa Rose e Jessa.

Marjan continuou contando que Jessa carregava o filho do namorado morto quando eles foram levados. Foram escravizados no navio por seis meses até Rose ser encontrada roubando suprimentos antes da fuga. Cortaram a garganta dela na frente de Wayne e Jessa. Um mês depois, Jessa deu à luz e a menina foi tirada dela, para ser criada em uma base com crianças que posteriormente iriam para navios de reprodução.

Depois disso, Wayne escondeu Jessa em um barril vazio que empurrou para terra durante uma parada em um posto comercial. Ele a deixou lá e voltou para o navio, porque sempre era escoltado por guardas nas paradas em terra. De volta a bordo, ateou fogo nas velas e pulou no mar no meio do caos, depois nadou até o porto, onde encontrou Jessa. Os dois nadaram três quilômetros até outro pico de montanha e ficaram escondidos no bosque até os Lírios Negros desistirem de encontrá-los e irem embora. Eles estavam nessa mesma montanha um mês depois, passando fome quando Abran e Thomas os encontraram. Nos dias seguintes, a tripulação cuidou de Jessa, levou refeições para o alojamento e falou com ela sobre pequenas tarefas que podiam ser feitas no navio, para tirá-la delicadamente daquele estado. Isso tudo me fez lembrar do quanto me senti sozinha quando vovô morreu, só eu e minha filha, seu corpinho aninhado no meu, seu choro noturno tão desesperado que parecia que éramos as duas únicas pessoas restantes no mundo.

Tive vontade de me juntar a eles, de ser convidada para a linguagem secreta dos seus gestos e expressões. Eu quis ter um lugar. Apesar de ser parte deles, ainda me sentia alguém olhando de fora. Esses dois impulsos — manter todos longe e querer fazer parte do grupo — eram contraditórios e me deixavam tensa.

Pensei na pequena embarcação de pesca que Pearl e eu tínhamos visto ser atacada antes de descobrirmos que Row era prisioneira no Vale. Como era mais fácil pensar que éramos só Pearl e eu no mundo; todas as outras pessoas parecendo vagamente abstratas. E agora, tudo parecia próximo demais. Como se de repente eu tivesse mais responsabilidades do que era capaz de executar e não conseguisse escolher as prioridades.

Quatro noites depois do ataque, nos reunimos na cabine para a votação. Abran descreveu o Vale e relatou os detalhes que eu tinha contado, alguns verdadeiros e outros não. Tentei não me remexer quando Abran disse que era um local seguro. Seria seguro depois que os Abades Perdidos tivessem ido embora, argumentei comigo mesma.

Abran falou que só havia poucas centenas de pessoas assentadas em um pequeno vilarejo e que havia muitas terras sobrando.

— Nós podemos convidá-los para se juntarem à nossa comunidade se nossos valores forem compatíveis — disse Abran.

— E se eles não quiserem? — perguntou Wayne. — Como nossa comunidade vai crescer se estiver tão isolada lá em cima?

Abran hesitou, inseguro. Meu coração acelerou e tive medo de ele estar reconsiderando a votação.

— A expansão será um problema em qualquer lugar. Não é a quantidade de pessoas que importa, mas sim escolher as pessoas certas — disse Abran.

Estávamos a uma semana de Alahana, o vilarejo nos Andes onde planejávamos fazer trocas. Mas se a tripulação votasse a favor do Vale, viraríamos para o norte e passaríamos pelo Canal do Panamá, que havia se tornado uma garganta com centenas de quilômetros, e entraríamos no mar do Caribe. Então pararíamos para trocas em Wharton, um pequeno vilarejo no que tinha sido o sudeste do México.

Enquanto Abran falava sobre o Vale, fiquei observando a tripulação, tentando imaginar como cada um votaria. Marjan estava plácida e inexpressiva, enquanto Behir parecia ansioso e intrigado. Jessa trocava olhares céticos com Wayne, e Thomas estava sentado no canto, de testa franzida.

O vento uivava lá fora e Pearl estava na porta, vendo as aves sobrevoarem o convés à procura de comida. Daniel estava ao meu lado, de braços cruzados, o rosto baixo de forma que eu não conseguia vê-lo.

Abran falou com as mãos, a expressão animada. Mas havia algo de desesperado por baixo do carisma dele, certa ansiedade. Ficou claro que era fácil para ele ser persuasivo e fazer com que as pessoas o seguissem. Eu só não tinha certeza de que ele conseguiria manter as pessoas juntas por um prazo longo. Pensei no que Daniel tinha dito sobre fazer parte de grupos grandes, que os valores podem mudar. Que as leis só são funcionam quando todo mundo as segue.

— Precisamos votar, então — disse Abran, batendo palmas.

— Acho que precisamos discutir um pouco — disse Wayne. — Primeiro, onde conseguimos essas informações? — Wayne olhou para mim antes de voltar a olhar para Abran.

Meu rosto ficou vermelho e eu apertei as mãos embaixo da mesa, tentando enxugar o suor das palmas. Ele sabia. Todos sabiam, provavelmente.

Abran fez uma pausa e percebi que ele estava considerando a possibilidade de mentir.

— Foi Myra. Ela me contou a respeito desse lugar, disse que recebeu a informação de fontes seguras. De gente que viajou e fez comércio lá.

— Parece uma história aumentada — disse Wayne. — Bom demais para ser verdade.

— Eu não sabia que a Groenlândia era suficientemente elevada para habitação — disse Behir.

— Você deve estar confundindo com a Islândia. Essa sim foi completamente coberta — disse Marjan.

— Acho que será quase impossível chegar lá. Tempestades. Corsários — disse Wayne.

— Mas, se chegarmos, vamos estar mais seguros. Teremos a chance de construir com pouca interferência externa — disse Abran.

Tive vontade de argumentar que o tamanho e durabilidade daquele navio tornavam a viagem mais segura, mas fiquei calada. Se alguém iria persuadi-los, seria Abran, uma pessoa de confiança.

— Por que você quer ir? — perguntou Wayne. — Você conhece alguém lá?

— Não — respondi, mentindo instintivamente. — Mas acho que é nossa melhor chance de assentar.

— E agora já sabemos que não há terras boas nos Andes — acrescentou Abran.

Fiquei surpresa com a certeza na voz dele. Talvez o ataque que testemunhamos tivesse feito Abran valorizar mais o isolamento do norte.

— Não dá para ter certeza de nada antes de chegarmos lá — disse Wayne.

— Nós temos que sair da água — disse Thomas, a voz tão baixa vinda do canto que todos se sobressaltaram. — Aquele ataque... — Ele balançou a cabeça.

— Mas vamos ficar ainda mais tempo na água se formos para o Vale. A viagem vai ter o dobro da distância de uma viagem para os Andes — disse Jessa.

— Só que lá ficaremos isolados — disse Behir. — Não teremos que enfrentar tantos ataques.

Fui inundada pela culpa outra vez. Imaginei o *Sedna* chegando ao Vale e todos descobrindo que já era uma colônia. O choque no rosto deles, a fúria quando se virassem para mim. Eu mentiria ainda mais e diria que não sabia de nada? Não só teríamos que atacar os guardiões do local, como teríamos que enfrentar os Abades Perdidos quando voltassem, como eles faziam em todas as estações, para a coleta.

— Já chega, já chega — disse Abran, esticando as mãos. — Não temos tempo de discutir todos os possíveis detalhes. Vamos votar.

Todos pareceram ficar quietos e imóveis. Observei os rostos de coração acelerado e dedos formigando.

— Todos a favor de mudar o destino para o Vale que levantem as mãos — disse Abran, ele mesmo levantando a sua.

Eu levantei também e observei os demais. Daniel, Behir e Thomas se manifestaram. Cinco. Éramos maioria.

Abran pediu os votos contra o Vale, mas eu não estava mais prestando atenção. Uma onda de alívio me preencheu e meu corpo ficou mole. Parte de mim jamais acreditou que eu conseguiria fazer isso. Eu achava que a minha vida estava sempre me levando para mais longe de Row e que eu sempre lutava com unhas e dentes para ajudá-la sem nunca avançar. Mas isso tinha acabado de mudar: estávamos indo até ela. Pela primeira vez, eu seguiria na direção certa.

Jessa e Wayne conversavam em tons agressivos perto da cozinha, lançando olhares sombrios para mim, mas não dei atenção. Daniel se levantou sem me olhar. Achei que talvez ele votasse contra o Vale, ressentido por eu não ter dado ouvidos aos seus protestos ao nos juntarmos à tripulação do

Sedna. Mas esse não é o tipo de coisa que ele faria, concluí ao observá-lo sair, a camisa grudada nas costas pelo suor.

Quando me encaminhei para fora da cabine, senti os olhos de Marjan em mim. Carregados de reprovação quando passei por ela, cheios de tristeza e cautela. Como se ela conseguisse ver uma coisa que eu não via. A culpa empurrou minha euforia da mesma forma que o mar recua na maré baixa, deixando a areia molhada e meio afundada. Talvez eu conseguisse virar a corrente, mas eu não era como Daniel ou Abran, que pensavam nos outros e cumpriam promessas.

Imaginei as condições em que Row estaria vivendo. Em que aposentos ficava? No porão de um barraco? Uma salinha com paredes de blocos de concreto? Sem janela?

Tentariam mantê-la saudável e isso me reconfortava, mas não muito. Ela sabia o que a aguardava?

Eu faria qualquer coisa para salvá-la, lembrei a mim mesma.

Imaginei Row trançando o cabelo comprido em um aposento silencioso, a luz da janela batendo em seu colo. Usando uma túnica de linho mais clara que sua pele. O rosto na sombra. Eu nem conseguia imaginá-lo, minha mente me negava isso. Dizia que eu tinha que ver para saber.

CAPÍTULO 25

Passamos por cima do Panamá e entramos no Caribe. Certa manhã, no café, quando estávamos a uma semana de Wharton, Abran designou tarefas para todos, para nos prepararmos para a troca.

— Nós só temos duas grandes trocas antes de atravessarmos o Atlântico. Wharton e Broken Tree. É vital que tenhamos um inventário enorme em ambos os postos. Sem os suprimentos necessários, não vamos conseguir fazer a viagem. Essa é nossa única chance — disse Abran.

O ânimo no navio mudou à medida que nos aproximamos de Wharton. Todo mundo ficou falando do que queria na troca. Marjan queria fermento, e Thomas, uma serra. Jessa não parava de falar sobre o sabonete de alfazema que ela conseguiu numa outra ocasião com um fabricante de sabonetes em Wharton, do tipo com óleos essenciais que deixavam a pele macia e cheirosa.

— Vamos ter que trocar por lixívia para nós mesmos fazermos sabonete desta vez — disse Marjan gentilmente. — Precisamos dar ênfase ao estoque de comida. Wharton tem bons criadores de abelhas. O mel é um bom hidratante e também vai ajudar com infecções de pele mais leves. E já temos óleo de coco e babosa.

Marjan, controlando rigorosamente os óleos e a babosa, dava um pequeno pote para as pessoas quando a pele começava a rachar. A minha tinha ficado mais macia desde que fui para o *Sedna* porque a água salgada não respingava no convés com a mesma frequência que no *Pássaro*.

Quando o vovô ainda estava vivo, geralmente tínhamos recursos para trocar por óleo de semente de cenoura e óleo de framboesa para proteger nossa pele do sol. Quando esse tempo acabou, Pearl e eu dependíamos de roupas compridas e chapéus que nós mesmas fazíamos ou conseguíamos nas trocas.

Marjan começou a recolher os pratos do café da manhã. Pearl ficou parada na porta de novo, vendo as aves marinhas. Parecia um gato pronto para atacar.

Abran listou os afazeres do dia e indicou que Pearl, Behir, Jessa e eu tínhamos que pescar. Daniel precisava refazer os cálculos da navegação pelo Caribe. Wayne podia continuar com a vedação das tábuas com plugues de madeira antes de verificar o depósito de munição. Nós atravessaríamos território corsário no Caribe e tínhamos que estabelecer turnos para vigília na proa.

Pearl pulou da porta em cima de um pássaro e se levantou com a ave se debatendo na mão. Saí da cabine para o convés, o sol me cegando.

— Bela captura — falei, protegendo os olhos.

— O nome dela é Holly — disse Pearl.

Vozes vieram da cabine. "O que ela pegou?", perguntou alguém. "Um pássaro", respondeu outro alguém.

— Daria para uma refeição... — falei delicadamente, me agachando para olhar a ave com mais atenção.

O bico era curto e curvo e as penas eram creme.

— Mas eu quero ficar com ela — disse Pearl.

— Querida, não dá. Ela vai sair voando.

Voltei para dentro e Pearl me seguiu, ainda segurando o pássaro. Marjan cutucou meu cotovelo.

— Você vai...? — Ela indicou o pássaro.

— Ele quase não tem carne...

— Não importa — disse Wayne. — Nós dividimos tudo.

Eu enrijeci.

— Acho que isso não precisa se tornar um problema.

— Essa criança desperdiça recursos. Nós temos regras aqui. Todos temos que segui-las — disse Jessa.

— Ela nunca desperdiçou nada — respondi, minha voz tão fria que senti Pearl chegar mais perto de mim.

— Não é só em relação a isso. Você sempre tem que ter o que quer, não é? Só que você acabou de entrar para a tripulação. Não tem os mesmos direitos — disse Jessa.

— Já chega — disse Abran. — Eles têm sim os mesmos direitos. Todo mundo tem. É uma das nossas leis.

— A outra é sobre compartilhar todos os recursos — acrescentou Wayne, se encostando na parede, cruzando os braços enormes.

Abran suspirou e balançou a cabeça.

— Eles têm razão — disse ele, falando comigo em voz baixa. — Não podemos abrir exceções. Tudo que pegamos pertence a toda a tripulação. Não podemos ter animais de estimação.

Eu nem queria que Pearl adotasse o pássaro como bicho de estimação. Era ridículo. Mas, de alguma forma, eu me sentia preparada para atacar, para ajudar Pearl a ficar com o bichinho.

Marjan abriu a mão na frente de Pearl.

— Deixa que eu faço isso.

Pearl se afastou de Marjan, correu para a porta e soltou a ave. Em segundos era só um pontinho branco no céu azul.

— Pearl — ralhei e fechei os olhos de frustração. — Você não pode fazer o que quer.

— Ela vai ter que ser punida — disse Abran, baixinho. — Vai ficar sem jantar hoje.

Eu o encarei. Ela já estava magra e eu não a deixaria sem comer se havia comida no barco. Ele esperou minha resposta e eu assenti, já planejando esconder alguma coisa na roupa para levar para ela à noite. Não era permitido levar alimentos para o alojamento por medo de ratos. Estaríamos violando duas regras em um dia. Como esperar que Pearl vivesse naquela sociedade se eu violava as regras? Eu tinha subestimado quão difícil seria para nós duas nos ajustarmos a uma comunidade. Não dava mais para continuar pensando apenas em nós, sem considerar o mundo e as necessidades dos outros.

Quando todo mundo saiu da mesa, Pearl puxou minha camisa para eu me agachar ao lado dela.

— Charlie é um bicho de estimação? — perguntou Pearl, baixinho, para que mais ninguém ouvisse.

— Charlie ainda está vivo?

— Ele é meu favorito — disse Pearl.

— Não é venenoso, é?

Pearl arregalou os olhos.

— Claro que não.

Eu não sabia se ela estava mentindo para mim.

— Espero que não mesmo. Chega de bichos, ok? Vamos ter que seguir as leis deles. E deixe Charlie escondido. E como estou quase sem isca, nada de peixe-agulha pra ele.

Ela fez cara feia para mim.

— Assim que chegarmos em Wharton, vou pegar uns sapos para ele — anunciou ela.

Eu comecei a pescar e no começo da tarde só tinha capturado duas anchovas. Precisei tirar as linhas da água para preservar o resto da isca. A água parecia sem vida, como se estivéssemos velejando por um mar de veneno. Ajustei a corda no afundador, encurtando-a com uma série de nós para podermos pescar na metade da profundidade e talvez pegar alguns peixes dos cardumes dos quais as anchovas estavam se alimentando. Esse devia ser o problema: nós ainda estávamos perto demais das montanhas e eu não tinha acertado a profundidade.

Daniel se aproximou de mim com uma caneca de chá fumegante enquanto eu jogava os filés de anchova em um balde de sal. As nuvens do leste estavam seguindo para oeste.

— É provável que encontremos uma tempestade leve no meio da tarde. É melhor puxar as redes depois do almoço — disse Daniel.

— Tudo bem.

Dei um nó na corda e a prendi com força. A camisa de Daniel estava desabotoada e tive o vislumbre de uma cicatriz comprida, a linha branca alta da clavícula até debaixo das costelas.

Era bom ficar ao lado dele, o vento salgado na pele, o dia fresco e claro. Pensei em como estávamos no *Pássaro*, antes de entrarmos para o *Sedna*. Nas noites longas e tranquilas no convés ao luar, conversando. Eu tinha a impressão de que quase nunca o via desde que entramos para o *Sedna*, mas não era verdade. Só que haviam tido poucas oportunidades de estarmos a sós.

— Isso está horrível — disse Daniel. A um quilômetro e meio nós víamos uma ilha pequena, não grande o suficiente para ser habitável, mas sim para destruir o casco. — Navegar por aqui tem sido um pesadelo. Deveríamos estar mais para oeste, mas Abran quer economizar tempo.

— Ele está preocupado com os recursos.

E com divergências na tripulação se os recursos ficarem esparsos. Não queria dar motivos para que as pessoas duvidassem da mudança de destino.

— Vi uma coisa outro dia — disse Daniel. Ele olhou para mim diretamente. — Acho que você também viu. Abran tem uma cicatriz de queimadura no pescoço, onde antes havia uma tatuagem. Outro dia ele trocou aquele lenço que usa sempre. Provavelmente achou que eu estava fora, mas eu estava na cozinha, botando água para ferver para Marjan.

— E daí? Muita gente tem tatuagem — comentei.

Era verdade; as tatuagens eram ornamentos mais simples de usar do que joias. Algumas pessoas tinham nomes de entes queridos tatuados no corpo. Tomei um gole do chá. As folhas desceram até o fundo da caneca, aromáticas de um jeito doce que não consegui identificar, como hortelã, só que mais amarga.

— Era uma tatuagem de corsário. Por que outro motivo ele a queimaria?

Fingi ignorar isso e tentei imaginar como o coelho ficava no pescoço de Abran. Havia um contorno suave embaixo da cicatriz. Tinha começado com tinta azul, mas deve ter acabado, pois na metade ficava preta.

— Você sabe — disse Daniel, como se estivesse lendo meus pensamentos. Ele falou com calma, como se sentisse pena de mim. Fiquei com vontade de bater nele. — Você sabe com que tripulação ele esteve.

— E daí? O que está querendo dizer?

Eu estava na defensiva, como se Daniel quisesse arrumar confusão. Finalmente tinha conseguido que a votação mudasse nosso destino para o Vale. Éramos uma embarcação estável. O caminho à frente estava livre. Nós chegaríamos lá a tempo.

— Escolha o caminho fácil uma vez, e vai querer segui-lo sempre — disse Daniel.

Revirei os olhos.

— Deve ser bom viver no seu mundo de escolhas perfeitas.

— Só estou preocupado com você. Acho que deveria ter mais cuidado.

— Mais cuidado com quem dorme comigo?

Daniel estreitou os olhos para o horizonte.

— Acho que você entendeu o que eu quis dizer.

— Eu sei me cuidar, obrigada.

— Eu não estava falando só de você — disse Daniel, se virando para ir embora.

— Só estou dizendo que a tatuagem não muda nada.

Eu estava falando sobre a viagem, mas percebi que ele achou que eu estava falando dos meus sentimentos por Abran.

— Isso era o que restava de chá — disse ele por cima do ombro antes de desaparecer na cabine.

CAPÍTULO 26

WHARTON ERA MAIS bonita do que eu esperava, com ruínas de pedra e pequenos casebres com telhado de palha subindo pela encosta, ciprestes verdes e pesados e aves multicoloridas que eu nunca tinha visto antes. Toda aquela cor era sufocante depois dos tons manchados de sal do mar, todo aquele azul-claro, os verdes e cinzas, o marrom desbotado da madeira flutuante.

Até os peixes eram coloridos perto de Wharton. Pesquei pargos nos mangues e prados marinhos quando nos aproximamos da costa. As barbatanas amarelas e laranja reluziam ao sol, e Pearl ficava repetindo "lindo, lindo" enquanto os cortava.

Daniel e eu enchemos as cestas, bacias e baldes de peixe defumado e salgado em silêncio. A cada dia que chegávamos mais perto de Wharton, sentia que ele estava ficando mais tenso, as palavras mais escassas, os movimentos abruptos e inquietos. No convés, ele começava a dizer alguma coisa, mas se afastava balançando a cabeça.

Um dia, ele disse para si mesmo:

— Bem, acho que vou descobrir.

— Descobrir o quê? — perguntei.

Ele olhou para mim sem entender, surpreso de me ver ao seu lado embora estivéssemos amarrando iscas juntos havia meia hora.

A tripulação ajudou a arrumar os peixes no convés para o mestre do porto, que anotou a quantidade em um pedaço pequeno de papel amarelado e entregou para nós. O fedor de peixe defumado me deixou tonta. Eu estava cansada de sentir esse cheiro todos os dias e mal podia esperar para pedir uma xícara de chá em terra. Pedir qualquer coisa cheirosa. Já sentia o perfume de alfazema e gengibre vindo de uma barraca perto do porto.

— *No te llevas la plaga, verdad?* — perguntou o mestre do porto, nos observando com uma careta e olhando para trás de nós, para o *Sedna*.

— *No, por qué preguntas?* — perguntou Abran.

— *Tuve que desviar un barco esta semana. La mitad de la tripulación estaba negra y podrida* — disse o homem.

— O que ele disse? — perguntei a Abran.

— Ele perguntou se estávamos com peste. Disse que tiveram que rejeitar um navio porque metade da tripulação estava preta e podre.

Nós carregamos os peixes até o posto comercial, um prédio grande perto do porto. As pedras da estrutura se encaixavam estranhamente, algumas ainda empilhadas na frente da construção, como se tivessem reunido mais do que precisavam e então as abandonado no local. Tive a sensação horrível de que o prédio desabaria em nós quando estivéssemos dentro.

Abran negociou na bancada com o dono da loja, primeiro trocando alguns peixes por moedas de Wharton. Eu queria saber espanhol para ajudar na negociação; Marjan tinha me dito que Abran não era um bom negociador. A maioria dos vilarejos tinha moeda própria, mas não podiam ser trocadas entre vilarejos porque não havia acordo sobre os valores. Nós demos duas moedas para cada um da tripulação.

Pedimos corda e tecido para velas, madeira, velas e tecido para roupas de inverno. Não sabíamos bem o frio que poderia fazer no Vale. As temperaturas pareciam moderadas na maioria dos lugares, um clima marítimo temperado, mas era bom estarmos preparados. Tínhamos ouvido falar de tempestades no norte; eram conhecidas como *chaacans*, uma espécie de nevasca marítima, um furacão de inverno. Um ciclone de água girava enquanto o céu jogava neve em ventos retos, a água e a neve virando gelo no vento, batendo nos navios e rochas.

Esvaziamos nossos recipientes de peixe no posto e enchemos com nossas trocas. Levamos tudo de volta para o navio e depois a tripulação se espalhou para explorar o vilarejo.

Daniel se virou para mim e colocou suas moedas na palma da minha mão.

— Para Pearl. Compre alguma coisa para mantê-la aquecida, ok? Alguma coisa para os pés. Talvez não seja bom ela andar descalça por lá — disse ele.

Tentei devolver as moedas.

— Eu ia usar as minhas moedas para comprar alguma coisa para ela. Você não quer ir ao *saloon*? — perguntei, pensando no meu desejo de uma xícara de chá.

— Compre duas coisas para ela então — disse ele em tom ríspido e saiu andando.

Pearl queria ir com Marjan olhar uma barraca de cestas trançadas, então voltei sozinha para o posto. Passei por cima de poças grandes, a umidade no ar pesada como um casaco de lã. Crianças brincavam nas ruas lamacentas, velhos empurravam carrinhos de batatas e cenouras e mulheres se abanavam perto das barracas.

As barracas estavam carregadas de objetos do mundo antigo e do mundo novo, lado a lado. Cordas, velas e tigelas de madeira feitas de materiais encontrados nos topos de montanhas. Fósforos, facas e garrafas de plástico salvos lá de baixo, levados para cima durante a migração.

Olhei com desejo para uma pilha de travesseiros. Eu lembrava como era acordar em uma cama de verdade, com travesseiros macios, a regularidade de um despertador, a água fria repentina de uma torneira para lavar o rosto. Mais do que tudo, eu me lembrava da imobilidade e da estabilidade, quando todas as superfícies não estavam sempre em movimento.

Saía fumaça por buracos nos telhados de palha. Uma mulher estava pendurando as roupas lavadas num varal. Pela janela de uma cabana de pedra eu vi outra batendo manteiga.

Perto do porto, um grupo de casas maiores envolvia um pátio, onde porcos, cabras e galinhas andavam entre abrigos abertos.

Parei e olhei fixamente. Aquelas casas tinham sido construídas antes das enchentes. Algumas eram de tijolos, outras tinham revestimento. Os telhados eram de telhas. Uma era colonial, com pilares na frente.

Pensei em Abran me falando sobre a comunidade fechada na montanha onde ele cresceu. Fiquei pensando na vida que levavam lá durante a Enchente de Cem Anos: sem estranhos na sua porta, sem passar a noite armado à espera de ladrões. Será que lá eles tinham alguém patrulhando a área, mantendo os invasores longe, permitindo a entrada apenas de pessoas que precisavam de atendimento? Será que protegiam sua estrutura para continuar compartilhando suas habilidades e acumulando remédios?

Eu me perguntei quem morava naquelas casas ali. Pessoas que ficaram ricas antes ou depois das enchentes? Às vezes eram ambas as coisas. Os ricos que ficaram ainda mais ricos no desastre, capazes de transformar uma catástrofe em vantagem própria. Pensei em Abran e na riqueza no *Sedna*. Todas aquelas prateleiras de bens armazenados no casco. Imaginei Abran e eu em uma casa como aquela à minha frente, no Vale, construindo uma nova comunidade. Com que rapidez construiríamos portões para proteger o que tínhamos?

Uma garota magrela jogava fezes com uma pá em um balde no pátio. Tinha marcas vermelhas nas costas, na parte que a blusa não cobria. A cena me fez estremecer e saí correndo dali. Na maioria dos portos, a linha entre a servidão por contrato e a escravidão era muito tênue. As pessoas procuravam as casas ricas, concordavam em trabalhar por comida e abrigo e nunca podiam ir embora, pois para onde iriam?

No posto, andei entre as prateleiras, fazendo pausas. Mexi em um pote transparente rotulado como "pasta de dente" e sorri. Eu não pensava em escovar os dentes havia anos.

Um cobertor, feito de lã tingida, ocupava uma prateleira, e passei o dedo nas fibras grossas. As roupas estavam empilhadas em barris com um rótulo na frente informando ao cliente o que havia dentro: "Mulheres, suéteres" ou "Homens, meias". Remexi nos barris de roupas, procurando suéteres e calças que coubessem em Pearl. Ela tinha perdido quase todas as roupas e os tornozelos ficavam visíveis embaixo da barra das calças. Alguns portos tinham tecelãs e costureiras que faziam roupas novas, mas a maioria das que usávamos tinha sido resgatada antes das enchentes.

A vendedora saiu da bancada e veio até mim.

— Vai para o norte? — perguntou com sotaque carregado.

— Sim.

— Temos mais lá atrás, por aqui — disse ela, andando entre as prateleiras abarrotadas até o fundo do salão, onde havia cobertores, botas e casacos empilhados. — Para que parte do norte?

Ela tinha cabelo preto preso em um coque apertado na nuca. Apesar de andar mais devagar do que uma tartaruga, tinha uma expressão prática nos lábios apertados e sobrancelhas ligeiramente erguidas.

Hesitei. Eu não costumava revelar para onde estava indo. Não gostava de compartilhar rotas. Mas os postos comerciais eram os melhores lugares para conseguir informação.

— Nós vamos para o Vale, no...

— Ah — interrompeu a vendedora. — Você sabe sobre a epidemia, não sabe? Bom, acho que não é mais epidemia.

Larguei o cobertor que estava segurando de volta na prateleira.

— Epidemia?

— Aparentemente, houve um ataque. Corsários. O vilarejo estava muito bem defendido porque... acho que o Vale dificulta invasões. Então os corsários decidiram uma nova abordagem de ataque. Jogaram um cadáver no poço deles. De alguém que tinha morrido de peste. Voltou. — A mulher fechou os olhos e balançou a cabeça. — A peste negra. E ainda querem falar em evolução... A gente achou que tinha superado essa coisa horrível e aqui está ela outra vez, nos exterminando de novo.

Eu segurei a prateleira.

— Quando? Quando foi isso?

— Hum. Uns dois ou três meses atrás, talvez? Tem um tempo. A epidemia matou metade da população, e foi aí que os corsários dominaram o resto e transformaram em colônia.

— Os Abades Perdidos — falei, baixinho.

— Ah, então você já sabe. Por que está indo para lá, então? — Ela se virou e ajeitou algumas botas.

Eu não respondi. Minha mente estava a mil. Eu estava tão ocupada pensando em como chegar ao Vale que não considerei o que devia ter acontecido para que se tornasse colônia. Sabia que o uso de armas biológicas estava se alastrando, mas não me estendi nessa reflexão. Por que não tinha parado para pensar no que poderia estar realmente acontecendo no Vale?

Row sobreviveu à epidemia? *Não achei que ela viveria tanto*. Não foi isso que o homem tinha dito? Mas, ao mesmo tempo, suas palavras deram a entender que ela estava sendo mantida presa até ter idade para o navio de reprodução. Provavelmente tinha sobrevivido à epidemia. A não ser que o surto ainda não tivesse acabado... Ela ainda estaria lá quando chegássemos?

Revirei o cérebro tentando lembrar o que ouvi sobre guerra biológica e epidemias. Os roedores não continuavam carregando a peste mesmo depois que aparentemente tivesse desaparecido? Nós, que ainda não tínhamos sido expostos, estaríamos mais suscetíveis quando chegássemos ao Vale, certo?

Eu tive medo de fome, tempestades, corsários, mas doenças nem tinham passado pela minha cabeça. A rapidez com que podiam exterminar uma comunidade inteira. Eu não tinha pensado porque estava mais impotente em relação a isso do que a qualquer outra coisa.

Quando uma doença destruía a vida de uma criança, só restava à mãe segurar a mão dela, nada mais.

Não dá para protegê-los de tudo.

Não dava para proteger Row do próprio pai.

Talvez ele a estivesse protegendo ao levá-la para longe de mim.

— Você está bem? — perguntou a vendedora.

— Hum?

— Você está pálida — disse ela.

— A coisa ainda está lá?

— Bom, tenho certeza de que já isolaram o poço e queimaram os corpos. Mas nunca se sabe. Pode haver pulgas carregando a doença. Alguns lugares erradicam bem. É mais fácil em ilhas isoladas, principalmente em comunidades que não viajam muito. Mas nós tivemos que botar em quarentena uma pessoa vinda de Errons, no norte, onde tinha havido um surto. Só por segurança o mantivemos monitorado por um tempo.

Toquei em um par de botas de couro de carneiro na prateleira. Eram do tamanho de Pearl. Eu a estaria expondo à peste se fosse. Estaria relegando Row a uma vida em um navio de reprodução se não fosse.

Nunca imaginei ter que escolher entre elas. Antes delas, tive poucas escolhas difíceis para fazer. A vida era mais uma estrada longa e eu estava esperando que alguma coisa aparecesse no horizonte, esperando que minha hora chegasse. Com o mundo mudando tão rápido, era difícil ter ambição ou fazer planos. Quando as enchentes foram piorando, a vida ficou ao mesmo tempo mais rápida e mais estagnada. As escolas fecharam, então parei de ir e nunca voltei. As pessoas não tinham mais carreiras como antes, não faziam planos de vida. Capturavam esquilos no quintal e invadiam lojas de conveniência. Mesmo assim tive alguns empregos em fábricas, fazendas, ranchos. Limpei quartos de hotel e colhi milho. Qualquer coisa que me permitisse trabalhar com as mãos. Não saí da casa dos meus pais para procurar uma casa para mim porque ninguém fazia isso. Várias gerações viviam sob o mesmo teto, se ajudando a sobreviver, enquanto as cidades se enchiam de gente e morriam até virarem cidades fantasma em questão de meses.

Mas então Row chegou e minha vida se abriu. Quando a segurei no colo pela primeira vez, houve uma mudança repentina de perspectiva. Consegui ao mesmo tempo ver minha vida num plano geral e me acomodar mais profundamente nela, como se tudo que eu vivera antes tivesse sido mera preparação.

O principal aprendizado que o nascimento de Row trouxe foi que não dava para voltar para o antes. E não havia depois, não havia "vamos esperar e resolver". Só havia o agora, a dependência do tempo presente, mãozinhas na pele, gritos e choro enchendo o ambiente, um corpo minúsculo para ser embalado. Só havia o caminho à frente para se seguir.

O norte seria frio, pensei. Comprei as botas para Pearl.

CAPÍTULO 27

A PRIMEIRA COISA que eu precisava fazer era convencer Abran a parar onde sua antiga tripulação tinha escondido os remédios. Se a peste ainda estivesse contaminando o Vale, nós precisaríamos de alguma coisa para nos proteger. Eu não ia velejar para o Vale para ver Pearl sucumbir a uma doença que a apodreceria de dentro para fora.

Encontrei Abran em um *saloon*, mas ele estava tão bêbado que as palavras saíam arrastadas e ele oscilava quando ficava de pé. Saí de lá sem dar a notícia para ele. Eu teria que convencê-lo mais tarde, quando ele estivesse sóbrio.

Parada no meio da rua, senti um desejo sufocante de confessar e compartilhar o peso. Daniel, pensei. Eu podia contar a Daniel meu plano de pegar os remédios e pedir a ajuda dele.

Encontrei Pearl primeiro, nos mangues, sentada junto a um cipreste, os pés embaixo do corpo, entalhando um pedaço de madeira. Havia cinco cobras mortas ao lado dela, em cima de uma pedra. O pote de cobras estava entre a grama alta e um cedro. Fui até Pearl, contornando as samambaias e passando por cima dos galhos caídos. Ela estava entalhando um pássaro em um galho de cipreste. Eu me agachei ao lado dela e a abracei.

— Ei, cuidado! Não esmaga elas. — Pearl indicou as cobras mortas na pedra.

Lembrei o dia em que ela pegou uma cobra pela primeira vez. Tinha cinco anos e nós duas estávamos mergulhando e pegando peixes com o arpão. Quando subi, Pearl estava andando na água, segurando uma cobra pequena, uma das mãos segurando a parte de trás da cabeça, a outra, o corpo. O bicho estava inerte, só os olhos se movendo.

— Pearl, isso não é peixe. Nós só estamos pegando peixes — falei, nervosa. — Como você sabia que tinha que segurar atrás da cabeça?

Ela olhou para mim como se eu fosse burra.

— Eu vi que tinha dentes.

Depois disso, pegou mais algumas na água. Fazia carinho e as chamava de bebê. Quando estava em terra, encontrava as tocas e as perseguia ou as atraía para fora usando patinhas de rã. Ela pegava mais cobras jovens e pequenas, e eu deixava que brincasse com elas por um tempo antes de virarem refeição. Nós dávamos a elas restos de peixes, sapos, insetos ou camundongos.

Quando ela capturava alguma em solo, eu sempre alertava que não sabia se havia leis proibindo isso.

— Leis, leis, leis — cantarolava Pearl, fazendo carinho na cobra.

A maioria dos vilarejos tinha uma superpopulação de cobras, mas eram bem-vindas porque controlavam roedores portadores de doenças. Os ratos, aparentemente sabendo antes de nós que as enchentes estavam chegando, correram montanhas acima e cavaram novas tocas. Uma mulher em um *saloon* me contou ter visto um bando de ratos subindo a montanha uma manhã durante a Enchente de Seis Anos, passando por cima de pedras e árvores caídas, seus pelos marrons brilhando no sol.

Algumas pessoas deixavam cobras a bordo para caçar os ratos, de preferência as finas e compridas, que não eram venenosas. Guias feitos manualmente sobre cobras venenosas eram distribuídos em portos, para alertar as pessoas sobre quais evitar.

— Elas são mais limpas do que gatos — disse um homem em um porto.

— Gatos? — perguntou Pearl.

— Você viu um uma vez, em Harjo — expliquei.

Pearl deu de ombros.

— Devia ser sem graça. Não lembro.

Eu vivia com medo de Pearl ser picada, mas ao mesmo tempo sabia que ela era habilidosa e que as cobras eram uma fonte de alimento. E Pearl precisava de ambas as coisas. Assim, eu a fiz estudar os guias e evitar as venenosas, o que ela jurava que fazia, embora eu soubesse que sua personalidade era meio transgressora.

Estiquei a mão e tirei o cabelo do rosto dela, que me deu um tapinha.

— Cadê o Daniel? — perguntei.

Ela apontou para o leste, onde ele estava com água até os tornozelos a uns cinco metros de distância, escondido por ciprestes e cedros cheios de líquens e cogumelos. Havia uma bolsa lotada de cogumelos pendurada no ombro dele.

— É para a minha irmã — disse Pearl, colocando o pássaro na minha mão.

As asas pareciam as barbatanas de um peixe, curtas e listradas.

— Sua irmã gostava de pássaros — falei.

Uma expressão de reconhecimento e prazer surgiu brevemente no rosto de Pearl e sumiu.

— Eu sei.

Pensei em Row no Vale, a peste apodrecendo as pessoas ao seu redor. Pensei nela em uma cama, com bolhas nos pulsos, os dedos negros, a respiração difícil. Na infância, quando ficava doente, Row gostava que eu beliscasse cada um dos dedos dela. Eu tirava o cabelo da testa úmida e apertava cada dedinho entre meu polegar e o indicador, depois soltava. Nós víamos o sangue voltar à ponta, ambas impressionadas com o corpo dela. Ela dizia que eu a estava "carimbando", e um selo me veio à mente, o que lembrou a nós duas que ela não iria a lugar nenhum.

Levantei a tampa do pote de Pearl. Um monte de cobras deslizava umas por cima das outras, tentando erguer a cabeça para fora, na direção do sol. Botei a tampa no lugar.

— Pearl, quantas você tem?

Pearl deu de ombros.

— Seis? Não sei contar muito bem. — Deu um sorriso malicioso para mim.

— Você só pode ficar com uma ou duas. Precisamos delas para o jantar de hoje.

— Não, nós vamos comer peixe.

— Não, a maior parte foi trocada por outras coisas. Estamos no porto, lembra?

— Por que você não pescou mais? — perguntou Pearl, os olhos apertados me acusando. — Tem uma venenosa aí dentro.

— Então pode cortar a cabeça dela fora.

Pearl deu de ombros.

— Pode pegar.

— Pearl!

Eu não era capaz de manusear as cobras que nem ela. Senti meu rosto ficar vermelho e limpei o suor da testa com o braço.

Ela levantou a tampa, enfiou a mão dentro e a tirou, segurando uma cobra, as presas expostas, a linguinha saindo da boca. Colocou a cabeça na base do cipreste e cortou. Então olhou para mim e riu.

— Nham, nham, nham — disse ela, as presas balançando quando ela balançava a cabeça.

— Trate de enterrar para ninguém pisar — falei.

Ela começou a tirar a pele da cobra, mas estiquei a mão e a segurei. Ela estava com um corte profundo no meio do indicador, bem vermelho e com uma casca.

— Onde você arrumou isso?

Ela puxou a mão.

— Não foi nada.

— Me avise se doer ou se ficar mais vermelho — falei, a preocupação já se acendendo como uma luzinha.

Mesmo os menores cortes podiam infeccionar e diante de uma infecção generalizada havia pouco a se fazer.

Dei um beijo na cabeça de Pearl e ela se afastou de mim, mas assim que me virei, perguntou, com um tom de tristeza:

— Já vai?

Falei que voltaria logo e contornei um cipreste, a casca lisa sob o toque. O sol passava pela árvore, que parecia mirrada e delicada em comparação ao brilho do mar aberto. Aos meus pés, uma pequena tartaruga mergulhou na água escura.

— Achei que você estaria bebendo com os outros — disse Daniel quando me viu.

E eu achei que você estaria conversando com alguém barra-pesada por aí, pensei.

Entrei na água com ele, os dedos afundando na lama. Havia vida demais ao nosso redor; era quase insuportável. Tudo parecia próximo demais. Aves voando entre árvores, cobras deslizando no pântano, nenúfares boiando viradas para o sol filtrado pelas árvores. O aroma adocicado das flores e da grama se misturando com o da madeira em decomposição, deixando o local com um odor meio doce e meio podre.

Fiquei parada na frente dele, relutante. Era melhor falar de uma vez, pensei.

— Houve uma epidemia no Vale — soltei, vendo-o pegar um cogumelo em uma árvore.

Contei o que ouvi no posto comercial. Tentei manter a expressão firme, mas senti os cantos da boca se curvarem. Entre o pescoço e o ombro dele havia um vão cheio de sombras. Tive vontade de esconder o rosto ali. De sentir o rosto nele e descansar.

Ele contornou uma árvore pequena e vários arbustos para chegar até mim, segurou meus ombros e me puxou. Encostei a cabeça no peito dele. Ele tinha cheiro de flores e plantas; não senti gosto de sal quando meus lábios roçaram seu pescoço. Fiquei surpresa com o quanto me senti melhor assim que estava nos braços dele.

Ele passou a mão no meu cabelo. Engoliu em seco, a garganta se movendo encostada na minha testa. Senti que ele queria dizer mais alguma coisa, mas ficou em silêncio por um momento, depois nos separamos.

— Você vai contar ao Abran? — perguntou Daniel, prendendo uma mecha de cabelo atrás da minha orelha.

Olhei para ele com cautela. Eu não havia decidido o quanto queria contar ao Abran, mas tinha a sensação ruim de que teria que abrir o jogo, não só sobre a epidemia, mas sobre o Vale ser uma colônia, para convencê-lo a parar para buscar os remédios. Mas o resto da tripulação não podia saber. Eu queria resolver aquilo sozinha com Abran.

— Os remédios da antiga tripulação de Abran estão escondidos ao norte daqui — falei. — É caminho.

Daniel deu um passo para longe de mim e tirou o cabelo do rosto. Falou um palavrão e olhou para o céu.

— Você não vai querer chegar perto de um esconderijo de corsários, Myra.

— Eu sei, mas...

— Se isso aconteceu alguns meses atrás... — Daniel parou e olhou para a água escura.

— Então ela já está morta. É isso que você ia dizer?

— Você está lidando com hipóteses. Provavelmente a bactéria está latente agora.

— Talvez sim e talvez não. Mas não fomos expostos, então não temos imunidade. E quanto tempo vai demorar até que outros corsários comecem de fato a usar armas biológicas? A questão é que temos recursos à nossa frente — falei.

O maxilar de Daniel estava trincado, e ele olhava para o musgo pendurado nos galhos que balançavam na brisa leve.

— Toda vez que alguma coisa sai do planejado, fico achando que você vai virar as costas para mim — falei.

Foi por isso que o procurei, percebi. Eu queria parar de sentir que ele desapareceria quando eu virasse as costas.

Daniel viu um pássaro sair voando em meio às árvores. Revirou alguma coisa em pensamento, o maxilar tremendo. Eu toquei no braço dele.

— Você está comigo nessa? — perguntei.

Daniel olhou para mim, os olhos cinzentos carinhosos e distantes, como se ele estivesse lembrando uma coisa que já tinha esquecido. Uma coisa se mexeu como uma cortina sendo puxada diante dele, que deu um passo à frente e segurou minha mão. Senti que consegui respirar pela primeira vez naquele ar denso. Respirei fundo.

— Vou ajudar você a encontrar sua filha — disse ele. — Prometi isso e não vou abandoná-la agora.

CAPÍTULO 28

Estava começando a escurecer no caminho de volta ao vilarejo. Eu precisava de uma bebida, então fui até um *saloon* na encosta da montanha, perto do porto.

Havia um navio grande ancorado no porto e vários homens andavam pela doca, empurrando garotas. Uma delas parecia ter uns treze anos, a barriga redonda com um bebê dentro. O cabelo estava cortado curto e a têmpora tinha uma marca em forma de t queimada, a cicatriz alta e rosada brilhando no crepúsculo. Ela me olhou e virou o rosto rapidamente.

— Andem — disse um dos homens, batendo nas pernas delas com um cinto.

Corri pela encosta de pedra, o caminho inclinado na direção do mar quando fiz a curva. Depois do *saloon*, barracos e tendas subiam pela montanha, alguns com o brilho da luz de um lampião dentro. Um murmúrio baixo de pessoas terminando o dia chegava ao mar.

Entrei e fui direto para o bar, onde virei um uísque. O ambiente estava carregado de fumaça, luz de lampiões e velas pesadas e indistintas no espaço apertado. Havia lascas nas tábuas de madeira nas paredes e a luz mortiça entrava por essas frestas.

Alguém bateu no meu ombro. Behir.

— Você está pálida — disse ele.

Balancei a cabeça e contei o que tinha visto no porto. Embora os corsários pudessem aceitar o pagamento de dívidas levando pessoas como prisioneiras, normalmente o comércio de escravos era conduzido em pequenas baías e enseadas perto dos portos.

Behir assentiu.

— Wharton é base agora. Até a água em volta dos portos é taxada. Foi o que mais ouvi dos pescadores a noite toda. — Behir indicou um grupo de homens de pele escura sentado atrás de nós, na mesa ao lado.

— Que tribo? — perguntei.

Behir deu de ombros.

— Abades Perdidos. Eles têm uma fortaleza aqui no Caribe: bases, colônias, como preferir. A noite toda só se fala de impostos, espancamentos públicos, comércio de escravos. — Behir balançou a cabeça, o rosto jovem carregado de preocupação. — É por isso que estamos felizes de não estarmos simplesmente tentando nos assentar em algum porto. Era o que a minha mãe queria, mas eu fico dizendo que nunca sabemos qual deles já é abrigo de corsários. Qual já foi tomado. Nós não sabíamos que Wharton tinha mudado antes de chegarmos aqui.

Meu estômago deu um nó e senti vontade de contar que o Vale já era uma colônia.

Mas só pedi outro uísque. Virei em um gole só, me concentrando no calor na garganta. Ficamos em silêncio por um tempo e vi a luz ficar mais fraca nas rachaduras das paredes. Behir escutava o homem atrás de nós com atenção, mas eu não reconheci a língua que ele falava.

— O que eles estão...?

— Hindi — disse Behir. — Minha mãe insistiu que eu aprendesse, disse que seria útil. — Ele revirou os olhos. — Ela está sempre certa. — Ele se inclinou para mais perto de mim e sussurrou no meu ouvido. — Você viu aquelas casas grandes perto do porto? Acho que um homem que morava em uma delas, que antigamente foi corretor, parece, era primo distante da família que começou os Abades Perdidos. Por isso eles fizeram um acordo. Os Abades podiam fazer base aqui se compartilhassem com Wharton o que pilhassem de outras comunidades. Para ajudar a comunidade aqui a crescer. Wharton também ganha proteção gratuita das outras tribos corsárias. — Behir parou um instante e ouviu com mais atenção o que os homens diziam. — Os funcionários do governo aqui puderam manter o emprego, ficar na liderança. Parece que Wharton é um tipo de democracia, que fazem votações todos os anos. Mas há muito suborno.

Balancei a cabeça e ficamos em silêncio de novo, girando os copos na mesa. Ao nosso lado, duas mulheres discutiam sobre as enchentes.

— Ela nos salvou. Ainda estamos aqui — disse uma.

— Ela tentou nos exterminar — disse a outra.

— Ela destruiu tudo para que pudéssemos reconstruir.

— Nós não estamos reconstruindo, estamos entrando em extinção.

— Bem, Deus vai nos salvar.

— Se existir um deus, a concepção que ele tem de bondade é diferente da nossa.

Percebi que Behir estava prestando atenção nelas enquanto girava o copo no balcão de bar à nossa frente. Ele parecia tão jovem. Eu queria reconfortá-lo, mas não sabia como.

— Você se lembra de ver aquele pássaro? — perguntou ele, interrompendo meus pensamentos.

— Pássaro?

— Que foi solto da gaiola naquele navio corsário?

Assenti.

— Perguntei a Abran sobre isso depois. Ele disse que os corsários estão usando pombos-correios agora. Para se comunicarem com outros navios ou portos depois que fazem uma conquista.

Isso me atingiu como uma onda e balancei no banco. A colônia no Vale poderia mandar uma mensagem para a liderança dos Abades Perdidos antes que eliminássemos os guardas de plantão? Os Abades voltariam antes que pudéssemos organizar nossas defesas?

Behir balançou a cabeça e prosseguiu:

— Parece que são treinados para voar entre os navios. Abran disse que quando eles chegam nos outros, levam um tiro porque não pousam. Não são capazes de reconhecer um navio que não é parte da frota e ficam confusos. Eles chamam de "soltar uma mensagem". — Behir parou de falar e esfregou o polegar no copo. — Se eles realmente estiverem se comunicando, vai ser muito mais difícil a gente se esconder... — A voz de Behir quase falhou e eu segurei a mão dele.

— Nós não precisamos nos esconder de ninguém — falei, sufocando meus medos. Respirei fundo e assumi a expressão calma e controlada que muitas vezes fazia quando Pearl estava comigo. Apertei a mão dele uma vez e puxei a minha de volta. — Nós não vamos precisar nos esconder porque vamos fortificar o Vale.

Fiquei surpresa por acreditar nas minhas próprias palavras. Eu via na minha imaginação: todos trabalhando juntos para construir algo. A visão de Abran era contagiante. Embora eu tivesse pensado estar acima de algo como o idealismo, ali estava eu, desejando secretamente o que ele tentava realizar.

Behir assentiu e sorriu para mim.

— Você está certa — disse ele. Tomou o que restava no copo, o aroma de sabugueiro e casca de árvore chegando a mim. — Acho que vou voltar para o navio. Quase todo mundo já voltou.

— Logo mais eu vou — falei, querendo de repente ficar sozinha, como se uma barreira tivesse sido atravessada e eu quisesse recuar.

— Ah, eu já ia me esquecendo. — Behir tirou uma coisa do bolso e colocou no balcão à minha frente. Era um par de luvinhas de pele de cobra. — Comprei para Pearl. Para irmos para o norte. Ela... Ela me lembra minha irmãzinha. Acho que eu queria que ela tivesse uma coisa bonita.

Toquei nas luvas com as pontas dos dedos, a pele surpreendentemente macia.

— Obrigada.

Essas pessoas merecem saber aonde estão indo, pensei quando Behir saiu. Empurrei as luvas para longe e apoiei a cabeça nas mãos.

CAPÍTULO 29

Naquela noite, andei pelo corredor escuro até o quarto de Abran. Nas semanas anteriores continuei visitando Abran à noite, embora com menos frequência e sem avisar. Ele parecia tão distraído com o percurso por aquelas águas novas que não pedia mais para contarmos à tripulação sobre nós. Eu estava começando a achar que, se parasse de visitá-lo, ele nem sentiria falta. Mas era o único lugar com privacidade onde eu podia tentar convencê-lo a parar e buscar os remédios escondidos.

Quando parei na porta dele, os dedos batendo levemente na madeira, pensei em Daniel no mangue, em como a barba dele roçou na minha testa quando apoiei a cabeça em seu peito.

Senti cheiro de uísque quando Abran me recebeu. Ele fechou a porta depois que entrei, tomando cuidado para não fazer barulho. Até andou com cautela de volta para a cama, olhando para trás, para mim, como se eu fosse uma estranha.

Havia uma garrafa de uísque pela metade em cima de uma caixa ao lado da cama, inclinada para a direita na superfície irregular. Não era a mesma que ele guardava no depósito e levava para a cabine nas comemorações. Talvez tivesse comprado com suas duas moedas em Wharton. Eu não queria considerar a possibilidade de ele ter tirado das nossas trocas e usado o dinheiro para comprar álcool para si.

— Melhor ir mais devagar se quiser que dure por toda a travessia do Atlântico — comentei, tentando falar com leveza e provocação, mas certa rispidez surgiu na minha voz.

— Com sorte todos nós vamos durar por toda a travessia do Atlântico — disse ele, se jogando de costas na cama, tapando os olhos.

— O que foi?

Ele estava me deixando nervosa. Eu não conseguiria convencê-lo a buscar os remédios se ele já estivesse ansioso e se sentindo derrotado. O quartinho dele fedia a suor e bebida, a noites sem sono, se revirando de um lado para outro na pequena cama enquanto as ondas batiam nas laterais do navio.

— Wharton era o posto favorito do meu irmão. Acho que o lembrava de casa. — Abran se sentou, uma ruga entre as sobrancelhas, a boca apertada firme. Percebi que ele estava prestes a desmoronar e trinquei os dentes de impaciência. A tensão sumiu do rosto dele quando começou a chorar e apoiou a testa nas palmas das mãos.

Eu me sentei e o abracei. Fazendo carinho nos ombros dele, enfiei o rosto em seu cabelo e sussurrei:

— Está tudo bem, está tudo bem.

Depois de um instante, ele se afastou de mim.

— Foi culpa minha.

Eu balancei a cabeça.

— Não foi, não.

— Foi. O plano era nosso, mas... — Abran olhou ao redor, perplexo e perdido. — A ideia era roubar os suprimentos deles enquanto o navio estivesse atracado, e a tripulação, em terra, bebendo e procurando prostitutas. Era a poucos quilômetros daqui. Nós esconderíamos os recursos roubados na encosta da montanha. O plano era liberar um dos barquinhos do navio, deixar que seguisse a correnteza como isca, para a tripulação ir atrás dele quando voltasse a bordo.

Abran ficou quieto e nenhum de nós falou por um tempo. O mar parecia construir um muro de ruído ao nosso redor, trovejando na madeira, o navio estalando na noite. E Abran continuou:

— Jonas voltou para o navio para libertar um escravo que ficava preso dentro do casco. Nós brigamos por causa disso. Eu não queria que ele fosse, o escravo não estava... Bom, não estava mais bem de saúde e isso podia colocar a gente ainda mais em perigo. Mas Jonas desceu enquanto eu baixava o barco e o soltava na água. Voltei para a encosta da montanha para me esconder e fiquei esperando por ele. Mas de repente ouvi os gritos. Era o escravo berrando e atacando Jonas. Deve ter achado que Jonas ia executá-lo ou algo assim. Não conseguiu entender que estava sendo libertado. De repente, silêncio. Achei que Jonas tinha apagado o escravo para que ele calasse a boca. Eu estava prestes a sair do esconderijo e voltar a bordo quando vi alguns dos nossos colegas de tripulação surgirem na doca na direção do navio. — Abran escondeu a cabeça nas mãos. — Fiquei olhando e tentando teletransmitir para Jonas: *sai logo daí, sai logo daí!* Eu não sabia se ele ainda estava no navio ou se tinha escapado. Estava escuro, não dava para ver nada. Dois homens finalmente o arrastaram do casco, acho que ele estava inconsciente. O escravo devia tê-lo nocauteado. Um o colocou por cima da amurada e o outro explodiu a cabeça dele. Depois simplesmente o empurraram para o mar.

Tive um arrepio de pesar. Era de se esperar que Abran tivesse tanto medo quanto motivação, pensei. Afastei as mãos dele do rosto e as segurei.

— Você não tinha como impedir.

— Tinha, sim. — Abran soltou minha mão e balançou a cabeça. — Não faz sentido agora. Nada faz sentido agora.

Senti que o estava perdendo, então estiquei a mão e o sacudi.

— Abran, pare. A tripulação toda depende de você. Nós temos coisas com que nos preocupar aqui e agora.

Contei para ele o que a vendedora de Wharton me contou, não só sobre a epidemia, mas que os Abades Perdidos usaram armas biológicas para transformar o Vale em colônia. Meu corpo todo ficou rígido; minha língua parecia entalada na boca. Senti o medo como um pedaço de metal que não conseguia engolir. Nós não tínhamos para onde ir. Ele não podia mudar nossa rota agora, eu disse para mim mesma.

Abran ouviu com tristeza, sem qualquer choque ou preocupação aparentes.

— Já ouvi falar disso. Guerra biológica.

Fiquei prendendo a respiração enquanto ele falava e depois soltei o ar em uma expiração rápida. Eu me afastei dele e fiquei observando seu rosto. Novamente, ele me lembrou Jacob, o jeito como estava sentado, inclinado para a frente, derrotado e desinteressado. Sempre que as coisas ficavam estressantes, Jacob se desligava, ia se fechando aos poucos.

— Você pode perder tudo pelo qual trabalhou — falei, cuidadosamente.

— Sempre vai haver alguma coisa — disse Abran, pegando a garrafa na mesa.

Ele tomou um gole, e resisti à vontade de pegar aquela garrafa e arremessá-la na parede. A adrenalina vibrava em minhas veias. Era abstrato demais para ele. Abran tinha perdido tanto a ponto de não se importar mais? Aquilo era um episódio que ele superaria ou era um lado diferente dele que eu ainda não tinha visto?

— Você sabia? — perguntou ele. — Que era uma colônia?

— Claro que não — menti. — Mas parece que não é uma base. Não como Wharton é agora. Deve haver poucos guardas lá. O que precisamos mesmo é de antibióticos.

— É, você falou. — Abran se levantou e começou a andar pelo quarto.

— Você ainda tem as coordenadas?

Abran assentiu.

— Uma ilhazinha ao sul de Broken Tree, nosso último porto antes de atravessarmos o Atlântico. Chama-se Ruenlock.

— E não estão usando como base?

— Eles nunca usam esconderijos como base. Mas às vezes voltam ao local para encher o estoque ou para pegar recursos para trocas. — Abran parou. — Mas até isso é improvável nesse lugar. O navio dos Lírios Negros que eu integrava se desfez um ano depois que o abandonei, matou metade dos integrantes, ganhou um novo capitão. Ouvi a história de um amigo em Apple Falls. Depois dessa cisão, não dá para saber se mantiveram as coordenadas de todos os esconderijos. Não estão deixando gente protegendo cada esconderijo, certamente. Mas também não dá para saber se já não foi encontrado e saqueado por outras pessoas.

— Nós podemos colocar em votação. — Eu desconfiava de que Abran só colocava algo em votação quando tinha certa segurança de que a tripulação seria a favor do que ele já queria.

— Na última vez que me meti com os recursos dos corsários, meu irmão foi assassinado. Porque eu não soube como lidar com a situação. As coisas não saem como a gente espera. Você não tem como entender.

— Todos nós podemos acabar ficando doentes. Precisamos tentar...

Abran balançou a cabeça.

— O clima vai ficar pior quanto mais perto estivermos do inverno. Não podemos perder tempo em paradas extras. As tempestades de inverno no norte... — Abran tremeu.

Ele estava com mais medo da travessia do que eu imaginava. Passou o braço em volta de mim.

— Você não está preocupado? Não está com medo de expor todos nós? E a colônia?

Eu estava preparada para ele ameaçar mudar nosso destino, mas não para aquela apatia. Percebi enquanto olhava para ele que eu não estava só com medo de Pearl ficar doente: estava preocupada com a tripulação toda. Estava com medo de estarem nas mãos de alguém que desapareceria quando precisassem de um líder. *Se ele não contar, eu vou*, pensei. Uma onda de náusea tomou conta de mim. E se eles se recusassem a ir para o Vale?

Abran virou os olhos vermelhos para mim.

— Existe algo à espreita em cada esquina, meu bem. Já estou cansado de tentar me preparar para tudo.

Ele enfiou a mão embaixo da minha blusa e os dedos encontraram meu seio. O toque foi embriagado e rude, a mente distante do momento, meu corpo transformado em brinquedo. Foi a primeira vez que eu não quis que ele me tocasse. Ele segurou meu queixo e puxou meu rosto, mas o empurrei.

Tentou pegar meu pulso e eu pulei da cama. Segurei a garrafa de uísque dele e a joguei na parede. Os estilhaços cobriram o chão com a melodia de um sino de vento na varanda.

— Você não é o único neste navio.

Abran grudou os olhos em mim, pretos e cintilantes à luz das velas.

— Nem você, querida.

CAPÍTULO 30

Evitei Abran depois daquela noite e não falamos mais sobre a epidemia no Vale. Dois dias depois, comemoramos o quarto aniversário do *Sedna*. Marjan estava preparando um cardápio com bacalhau defumado, batatas, verduras, pêssegos e feijão. Todo mundo ficava inventando desculpas para entrar na cabine e sentir o cheiro da comida sendo preparada na cozinha. Estávamos em uma dieta rigorosa de peixe salgado e chucrute e morrendo de vontade de sentir um gosto diferente.

Marjan saiu da cozinha para olhar os enlatados no depósito no casco, deixando a mim e Pearl com um balde de batatas para descascar.

— Como a Row é? — perguntou Pearl assim que Marjan saiu da cozinha.

Normalmente, ela fazia perguntas sobre Row quando ficávamos no alojamento de manhã, depois que todo mundo já tinha saído para as tarefas matinais.

— Um pouco parecida comigo. Com olhos escuros, olhos como o mar.

— E ela gosta de cobras? — perguntou Pearl.

Marjan entrou e sorriu para nós com seu jeito distraído e gentil.

— Esqueci as toalhas para lavar. A cozinha está fedendo a mofo.

Não respondi à pergunta de Pearl e ela me cutucou com uma batata e perguntou:

— E então, gosta?

— Querida, só um segundo — pedi, fingindo estar cortando com cuidado a parte podre de uma batata.

Marjan saiu da cozinha com uma pilha de toalhas úmidas com cheiro de mofo.

— Pearl, temos que falar da Row só entre nós. Ela é nosso segredo.

Quando Pearl me olhou, eu esperava encontrar surpresa ou curiosidade na expressão dela, que me perguntasse o motivo com voz aguda. Mas só encontrei uma expressão certa e segura que dizia *Eu já sei que ela tem que ser segredo*. Estava com um sorriso meio provocador, como se zombasse de mim e achasse graça da minha ansiedade.

— Você sabe por que ela é segredo, Pearl?

— Porque estamos indo buscar ela. E lá é perigoso, então ninguém pode saber.

Olhei para a minha filha. Pearl sempre soube que estávamos viajando para salvar Row, desde aquele dia no penhasco. Mas em que ponto ela percebeu que estávamos enganando a tripulação? A minha ansiedade com a travessia tinha deixado claro o quanto era perigoso? Ela tinha me ouvindo conversando com Daniel no mangue depois que descobri sobre a epidemia?

Então voltou a descascar batatas com movimentos firmes e rápidos, uma expressão satisfeita ainda curvando seus lábios em um sorriso leve. Às vezes, quando via a mulher dentro daquela criança, eu sentia medo. Ela seria mais forte e mais voluntariosa do que eu. Eu a estava ensinando a enganar, e ela estava aprendendo bem. Pearl aprendia comigo a sobreviver naquele mundo.

Marjan voltou para a cozinha com algumas latas na mão e nos expulsou, dizendo que queria terminar sozinha.

A noite ficou mais fresca e quando voltamos para a cabine os lampiões de querosene já tinham sido acesos. O cheiro de pão recém-assado era delicioso quando saímos do vento. Um prato de bacalhau com molho de tomate e pêssego ocupava o centro da mesa, um cheiro intenso e doce.

Marjan puxou a cortina da cozinha e apareceu carregando um prato com um bolinho. Havia uma vela enfiada no meio, modelo antigo, de antes das enchentes, envolta em um babado cor-de-rosa da base à ponta.

Ela o colocou na mesa na minha frente e disse:

— Você falou que Pearl nasceu no outono. Achei que hoje era um dia tão bom quanto qualquer outro para comemorar. Crianças merecem festas de aniversário.

Fiquei perplexa e sem palavras. Eu não lembrava quando tinha mencionado que o aniversário de Pearl era no outono, mas Marjan lembrava. Minhas duas meninas nasceram no outono, mas eu nunca soube em que dia Pearl nasceu.

Pearl sorriu para ela, agradeceu e olhou para o bolo, um sorriso enorme no rosto, as mãos unidas. Ela nunca tinha visto um bolo. O brilho da cobertura cintilava sob o lampião de querosene, e senti o aroma inconfundível de farinha e açúcar e ovo e fiquei me perguntando como Marjan havia conseguido aquilo se só tínhamos farinha.

— Feliz aniversário! — disseram todos.

Pearl apertou as mãos ainda mais, o nariz franzido de prazer. Ficou animada com a atenção, mas senti minha pele se repuxar sobre os músculos. Uma dor intensa e repentina tomou conta de mim com essa exibição de afeto das pessoas que eu estava traindo. Eu não podia fazer as duas coisas, percebi. Não podia ser parte da tripulação e ser desleal.

Lembrei-me do último aniversário de Row que comemorei com ela. Ela estava fazendo cinco anos e minha mãe também fez um bolo com alguns ingredientes faltando. Ficou um pouco murcho no meio, mas era doce. Row passou o dedo pela cobertura cor-de-rosa e lambeu.

A chuva tinha dado uma trégua e nos reunimos na janela, ansiosos para ver o céu sem nuvens. Um arco-íris havia surgido atrás da casa do nosso vizinho no céu escuro, depois sumiu, tão rapidamente quanto apareceu. E na ocasião, pensei como cada momento se acaba mais rápido do que o obturador de uma câmera abrindo e fechando.

Todo mundo voltou para a mesa e se reuniu ao redor de Row e cantou para ela. Ela sorriu e deu risadinhas e bateu palmas, e eu senti tanto orgulho de nós. Olhei para o rosto de cada um, meu avô, minha mãe, Jacob e minha filha, e pensei no quanto precisávamos uns dos outros. Que ficar juntos era nossa única esperança.

Marjan colocou a mão no meu ombro e forcei um sorriso para ela. Olhei para o pequeno círculo em volta de Pearl e de mim e observei cada rosto. Eles batiam palmas, sorrindo, Wayne batendo o pé no ritmo do parabéns, Behir se inclinando para dar um beliscão de brincadeira no braço de Pearl.

A música terminou com um grito e vários abraços, cada um se aproximando para desejar um feliz aniversário a Pearl e celebrar a presença dela no *Sedna*. Ela ficava assentindo e rindo, embriagada com o afeto. E então todos, menos eu, começaram a se sentar, as pernas de cadeiras raspando no piso de madeira e a falação virando um murmúrio baixo. No silêncio antes de Marjan começar a servir a comida, achei que o *Sedna* estava se inclinando, mas era só eu me segurando na cadeira à frente e quase perdendo o equilíbrio.

Essas pessoas trataram a gente como família, pensei, entorpecida. Como eu não tinha percebido até agora?

Porque não quis perceber, pensei. *Porque terei que agir de outra forma caso eles deixem de ser estranhos, se eu estiver em dívida com eles.*

Olhei ao redor e pensei em todos que eles tinham perdido. O bebê de Jessa. O irmão de Abran. A esposa de Wayne. O marido e os filhos de Marjan.

Pensei em quando perdi meu avô e em como, até eu me juntar ao *Sedna*, fazia muito tempo que eu não tinha a sensação de poder dormir à noite, de que eu não era a única responsável por tudo. Eu me lembrei do vazio na boca do estômago quando me dei conta de que não ouviria outra voz humana até Pearl aprender a falar, dos dias longos em que ela chorava e balbuciava. E também do silêncio, a loucura sempre espreitando em meu subconsciente.

Pensei nas mãos de Marjan fazendo o bolo de Pearl, mãos que faziam tanto pelo bem de todos, o trabalho invisível que todos apreciávamos. Olhei para Pearl, pronta para dar a primeira mordida no bolo feito por pessoas que gostavam dela como se ela fosse uma filha. Tanto quanto o vovô estava comigo, Pearl não era só minha filha. Era dele também; eu não precisava carregar sozinha o peso da criação dela.

Mas isso não era o pior. O pior era Pearl saber que não estávamos apenas enganando aquelas pessoas: estávamos usando-as para propósitos nossos. Estávamos minando tudo pelo qual lutaram e sofreram. Enquanto sorria para todos que sorriam para ela, ela sabia.

Eu estava dividida entre duas escolhas, no limiar de uma ruptura. Eu tinha que salvar Row. Mas não podia continuar agindo assim. Não mais. Meu coração subiu cada vez mais na garganta até eu me sentir engasgada.

— Eu menti para todos vocês — falei, tão baixinho que poderia ser só um pensamento.

— O quê? — perguntou Wayne.

O rosto de Daniel se transformou de um jeito que me fez sentir como se ele estivesse segurando a minha mão.

— Eu menti. Para todos vocês.

— O quê? — disse Wayne de novo, dessa vez com raiva e descrença.

— Deixa ela terminar — disse Daniel com rispidez.

— Eu quero ir para o Vale porque minha filha está lá. Ela é prisioneira dos Abades Perdidos. O Vale é uma colônia... — A tripulação trocou olhares de choque e Abran me olhou com raiva. Ele colocou a mão na mesa como se fosse pular da cadeira. Senti que estava ficando sem ar e me apressei. — Transformaram o local em colônia depois que usaram uma arma biológica para atacar e dominar todo mundo. Houve uma epidemia de peste. Isso foi meses atrás. Não espero que... — Wayne se levantou tão rapidamente que a cadeira caiu para trás e Abran levantou a mão mandando que ele esperasse. — Não espero que vocês me perdoem por ter enganado vocês, mas estou contando tudo porque há antibióticos escondidos em uma ilha pela qual vamos passar em breve. Se pararmos para buscá-los, estaremos protegidos caso a epidemia não tenha acabado. E também protegidos contra futuros ataques biológicos. Acho que deveríamos votar. Votar se paramos para buscar os antibióticos ou não.

O rosto de Abran se enrijeceu enquanto ele me olhava, o ódio escurecendo seus olhos.

— O que faz você pensar que ainda vamos para o Vale? — perguntou Wayne.

Ele parecia querer esticar as mãos e torcer meu pescoço.

Virei o rosto depressa e minha voz ficou baixa de novo.

— Vocês não têm para onde ir.

O rosto de Marjan carregava tanta tristeza que precisei desviar o olhar e não ousei encarar Behir nem Pearl. O aposento ficou tão silencioso que ouvi o estalo rítmico de um poleame quebrado no convés, mais alto do que as ondas batendo suavemente no barco. O cheiro doce de tomates e pêssegos havia se tornado ácido e o molho endurecido em volta do peixe.

— Eu poderia jogar você para fora do navio agora mesmo — disse Abran, a voz fria e firme. — Mas o que eu faria com Pearl?

— Você não vai fazer nada com Pearl — disse Marjan rispidamente.

Meu coração disparou no peito e minha língua estava seca demais. Eu não conseguia falar. Tentei me lembrar das regras do navio e das várias punições. Mas eles não abandonariam Pearl em uma ilha, era o que eu repetia para mim o tempo todo. A ideia me consolava e me apavorava ao mesmo tempo. Ela ficaria segura e eu seria separada dela.

Daniel se levantou.

— O que quer que vocês façam com ela...

— Daniel, fique fora disso. Não é da sua conta — falei.

Se fizessem alguma coisa comigo, eu precisava que ele ficasse e tomasse conta de Pearl. Sabia que podia contar com ele para isso.

— Você sabia disso? — perguntou Wayne a Daniel.

— Não, ele não sabia. Eu guardei segredo — respondi.

— Levem ela para o casco — disse Abran.

Wayne contornou a mesa, jogando uma cadeira vazia, me pegou pelas axilas e me arrancou da mesa como se eu fosse uma boneca de pano.

— Ei! — rugiu Daniel, atacando Wayne.

Abran pulou e entrou na frente, enfiou o cotovelo no peito de Daniel e o jogou na mesa. Pearl pulou da mesa para correr atrás de mim, mas Thomas a segurou pelo braço. Ela ficou com a mãozinha esticada para mim, chamando meu nome.

A escuridão do lado de fora me atingiu como se eu tivesse sido mergulhada no mar, as vozes saindo da cabine como sons de um navio afundado. Enquanto Wayne me puxava para baixo, ouvi os gritos de Pearl, os berros altos implorando que eles parassem.

CAPÍTULO 31

Wayne amarrou meus pulsos com corda, me colocou no depósito e trancou a porta por fora. Eu me sentei no chão e fiquei encostada nos sacos de farinha na prateleira de baixo. Um calendário tinha caído da parede e estava aos meus pés. Era com ele que Marjan fazia um controle cuidadoso do estoque. A letra caprichada ocupava cada dia, listando que suprimentos tinham sido perdidos e ganhos. Cada dia tinha uma linha diagonal até aquele, provavelmente: 5 de outubro.

Estiquei a mão e toquei no papel para puxá-lo para perto. O aniversário de Row tinha sido em 2 de outubro. Alguns dias antes. Ela tinha feito doze anos. Tive meu primeiro sangramento aos doze anos e sem dúvida ela teria o dela em breve, se já não tivesse tido. O corpo dela era um relógio contra o qual eu corria. E eu já não sabia se chegaria a tempo.

Os passos acima de mim pararam. Tentei não pensar e cochilei encostada na prateleira, mas fui jogada no chão quando o *Sedna* se chocou com uma onda. Depois de um tempo, quando achei que havia amanhecido, a porta se abriu e Abran entrou.

Eu me sentei ereta.

— Pearl está bem? — perguntei.

— Está ótima. Marjan está com ela.

Ele fechou a porta e se encostou nela. Esperei que falasse.

— Você mentiu sobre os recursos? — A voz de Abran soou fria e firme. — Sobre os materiais para casas, poços, segurança do local, solo bom?

— A terra é boa — respondi, remexendo em minhas lembranças para tentar identificar o que era verdade e o que era mentira.

— Você botou tudo que eu construí em risco. Tudo. Você planejava nos ajudar a construir uma comunidade lá? Ou só pegar sua filha e fugir? — perguntou Abran.

Olhei para baixo. Basicamente, só havia pensado em como resgatar Row e manter Pearl em segurança. Não sabia muito depois disso.

— O que fosse melhor para Row e Pearl — falei.

— Tem alguém esperando você lá?

— Como assim?

— Seu marido. O pai das suas filhas. Você só falou da sua outra filha para que sentíssemos pena? Você é só uma mãe que vai resgatar uma filha ou uma esposa querendo voltar para o marido? Parece o tipo de coisa que você faria — disse Abran, balançando a cabeça para mim enquanto falava.

— Não. Meu marido está morto.

Abran andou pelo pequeno espaço do depósito.

— Nós discutimos a mudança de destino, mas você estava certa. Não temos nenhuma boa alternativa. Não tem muita terra sobrando. — Abran abriu os braços e riu. — Eles queriam saber como você soube dos antibióticos e eu falei que você tinha um amigo que disse isso. — Abran me olhou intensamente. — Ainda não quero que eles saibam sobre o tempo que passei com os Lírios Negros.

— Não vou dizer nada.

Abran só me olhou com raiva e balançou a cabeça.

— Passei anos conquistando a confiança deles e você me desacreditou. *Eu* decido o que eles precisam saber. Eu poderia abandonar você numa ilha por causa disso, sabia?

Tive dificuldade para me levantar com as mãos amarradas nas costas, mas quando consegui, ergui o queixo e estreitei os olhos.

— Vocês precisam de mim.

Abran deu um passo na minha direção.

— Você é totalmente substituível, Myra.

Nós dois sabíamos que não era verdade. Abran esticou a mão e virou uma lata para que o rótulo ficasse virado para nós. Estávamos ficando com poucos suprimentos; metade das prateleiras estavam vazias.

— Foi Marjan. Bem, e Daniel, mas nós não o ouviríamos. Foi ela quem falou a seu favor. Disse que não culpava você pelo que fez. E Behir concordou. Não poderíamos fazer nada sem eles a bordo. — Abran balançou a cabeça. — Então não vamos abandonar você numa ilha, mas também não vamos deixar que fique conosco quando chegarmos lá. Você vai nos ajudar a enfrentar os guardas dos Abades e depois vai seguir sozinha. Para morrer na floresta ou tentar velejar para outro lugar, não me importa. Você vai estar morta para mim. Vamos ficar com Pearl e a sua outra filha... se ela ainda estiver viva. Mas não com você.

Eu assenti, mas um terror gelado tomou conta de mim e tentei me manter firme. Ele está com raiva, argumentei comigo mesma. Isso tudo vai passar. Ao menos o pior não aconteceu; pelo menos você e Pearl não vão ser abandonadas por aí. Isso vai lhe dar tempo.

Mas imaginar ser separada de Pearl e Row, de ficar sozinha para morrer, me deu medo. Eu teria que achar um jeito de me tornar necessária. De provar meu valor para que eles não me exilassem.

— E você vai pescar para nós dia e noite. Quero você trabalhando nas redes e nas linhas até seus dedos sangrarem — disse Abran, apontando para o convés.

Eu assenti de novo. Abran foi para trás de mim e cortou as cordas que prendiam meus pulsos. Quando o alívio sumiu do meu corpo, deixou um peso, uma dor profunda se acomodando em meu peito. Eu tinha achado que saber pescar me salvaria, já que eu era capaz de impedir que a tripulação morresse de fome. Mas não foi graças a isso que me safei. Foi graças a Marjan e sua misericórdia. Uma misericórdia que advinha de conhecer a perda tão bem quanto eu.

— E eles votaram a favor de parar e buscar os antibióticos. Como você queria. — O rosto de Abran se retorceu em uma careta.

Eu sabia que a raiva dele era um véu fino por cima do desespero, da decepção. Dei um passo para perto e fiquei surpresa de não sentir cheiro de álcool no hálito dele.

— Eu sinto muito. De verdade — falei.

Abran soltou uma gargalhada baixa.

— Você não é muito boa em pedir desculpas. Se arrependeu mesmo?

Hesitei e fiz que não.

Ele levou as mãos à nuca, os cotovelos para fora, e se virou de costas para mim.

— Eu confiei mais em você do que na maioria da minha tripulação. Como fui idiota... Achei que você poderia ser uma parte grande disso. Você e eu. Juntos. Achei que ficaríamos lado a lado para construir algo...

— Ele abriu os braços, como se indicando um lugar imaginário onde poderíamos estar, construindo uma coisa diferente.

Eu queria me defender, pedir que se colocasse no meu lugar.

— Eu sei. Sinto muito. Sinto muito por nós.

— Nós? — Abran inclinou a cabeça para trás e riu. — Você acha que "nós" importa em comparação a isso? — O sofrimento na voz dele me disse que sim. Que a traição doeu mais por ter partido de mim. — Você sabia o tempo todo que lá era uma colônia e mentiu! — disse Abran, a voz pouco mais do que um sussurro. Ele deu um passo para perto de mim e algo em sua voz me fez recuar. Ele se inclinou e berrou na minha cara. — Você sabia!

Então deu um pulo para a frente e me segurou pelo pescoço, mas em vez de apertar, a mão dele ficou flácida ao tocar na minha pele. Seu rosto desmoronou no meu peito e ele começou a chorar.

Passei os braços em volta dele e alisei seu cabelo.

— Estou perdendo, Myra. Estou perdendo tudo — murmurou ele em meu peito.

— Não está, Abran. Nós vamos chegar lá e você vai montar a comunidade que prometeu ao seu irmão. Isso não mudou. Vou fazer o que puder para ajudar e depois vou embora.

Ele deu um passo para longe de mim e limpou o rosto com o braço. Abriu a porta e se virou para olhar para mim.

— A grande merda é que eu realmente gostava de você — disse ele.

— Eu também gostava de você — falei, baixinho, mas ele balançou a cabeça e saiu andando.

CAPÍTULO 32

Quando nos aproximamos de Ruenlock, o sol já estava alto. Pensei num ponteiro de relógio girando no céu. Quanto mais perto chegávamos da ilha, mais tenso Daniel ficava, os olhos concentrados enquanto ele virava a cana do leme. Ele ficava observando o horizonte como se estivesse com medo de deixar passar alguma coisa.

O litoral era uma encosta de montanha bem pedregosa, com pinheiros e arbustos de sempre-vivas. Wayne estava posicionado no cordame com os binóculos, para ficar de olho em outros navios ou em sinais de que havia corsários na ilha. Até o momento, ninguém tinha avistado nada.

Pearl parou ao meu lado.

— Você está fazendo isso tudo pela minha irmã, não está? — perguntou Pearl.

— Tudo o quê?

— Encontrar corsários. É por isso que todo mundo está tão preocupado.

— Nós não vamos encontrar corsários. Vamos parar aqui para pegar suprimentos.

— Mas aqui não é um posto comercial — disse Pearl.

— Pearl. Estou fazendo isso por nós. Todos nós.

Ela me olhou com cautela. Levantou a mão e mostrou o dedo machucado. A pele em volta do corte estava bem vermelha e havia pus escorrendo do ferimento.

— Está doendo — disse ela.

— Pearl! — Peguei o dedo dela e senti o suor grudento surgir nas minhas costas.

Afastei o cabelo do rosto e falei um palavrão.

— Está muito feio? — perguntou ela, e percebi que estava tentando manter a voz firme.

Eu a puxei e lhe dei um beijo na cabeça.

— Vai sarar. Eu prometo.

Abran se aproximou de nós.

— Vamos atracar aqui — disse ele para Daniel, apontando para uma pequena formação rochosa a menos de um quilômetro da costa. — Myra e eu vamos remando até lá com uma canoa.

— Não dá para atracar aqui — disse Daniel, sem se dar ao trabalho de olhar para ele.

Abran enrijeceu.

— Eu quis dizer atracar na formação rochosa. Não quero ter o trabalho de descer a âncora. Vamos poder fugir mais rápido se for necessário. — As mãos de Abran estavam tremendo e ele as enfiou no bolso.

— Acho que você não vai querer um buraco no casco — disse Daniel. — O restante da montanha está perto demais da superfície.

— Acho que você não vai querer desobedecer às minhas ordens — disse Abran.

Daniel olhou com desprezo para Abran. Eu entrei entre os dois.

— Podemos descer a canoa aqui sem ancorar. Vamos ficar fora só... duas horas, talvez? — Olhei para Daniel na esperança de que ele confirmasse.

— Nós vamos nos deslocar um pouco, mas posso dar a volta até aqui — disse Daniel.

— Você vai ter que estar aqui quando terminarmos — disse Abran, mordendo o lábio, a testa brilhando de suor.

— Ele vai estar aqui — falei.

Wayne e Thomas ajudaram a descer a canoa, e Abran e eu descemos pela escada. Enquanto remávamos até a margem, eu ficava tentando olhar entre as árvores para ver sinais de gente ou de acampamento. Ainda não havia barcos à vista, mas podiam estar ancorados fora do nosso campo de visão, depois de uma curva ou em uma enseada.

Puxamos a canoa para a terra e a escondemos entre os pinheiros. Abran leu em voz alta de um caderninho:

— Há um vão na lateral da montanha, depois de um amontoado de abetos. Um riacho corre do lado direito. Temos que seguir riacho acima até esse vão.

O riacho foi fácil de encontrar, desaguava no mar entre vários pinheiros e formava uma pequena cachoeira. Começamos nossa subida e logo ficamos sem ar, parando com frequência para beber água do cantil.

Florezinhas roxas ladeavam a margem, parecidas com as que se via nas estradas do Nebraska. Que estranho me lembrar das viagens de carro, a paisagem passando. Postes telefônicos, flores em valas, caixas de correspondência. Coisas meio invisíveis até fazerem falta.

Nós tínhamos subido cerca de oitocentos metros e ainda nada de abetos.

— Tem certeza que são abetos? — perguntei. — Não era outra árvore?

Abran balançou a cabeça.

— Anotei com cuidado todos os esconderijos.

— Você vai por aí, eu olho por aqui. Sem se afastar muito. Não podemos nos perder — falei.

Nós nos separamos. Só havia pinheiros até onde podíamos ver, nada de abetos. Eu olhava para o chão, pisando com cuidado entre pedras para não tropeçar e cair pela encosta. Sentia um peso na boca do estômago, uma premonição de que não encontraríamos.

Em um momento de distração, tropecei em uma pedra e olhei para baixo. Havia uma guimba de cigarro de palha ao lado da pedra. Ao pegá-lo, notei que tinha mais cheiro de fuligem do que de tabaco. A terra perto da pedra estava com várias pegadas perfeitas de sapato, se afastando dali. Ambos estavam intactos demais para serem velhos. Havia mais alguém na ilha.

Olhei para trás e espiei entre as árvores. Vi Abran se aproximando, a mão esticada, fazendo sinal para que eu fosse com ele.

— Encontrei — disse ele.

— Shh, idiota — sussurrei, subindo rapidamente pelas pedras.

— Eu deveria ter escrito que era um pouco à esquerda do riacho, não diretamente visível do riacho.

Ele me levou por um amontoado de abetos até a frente de uma abertura na face da montanha. A umidade escorria das paredes como gotas de suor e a profundidade da caverna ia até a escuridão.

— Encontrei isto. — Mostrei a guimba de cigarro na palma da mão. — E pegadas.

— Merda. — Abran baixou a cabeça e soltou outro palavrão. — Não deveríamos ter vindo!

— Não sabemos de quem é. Calma. Vamos ficar em silêncio, pegar o que precisamos e sair.

— Eu sabia que não deveríamos ter vindo!

— Nós já estamos aqui, Abran. Não vou sem verificar, ok? Está com a tocha?

Abran olhou ao redor, os ombros tensos.

— Abran! — sussurrei.

— O quê? Sim, sim. — Abran abriu a bolsa e tirou uma vara com um pano encharcado de gasolina na ponta.

Depois que acendemos, ele olhou para trás uma última vez antes de entrarmos na caverna.

Fui atrás dele, pisando em uma crista que acompanhava a parede de pedra da caverna. Havia um laguinho no meio da caverna e ouvi um gotejar mais para o fundo, onde a luz da tocha não alcançava.

Abran estava vários passos à frente.

— Temos que ser rápidos.

A crista estava escorregadia e cheia de pedrinhas, e eu quase escorreguei, mas me segurei na parede, as mãos deslizando na superfície lisa e procurando algo com o qual pudesse me firmar. A luz pulou nas sombras em volta de Abran, e ele parou na beirada de trás do laguinho. Eu só conseguia ver a silhueta dele e fui chegando mais perto. Atrás do laguinho, morcegos gritaram e colidiram uns com os outros em uma agitação de asas. Mergulharam do teto rochoso como pássaros fazem para pegar peixes, só que eu não conseguia ver o que eles estavam pegando por causa da luz fraca.

Abran se agachou na beira da água e mergulhou as mãos. Em seguida, enfiou os pés e entrou.

A água estava escura demais e eu não conseguia vê-lo. Esperei um momento. Havia uma agitação fora da abertura, mas quando olhei para lá, fiquei cega pelo sol e não consegui enxergar mais nada. A caverna tinha um cheiro sufocante de terra e tive a vontade repentina de vomitar.

Abran emergiu e dei um pulo.

— Acho que está em um parapeito de pedra, embaixo de lama e de umas plantas. Pode me passar a corda?

Peguei a corda no ombro, desenrolei e entreguei uma ponta para ele, que mergulhou novamente, levando-a consigo. Quando voltou, saiu do laguinho e se agachou, encharcado, ao meu lado.

Nós dois puxamos a pedra, fazendo força por causa do peso, a corda queimando minhas mãos. Finalmente a beirada de uma caixa de metal coberta de ferrugem apareceu na superfície da água. Abran se inclinou para a frente, pegou uma alça de metal e a puxou. A caixa bateu na beirada de pedra e Abran se ajoelhou diante dela, mexendo nas dobradiças enferrujadas.

— É a que você lembra? — perguntei.

Um morcego berrou atrás de nós e eu me abaixei, cobrindo a cabeça.

— Acho que é. Não tenho certeza. Não tem cadeado. Achei que tínhamos colocado.

Uma das dobradiças estava enferrujada demais, então Abran bateu nela com uma pedra até quebrar. O som da pedra no metal ecoou na caverna e foi sumindo aos poucos como uma ondulação desaparecendo do campo de visão.

Abran levantou a tampa e espiamos dentro. O conteúdo estava submerso, então ele pegou os sacos plásticos transparentes com frascos dentro e os colocou perto da luz fraca da tocha.

— Penicilina, tetraciclina, amoxicilina — leu, colocando os sacos nas pedras.

Ele enfiou a mão na caixa e pegou mais sacos plásticos, agora com munição.

— Achei que você tivesse dito que esse esconderijo era só de remédios — falei, a testa franzida.

Abran hesitou.

— Era.

Ele estava muito imóvel, como se prestasse atenção em algum ruído. O vento sacudiu os galhos das árvores fora da caverna.

— Não tem cadeado porque eles repuseram o estoque. Fizeram isso e não foram embora da ilha — disse ele.

Peguei a bolsa do ombro e comecei a guardar os sacos plásticos.

— Eles podem estar esperando... — disse Abran, as pupilas dilatadas embora estivesse olhando para a abertura luminosa na extremidade da caverna. — Pode ser uma armadilha.

— Encha a sua bolsa, ok? — falei, dando um tapa no ombro dele.

Eu não parava de enxugar as mãos na calça. Com água nas paredes da caverna, água na caixa e o suor que pingava da minha testa, estava impossível me manter seca. Pensei nas pessoas a bordo do nosso barco. Daniel teria visto alguma coisa? Eu quase torci para que, se fosse o caso, tivessem ido embora sem nós.

Enchemos as bolsas e apagamos a tocha, a escuridão caindo sobre nós como um cobertor. Seguimos pelo parapeito de pedra, as mãos na parede para mantermos o equilíbrio. Abran escorregou em uma pedra molhada e caiu contra a parede. Eu o segurei pelo braço e o puxei.

— Obrigado — murmurou ele, o rosto a centímetros do meu.

Senti seu bafo de álcool.

— Tem uísque no seu cantil?

— Um pouquinho. Ajuda a me concentrar.

Segurei o braço dele com tanta força que ele choramingou e tentou soltar meus dedos.

— Pelo amor de Deus, Abran, toma vergonha na cara — sussurrei.

Eu o soltei e ele cambaleou para a frente. Segurou-se na beirada da parede de pedra e espiou pelo canto.

— Parece seguro — sussurrou ele. — Vamos tentar chegar ao riacho.

Eu assenti e saímos correndo da caverna, tentando não escorregar nas pedras, desviando de árvores e de galhos caídos. Quando chegamos ao riacho, Abran esticou o braço para me fazer parar. Nós dois nos agachamos atrás de samambaias e arbustos que cresciam junto à água. Descemos a encosta pela margem, olhando entre as árvores no caminho, prestando atenção em ruídos incomuns. Os pássaros empoleirados nos galhos faziam uma barulheira, seus sons agudos como o fio de uma lâmina. O sol estava tão forte que eu mantinha os olhos o tempo todo semicerrados, os músculos do rosto doloridos e rígidos.

Abran ergueu a mão de repente. Colocou um dedo nos lábios e apontou. Entre dois pinheiros, um homem magro de casaco preto comprido estava fumando um cigarro. Tinha a tatuagem de coelho no pescoço e cantarolava uma melodia que mal conseguíamos ouvir por causa da gritaria dos pássaros.

CAPÍTULO 33

Abran e eu nos deitamos de barriga no chão, os braços embaixo do peito, o queixo apoiado na terra, os olhos grudados no homem. A grama arranhava meus braços e a pedras pressionavam minhas pernas e meu peito. Abran respirava pesadamente ao meu lado, cada tentativa soando alta e entrecortada. Eu o cutuquei e levei o dedo aos lábios. Ele baixou a cabeça até o chão, os ombros tremendo.

O homem olhou pelas árvores para onde nosso navio estava. A pulsação latejava em meus ouvidos. Ele conseguia ver nosso navio lá embaixo ou as árvores o estavam escondendo?

O homem terminou o cigarro, jogou a guimba nas pedras e veio andando na nossa direção. Os pássaros fizeram silêncio e ouvimos a melodia que o homem ainda cantarolava, uma balada que parecia irlandesa e antiga. Ele tinha a cabeça raspada, exceto por uma trança comprida acima da nuca. No pescoço a tatuagem era um coelho de perfil e o olho vermelho do animal parecia olhar diretamente para mim.

As árvores lançavam sombras compridas na grama à nossa frente. Fiquei me perguntando quanto tempo havia que estávamos ali e se Daniel teve alguma dificuldade em manter a posição do navio. O homem se aproximou do riacho, lavou as mãos e as enxugou no casaco. Estávamos escondidos nos arbustos do outro lado do riacho. Senti Abran ficar ainda mais tenso, prestes a explodir como um homem mantido submerso.

O homem se virou de costas para onde estávamos deitados e começou a andar junto ao riacho. Abran e eu soltamos o ar que estávamos prendendo. O homem andou alguns passos para longe da água, de costas para nós agora. Abran levantou a cabeça, se virou para mim e assentiu.

Ficamos agachados atrás dos arbustos, de olho no sujeito. Uma voz rompeu o silêncio, e Abran e eu demos um pulo. Não consegui ouvir o que a outra pessoa gritou, mas achei ter ouvido a palavra "navio".

— A que distância? — perguntou o homem.

— Nós temos que ir — murmurou Abran, o suor brilhando no rosto, as mãos tremendo.

— Agora não — sussurrei, segurando o antebraço dele para impedi-lo de sair correndo.

Abran soltou o braço da minha mão e correu junto ao riacho. Falei um palavrão e corri atrás dele, tropeçando nas pedras, os braços levantados para não ser chicoteada por galhos baixos. Escorreguei ao pisar em umas pedras soltas e precisei me apoiar em um tronco de árvore.

Uma bala acertou o tronco ao lado da minha cabeça. Não me virei para olhar; só saí correndo. Vozes trovejavam atrás de mim, gritando e falando palavrões. Outro tiro soou. Abran correu vários passos à minha frente, os galhos batendo nele enquanto passava em meio à vegetação. Senti cheiro de sangue, mas não sabia a origem. Fiquei tonta e a paisagem à minha frente pareceu embaçar.

Abaixo de nós, vi o amontoado de pinheiros onde escondemos a canoa. Abran tropeçou e caiu em uma escarpa. Ele foi caindo, batendo nas pedras enquanto rolava até desaparecer no meio das árvores, as agulhas tremendo com a colisão.

Eu me deitei de lado e deslizei pela escarpa, quebrando galhos de pinheiro enquanto caía, indo parar ao lado de Abran, junto à canoa. Ele tentou ficar de pé, mas estava se movendo muito devagar, então segurei o braço dele e o levantei. Ele gemeu, e quando afastei a mão, estava coberta de sangue.

Os passos dos nossos perseguidores foram ficando mais altos, o som de galhos quebrados e pedras voando criando um estardalhaço acima e abaixo de nós. Puxamos a canoa para a água, entramos e nos jogamos dentro na hora que uma chuva de balas salpicou o mar ao nosso redor. Os tiros reverberavam. Pareciam estar muito longe, mas ao mesmo tempo era como se viessem de dentro de mim, como se eu já tivesse sido estilhaçada e jogada na água.

Joguei um remo para Abran e remamos freneticamente, os corpos inclinados para a frente, suor escorrendo nos olhos. Uma bala balançou nosso barco e imediatamente vi a água entrando pelo buraco. O momento se ampliou e senti que estava caindo nele, minha atenção se rompendo e se esvaindo.

O *Sedna* estava a uns cinco metros apenas e Daniel já tinha jogado a escada. Wayne estava no convés, disparando um rifle. Levamos a canoa direto para a lateral do navio. Ela quase virou nesse momento e a água salgada fez meus olhos arderem. Abran deu um pulo para a escada, se balançando antes que as pernas, chutando o ar, encontrassem apoio e ele começasse a subir.

A canoa já estava se afastando do navio e remei para perto de novo. Larguei o remo quando pulei também. Meus dedos roçaram na corda, mas ela escorregou e eu caí na água. Bati a mão na lateral do navio. Uma saraivada de tiros atingiu o casco e eu mergulhei.

Quando voltei à superfície, nadei para a escada e me segurei. A tripulação estava gritando ordens e senti o navio tremer quando as velas se encheram de vento. O navio estremeceu e virou enquanto eu subia, e bati no casco.

Fiquei agarrada à escada e a água abaixo de mim foi se afastando. Alguém estava puxando a escada. Quando desabei ao lado da amurada, minhas mãos estavam vermelhas e uma sangrava. Olhei para elas sem entender.

Thomas estava no leme, virando-o com toda a força para a direita. Behir desceu do cordame, uma corda enrolada no ombro. Daniel estava no mastro principal, segurando um poleame. Todo mundo gritava, mas eu não conseguia entender.

A escotilha que levava ao casco se abriu e o rosto de Pearl apareceu. Olhei para ela com uma expressão que dizia *fica aí embaixo*, e ela fechou a escotilha e sumiu. Encostei a cabeça na amurada, o sangue da minha mão manchando a madeira, penetrando na superfície desgastada.

Nós conseguimos, pensei. *Pegamos o que queríamos.* Tentei regularizar a respiração, mas ainda estava ofegante.

Os tiros haviam cessado e quando me virei, ficando de pé, vi que a ilha já estava pequena ao longe. Daniel tinha encontrado um vento ocidental que nos levava rapidamente para leste.

Marjan se ajoelhou ao lado de Abran e o ajudou a tirar a camisa. Ele estava com um corte no bíceps, mas nenhum ferimento de bala. Provavelmente tinha sido cortado por um galho afiado. Marjan enrolou um pedaço de pano no braço dele e pegou a mochila. Entreguei a minha para ela.

A escotilha foi aberta de novo e fiz sinal de que Pearl podia sair. Ela correu até mim e eu a abracei. Ela escondeu a cabeça no meu pescoço como fazia quando era bem menor.

— Consegui, Pearl — sussurrei, o rosto enfiado entre seu cabelo. — Seu dedo vai melhorar logo.

Senti-a sorrindo e a apertei mais.

— Ah, não — murmurou Marjan.

Ela olhava para o conteúdo do frasco que tinha despejado na palma da mão.

— O quê? — Eu me levantei.

Marjan esticou a mão para mim.

Não eram comprimidos. Eram sementes.

CAPÍTULO 34

Fiquei olhando perplexa.

Antibióticos. Os rótulos dos frascos diziam antibióticos, minha mente repetia, como se fosse transformar a ideia em realidade.

Alguém se chocou em mim e eu caí, sem ar, a cabeça doendo de bater no convés. Me seguraram pela camisa e me arrastaram alguns passos. Fui segurada embaixo de braços e jogada na parede da cabine. Antes que eu pudesse recuperar o fôlego, enfiaram o antebraço no meu pescoço.

Arranhei o braço, meus pensamentos cada vez mais espaçados conforme eu tentava respirar.

— Eu falei que não queria isso. A culpa é toda sua — disse ele, o rosto a centímetros do meu, a voz rouca e irreconhecível.

Os olhos estavam vermelhos, assim como o rosto. Meu pé roçava no convés em movimentos desesperados.

Daniel puxou Abran para trás e o jogou no convés. Tirou uma pistola do coldre e engatilhou apontando para ele.

Marjan entrou entre os dois, as mãos levantadas.

— Abaixa isso — disse, quase num sussurro.

Pearl correu até mim e eu massageei o pescoço, tentando recuperar a voz.

— O que aconteceu lá? — perguntou Wayne. — Por que havia corsários?

Daniel olhou para mim, mas mantive o olhar em Abran. Levantei as sobrancelhas para ele e lancei um olhar de aviso que perguntava: *Quer que eu conte?*

Abran balançou a cabeça de forma quase imperceptível.

— Coincidência — falei. — Eles estão por toda parte.

Wayne me olhou de cara feia. Vi que minha mochila estava na mão dele, o zíper meio aberto. Ele devia ter remexido para ver o que tínhamos conseguido.

— Não quero ouvir de você — disse ele, olhando para Abran, que se levantou devagar.

— Os corsários encontraram o esconderijo antes de nós, tiraram os remédios e usaram os frascos para esconder outras coisas — disse Abran.

— Ah, porra — disse Wayne. — Espero que essa munição e essas sementes de jardim valham a pena. Agora eles vão vir atrás de nós.

— Pelo que lembro, essa escolha não foi minha. Foi de vocês todos — disse Abran.

— Eles vão ter dificuldade de nos rastrear — argumentou Daniel.

— Você acha que eles não conseguem se comunicar com os outros portos? — perguntou Wayne. — Nós roubamos deles. Eram os Lírios Negros, não eram?

Daniel olhou para mim e percebi que ele estava juntando os pontos para concluir que Abran tinha sido parte do bando. Nós todos ficamos quietos e Abran assentiu. Wayne chutou a lateral da cabine, gritando um palavrão.

Wayne estava certo. O mar aberto, cada porto, cada ilha podia ser um lugar onde havia mais gente da tripulação deles escondida. E eles estariam de olho em nós. Não tanto para recuperar o que tínhamos roubado, mas para se impor, para lembrar a nós e a todo mundo que ninguém deveria mexer com eles. Eram uma nova nação capaz de se proteger.

— Quando pararmos em Broken Tree, vamos entrar sorrateiramente, fazer a troca e sair — disse Abran. — Não vamos contar para ninguém que estamos indo para o Vale, assim não poderão nos rastrear. Quando estivermos em mar aberto, vamos ficar mais tranquilos.

Wayne balançou a mão em um gesto de desprezo e soltou a bolsa.

— Não pense nem por um segundo que vai ser fácil assim — disse ele.

Eu me ajoelhei ao lado de Pearl e apoiei o dedo dela na palma da minha mão. Estava muito vermelho e com pus. Coloquei a mão na testa dela: queimava em febre.

Eu me sentei e fechei os olhos. Os Lírios Negros atrás de nós e nos atacando não parecia ter importância. Era como um jogo de xadrez. Parecia tão boba essa discussão toda, ficar estufando o peito e batendo os pés como os cavalos antes de uma corrida.

O medo estava evidente nos olhos de Pearl, como um nenúfar flutuando na água. Nós duas sabíamos que o dedo teria que ser cortado.

Eu preferiria cortar minha própria mão a tirar qualquer parte dela. Mas a febre seguia alta e eu sabia que, se não agíssemos rápido, a infecção se espalharia e ela perderia mais do que um dedo.

Afiei a faca na pedra de amolar na cabine. Uma luz fraca entrava pela janela suja. Daniel acendeu o lampião para enxergarmos melhor. Pearl estava no canto da cabine, em um banco, o cabelo avermelhado na luz fraca.

Abran tinha treinamento cirúrgico limitado que aprendera com os pais, mas disse que lembrava o suficiente para fazer o procedimento. Seria melhor do que o resto de nós, pelo menos. Assim que decidimos que ele faria a amputação, pedi que detalhasse o procedimento. Um corte limpo perto da junta. Pressão e uma atadura para estancar o sangue. Um novo tecido chamado tecido de granulação formaria uma cobertura natural sobre o ferimento, providenciando uma barreira contra infecções.

Quando Abran entrou na cabine, ele não olhou para mim, mas se ocupou arrumando panos limpos e álcool para esterilizar a lâmina e o ferimento.

Dei um passo à frente para lhe entregar a lâmina e senti seu hálito. Olhei para a garrafa de álcool, fechada. Abran viu meu rosto e se afastou, oscilando um pouco.

Bêbado. De novo. Bêbado naquele momento, em que eu precisava dele sóbrio. Minha mente se desdobrou em uma espiral de raiva e me apoiei na mesa. Abran baixou os olhos para o chão e murmurou alguma coisa que não consegui ouvir. Estiquei a mão e o cutuquei no peito.

— Sai daqui — sussurrei.

— Myra, eu falei que vou fazer — disse ele.

— Sai daqui agora. Não quero que você foda com tudo, Abran.

O rosto dele ficou vermelho, e ele saiu da cabine. Daniel e eu ajudamos Pearl a se deitar na mesa. Ela estava quente como brasa. Sequei o suor da testa e afastei o cabelo molhado do rosto. Daniel colocou um comprimido de codeína na língua dela. Restavam poucos, mas Marjan insistiu que Pearl deveria tomar durante e depois da operação. Daniel levou a garrafa de álcool aos lábios de Pearl e ela tomou alguns goles, fazendo careta e cuspindo, líquido escorreu pelo queixo.

— Quanto tempo vai doer? — perguntou Pearl.

— Por um tempo — respondi, secando o rosto dela.

— Tem mesmo que tirar?

— Querida, a essa altura só está piorando. Isso vai salvar você.

Os olhos dela percorreram a sala como se ela estivesse procurando uma saída e depois se fecharam, bem apertados. Daniel segurou a outra mão dela e sussurrou alguma coisa em seu ouvido.

Eu me desconectei de mim mesma como uma pipa se erguendo, a melhor parte de mim vagando para longe. Flutuei para bem longe, um corpo solto no espaço, totalmente incapaz. Uma coisa intocável, balançando ao vento sem ter para onde ir, sem nada para fazer.

Lá embaixo, fiz o corte. Pearl gritou. Daniel apertou a atadura no que sobrara do dedo. Pearl pulou nos meus braços e eu a abracei enquanto ela chorava, nós duas tremendo, e assim ficamos até a luz morrer e sermos só vozes na escuridão, pele quente, cílios na bochecha, lábios no cabelo, um emaranhado de membros, uma única sombra no breu em expansão.

CAPÍTULO 35

Depois que fizemos o curativo de Pearl e a colocamos dormindo na cama, fui para a cozinha ajudar Marjan a limpar a carpa que pesquei mais cedo.

— Você não precisa fazer isso agora — disse Marjan com carinho.

— Pode me passar o balde?

Eu não podia parar para pensar. Mas quanto mais eu tentava não pensar em Pearl, mais ela voltava à minha mente. Eu fracassei com ela. Fracassei. Mordi o lábio com tanta força que senti gosto de sangue.

Marjan me passou o balde e joguei um punhado de entranhas dentro. Enfiei a faca entre as escamas e a carne, soltando os filés. Coloquei a carne na bancada e reparei em Marjan me observando.

— Você sabia que os corsários estariam lá? Na ilha? — Como não respondi de imediato, ela prosseguiu: — A amiga que contou sobre os antibióticos era a mesma que contou sobre o Vale?

— Era. Ela foi lá um tempo atrás. Deixou recursos no caminho.

O som de uma lâmina na madeira, uma raspagem seca para empurrar a cabeça para o lado.

Joguei a cabeça na pilha e enfiei a faca no balde de água, passando-a na borda para limpá-la.

— E, não, claro que eu não sabia que os corsários estariam lá.

— Eu não estava sugerindo que ...

— Olha, Marjan, não vou pedir desculpas, está bem? Se os antibióticos estivessem lá, poderiam ter ajudado Pearl. Poderiam ter ajudado todos nós quando chegarmos ao Vale.

Marjan colocou a faca na mesa e limpou as mãos no avental.

— Eu só queria saber se você teria ido mesmo sabendo que eles estavam lá.

Ela estava perguntando até que ponto eu estava disposta a correr riscos. Eu me virei e olhei para ela, meus olhos ardendo com lágrimas não derramadas.

— Teria.

Uma semana se passou e a incisão de Pearl cicatrizou tão bem quanto podíamos desejar. Todas as manhãs e noites eu limpava o ferimento com um sabonete de mel que Marjan tinha feito e trocava as ataduras, enrolando a gaze com cuidado e dando um nó, mantendo o olhar no rosto dela; tentando discernir como ela estava se ajustando.

Um dia, depois de eu ter feito a atadura na mão de Pearl, fui à cabine pegar anzóis e isca para um dia de pesca. Encontrei Daniel encolhido sobre os papéis e instrumentos de navegação, escrevendo.

— Oi.

Ele deu um pulo, virou o papel e o guardou embaixo de um mapa.

— Oi — disse, sem se virar, sentado diante do mapa.

— Planejando novas rotas?

— Não, eu só queria mapear algumas rotas alternativas. Para o caso de tempestades.

Eu contornei a mesa para obrigá-lo a me encarar.

— Posso ver?

— Não terminei ainda.

Daniel bateu com o pé no chão e com o lápis na mesa. Normalmente, era tão composto quanto um cervo: quieto, alerta, ereto. Desde a amputação de Pearl, no entanto, Daniel foi ficando mais quieto e mais distante. Às vezes, durante as refeições noturnas, ele a observava com a expressão intensa e gentil, uma expressão que me fazia lembrar o que eu sentia por ela.

— Tudo isso é por causa dos Lírios Negros nos seguindo? Mesmo que eles tentem, você acha que vai ser fácil assim?

— O mundo é um lugar pequeno agora.

Eu me sentei. Ver Daniel tão agitado me deixou inquieta.

— O que foi? — perguntei.

— Hum? Nada. O corsário que vocês viram na ilha... ele tinha outras tatuagens? Alguma outra coisa além do coelho no pescoço?

Balancei a cabeça.

— Não que eu tenha visto, mas ele estava usando um casaco comprido, então o resto podia estar coberto.

Daniel não reagiu, e essa reação foi estranha. Ele olhou através de mim, como se eu não estivesse lá. Depois de um tempo quieto, disse:

— Você já teve medo de amar mais sua filha mais velha só porque ela não está com você?

Minha coluna se contraiu.

— Eu a amo porque ela é minha filha. Amar mais do que o quê?

— Às vezes eu fico pensando se a questão aqui não diz respeito a você. Ao que você pode fazer. E se ela estiver bem?

— Como ela poderia estar bem? O Vale é uma colônia. Jacob sem dúvida a abandonou, como fez comigo.

— Pensei que você tivesse dito que ele estava morto.

— Não importa. A questão é que o corsário disse que ela não tinha pai. Ela não tem ninguém e a qualquer momento vai ser colocada em um navio de reprodução.

— Não consigo deixar de me perguntar se a sua responsabilidade com Pearl não é maior. Porque ela está aqui.

Meus ossos pareceram soltos nas juntas. Abri a boca para falar, mas não tinha palavras.

Eu me levantei e bati com a cadeira na mesa.

— Você não sabe nada a meu respeito.

Ele me olhou.

— É assim comigo. Eu amo as pessoas que não estão aqui.

— Bom, esse é você. Você sabe... ou melhor, você não sabe metade da história.

Eu sabia que às vezes era mais fácil amar fantasmas do que as pessoas ao nosso redor. Fantasmas podem ser perfeitos, congelados no tempo, além da realidade, ter a forma de cristal que não reflete o que foram um dia, ser a pessoa que precisávamos que eles fossem. Às vezes eu só queria que os bons momentos surgissem na minha memória. Meu pai sentado ao meu lado fazendo palavras-cruzadas em um jornal velho enquanto eu jogava cartas. Eu correndo até ele pelo quintal, para os seus braços abertos que logo me jogariam para o alto. O cheiro do outono quando ele trazia a lenha e quando eu me ajoelhava ao lado dele para empilhar a lenha na lareira e me sentir mais quente mesmo antes do fogo ser aceso.

Nessas lembranças, eu afastava a garota no degrau, a garota que sabia que algumas coisas são absolutas e que ela nunca teria sido suficiente. Eu às vezes precisava fingir um pouco que ela era outra pessoa e que a minha história terminava de outra forma.

Daniel se levantou e chegou perto de mim.

— Eu me preocupo com o peso que isso tudo coloca sobre você... se alguma coisa mais acontecesse com Pearl...

— Se Row está bem ou não na colônia não é a única coisa que importa — interrompi. — Não confio que Jacob tenha contado a verdade para ela. Que ele a sequestrou. E se ela achar que eu a abandonei? E se ela não lembrar que tentei de todas as formas impedir? Ela não vai ficar bem se achar que eu a deixei ir.

Daniel esticou a mão para tocar no meu braço, mas bati na mão dele.

— Tenho certeza de que não é isso que ela pensa — disse ele baixinho.

— Sabe o que acontece com crianças abandonadas? Que acham que não são dignas de serem amadas? É o tipo de coisa que muda a percepção da pessoa a respeito de si mesma. Todo mundo está ótimo por aí, mas parece que você tem um maldito buraco no meio do peito e que o mundo todo pode enfiar a mão e tocar em qualquer coisa sua. Você não tem armadura. Nunca se sente segura. Não vou só salvá-la dos Abades Perdidos. Vou salvá-la disso. Ela... Ela tem que *saber* que estou aqui, ao lado dela.

Minha garganta começou a se fechar. Dei um passo para longe de Daniel e esfreguei as mãos no rosto. Pensei no meu pai pendurado como um peixe em uma linha, os pés se movendo de leve na brisa que entrava no abrigo. Pensei em contar a Daniel o que tinha acontecido e como isso tinha aberto uma necessidade em mim que eu nunca satisfaria. Nos encaramos e o olhar dele era de pena, como se achasse que havia algo de errado comigo. Eu queria arrancar aquela expressão da cara dele.

— Myra, me desculpe, eu não pretendia...

Enfiei o dedo na cara dele.

— *Nunca mais* suponha que me conhece.

Daniel assentiu. Os gritos das gaivotas ficaram mais altos, frenéticos. Elas mergulhavam para pegar peixes e lutavam contra o vento. Eu estava começando a aceitar que sempre me sentiria assim: presa entre minhas filhas, presa entre o passado e o futuro, lutando por uma esperança incerta. Como estar presa entre o mar e o céu, sempre em busca do horizonte.

Daniel voltou aos seus mapas e revirei as prateleiras procurando uma linha nova. A cabine estava tão silenciosa que nós dois demos um pulo quando Pearl e Behir abriram a porta e entraram. Behir desapareceu na cozinha, e Pearl se sentou ao lado de Daniel.

— Estou com fome — disse ela.

Pearl estava com a cobra favorita enrolada no pulso. A cabeça de Charlie pairava acima do dedo cortado, sua língua preta ondulando em uma onda.

Olhei para ele com cautela. Pearl tinha dito que não era venenoso, mas eu não gostava de vê-lo fora do pote.

— O almoço é só em uma hora — falei para ela.

Behir puxou a cortina da cozinha e colocou um pedaço de pão na frente de Pearl. Estávamos começando a racionar comida e eu sabia que Behir teria que responder à mãe dele por aquilo mais tarde.

— Você só está me dando isso porque perdi um dedo? — perguntou ela. Em seguida, sorriu e disse: — Mas tudo bem, nem era meu dedo favorito mesmo.

Percebi que Behir enxergou além da petulância dela. A típica fachada de descaso de quem está desmoronando por dentro. Ele se ajoelhou ao lado dela e perguntou:

— Quem é esse cara?

— Charlie fica comigo agora — disse Pearl, dando um sorrisinho. — Ele é minha mão direita. — Ela teve um acesso de risadas, a mão sem Charlie cobrindo o rosto, mas quando ela a tirou, seu rosto estava vermelho e molhado de lágrimas.

— Quero mostrar uma coisa — disse Behir, indo até as prateleiras para pegar o binóculo.

Ele segurou a mão esquerda dela e a levou até o convés. Daniel e eu fomos atrás.

— Eu as vi logo antes de entrarmos na cabine — disse Behir, levando-a para a proa do navio.

A um quilômetro e meio, a água se abriu e uma orca pulou no ar e desapareceu na água. E outra. Seus dorsos pretos brilhavam no sol. As ondulações se perdiam nas ondas. Suas vozes se erguiam em um canto, sobrepondo-se, uma melodia em uma língua estrangeira.

— Hoje cedo elas estavam bem perto de nós — disse Behir. — E dei uma boa olhada. Está vendo aquela grande ali? É a líder.

Behir entregou o binóculo para Pearl e ela olhou pelas lentes.

— Ela tem uma cicatriz funda na barriga. Deve ter sido acertada por alguma coisa grande. Mas ainda assim o resto a segue. Ela é a nave-mãe. É a mais forte do grupo agora.

Pearl sorriu para Behir.

Daniel estava tão perto que seu braço roçou no meu. Vi Pearl observar as baleias e senti uma agitação no peito. Estar parada diante de algo tão maior do que nós me lembrou de quando levei Row para ver os grous.

Do quanto precisávamos estar cientes de uma criatura tão linda e tão diferente de nós.

Do nada, tive uma visão de Pearl, Row e eu morando em uma cabaninha de pedra em um penhasco com vista para o mar. Com cortinas brancas voando na brisa. Uma pequena pilha de lenha ao lado da casa. Uma chaminé de pedra soltando fumaça. As vozes de Pearl e Row animadas e altas, um som novo quando elas falavam ao mesmo tempo e suas vozes se misturavam.

Eu não me permitia sonhar havia tanto tempo que foi estranho, desconfortável, como um músculo que enfraqueceu. Olhei mais profundamente e nos vi em uma cama lendo um livro, uma colcha pesada e quente sobre nossas pernas. O cheiro do pão esfriando na bancada.

As baleias pularam da água e mergulharam de novo, espalhando um jorro de água branca. Pulavam e mergulhavam sem parar. Um movimento que elas tinham que repetir para continuar respirando.

CAPÍTULO 36

Antes de atracarmos em Broken Tree, todo mundo discutiu a última parada durante o café da manhã. Pelo que precisávamos trocar, que mercadores ofereceriam melhor negócio e o que faríamos se encontrássemos algum tipo de problema.

— Não podemos mencionar para ninguém que estamos indo para o Vale. Diminui a chance dos Lírios Negros nos encontrarem quando estivermos no Atlântico — lembrei a todos.

Eu tinha ficado acordada a noite toda pensando se podíamos pular nossa última troca em Broken Tree. Mas quando entrei no depósito, vi nossas prateleiras quase vazias e as caixas de peixe defumado e salgado que pesquei. Nossa melhor aposta era fazer a troca rapidamente e ir embora para o caso de os Lírios Negros estarem lá.

— E todos devem ficar perto do porto, nas primeiras lojas e *saloons*. Temos que poder reunir o grupo todo rapidamente em caso de emergência. E não vamos poder passar a noite — disse Abran.

Uma série de gemidos soou em volta da mesa.

— Vai ser nosso último dia em terra — disse Behir. — Não deveríamos descansar antes de começarmos a travessia do Atlântico? Os Lírios Negros nem devem estar lá.

— Não — disse Abran. — Vamos partir imediatamente depois da troca.

Nós atracamos e carregamos as caixas até o vilarejo. Eu não tinha pescado tanto quanto pretendia. Nas semanas anteriores, nenhuma das minhas técnicas funcionou. Era como se eu tivesse perdido a capacidade de ler a água, de fazer a coisa certa no lugar certo.

Até Abran olhou com reprovação para as caixas parcialmente cheias quando as colocamos na doca. Eu queria que tivéssemos usado menos caixas para esconder a quantidade reduzida, mas sempre levávamos as mesmas caixas para os portos para levar as mercadorias trocadas de volta para o navio.

Broken Tree era desprezível em comparação a Wharton, a maioria das construções feita de metal descartado e tábuas de madeira amarradas ou pregadas. As ruas fediam a lixo e fezes. Eram todas de terra, não de pedra nem de tábuas, com buracos que se aprofundavam e se conectavam em fissuras grandes.

— Cuidado para não torcer o tornozelo — alertei Pearl, mostrando as fendas.

Ela ajustou a bolsa pendurada no ombro com cuidado com a mão ferida. Eu tinha dito que ela não podia levar Charlie para o vilarejo.

— Não precisa me dizer como andar — retrucou ela com rispidez.

Estávamos com tão pouca comida que na noite anterior tínhamos comido duas cobras dela. Ela se recusou, mas ficou à mesa, o queixo apoiado no peito, chutando a mesa com um pé. Pediu licença e eu não dei, disse que ela teria que esperar a refeição. Naquela noite, ela se deitou encolhida como uma bola ao pé da cama, e desconfiei que era por mais razões do que apenas as cobras; era por nunca estar no controle, por tudo sumir de seus pés.

O lado leste do vilarejo era coberto de árvores, mas o oeste era cheio de plantações. Cevada, trigo, batata, repolho. Os trabalhadores se ajoelhavam entre as fileiras, seus chapéus de palha protegendo o rosto, as costas curvadas sob o sol do meio-dia. Pareciam camponeses de um quadro holandês do século XVII. Fiquei sem ar e suspensa no tempo, alheia à diferença dos séculos.

A brisa salgada vinda do mar erodia tudo: a pedra, o metal e a madeira nas construções eram rachados e remendados com lama e argila. Perto do litoral, construída em um vão na encosta da montanha, havia uma igreja católica antiga, com uma placa que dizia LOJA na frente. Era evidente que tinha sido construída antes de a água chegar. Não era feita de materiais descartados; não era uma colcha de retalhos de coisas quebradas e abandonadas. Era de tijolos cor de creme, todos preenchidos com argamassa em linhas retas. Era estranho aquela igreja de pé, delineada contra o céu claro, uma das únicas construções de antes da enchente que eu via em anos. Parecia ter caído diretamente do céu.

— Parece que alguém sabia — disse Jessa, a voz perplexa enquanto observava a construção.

Os cantos perfeitos, as paredes grossas. Uma janela circular pequena bem embaixo de onde o teto fazia uma ponta no meio. Uma porta de verdade com dobradiças na frente. Diferente de tudo que existia agora.

— Sabia que precisaríamos de uma loja, acho — disse Marjan.

Marjan ainda orava com o sol todas as manhãs e noites. Quando perguntei, ela disse que era um hábito que tinha medo de abandonar.

— Eu tenho fé — dissera. — Mas só em um minuto a cada cem. Por isso ajo de acordo com esse minuto mesmo quando não estou nele.

Carregamos os peixes até o posto de troca e conseguimos os itens essenciais para nossa longa jornada. Cordas, blocos de polias, pedaços de metal e madeira para consertos no navio, batatas e repolho e farinha, tecido e alguns baldes de sal.

Não tínhamos peixe suficiente para trocar pela comida que queríamos: linguiça, ovos, frutas ou aves. Eu precisaria pescar mais na viagem do que vinha pescando até então se quiséssemos chegar ao Vale sem passar fome.

Quando terminamos a troca, a maior parte da tripulação andou pelas barracas nas ruas, olhando os produtos ou se aventurando além da rua principal até um dos *saloons* com vista para o mar.

— Vem conosco à igreja? — perguntei a Abran.

— Não — disse ele, afastando o olhar, esfregando as mãos em um gesto ansioso. — Vou dar uma volta.

Eu o vi sair andando, uma raiva cega latejando em mim. Será que ele tinha escondido uma parte dos peixes para trocar por álcool? Quanto de álcool ele tinha escondido no quarto?

Fiquei tentada a ir atrás dele, mas andei com Daniel e Pearl até a igreja. Uma pedra preta na porta da frente exibia uma inscrição entalhada. Contava a história de um homem rico que morava no pé daquela montanha. Ele sonhou que Deus queria que ele construísse uma igreja no topo da montanha para as pessoas do futuro. E foi o que fez. A data era de duas décadas antes das enchentes.

Eu ouvira outros relatos estranhos de premonições similares que as pessoas tiveram antes da inundação. Premonições, sonhos ou visões. Mas ninguém que eu conhecesse tinha feito alguma coisa a respeito.

Havia mesas e barracas dentro da igreja, separadas pelo corredor principal que levava direto ao altar e ao crucifixo. A igreja era um retângulo comprido e a luz do sol entrava por janelas compridas e estreitas por ambos os lados, lançando um brilho por todo o ambiente. Daniel levou Pearl para olhar uma barraca cheia de luvas e chapéus de lã.

Senti cheiro de carvão e gasolina e então vi uma barraca com equipamento de combustão: isqueiros, barras de ferrocério, kits de acender fogueira, saquinhos de carvão e frascos de gasolina. Estavam cobrando o equivalente a uma semana de comida por um frasco pequeno de combustível. Balancei a cabeça e me afastei, e uma placa com o entalhe do rosto de Cristo chamou minha atenção. Era uma estação da Via Crúcis, o estilo de entalhe dramático, exagerado, barroco. O sofrimento era requintado no rosto de Cristo, a expressão ao mesmo tempo transcendental e selvagem.

— Nós só largamos um corpo. — A voz da mulher veio de trás de mim, o sotaque carregado, talvez do oeste europeu, mas não consegui identificar.

Os pelos da minha nuca se eriçaram e continuei olhando para o rosto de Cristo, me esforçando para ouvir a outra pessoa com quem essa voz estava falando.

— Bem, é mais fácil no norte do que no Caribe. Os cadáveres se decompõem rápido demais no calor — disse o homem com voz baixa e arrastada.

A voz era um tanto familiar, mas não ousei me virar para olhar.

— É. Temos pouca munição, então estamos construindo bombas agora. É bem mais eficiente. Bastar armar e esperar que uma criança pise. Aí todo mundo entra em pânico, sai correndo para longe. E é aí que a gente entra e pega o que quiser. Conseguimos materiais para um navio novo que vai ser coletado na doca.

— Fala baixo.

— Precisamos de outra colônia. Precisamos nos concentrar em construir uma frota maior. Governador já está pagando nosso imposto. Há várias colônias ricas de outras nações no leste. Tenho meus olheiros lá — disse a mulher.

— Que bom. Recebi uma mensagem de Ruenlock semana passada. Um navio roubou nossos suprimentos lá. O nome era *Sedna*. Precisamos passar a informação para outras bases, caso eles atraquem em algum porto — disse o homem.

— Que nação?

— Não pareceu ser de uma nação. Talvez um navio independente. De qualquer modo, temos que acabar com eles logo. A notícia de que fomos roubados sem revidar não pode se espalhar. Mas não é só isso. Um dos homens em Ruenlock disse que um dos saqueadores é ex-tripulante nosso e já tinha roubado um dos nossos navios anos atrás. Chama-se Abran e há boatos de que pode ser o capitão do *Sedna*. Mais motivo ainda para ficarmos de olho.

Ouvi passos leves no piso de pedra e as vozes se afastaram. O terror latejava na minha garganta. Botei a palma da mão na pedra fria e encostei a testa, tentando controlar a respiração. Tínhamos que tirar todo mundo de Broken Tree imediatamente. Olhei ao redor procurando Daniel e Pearl, torcendo que estivessem perto da porta e para sairmos silenciosamente.

Dei uma volta e os vi a várias barracas de distância no corredor principal, olhando bonequinhos de madeira.

O homem e a mulher estavam de costas para mim, indo em direção a uma barraca cheia de remos feitos de plástico reciclado. Quando a mulher virou a cabeça, vi a tatuagem de coelho em seu pescoço. Fui rapidamente até Pearl e Daniel, passando por um mercador e um cliente que discutiam preços.

— Mãe, olha. Isso é tão bonito... — começou Pearl quando me viu.

— Não, a gente não vai comprar. Daniel — falei, puxando pela manga para longe de Pearl.

Movi a cabeça na direção do casal, que ainda estava de costas para nós.

— Lírios Negros.

Ele ficou em silêncio, o maxilar tremendo como se estivesse trincando os dentes.

— Você *nunca* me escuta — disse Pearl, entrando entre mim e Daniel.

— Pearl, agora não. Temos que alertar os outros o mais silenciosamente possível e ir embora — sussurrei.

Daniel assentiu e andamos pelo corredor central rumo à porta. Uma velha desdentada empurrando um carrinho cheio de tecidos finos bloqueou nosso caminho e murmurou um pedido de desculpas. Nesse momento, duas crianças de mãos dadas entraram com cuidado na nossa frente, andando na ponta dos pés, como se não soubessem se o chão as aguentaria.

Uma mulher grávida de pele queimada e cabelo cortado curto esticou a mão, segurou meu braço e me ofereceu a mercadoria dela. Eu me soltei e dei um pulo, esbarrando em Daniel, que tinha parado abruptamente.

Daniel desembainhou a faca e manteve-a junto à coxa, escondida, mas pronta.

Segui o olhar dele e levei um susto quando vi o casal agora parado no corredor principal, vindo lentamente na nossa direção, olhando barracas e conversando baixinho. A mulher era tão magra que os ossos do esterno eram projetados, e ela ficava lambendo os dentes enormes da frente como um roedor. Eu só via o homem de perfil, as maçãs proeminentes, o nariz pequeno e o maxilar projetado. Ele tinha a mesma tatuagem de coelho no pescoço, o olho vermelho do animal parecendo onisciente, observando tudo em todos os lados. Um brinco preto brilhava em seu lóbulo. A postura dele — ombros para trás, coluna ereta, pés afastados — dava a impressão de um homem que queria ocupar o espaço das outras pessoas.

Estiquei o braço para manter Pearl atrás de mim, mas ela arranhou minha mão e foi para o meu lado. Quando viu os dois, voltou para trás de mim.

Fiquei paralisada. Eles estavam bloqueando a saída. Os ombros de Daniel estavam encolhidos a ponto de tocar as orelhas, o corpo meio de lado, preparado para atacar. Os nós dos dedos ficaram brancos no cabo da faca.

O homem virou o rosto para o altar e pude vê-lo claramente pela primeira vez.

Era uma versão mais velha de Daniel.

CAPÍTULO 37

No meio das cordas e roupas e bonecos e chapéus de lã, a agitação de vozes continuou, mas tudo ficou sufocado e em câmera lenta. Meu sangue corria quente nas veias, a mil por hora.

Coloquei a mão no braço de Daniel, tenso como uma corda apertada na minha palma. Ele levou um susto e me olhou, depois para Pearl. Seus olhos se estreitaram e se dilataram e quase consegui ver sua resolução, o vazio momentâneo no rosto enquanto ele sustentava duas possibilidades na mente.

— Vem.

Ele me segurou pelo braço e me puxou para trás, para longe do corredor central, passando por barracas e pessoas debruçadas nas mesas. A comoção de gente olhando as barracas e empurrando as outras para passar nos engoliu. Saímos do meio das barracas e demos de cara com uma parede comprida. Daniel virou a cabeça de um lado para outro, procurando uma saída. Na direção da frente escura da igreja, na lateral do altar, uma faixa estreita de luz brilhava.

Segurei a mão de Pearl com força e para a claridade tentando não fazer barulho. Do lado de fora, o sol forte nos fez estreitar os olhos e eu tentei acalmar minha respiração.

Corsários tinham punições diferentes para roubo e tentei lembrar qual era a mais comum. Cortar uma das mãos? Cativeiro e escravidão? Na maior parte do tempo, eles tentavam usar esses débitos para fazer um acordo, quase sempre com o objetivo de aumentar o bando. Coisas como pagar impostos sobre todos os lucros ou então ceder dois de seus melhores homens.

Eles não estariam atrás de nós se não tivéssemos parado em Ruenlock em busca dos medicamentos, pensei. Eu tinha feito aquilo; a culpa era minha. Abran estava certo em ser contra.

Um homem desdentado sorriu para nós quando passamos. O vento soprava sobre a igreja, sacudindo as árvores e fazendo o homem tropeçar.

— Vou levar Pearl para o navio e subir as velas. Vá chamar os outros — disse Daniel.

Ele ficou de olho na porta pela qual saímos, mas estava escuro demais lá dentro para vermos qualquer coisa.

— Eles nos viram? — perguntei.

Puxei Pearl para perto de mim e a parte de trás da cabeça dela ficou encostada na minha barriga. Apoiei as mãos nos ombros dela, que segurou as minhas.

— Acho que não — disse Daniel, olhando para trás.

Beijei e cabeça de Pearl e ela não quis soltar minha mão conforme Daniel a puxava. Eles seguiram para as docas e corri pelo vilarejo até o primeiro *saloon*. Encontrei Wayne, Jessa e Thomas, e disse que os Lírios Negros estavam ali e que tínhamos que partir. Eles se levantaram imediatamente, derrubando bancos, e vestiram os casacos. Disseram que Marjan já estava no *Sedna* com Behir. Combinamos de procurar Abran e nos encontrar no navio.

Encontrei Abran no *saloon* seguinte, virando uma dose de uísque, sentado nos fundos, conversando com um homem careca de casaco de couro.

— O Vale é completamente protegido e tem terras muito férteis — dizia Abran quando me aproximei, de costas para mim.

Ele abriu bem a mão no tampo mesa e bateu com a ponta dos dedos ao falar. Estava inclinado para a frente na cadeira e imaginei aquele meio sorriso espalhado em seu rosto, a expressão de confiança e tranquilidade. Senti vontade de bater a cabeça dele na mesa com força.

O homem com quem ele conversava me viu e fez sinal para que Abran se virasse para mim.

— Myra! Minha dama favorita. Sente-se. — Ele puxou a cadeira ao lado.

— Obrigada, mas temos que ir — falei, tentando mostrar a Abran que era sério.

— Não seja grosseira! — Abran riu e se virou na cadeira para chamar o barman. — Esse é meu velho amigo Matty. Matty e eu nos conhecemos há muito tempo.

— Abran... — insisti.

Ele levantou as mãos e riu de novo, o rosto visivelmente corado mesmo na luz fraca.

— A gente pode confiar no Matty. Sei que eu falei para não contar para ninguém, mas não estava esperando dar de cara com um velho amigo. Matty é um cara sério.

O barman colocou três doses na mesa e Abran fez um brinde a ele. Meu copo permaneceu intacto.

— E temos bons recursos. Encontramos umas coisas. — Abran sorriu como se estivesse orgulhoso. — Estamos preparados — disse ele para Matty.

Coloquei a mão no ombro de Abran, abaixei a cabeça e falei no ouvido dele:

— A questão não é só com quem falamos, mas quem mais pode ouvir.

— Você está paranoica. — Abran virou a dose. — Estou contando para o Matty para ele ir com a gente. Ele é pescador. E você nem tem pescado muito ultimamente.

— Matty, por favor, nos dê licença — falei, puxando o braço de Abran e o levantando da cadeira.

— Que porra é essa?! — disse Abran.

Uma porta estreita no canto do bar tinha uma placa que dizia DEPÓSITO. Ao passar por ela, entramos em uma salinha cheia de prateleiras de bebida. Um fedor de fermentação e peixe podre me acertou como um soco. Uma janelinha acima de nós deixava passar um raio de luz.

— Myra, só estou feliz de ver meu amigo. Você está exagerando.

Eu o empurrei nas prateleiras.

— Para com isso — sussurrei. Tapei sua boca e me inclinei sobre ele.

— Você foi reconhecido, ok? O pessoal em Ruenlock fez contato com os Lírios Negros falando de nós. E eles já estão aqui. Temos que voltar para o navio agora e partir.

Abran arregalou os olhos e tirou minha mão da boca.

— Onde estão...

A porta se abriu e eu esperava que o barman nos mandasse sair, mas um homem e uma mulher entraram e fecharam a porta rapidamente. A mulher era a que vi na loja da igreja, mas o homem eu nunca tinha visto. Ele tinha a mesma tatuagem de coelho no pescoço, estava sem camisa e seu cabelo comprido e oleoso estava preso em um rabo de cavalo. Minha mente focou na questão: quantos deles havia em Broken Tree?

— Onde está? — perguntou o homem.

— O quê? — retrucou Abran.

Primeiro achei que ele estava ganhando tempo bancando o burro e fiquei observando qualquer sinal que ele pudesse estar me dando. Um sinal para atacar, para correr para a porta. Um movimento de pulso, contato visual, o ângulo do pé no chão. Mas ele estava como antes de entrarem, a cabeça um pouco para a frente, os ombros relaxados, as mãos abaixadas.

O homem deu um passo e acertou um soco em Abran, jogando-o na prateleira atrás. O depósito ficou quase completamente escuro quando uma nuvem encobriu o sol. Eu ouvia a respiração deles e os arquejos de Abran e consegui vê-lo inclinado para a frente, a mão no lado esquerdo do rosto.

— Nós recebemos uma mensagem de que fomos roubados. Vocês batem com a descrição das pessoas.

O homem deu um passo à frente, mas a mulher tocou no braço dele com os nós dos dedos, fazendo-o parar. Ela puxou a faca da bainha e passou a lâmina na barra da camisa, como se limpando-a.

Abran se segurou em uma prateleira e se levantou. Derrubou uma garrafa e a queda soou como um trovão enquanto os estilhaços de vidro se espalharam aos nossos pés.

O homem deu um passo na direção de Abran, a bota esmagando os cacos. Então esticou a mão e puxou a bandana, revelando as cicatrizes.

— Então é verdade — murmurou o homem, olhando para a mulher. Deve ser sobre ele que falaram. Foi você mesmo quem nos roubou anos atrás. Virou hábito? Você está em nossa lista de procurados há muito tempo.

— No nosso navio — disse Abran. — Está tudo no nosso navio. Nós vamos devolver.

Olhei para Abran pelo canto do olho. Ele devia saber que isso não funcionaria. O olhar dele estava baixo, a boca apertada; a expressão não entregava nada. Ele ia mesmo levá-los até o navio? Isso me deu uma sensação vertiginosa de levar um empurrão. Eles não chegariam perto de Pearl.

— Tudo bem, vamos até lá. Você primeiro — disse o homem, chegando para o lado e deixando espaço para Abran passar entre ele e a mulher.

— Certo — disse Abran.

Ele não olhou para mim, não fez nenhum gesto. As mãos continuavam abaixadas, e ele ainda parecia encolhido, como se tentasse se tornar pequeno e invisível. O cheiro acre de vinagre se espalhava na salinha por causa da garrafa quebrada e pisquei rapidamente para clarear os pensamentos.

Abran passou por entre o homem e a mulher e os dois o viram passar, os olhos fixos nas mãos dele. Assim que Abran passou pela porta, o homem desembainhou a faca. O peso do homem estava na perna de trás, para pular em Abran e enfiar a faca nas costas dele.

Desembainhei a minha faca e fui na direção do homem em três passos rápidos. Pulei nas costas dele, que se virou, tentando se livrar de mim. Eu me agarrei a ele, puxei a cabeça para trás com um punhado de cabelo e passei a lâmina na garganta.

A mulher segurou meu braço, me tirou de cima dele e me jogou na parede. Bati com a cabeça na lateral de metal. Caí no chão e a mulher chutou minha barriga, a ponta dura da bota como uma pedra sendo enfiada entre as minhas costelas.

Abran se jogou em cima dela e os dois caíram no chão; ele se levantou e gemeu enquanto se encolhia. Pisquei para enxergar melhor, mas tudo ainda parecia fora de eixo.

A mulher ficou de quatro e pegou um caco de vidro que cintilou na luz que entrava pela janela. Partiu para cima de Abran, que tentava pegar uma tábua apoiada na parede.

Tentei ficar de pé, mas minhas pernas tremeram e se dobraram. Meus pulmões buscavam ar em vão. Eu me arrastei por cima dos cacos de vidro, uma dor intensa no tronco. Não chegaria a tempo.

Quando ela passou por mim, levantei a faca e a enfiei no pé dela, prendendo-a no lugar.

Ela berrou e se inclinou para me atacar com o caco de vidro, mas rolei para o lado. Ela puxou a faca, mas Abran levantou a tábua e bateu na cabeça dela com força.

Abran esticou as mãos e me levantou pelas axilas, a mão sangrando na minha camisa. Ele me empurrou pela porta e cambaleamos por cima de uma cadeira caída, as pessoas nos olhando conforme corríamos para sair dali, o cheiro de sangue, álcool e fumaça pesados no ar. Ficou tão entranhado em mim que não me livrei dele nem quando saímos.

Corremos para o navio. Daniel estava no leme, Jessa no cordame e Thomas no mastro principal, ajustando as velas. Abran e eu disparamos pela doca e paramos no grampo para desamarrar a corda que nos prendia um ao outro. Pulamos no barco no momento em que este começava a se afastar da doca.

Eu tropecei e rolei pelo convés, sentindo explosões de dor no peito. Pearl saiu da cabine, mas fiz sinal que ela voltasse.

— Behir! — berrou Marjan.

Jessa gritou do cordame e começou a descer. Wayne segurou Marjan quando ela correu para a amurada e quase caiu, as mãos esticadas para a doca.

— Behir! — berrou ela de novo.

Eu me levantei e olhei para a doca. Estavam com Behir.

CAPÍTULO 38

— Parem o navio — gritei.

— Myra! — gritou Abran, vindo até mim. — Eles não vão soltar ele assim tão fácil!

Eu sabia que ele estava certo, mas não me importava.

— Jogue a âncora! — gritei para Daniel.

— Se fizermos isso eles vão nos cercar antes de sairmos daqui! — gritou Abran.

Um homem segurava Behir com uma faca em sua garganta. Behir estava com a mesma expressão de Pearl na manhã em que pegamos mariscos. Os olhos arregalados de pavor. As mãos frouxas. Como se ele estivesse dentro de um poço sem oxigênio prestes a ser tampado.

O homem de brinco preto que tínhamos visto na igreja chegou na doca com outra mulher, uma loura baixa com apenas uma orelha. Pararam ao lado de Behir e cruzaram os braços, tranquilos, relaxados, como se estivessem esperando alguma coisa.

Daniel e o homem de brinco preto se encararam. Uma expressão poderosa e satisfeita surgiu no rosto de Brinco Preto. Como se desafiasse Daniel a alguma coisa.

Daniel engoliu em seco e cerrou os punhos, o rosto se contraindo de um jeito sofrido. Eu sabia que ele estava decidindo alguma coisa.

— Eu fico no lugar dele — gritou Daniel.

Meu coração disparou. A voz dele soou baixa e inocente. Mal a reconheci.

Então de repente tudo ficou mais nítido, como se todas as superfícies estivessem mais altas, o mastro se esticasse, a amurada vibrasse com nova energia. Os segundos se prolongaram e tentei pensar, mas só havia um vazio na minha mente.

Brinco Preto só balançou a cabeça para Daniel como se ele fosse uma criança meio decepcionante. Que não tinha noção das coisas. Em seguida, olhou para o homem segurando Behir.

Daniel correu ao longo do navio, na direção da proa, onde estava a âncora. Behir viu e balançou a cabeça de leve.

Não, não, não ecoava em mim, um sentimento que me subia dos pés.

Corri até a amurada, balançando os braços no alto. O *Sedna* já estava se afastando da doca; nós tínhamos que soltar a âncora.

— Nós daremos o que vocês quiserem! — gritei para eles. — Só o libertem!

O homem parecido com Daniel abriu um sorrisinho, um sorriso triste que parecia de lamento. Ele assentiu para o que segurava Behir, e fechei bem os olhos. Marjan gritou e a ouvi desabar no convés. O sol brilhou nas minhas pálpebras e minha visão ficou rubra, meu corpo quente como se eu tivesse engolido fogo. O mundo todo virou um grito.

Quando abri os olhos de novo, Behir estava caído aos pés do homem, que limpava a faca na barra da camisa. Segurei a amurada com as duas mãos para não cair. Em seguida, me virei de costas para a doca e vi Pearl parada na porta da cabine, o rosto molhado de lágrimas.

Fizemos um funeral para Behir, mas Marjan não quis falar nada. Nós nos reunimos na proa do navio e ela ficou atrás de nós, como uma sombra. Quando terminamos e nos viramos, já tinha desaparecido.

Depois do funeral, nos reunimos na cabine e Abran contou o que tinha acontecido no *saloon* em Broken Tree. Que matamos um deles e era provável que soubessem que estávamos indo para o Vale. Abran não mencionou seu passado com os Lírios Negros nem que tinha sido reconhecido.

— Você mandou a gente não falar do Vale — gritou Wayne.

Abran fechou os olhos e assentiu.

— Eu só estava conversando com um amigo. Mas talvez tenham ouvido. Behir... — Abran fez uma pausa e desviou o olhar para Marjan. — Behir morreu por causa de Ruenlock. É assim que eles trabalham, punindo qualquer transgressão. Como deixaram isso claro, é improvável que nos sigam.

Um murmúrio de preocupação surgiu na tripulação. Apertei os olhos para Abran, questionando se ele acreditava realmente nisso. Considerando o passado dele com os Lírios Negros e a conexão que Daniel tinha com o capitão, eu duvidava de que fossem nos esquecer.

Daniel devia ser parente daquele homem; não só pela semelhança, mas pelo olhar que trocaram, um no barco e outro na doca. Havia familiaridade, reconhecimento. Eu me perguntei se mais alguém tinha reparado. O olhar foi como um escambo, como se fosse haver uma troca. E Daniel tinha oferecido se entregar.

Pensei no quanto ele olhava os mapas e às vezes escondia as anotações quando eu entrava na cabine. Lembrei-me de Harjo, do susto que ele levou quando o vi falando com um estranho. Que desaparecia em *saloons* desacompanhado, como se estivesse recolhendo informações. Abran estava certo. Daniel escondia alguma coisa. Mesmo com todo aquele papo sobre a dificuldade de rastrear alguém, será que ele estivera rastreando os Lírios Negros o tempo todo?

Ele devia saber como isso era perigoso. Mas talvez não se importasse. Meu sangue acelerou de raiva com esse pensamento. Eu tinha que ficar sozinha com Daniel e perguntar.

O *Sedna* ficou mais sombrio sem Behir. Nós sempre contávamos com seu humor inteligente e sua gentileza, com sua recusa em ser pessimista mesmo quando a terra jogava alguma infelicidade sobre nós. Quando um redemoinho arrancava uma rede cheia de peixes do afundador. Quando o céu escurecia e despejava chuva e vento.

Marjan ficou no quarto de Abran, que ficou no alojamento por um mês. Nós levávamos comida para ela e ela às vezes pedia que fôssemos vê-la, mas, fora isso, ficava ausente no navio e fugia de nós como um fantasma.

Um dia, apareceu na cabine no café da manhã, sua presença de alguma forma mais intensa e refinada, como se ela fosse uma lâmina exposta ao fogo e moldada até ter um novo formato. Eu me vi querendo ficar perto, simplesmente ao lado dela para limpar peixes na cozinha ou observar a água da amurada em busca de picos de montanhas quando estávamos perto da costa. Normalmente, eu preferia me afastar das pessoas que perdiam alguém porque estar com elas era como lembrar um pesadelo que merecia ser esquecido. Mas, de alguma forma, era diferente. Eu queria esticar a mão e afagar seu ombro.

Talvez fosse porque eu a amava a ponto de querer ficar com ela, a dor dela como uma terceira pessoa presente, palpável, com forma própria. Uma forma que eu sabia que mudaria com o tempo e evoluiria como só a dor é capaz de fazer.

Ou talvez meu desejo de consolá-la fosse uma punição para aliviar minha culpa. Nós não estaríamos em Broken Tree sem tudo que tinha acontecido antes, todas as mudanças que fizemos por minha vontade.

Na noite seguinte à morte de Behir, sonhei que estava me afogando. A água ao meu redor era escura e subia sem parar. Eu nadava em vão, a superfície se afastando de mim. Meus dedos se esticavam rumo à superfície e nadei até minhas pernas quase explodirem de dor, duras e fracas. Pearl me acordou quando achei que estava prestes a parar de tentar e me permitir afundar até o fundo negro.

Naquela noite, Pearl não dormiu, ficou encostada na parede no canto da cama. O cabelo desgrenhado e encaracolado em volta do rosto. Ela parecia uma boneca em uma prateleira esquecida. Estiquei a mão para tocar sua bochecha, e ela piscou, mas não se mexeu, o peito subindo e descendo levemente, como um animal em hibernação, semiconsciente entre o sono e a vigília. Eu a envolvi nos braços e a embalei como fazia quando ela era só um bebê.

Ela não deveria ter visto, ela não deveria ter visto, eu ficava pensando.

Alguns dias depois de perdermos Behir, encontrei Abran sozinho no alojamento. Todo mundo tinha subido para tomar café da manhã e ele ficou em sua cama temporária, tentando amarrar um trapo na mão machucada. Uma vela jogava um brilho fraco em metade do braço dele e deixava o resto na escuridão.

— O que aconteceu em Broken Tree? — perguntei baixinho.

— O que você acha? — Abran cuspiu no chão e se inclinou para a frente, tentando amarrar a atadura puxando o tecido com os dentes e com a outra mão.

O trapo escorregou e se desenrolou. Ele bateu com a mão boa na pequena mesa e jogou a vela longe.

A chama se apagou quando a vela caiu no chão. Não falei nada. A cera escorreu. Peguei a vela e a coloquei novamente na mesa.

— Espero que mais ninguém tenha ouvido você falando sobre o nosso destino.

— Por quê? Está com medo de não irmos mais para lá?

Eu me agachei na frente dele e segurei sua mão machucada.

— Não.

Era tarde demais para voltar, tarde demais para tentar encontrar outro lugar. A tripulação estava cansada e querendo se assentar. E a confiança de Abran estava em crise. Ele nos levaria direto para o inferno se isso o fizesse parecer intrépido. Ele me observou fazer o curativo, os olhos perdidos e enevoados, quase um homem diferente do que eu visitava à noite. Eu me lembrei do que Marjan tinha dito a respeito dele meses antes, quando me juntei à tripulação do *Sedna*. Que as vezes ele se deixava afetar pela pressão. Era disso que ela estava falando? Já tinha acontecido antes? Pensei no medo que ele tinha dos Lírios Negros, do quanto vivia assombrado pela morte do irmão. Eu tinha pena dele, mas não muita. Eu precisava que ele fosse quem eu achava que ele era.

Apertei bem a atadura e ele fez uma careta de dor.

— Trate de se recompor, Abran.

— Senão o quê? Você vai liderar um motim?

Apertei a atadura com tanta força que o sangue manchou o pano e Abran puxou a mão.

— Você não está agindo como capitão. Não é motim quando não há capitão.

CAPÍTULO 39

Mais tarde, encontrei Daniel na cabine de madrugada, fazendo cálculos. Ele estava evitando todo mundo, até Pearl e a mim. Uma vela tremeluzia na mesa ao lado dele. Fiquei curiosa para saber se ele tinha perguntado a Abran se poderíamos trabalhar de noite e usar luz ou se ele apenas ignorava a regra. Eu chutaria a segunda opção.

Daniel não levantou o rosto quando entrei, mas senti que ele sabia que era eu.

— Achei que você estaria na cama — disse ele.

O ar tinha um cheiro sulfúrico, um odor pungente que parecia ao mesmo tempo verde como a vida e negro como a decomposição. Nós deveríamos estar passando sobre montanhas, densas, com algas e plâncton e novas plantas que ainda não tinham nome.

— Ele é seu parente? Pai? Tio? — perguntei.

Daniel continuou escrevendo no bloco, mas vi os músculos do pescoço dele se contraírem. Ele pegou o sextante, mediu um espaço no mapa e o largou de lado.

— O que estou querendo saber — continuei — é se estávamos seguindo eles. — Tentei manter a voz firme, mas a ouvi vacilar, como se fosse de outra pessoa.

Daniel parou de escrever. Reclinou-se no encosto da cadeira, soltou o lápis e esticou os dedos sobre a mesa.

Senti uma onda de fúria que me invadiu até os ossos. Eu não podia confiar nele. Ele era como todos os outros. Cerrei os punhos. Minha pele parecia quente ao meu próprio toque. O *Sedna* gemeu contra uma onda, se inclinou e depois voltou ao normal.

— Agora Behir se foi e eles vão seguir a gente até o Vale.

Daniel baixou a cabeça nas mãos e falou um palavrão.

— É longe demais. Não vale a pena para eles. — Mas percebi que ele não acreditava nisso.

— Não vale a pena? Tudo que eu ouço é que eles executam qualquer um que os trai. — Parei na mesma hora, lembrando minha promessa a Abran. — Eles querem mais colônias — falei, mudando a abordagem.

— Podem decidir tirar o Vale dos Abades Perdidos e nos levar junto. Você agiu como se quisesse nos manter em segurança, como quem não quer assumir riscos... mas o tempo todo estava nos levando direto para o perigo, velejando na direção dele. — Minha voz saiu aguda e trêmula e me segurei para não voar no pescoço dele.

— Você e Pearl não deveriam estar envolvidas — disse ele.

Ele se levantou, se virou para mim e balançou a cabeça. Seu rosto estava enrugado de sofrimento, os olhos brilhantes e atentos. Senti que ele queria esticar a mão e tocar em mim. Queria me consolar. Queria ser consolado. Uma onda de fúria subiu lentamente por minha coluna como uma chama.

— Me desculpe — disse ele.

— Desculpar? — Fui para cima dele e o empurrei. Ele cambaleou para trás. Eu o empurrei de novo. — Como você pôde, Daniel? — Eu o empurrei de novo e de novo, até ele estar imprensado contra a parede. — Depois de eu ter salvado você? E agora... Esse tempo todo...

Dei um soco no peito dele, bati com os dois punhos. Ele me segurou.

Eu me soltei das mãos dele e me afastei. Estava quase me sentindo mais calma. Atacá-lo diminuiu minha raiva, mas não era só isso. Por baixo da fúria havia alívio... alívio por poder culpar outra pessoa, porque a morte de Behir não tinha sido só culpa minha. Eu precisava fugir das garras da culpa assim como um peixe escapando da rede.

— Você estava nos levando para eles? Estava pagando uma dívida?

— Não. — Daniel balançou a cabeça e esfregou o rosto. — Sim. Quer dizer, mais ou menos.

Quando apertei as mãos de novo, ele levantou as dele.

— Meu irmão mais velho. Eu estava atrás dele... estava caçando ele. — Ficou em silêncio; esperei que ele prosseguisse. — Ele era da marinha. Quando as enchentes pioraram e o mundo começou a desmoronar, ele sempre falava que novas nações se formariam. Queria fazer parte disso, proteger as pessoas. Ele tinha todos esses princípios a respeito de como as pessoas deveriam ser e qual era o lugar delas. — Daniel contraiu o rosto. — Queria ter certeza de que eu soubesse meu lugar, que era abaixo dele. Jackson... parecia quase empolgado ao ver nosso antigo mundo desabando. Como se ele soubesse que nesse novo mundo ele teria um papel maior em tudo. Que construiria uma coisa dele no meio do caos.

Daniel parou e um trovão cortou o silêncio. Um relâmpago brilhou, iluminando a silhueta dele.

— Jackson lutou na Guerra do Mediterrâneo com um comandante chamado Clarence Axon. Jackson era como um filho para ele. A essa altura Axon já tinha criado os Lírios Negros, um grupo paramilitar contratado pelos Estados Unidos como reforço de guerra. Quando a guerra acabou, Axon quis fazer de Jackson capitão de um dos navios dele. E Jackson voltou para casa para me buscar junto com minha mãe, para nos levar com ele.

Daniel fez outra pausa. Percebi que estava decidindo o quanto me contar.

— Mas as coisas ficaram feias entre ele e a minha mãe. Uma noite, Jackson roubou o barco que íamos usar para fugir. Simplesmente desapareceu. Mas não foi só o barco que ele levou. Meu irmão sabia que eu tinha guardado toda a insulina lá dentro e levou isso também. Ele sabia que minha mãe morreria sem a insulina e me deixou para vê-la definhar. No começo não tentei procurá-lo, mas aí Marianne morreu e pouco depois eu o encontrei em um porto. Foi como um despertar. Eu... tentei matar Jackson ali mesmo.

Um relâmpago piscou e o *Sedna* estremeceu em uma onda. Daniel passou a mão pelo rosto e afastou o olhar. Pensei na fúria impulsiva de Daniel, na história que ele me contou sobre matar a antiga tripulação depois que estupraram Marianne.

— Ele então jurou que se eu tentasse de novo, se eu fosse atrás dele, ele acabaria comigo. Antes de conhecer você, eu soube que ele estava fazendo colônias no nordeste e quis ir para lá.

— Quando eu salvei você, você quer dizer — corrigi, com rispidez.

— Eu achava que conseguiria encontrá-lo em um porto e agir em silêncio. Não era para mais ninguém se envolver.

— Você é um idiota. E eu também, por confiar em você. Como é que você acha que vai matar o capitão de um navio dos Lírios Negros e ninguém mais vai se envolver?

— Não sei. Eu não... para mim, ele me mataria primeiro. Essa parte não importava muito. É... é mais a coisa de olhar a pessoa nos olhos e dizer *A culpa é sua.*

Cruzei os braços. Eu também desejava enfrentar Jacob e jogar a culpa nele. Falar o que eu sabia que era verdade e fazê-lo ouvir. Mas deixei isso de lado e me agarrei à minha raiva.

— E eu achando que você estava me ajudando. Que queria proteger Pearl...

— Eu quero...

— Cala a boca. Você estava procurando por ele em cada porto em que paramos?

— Eu perguntei... nas tavernas, nas lojas. Algumas pessoas disseram que eles estiveram em Wharton, mas estavam indo para o norte, perto de Broken Tree.

— Então paramos lá, e não em Brighton.

Brighton era um pequeno posto comercial ao sul de Broken Tree, pelo qual passamos direto para parar no segundo. Na ocasião, Daniel alegou que tinha ouvido falar de tufões em Brighton naquela estação.

— Como foi que você achou que não ia nos envolver no problema?

A culpa contraía as marcas de expressão no rosto de Daniel. O corpo dele pareceu oscilar, as juntas ficaram moles, os ombros, frouxos. Ele passou a mão no rosto.

— Eu tinha esperanças de conseguir resolver tudo. Tinha mesmo.

— Você me usou — falei. Essa certeza era como uma queimação que eu voltava a descobrir no meu corpo, surpresa pela dor cada vez que tocava em outra coisa. — Você queria a votação a favor do Vale tanto quanto eu. Porque sabia que poderia nos levar para mais perto dele.

Como Daniel não disse nada, eu prossegui:

— Se os Lírios Negros não estivessem no nordeste, você teria concordado em vir comigo? Em me ajudar?

O *Sedna* balançou em outra onda e a vela começou a escorregar perto da beirada. Daniel se adiantou para pegá-la. As sombras criadas por ela dançavam nas paredes da cabine.

— Não — disse Daniel, baixinho, fechando os olhos quando respondeu. — Não naquela ocasião. Mas a pessoa que eu sou agora, sim, concordaria. Eu quero ficar com você e Pearl. Mas também quero encerrar essa parte da minha vida de antes, quero deixá-la para trás. Eu não... não consigo conciliar as duas coisas. São duas metades de uma vida que não sei como conectar..

Pensei em todas as vezes que a minha vida pareceu se virar numa direção nova. O suicídio do meu pai, a morte da minha mãe, quando Jacob levou Row, a morte do meu avô, subir a bordo do *Sedna*. Eu, fluida como água, mudando de forma a cada evento. Mas ao mesmo tempo portadora de um centro duro e indefinível, como uma pedra que não era alterada nem tocada pelo destino.

O vento soprou e a água bateu no *Sedna*. O mundo parecia tentar invadir nosso barco para nos destruir.

— Não espero que você me perdoe — disse Daniel.

— Que bom, porque não vou perdoar.

Daniel me encarou, colocou a vela na mesa e cruzou os braços.

— Estou surpreso com o quanto você é crítica, considerando...

— Considerando o quê?

— Se tivesse a chance, você se vingaria. De Jacob.

— Claro que quero um ajuste de contas. Mas que importância tem? Ele está morto.

— Você não precisa me perdoar, mas sei que entende — disse Daniel. — Sei que você sabe o quanto é importante acertar contas para seguir em frente.

— Eu entendo que estamos prestes a partir na travessia mais longa da nossa vida e que não sabemos se seremos seguidos. Eu entendo que acabamos de perder... — Minha voz travou e engoli em seco.

Tentei dizer o nome dele, mas minha garganta deu um nó.

Daniel deu um passo à frente, os braços esticados para mim, mas enfiei a mão no peito dele e o empurrei.

— Pearl não deveria ter visto aquilo — falei, a voz finalmente saindo, meus ombros tremendo em um soluço. — E se o trauma prejudicar a vida dela?

Eu comecei a tremer. Quase caí com um sacolejo do barco, mas Daniel me segurou pelos braços, mantendo a distância entre nós.

— Não vai acontecer — disse ele, colocando o polegar no meu queixo e virando meu rosto para cima, para o dele. — E o que aconteceu. Não foi culpa sua. Foi minha. Sempre será minha. Eu vou carregar isso.

Ele limpou uma lágrima do meu rosto com o polegar e me afastei. Os soluços continuavam vindo e parecia que eu não conseguia respirar, então fui para a porta, ansiosa para sentir o vento. Parei na passagem e olhei para ele.

Ele estava onde o deixei, na frente da vela, um brilho suave vindo de trás. Eu só via a silhueta de um corpo todo feito de sombras.

CAPÍTULO 40

Não chovia havia dias e nossa cisterna só tinha alguns centímetros de água, então começamos a racionar. Estávamos desidratados, vagando pelo convés, lambendo os lábios rachados, piscando com olhos ressecados. As brigas e implicâncias eram mais frequentes, as pessoas se afastavam batendo os pés, lançando olhares frios por cima da mesa no café da manhã. Perder Behir no começo da travessia do Atlântico não só partiu nossos corações, mas pareceu um mau presságio pairando sobre nós, pronto para cair do céu e nos engolir.

Nossa cabra contraiu alguma doença e ficou com feridas no pescoço: calombos vermelhos debaixo do pelo. Logo começou a definhar com uma dor visível nos olhos, chorando à noite, fugindo do nosso toque durante o dia. Thomas finalmente acabou com o sofrimento dela e limpou o cercado, guardando-o em outra parte do convés, mas o contorno continuou lá, arranhões dos cascos no convés de madeira. Debatemos se seria seguro comer a carne, mas acabamos decidindo não arriscar. Não podíamos ter uma tripulação doente além de todos os problemas. Mas tirei a pele e curti o couro antes de jogarmos o que sobrou do corpo no mar. As noites estavam ficando mais frias e Pearl bem que precisava de outro cobertor.

Thomas e Wayne construíram uma segunda canoa para substituir a que perdemos em Ruenlock. Era menor, mas continuaria servindo para ir até a costa.

Depois de uma pescaria infrutífera, puxei as linhas, verifiquei as iscas e pendurei mais algumas linhas. O clima tinha sido ameno na semana anterior, mas logo entraríamos no que os marinheiros chamavam de Trilha da Tempestade, uma passagem no Atlântico Norte que era conhecida por ventos e chuva pesados. Havia mais barcos no fundo daquela parte do mar do que eu queria saber. A chuva seria boa para a cisterna, mas tínhamos medo de como o *Sedna* enfrentaria as ventanias.

Enquanto eu pescava, Abran atravessou o convés da escotilha até a cabine, lançando um olhar para mim, a expressão sombria e preocupada. Quando fui para a cabine deixar umas iscas, escutei ele falando rispidamente com Marjan.

Ele me viu colocando caixas nas prateleiras e disse:

— Dá licença?

Marjan estava segurando uma espátula e mexeu em uma panela no fogão. O cheiro de peixe embrulhou meu estômago.

Saí da cabine e voltei ao trabalho. Daniel estava perto da proa, o binóculo no rosto, observando o horizonte. Eu sabia que ele estava procurando sinais dos Lírios Negros. Eu o tinha encontrado em cima do cordame no dia anterior com o binóculo. Não tínhamos visto ninguém na semana anterior, nenhum barco. Mas o isolamento não apagava o sentimento de que eles podiam estar nos seguindo.

Meus pés descalços começaram a ficar dormentes no convés frio, então desci para buscar minhas botas. Eu estava sozinha no alojamento, calçando-as, quando Marjan entrou e colocou uma garrafa vazia de bebida na mesa ao meu lado. Amarrei o cadarço, me encostei e suspirei. Era uma garrafa de vidro, parecida com a que eu tinha visto no quarto de Abran semanas antes.

— Ele está muito mal — disse Marjan.

— Muito?

— Tem trocado os artigos do barco por álcool. Está guardando peixe defumado em um balde separado e faz a troca sempre que terminamos as trocas do navio a cada porto.

— Você sabia disso o tempo todo? Há quanto tempo isso está acontecendo? — Tentei lembrar quando comecei a reparar em uma diferença em Abran.

Foi mais ou menos quando paramos em Wharton; ele alegou que precisava relaxar porque era perto de onde seu irmão tinha morrido.

— Há anos — disse Marjan.

Ela parecia exausta. As rugas de preocupação estavam mais fundas e o cabelo grisalho estava mais ralo nas têmporas. Usava a túnica azul de sempre, destacando o azul de uma veia que seccionava a testa dela como um pequeno rio.

— Anos? — perguntei.

— Nem sempre é ruim assim. Ele melhora, depois piora. Geralmente quando está estressado — explicou Marjan.

— E as regras? Por que ninguém repreende isso?

— As regras... — Marjan deu de ombros. — As regras são só umas ideias que Abran teve. Ele nunca as impôs. É mais um código de honra, mas agora...

— Mas por que ninguém tentou impedir isso?

Marjan fechou os olhos e trincou os dentes. De repente, me senti uma criança pequena fazendo perguntas que não tinham nada a ver com esse mundo. Quando ela os abriu de novo, pareciam cintilar com vigor, um impulso incansável. Perguntei-me quanto trabalho ela fazia no *Sedna* que ninguém sabia. Ela estava sempre entrando e saindo dos aposentos, cuidando de coisas das quais o resto de nós só tinha uma ligeira noção.

— Desculpe — pedi. — Sei que não é simples assim. Vou tentar falar com ele.

— Não vamos ter o suficiente para fazer a travessia — disse Marjan. — Ele vai entrar em abstinência. Estou começando uma redução da dose para tirar a bebida dele. Eu tinha esperanças de que você pudesse me ajudar.

— Claro. Qualquer coisa.

Marjan assentiu, pegou a garrafa e enrolou o xale. Desde a morte de Behir, eu sentia tanta vergonha que achava que me partiria em duas. E por baixo dessa vergonha havia um medo imenso, que funcionava como uma espécie de gravidade extra, me empurrando para baixo, me miniaturizando. Ficar em pé e ereta com todo aquele peso exigia mais força do que eu achava que tinha. A cada dia que passava, a necessidade de confessar foi crescendo.

Quando ela se virou para sair, toquei em seu braço.

— Espere. — Meu corpo se contraiu e minhas mãos ficaram úmidas. — Me desculpe.

Quando ela me olhou, senti que o chão tinha sumido dos meus pés. Pensei na minha mãe, em seus olhos escuros e na risada fácil. Como ela tentava esconder o medo para não jogar mais peso em mim, inspirava fundo, inclinava o queixo para cima e forçava um sorriso. As mães são diferentes umas das outras, exceto quando são destruídas até a medula. As partes mais superficiais geralmente desmoronam.

Eu me apressei em continuar:

— Antes eu não queria pedir desculpas e disse que não lamentava por termos ido a Ruenlock, mas lamento. Peço desculpas por ter enganado todos vocês, peço desculpas porquê... — Minha garganta se fechou e pisquei rapidamente para limpar os olhos.

Marjan deu um tapinha no meu braço como se fosse uma mãe consolando um filho. Suas sobrancelhas se uniram de preocupação e atenção. Se ela tinha momentos em que me culpava, não era um desses. Eu tinha visto vislumbres de raiva enquanto ela trabalhava, pendurando as roupas para serem lavadas pela tempestade que chegava. Lembranças surgindo na calmaria. Mas, se ela de fato me culpava, nunca mencionou.

O colar de Marjan tinha quatro contas em vez de três, e senti uma dor no peito só de olhar. Fiquei pensando se ela tinha deixado uma conta guardada esse tempo todo, talvez na cama, sabendo que um dia precisaria.

O aposento parecia vibrar com um silêncio profundo que nos envolvia. Pensei em como o nascimento é só o começo do processo de dar a vida, talvez a menor parte dele, como uma semente que ainda precisa do sol e do solo e de tantas outras coisa para florescer. Pensei no quanto Marjan já tinha dado a todos nós e no quanto continuava oferecendo.

Marjan balançou a cabeça, um sorriso triste no rosto.

— Eu fico pensando que o luto é como subir uma escada olhando para baixo — disse ela. — Você não vai esquecer onde esteve, mas sempre vai continuar subindo. As coisas se tornam distantes, mas ainda estão ali. Só há um caminho a seguir e mesmo que você não queira, precisa continuar. É um aperto no peito que não passa, mas você continua respirando o ar mais rarefeito. Parece que nasce um terceiro pulmão. Como se você tivesse ficado maior quando achava que só estava destruída.

Subi pela escotilha para o convés e vi Daniel e Pearl sentados um de frente para o outro perto da amurada de estibordo, inclinados sobre um pedaço de papel aberto entre os dois.

O sol iluminava o cabelo de Pearl até ficar com a cor de chamas, voando no vento como uma vela acesa. Daniel passou o dedo no papel e Pearl se inclinou, sua mãozinha seguindo a dele.

Cheguei mais perto para ouvi-los, mas fingi inspecionar uma rachadura na amurada. Ouvi Daniel dizer:

— O sextante é usado para medir a distância do sol até o horizonte.

— Isso é chato — murmurou Pearl.

— Você vai ter que aprender a ler mapas e calcular distâncias — disse Daniel.

— Por quê?

— Para ir aonde quiser.

Enquanto os ouvia conversar, imaginei Pearl velejando sozinha, o corpinho marrom uma mancha no horizonte, parada no convés de um barco no qual eu nunca tinha pisado, indo rumo a um destino que eu não poderia imaginar. Era tão nova quanto esse mundo que eu nunca conheceria completamente.

Daniel me viu pelo canto do olho, se levantou e veio até mim.

— Achei que seria bom ela praticar — disse ele com cautela. — Espero que não tenha problema.

— Quero que ela aprenda — respondi, com frieza.

À noite, eu continuava ensinando Pearl a ler com os livros de Abran. O favorito dela era *O livro da selva*.

Pearl continuou inclinada sobre o mapa, girando o sextante em semicírculos. Escreveu um número em um bloco ao lado do joelho. Inclinou-se de novo e fez outra medida.

Daniel e eu ficamos olhando. O sol bronzeava sua pele. Seu rosto estava contraído. O vento dobrava a borda do mapa e ela ficava ajeitando o papel com impaciência. Em momentos assim, quando Peral estava imersa em alguma coisa, ela parecia alguém que eu mal conhecia e isso me deixava feliz de um jeito meio melancólico.

Lembrei o aniversário dela, em como pareceu uma estranha mesmo naquela ocasião. E, mesmo antes do nascimento, eu tinha medo de perder aquela pequena desconhecida. Não perdê-la era a única coisa que me mantinha em movimento, eu dizia para mim mesma. O que Marjan dissera foi bonito e eu queria acreditar nisso, mas tinha medo de que não fosse verdade. Porque eu achava que depois de uma perda muito grande, eu simplesmente desapareceria. Achava que estar destruída significava pura e simplesmente estar destruída.

Daniel estava tão próximo que senti o cheiro dele, o aroma familiar de fumaça de madeira e alguma flor escura que crescia nas raízes das árvores. Como uma floresta no outono. Ao longe, ouvi os gritos das gaivotas.

— Tenho que voltar a pescar — falei, embora meus pés tenham permanecido grudados no convés.

Os grasnidos das gaivotas ficaram mais e mais altos e olhei para a água. Um bando estava mergulhando a leste de nós e emergindo com peixes se debatendo nos bicos. Eu me segurei na amurada. Tinha jogado as linhas naquele ponto meia hora antes e não consegui nada.

— Pode descansar um pouco — disse Daniel.

Eu ainda estava tendo dificuldade em conciliar o que Daniel tinha feito com quem eu achava que ele era. Também sempre tive dificuldade de conciliar os diferentes lados de Jacob: sempre foi complicado entender como o homem com quem me casei podia ser o mesmo homem que me fez mais mal do que qualquer enchente. Eu tinha passado horas refletindo sobre isso, revirando lembranças, procurando pistas. Conseguia ver o diabo em cada palavra e gesto dele, mas algumas lembranças resistiam a isso. Mostravam um homem que amei e que parecia me amar.

Quando Row era bebê, acordei uma vez com Jacob trazendo café na cama para mim. Ele beijou minha testa, prendeu meu cabelo atrás da orelha e colocou sobre o meu colo uma bandeja cheia de ovos, morangos e torrada.

— Por que isso? — perguntei.

—Você anda trabalhando muito. Sei a sorte que tenho de estar com você.

O sol da janela deixou o cabelo dele ruivo mais intenso, a pele clara quase de porcelana. Coloquei a mão na bochecha dele e murmurei um agradecimento.

— É melhor eu pegar o café. Está quase pronto — disse ele, se levantando e saindo.

O aroma chegou ao andar de cima e ouvi os movimentos dele na cozinha. Um calor me envolveu e me espreguicei na cama. Row logo estaria acordada, seu choro como o miado de um gatinho logo se espalharia pela casa como um reloginho. Tudo em seu lugar. Como se fôssemos um quadro de natureza morta para se apreciar por horas.

No começo, Jacob era obcecado por mim, como se eu fosse uma criatura que ele nunca tinha visto. O que era mau humor ele confundiu com mistério, o cinismo ele confundiu com inteligência. Eu me casei com ele porque achei que estava tão apaixonado que nunca me abandonaria. Que eu jamais reviveria aqueles momentos no degrau da frente de casa esperando minha mãe chegar.

Dava para ver o tamanho do engano. Mas será que me enganei com tudo? Eu devia descartar os bons momentos em que confiei nele? Como aceitar que o homem que levou café na cama para mim era o mesmo que me traiu?

Jacob era carpinteiro como vovô, então parte de mim achou que ele seria como vovô em outras coisas também. Estável, paciente, uma presença calma e firme. Alguém de quem eu precisava e em quem podia confiar.

Pearl deu um gritinho.

— Mamãe! É meu pássaro!

Pearl dançou em círculo e apontou para o alto, para um pássaro voando acima de nós. Era menor e mais escuro do que as outras gaivotas, e não gritava do mesmo jeito. Circulou nossa vela e seguiu conosco, acompanhando o barco.

— É o pássaro que eu peguei! — disse Pearl, correndo até mim e puxando meu braço.

Olhei para ele.

— Acho que não, querida.

— Claro que é — disse Pearl com impaciência.

Ela girou de novo, os braços bem abertos, o pássaro voando ali. Ela girou sem parar. Seu cabelo se espalhava como fogo selvagem.

Daniel sorriu enquanto olhava para Pearl e disse para mim:

— Sabe, acho que pode ser o pássaro dela.

Todas as coisas boas vão voltar para você, dizia minha mãe. Eu tinha me esquecido disso até aquele momento, vendo a camisa de Pearl se inflar em volta dela. Todas as superfícies do navio pareciam impossivelmente delicadas, a madeira gasta pela ação do vento, as velas desbotadas até atingirem a maciez de lençóis pendurados em um varal. Até nós parecíamos delicados naquele momento: três corpos no convés de um navio, quilômetros de água fria ao redor, três corações batendo furiosamente como as asas do pássaro.

CAPÍTULO 41

Ficou escuro durante o jantar, as sombras se alongando e a janela devolvendo nosso reflexo conforme a luz morria lá fora. Marjan pendurou o lampião no teto e acendeu velas na mesa. Eu não tinha pensado nos longos períodos de escuridão que encontraríamos à medida que chegássemos mais perto do norte. Que tanto o mar quanto o céu ficavam negros muito cedo, o restinho de luz pairando no horizonte. Era como estar dentro de uma ostra que se fechava.

Devoramos o caldo de osso de peixe, quase sem falar. Havia um cesto de pão vazio no centro da mesa, depois que cada um ganhou um pedaço do tamanho da palma da minha mão. Eu desconfiava de que o fermento da nossa troca estava quase acabando. Daniel e eu demos nosso pão para Pearl. Eu estava cansada de sentir as costelas dela quando ela se deitava ao meu lado à noite.

Isso me lembrava meu próprio corpo quando eu a amamentava. A sorte que eu tive do meu leite ainda sair apesar dos longos dias de fome, minha carne desaparecendo do corpo, os ossos despontando em locais que eu tinha esquecido que existiam. Meu corpo a colocou em primeiro lugar por um tempo, sugando nutrientes para fazer leite, me deixando dolorida e faminta. Mas, depois de alguns meses, a maré mudou, e meu leite começou a secar.

Vovô trocava peixe por leite de cabra em portos e dávamos para ela de colherzinha. Ela começou a ganhar peso e a finalmente ingerir tanto quanto precisava. Vovô e eu pescávamos sem parar e começamos a trocar por outros alimentos para ela: frutas, pão, queijos. Ela surpreendeu a nós dois se transformando em um bebê gorducho e feliz, e me lembro de pensar por um tempo que era possível: com a ajuda do vovô, eu poderia criá-la.

Marjan começou a empilhar os pratos. Uma pequena torre de migalhas cresceu na frente de Pearl, e quando ela terminou recolheu as migalhas com a mão e as enfiou na boca. Naquela noite, a tripulação e eu discutimos nosso plano para enfrentar os guardas da colônia. Mostrei o mapa e sugeri que ancorássemos no sul, onde a montanha seria mais fácil de escalar, para podermos então descer no vale abaixo. Então me ofereci para ir primeiro, como isca. Meu plano era fazer com que os guardas se ocupassem comigo para que Abran, Daniel e Wayne atacassem, neutralizando a proteção. Thomas, Marjan e Pearl ficariam no *Sedna*, e sinalizaríamos com uma bandeira quando tivéssemos matado os Abades Perdidos. Não dava para saber em que condições a comunidade estaria quando chegássemos lá, mas eu esperava que quem tivesse sobrado ficasse agradecido de ficar livre dos vigias. E, com sorte, se juntariam a nós para começar a reforçar nossas defesas contra outro ataque. Porque, sem dúvida, os Abades Perdidos retornariam para buscar o que era deles.

Depois da refeição, Wayne nos surpreendeu pegando o violão e tocando algumas baladas e canções de marinheiro. Meu coração se aqueceu por ele. Percebi que ele queria nos animar.

Por cima do ombro dele, vi Abran encostado na parede adjacente à cozinha, fumando um cachimbo, a expressão sombria.

Wayne começou a tocar uma canção mais rápida e Pearl se levantou da cadeira e começou a puxar a mão de Daniel, para que ele dançasse com ela. Ele finalmente cedeu e ficou ao lado da mesa, na frente de onde Wayne estava tocando. Ele batia com o pé rapidamente no chão e Jessa começou a bater palmas. Daniel ficou parado e Pearl ficou segurando a mão dele girando ao redor, um planeta orbitando o sol. Daniel deu voltas lentas dentro do círculo que Pearl descreveu, com ternura e encantamento ao olhar para ela.

Fiquei conversando com Thomas. Ele tinha aquela mente rápida e computacional que eu já tinha visto em algumas pessoas mais velhas. Observavam o mundo como se estivessem coletando dados e preparando perguntas. Pearl observava o mundo como se estivesse ouvindo uma coisa muito distante, como se tivesse uma terceira mão que esticava para tocar em algo invisível.

Thomas me contou que era ecologista do governo antes da Enchente de Seis Anos.

— Eu estudava as mudanças de salinidade no mar — explicou ele com melancolia. Percebi que tinha orgulho do trabalho que fazia e que sentia falta dele. — Meu pai ficou todo orgulhoso quando terminei o Ph.D. Eu comecei com filosofia, mas queria uma coisa mais... concreta, mais aplicável. Meu pai era soldador, e quando eu ainda estava na escola, trabalhava com ele na oficina. Anos mais tarde, depois que o governo se desfez e eu migrei para o Colorado, voltei ao trabalho dele, não ao meu. As pessoas precisavam de barcos e de novas construções no alto das montanhas. Precisavam de alguém capaz de trabalhar com metal. E foi isso que eu fiz.

— O trabalho que você fez, com salinidade... Essas enchentes, elas são o começo...

— Do fim? — perguntou Thomas.

Eu assenti.

Thomas apertou os olhos como se estivesse olhando uma coisa muito distante.

— Pode ser. Mas sabe o que mais me surpreendeu? A salinidade não mudou tanto quanto as pessoas acharam. Flutuou para cima e para baixo em oceanos diferentes em momentos diferentes, mas se manteve estável na média. Parte disso se deu por conta de mudanças no sedimento do fundo do mar com o aumento dos terremotos. Outra, por causa do aumento do ácido carbônico. E uma terceira que nunca consegui entender; não consegui rastrear. Talvez tenha sido Gaia.

— Gaia?

— Havia uma teoria mais de duzentos anos atrás chamada a hipótese de Gaia. Dizia que, essencialmente, toda a matéria viva na Terra trabalha junta para criar e perpetuar a vida, para tornar a Terra habitável. Uma espécie de autorregulação da matéria a fim de substituir o caos. A vida não pode existir sem lutar contra o estado caótico.

— Você acredita nisso? — perguntei.

Thomas deu de ombros.

— Para mim, gera perguntas. Por que todas as coisas naturais conspiram pela vida, mas só o homem tem pulsão de morte? Se a vida existe para lutar contra o caos, a violência e a desordem evoluirão conosco, como uma sombra que precisamos manter respirando? Se a fúria é uma reação ao caos, isso torna a fúria a força vital original?

Fiquei olhando para ele.

— O que quero saber é se as coisas vão piorar. Quero continuar pescando.

— Pesque enquanto puder — disse Thomas delicadamente.

Marjan colocou xícaras de argila na mesa e serviu chá de ervas. Um aroma amargo subia das folhas de dente-de-leão no fundo. Depois de mais algumas canções, Wayne entregou o violão para Jessa, que dedilhou algumas baladas rapidamente, num canto, como se não quisesse realmente ser ouvida.

Daniel tinha se acomodado na mesa ao lado de Abran e, enquanto conversavam, a voz de Abran foi ficando mais e mais alta, trovejando acima das notas baixas de Jessa.

— Vai ser o tipo de coisa estilo "quem não trabalha não come" — disse Abran.

Ele se inclinou para a frente, inclinado sobre a xícara, os cotovelos na mesa, as duas mãos em volta da xícara em um gesto possessivo.

— Até as crianças? Os doentes? Idosos? — perguntou Daniel.

Pearl se sentou no chão na frente de Jessa, fazendo a cobra morta mais nova dançar balançando o corpo dela com a melodia. Pearl pegou muitas cobras no litoral quente de Wharton e mais algumas em Broken Tree, mas só tinha poucas vivas no pote. Depois de cada refeição, Pearl aquecia pedras no fogo que Marjan tinha usado para cozinhar e as colocava embaixo do pote de cobras. Eu disse que teríamos que comer todas antes de chegarmos ao Vale porque estaria frio demais para elas sobreviverem lá.

— Charlie gosta de frio. Eu peguei ele em Apple Falls — dissera ela. — Além do mais, vou compartilhar o calor do meu corpo até fazer um lar aconchegante para ele.

Thomas e eu paramos de conversar para ouvir Daniel e Abran. Abran revirou os olhos e moveu as mãos como se estivesse espantando um inseto da borda da xícara.

— Nós ainda não temos doentes e idosos. A questão é que todo mundo pega um pouco e tem que contribuir um pouco. Não vai existir propriedade particular. Tudo vai ser comunitário.

Apertei os olhos para Abran. Era interessante logo ele, que roubava dos suprimentos do navio para trocar por álcool, dizer que não haveria propriedade particular. Nada de particular para ninguém, só para ele.

O braço de Daniel estava nas costas da cadeira dele. Ele ergueu as sobrancelhas e tomou um gole de chá.

— É mesmo?

Wayne bateu com a xícara na mesa.

— E também não vai haver governo nem liderança?

Abran olhou de cara feia para Wayne.

— Claro que vai.

Thomas se virou na cadeira para olhar para Abran.

— Então teremos que votar para criar um sistema de leis, certo?

— Já estou trabalhando em um sistema de leis. Mas vamos resolver tudo. Tenho algumas ideias. — Abran se levantou para servir mais chá e suas mãos tremeram.

Havia gotas de suor nas têmporas, que ele limpou com a manga da camisa.

Marjan e eu nos olhamos.

— Eu gostaria de ver — disse Wayne.

— Ainda não terminei. — Abran encheu a xícara, colocou o bule no lugar e ficou de pé, os punhos apoiados na mesa.

— Você pode ser capitão deste navio, mas isso não quer dizer que vai ser um tipo de rei na nossa terra — disse Wayne enquanto se levantava.

O estalo do lampião de querosene balançando no gancho e o gemido das cordas esticadas contra o vento preencheu o silêncio. Passei o polegar por uma rachadura na minha xícara, afiada o suficiente para cortar, mas meu polegar era tão calejado que nem arranhou.

Abran inclinou o queixo para cima e a luz bateu em seus olhos vermelhos, a superfície fosca e aquosa.

— Você faz o que eu mando aqui e vai fazer o que eu mandar lá — disse Abran, a voz baixa e firme.

Os nós dos dedos de Wayne ficaram brancos no encosto da cadeira.

— Vamos votar para escolher o líder em terra — disse Wayne.

— Não — respondeu Abran. — Ou você me obedece, ou vai ser banido.

Wayne jogou a cadeira para trás e pulou em cima de Abran, jogando-o na parede. Abran deu um soco em Wayne, que respondeu com uma cabeçada no peito de Abran, jogando-o de costas na parede. Abran desferiu um soco nas costas de Wayne e enfiou as unhas no pescoço dele.

Thomas e Daniel correram até os dois. Thomas segurou o ombro de Wayne e tentou tirá-lo de cima de Abran, mas foi acertado por um soco de Abran e caiu para trás.

Daniel segurou Wayne e o puxou para longe. Abran empurrou Wayne quando Daniel o soltou, fazendo ele e Daniel se estatelarem no chão.

Abran partiu mais uma vez para cima de Wayne. Dei um passo à frente, segurei o braço dele e o empurrei para a parede. Abran tentou me atingir com um soco no rosto, mas me abaixei. Segurei o outro braço dele, girei-o nas costas e puxei a cabeça dele por um punhado de cabelo.

Wayne se levantou, os ombros arqueados e os punhos erguidos, como se fosse atacar de novo. Thomas entrou entre Abran e Wayne, esticando um braço na direção de cada um.

— Calma todo mundo! — gritou Thomas, olhando de um para outro.

Marjan pegou a cadeira que Wayne tinha jogado no chão e Jessa encostou o violão na parede. A cabine parecia ter murchado, como se alguma coisa tivesse sido sugada do aposento. O ar ao nosso redor mudou e nos reorganizamos, tensos, olhando uns para os outros como estranhos.

Soltei Abran e me afastei dele.

— Nós vamos votar sobre a liderança no Vale, Abran — disse Marjan, baixinho.

Ela parou com as mãos juntas para a frente, o queixo um pouco inclinado para baixo, olhando para ele com expressão severa.

Abran olhou ao redor e soltou um suspiro exasperado.

— Tanto faz. Quer saber? Tanto faz. — Levantou as mãos para nós, as palmas para fora, um gesto ao mesmo tempo de resignação e desafio.

— Nós temos que fazer um esforço. Sermos mais cuidadosos. Estamos com quase todos os recursos baixos — disse Marjan.

— A culpa é dela! Ela é nossa pescadora e não pegou nada! — gritou Abran, apontando para mim.

— Não jogue a culpa toda em Myra, ok? — disse Thomas. — Eu a vejo no convés pescando antes do nascer ao pôr do sol. Enquanto você fica perambulando pelo navio, fazendo Deus sabe o quê. E quando pegaram Behir, ela foi a primeira a pedir para ancorar.

— E adiantou muito, não é? — retrucou Abran e cuspiu no chão.

O rosto dele estava quase tão vermelho quanto os olhos.

Marjan me olhou e assentiu uma vez.

— Só nos deem um segundo — falei, empurrando Abran na minha frente para fora da cabine.

Estava tão escuro, apesar da lua e das estrelas, que meus olhos levaram alguns segundos para se ajustarem. Abran soltou o braço da minha mão.

— Você precisa se controlar — falei.

— Não vou deixar você tirar tudo de mim.

Abran empurrou o cabelo para trás das orelhas e apontou o indicador bem para o meu rosto.

— Abran, não estou tentando tirar nada de você. Você está em crise de abstinência e não está pensando direito.

Abran me encarou e soltou uma gargalhada baixa.

— Não aja como se você se importasse com a gente, ok? Não depois do que fez.

— Olha só, todo mundo aqui quer a mesma coisa. Chegar ao Vale vivo.

O som do vento nas velas cortou o silêncio. Tudo no convés tinha um brilho cinza-azulado ao luar, como se estivéssemos submersos. Abran virou o rosto para longe de mim, o perfil rígido como pedra entalhada.

Ele esticou as mãos, os dedos dobrados como se estivesse segurando alguma coisa.

— Está tudo escorrendo entre os meus dedos — disse ele.

O medo no rosto dele me abalou. Além dos sintomas de abstinência, além do ataque dos Lírios Negros, essa travessia o apavorava mais do que eu era capaz de entender. A noite em que seu irmão foi assassinado o assombrava como uma coisa que ele tinha não apenas testemunhado, mas executado. Talvez assumir a responsabilidade fosse o único jeito de diminuir a impotência que ele sentiu. Era assim que eu lidava com o terror, era assim que conquistava algo parecido com controle na minha vida.

— Se você se culpa pelas coisas ruins, se dê crédito pelas boas também — falei.

Estiquei a mão e toquei no braço dele. Ele assentiu, então o deixei sozinho no convés e voltei para a cabine para buscar Pearl. Minhas mãos tremiam quando toquei nos ombrinhos dela.

Ainda faltava muito.

CAPÍTULO 42

Coloquei a mão na lombar, onde uma dor antes leve ficava mais intensa, a ponto de latejar. Fiz sinal para Pearl me ajudar a levantar o halibute, um peixe com o dobro do tamanho dela, com guelras do comprimento do seu braço. Puxamos o halibute alguns metros do afundador, onde eu poderia limpá-lo no convés sem tropeçar para verificar as linhas.

Quando me levantei, olhei para o mar e vi o alvorecer deixar o céu vermelho no leste. Pearl estava sentada aos meus pés, esfregando os braços finos.

— De manhã céu vermelho, tenha cuidado, marinheiro.

Eu me virei e vi Daniel parado ao lado do nosso halibute, os olhos na linha do horizonte.

— Hum? — perguntei.

— Um velho ditado. Céu vermelho significa que há uma possível tempestade indo para o leste.

Dei de ombros. O *Sedna* estava indo melhor do que eu esperava nas tempestades do norte. Na semana anterior tínhamos passado por uma série de pequenas intempéries, o que atrasou nosso progresso. Uma das velas se rasgou durante uma chuvarada, fazendo com que perdêssemos ainda mais tempo com reparos. Mas, com exceção disso, tínhamos sofrido poucos danos. Algumas cordas e um poleame precisavam ser trocados, mas só por causa de desgaste típico.

Nossa maior preocupação não era a capacidade de resistência do *Sedna*, mas o tempo da nossa viagem. De acordo com os cálculos originais de Daniel, deveríamos estar cento e sessenta quilômetros a nordeste a essas alturas. Nós não queríamos chegar ao Vale no inverno, quando as correntes do norte eram mais fortes, e ancorar o navio perto da costa rochosa seria mais perigoso.

— Você reparou nos pássaros voando baixo ontem? — perguntou Daniel.

— Reparei — murmurei.

Estava agachada na frente do halibute, enfiando a faca nele e deslizando pela barriga até a base das guelras. Eu não tinha reparado nos pássaros, para ser sincera. Mantive os olhos baixos, no mar, o dia inteiro procurando mais halibutes e cardumes de bacalhau.

— A pressão atmosférica está mudando. Não tem pássaros hoje. Desapareceram. E ontem... as nuvens em fileiras finas, como escamas de peixe. Essa tempestade pode ser bem pior.

— Podemos pregar as janelas com tábuas se você achar que os ventos serão ruins — falei.

O olho gigantesco do peixe me encarava, o buraco negro da íris tão grande que parecia que eu podia cair lá dentro.

Daniel passou por mim e foi até a amurada, os braços cruzados, estreitando os olhos na luz cada vez mais forte.

— Pode ser que a gente não aguente essa — disse ele baixinho.

Puxei as guelras e as entranhas.

— Bem, por que a gente não redireciona para o norte por um tempo?

Daniel suspirou e balançou a cabeça.

— Mapeei tanto o caminho direto para o norte quanto para leste. Pegando qualquer uma das rotas, com essas correntes, encontraríamos ventos cruzados. E não seria uma garantia de que escaparíamos. A única coisa que aumentaria nossa chance seria ir mais devagar.

— Não vamos fazer isso — falei.

Eu o encarei, as mãos vermelhas. Estava nauseada com o cheiro das entranhas. Por que ele não podia fazer alguma coisa útil?

— Seria nossa única chance de evitar o pior, não?

— Ainda não sabemos se a tempestade vai ser ruim assim — argumentei.

— Nós devíamos ir mais devagar — disse Pearl, parando entre nós. — Eu odeio tempestades.

— Eu sei, querida — respondi.

— Não sabe, não — disse ela, desafiadora. — Eu *odeio* tempestades.

Limpei as mãos na calça e tentei tocar o ombro de Pearl, mas ela pulou pra longe.

— Pearl, não é porque vai ter uma tempestade que a gente vai afundar.

— Você nunca me escuta! — gritou Pearl, batendo o pé.

Ela deu meia-volta e correu pelo convés até o cordame, no qual subiu rapidamente, o lenço enfiado no bolso balançando ao vento como uma pena vermelha.

Daniel observou Pearl e se virou para mim.

— Você consegue convencer Abran a fazer uma votação? Para irmos mais devagar e quem sabe evitar essa tempestade?

— Daniel, não podemos chegar ao Vale no meio do inverno. Não temos tempo de ir mais devagar — insisti, cortando a cabeça do peixe.

— Myra, você é a única capaz de convencê-lo.

— Eu não confio em você — falei, com desprezo.

Limpei a testa com a manga e estreitei os olhos para ele.

Uma linha se formou entre as sobrancelhas dele; uma expressão de mágoa contraiu os cantos da boca.

— Eu só quero que a gente chegue lá inteiro — disse ele.

— Então é melhor trabalhar para isso — concluí, me virando para o peixe.

Daniel desapareceu na cabine e tudo ficou em silêncio, só os sons da água batendo no barco e da minha faca cortando. Eu me levantei e arrastei a caixa de sal na direção do peixe e comecei a cortar a barbatana dorsal.

Vozes cada vez mais altas começaram a sair da cabine, até eu reconhecer que eram de Daniel e Abran.

Limpei as mãos na calça e corri até lá. Estavam de lados opostos da mesa, com Marjan perto da cortina que separava a cozinha, as mãos unidas na frente do corpo e a cabeça baixa. O rosto de Abran já estava vermelho, e as mãos, fechadas. Daniel estava imóvel como pedra.

— Se desacelerarmos as correntes do norte ficarão piores e vamos enfrentar mais gelo nas costas quando chegarmos ao Vale. O que pode tornar impossível ir à terra — disse Abran.

— Eu sei, mas o *Sedna* talvez não sobreviva a essa tempestade — argumentou Daniel. — Ir mais devagar para evitá-la vale o tempo perdido.

— Nós deveríamos votar — disse Marjan, baixinho.

Abran olhou para ela com rigidez.

— Não. Eu decido.

— Não posso navegar por... — começou Daniel.

Abran bateu na mesa.

— Você vai navegar pelo que tiver que navegar.

Abran se virou de costas para a mesa e se encostou nela, o queixo apoiado no punho, e me viu parada na porta.

— Você também quer que a gente vá mais devagar? — perguntou Abran.

Olhei para Daniel e depois para Abran. Ambos me decepcionaram; eu não confiava em nenhum dos dois. Mas Daniel sabia do que estava falando, conhecia o clima e as correntes. Nós poderíamos perder o mastro e a vela principal se fosse ruim como ele imaginava.

Mas o que aconteceria se chegássemos ao Vale tão tarde no inverno a ponto de não conseguirmos navegar pela costa? Nós já estávamos com poucos suprimentos; precisávamos ancorar com urgência. E cada dia que passava ficava mais próximo de Row subir em um navio de reprodução. Cada lua que nascia, branca como um iceberg vagando em um mar negro, trazia um mau presságio, um nó no estômago.

Imaginei Row no Vale quando a epidemia chegou. Imaginei-a tomando café da manhã em uma pequena cantina, talvez um biscoito ou uma tigela de aveia. E então, os sons. Pessoas do vilarejo correndo, os membros se debatendo, as cabeças viradas para trás para não perderem de vista aquilo do qual vinham fugindo. Clamores e gritos, sons de passos no piso duro.

Ela primeiro pensaria que era água subindo até eles? Rugindo montanha acima?

E então uma flecha atingindo uma mulher bem na sua frente. Pessoas colidindo com ela ao tentar fugir. O cheiro de sangue no ar, um gosto amargo na boca. Ela talvez tivesse entrado em uma igreja que funcionava como *saloon*, uma casinha de tijolos com uma janela virada para o poço.

Talvez tenha se agachado embaixo de uma janela, a respiração pesada, o sangue latejando nos ouvidos enquanto tentava respirar mais devagar. Quando voltasse a olhar lá para fora, talvez visse dois corsários jogando um corpo em um poço. Um corpo com feridas e membros enegrecidos.

Ou talvez o tempo todo ela tenha ficado em uma casa na montanha, não tenha visto nada disso, saindo apenas depois que o vilarejo foi parcialmente incendiado, o fedor da doença pesando o ar.

Independentemente de como tenha sido, não fazia mais diferença. O que importava era eu chegar lá a tempo.

Meu lábio inferior tremeu e tirei uma escama de peixe do rosto. Senti gosto de sangue. Evitei os olhos de Marjan e Daniel.

— Vamos fechar a janela da cabine com tábuas. Vamos nos preparar para a tempestade, mas sem tirar as velas — falei.

Daniel deu um suspiro longo, e quando olhei para ele sua decepção me atingiu como um soco.

Abran assentiu.

— Vamos seguir para nordeste. Manter a rota em velocidade total. — Abran saiu da cabine e Marjan desapareceu atrás da cortina da cozinha.

Fui até as prateleiras e peguei um pequeno balde de pregos, minhas mãos trêmulas de nervosismo. Quando peguei um punhado, a ferrugem deixou manchas alaranjadas nas palmas das minhas mãos.

Daniel parou ao meu lado antes de sair da cabine.

— Não é assim que você vai se vingar de mim — disse ele baixinho.

— Você superestima a sua importância nas minhas decisões — murmurei.

Daniel suspirou e balançou a cabeça.

— Vou soltar a âncora se precisar. Não ligo para o que ele diz. Eu pulo no mar antes deste barco afundar.

Um vento forte sacudiu a porta da cabine com violência depois que ele saiu e senti um peso no estômago. Levei um susto quando as dobradiças improvisadas tremeram na madeira. Bati a porta, mas ela continuou tremendo, vibrações que pulsavam em minhas mãos.

CAPÍTULO 43

NA HORA DO almoço, o vento já ficava mais forte e uivava em volta da cabine enquanto comíamos. Todo mundo ficou em silêncio, com o olhar grudado no prato. O céu estava escuro no meio da tarde e o horizonte desapareceu. O efeito achatava tudo, como se estivéssemos sendo pressionados para baixo por uma mão gigante. Eu ficava tocando em Pearl; prendendo o cabelo dela atrás da orelha, ajeitando a camisa, gestos nervosos que contradiziam a minha confiança. Pearl afastava meus toques. Até o ar estava diferente; tinha um cheiro doce e pungente e parecia afiado, como uma linha bem esticada.

Marjan começou a botar todos os utensílios da cozinha em armários e caixas e fechar com pregos. Daniel evitou Abran, mas Wayne perguntou a Abran se podíamos enfrentar o vento sem velas.

— Não, nós ainda não vamos ficar à mercê da tempestade. Vamos atravessá-la — disse Abran.

Um arrepio percorreu meu corpo todo. Eu sabia que Abran achava que tinha alguma coisa a provar depois de Broken Tree, mas eu não esperava tanta imprudência.

Daniel rizou a vela principal, e quando Abran o viu, seus olhos se encheram de raiva. Abran correu até Daniel e o empurrou.

— Eu disse para seguir à toda velocidade! — gritou Abran para Daniel no meio da ventania.

Daniel deu uma cotovelada em Abran para tirá-lo do caminho e se virou para a vela principal.

— Vou abandonar você em uma ilha! — gritou Abran para Daniel.

Uma onda subiu e colidiu com o *Sedna*. Nós balançamos como um berço sacudido na noite. Uma espuma branca se espalhou pelo convés, muito gelada.

Corri até a cabine e comecei a amarrar todas as minhas varas de pesca com uma corda. Pearl veio atrás de mim e puxou minha manga.

Ela choramingou.

— Mãe, nós vamos afundar.

Enrolei a ponta da corta nas prateleiras e dei um nó.

— Enrole meus anzóis neste pano e enfie no fundo daquela cesta — mandei, dando um trapo para ela.

Pearl bateu o pé.

— Você não está me ouvindo!

Dei um punhado de iscas artificiais na mão dela.

— Isto também.

Pearl obedeceu, os lábios bem apertados.

— Eu te odeio — murmurou ela, quase inaudível com o vento.

Trinquei os dentes e terminei de enrolar uma corda na prateleira e nos cabos de cestas e baldes.

— Tem certeza de que não odeia mais as tempestades?

— Eu não quero cair na água. — A expressão dela era de súplica, os olhos arregalados.

Ela se inclinou para mim como se quisesse correr para os meus braços. Amarrei a corda, fiquei de joelhos e a puxei contra o peito.

Falei no ouvido dela, e sentir seu cheirinho me deu consolo.

— Você não vai cair na água. Nós não vamos virar. Nem afundar. Daniel sabe navegar em uma tempestade.

Tentei exagerar minha convicção. Beijei a ponta dos meus dedos e toquei os lábios dela. Um pequeno sorriso surgiu ali.

Abran entrou correndo na cabine, bateu a porta e desabou em uma cadeira.

— Filho da puta — murmurou ele, passando a mão pelo cabelo.

Balançou o joelho e batucou com os dedos na mesa.

Quando olhou para mim, seus olhos estavam com uma expressão selvagem de perplexidade.

283

— A água está gelada — disse ele.

Segurei a mão de Pearl e saímos da cabine em direção à escotilha.

Na popa, Daniel travou a cana do leme, mantendo a proa apontada para as ondas. O céu estava quase negro, como tivessem derramado nanquim sobre nós. As nuvens baixas nos espremiam. Uma torre de água cresceu, subiu e subiu enquanto se aproximava da proa do *Sedna*, preta e enorme, uma parede que teríamos que atravessar. Segurei o mastro principal para me firmar com Pearl, pensando na minha mãe encarando o tsunami momentos antes que ele despencasse nela.

Pearl agarrou minha mão com tanta força que uma dor subiu pelo meu braço. Meu amor por ela ardeu com toda a força também, uma clareza ofuscante, uma parte de mim que não podia ser tocada.

O frio chegou primeiro, como uma pedrinha alojada entre os ossos. Em seguida, o convés ficou tão escorregadio que nossos pés deslizaram como se andássemos sobre o gelo, meu braço em volta do mastro nossa única âncora enquanto éramos jogadas de lado. Uma segunda onda nos atingiu e nos arrancou do mastro, nos jogando estateladas e engasgadas pelo convés.

A água espumava e o *Sedna* oscilava vertiginosamente, como se prestes a cair. Daniel veio correndo, me protegeu com seu braço e foi me arrastando junto com Pearl até a cabine, onde ela se agarrou a mim, abraçando minha cintura com as pernas e escondendo o rosto no meu pescoço.

A proa subiu em uma onda, nos jogando para a frente, depois caiu com um estrondo. O casco bateu na água e um estalo cortou o ar, tão alto que suplantou o rugido do vento e o trovão das ondas.

Daniel, Pearl e eu caímos pela porta da cabine e ficamos de joelhos.

Wayne gritou para Abran em meio à barulheira.

— Tem um buraco em uma junta no casco! A água já está entrando. Thomas já desceu para tentar conter o fluxo...

Abran ficou encarando o chão.

— É tarde demais — murmurou ele.

Daniel se levantou.

— Desce lá para ajudar! — gritou Daniel para ele.

Jessa estava com a mão na barriga e vomitou na água aos nossos pés. Wayne a segurou e a puxou para a porta.

— Precisamos soltar a âncora de capa — disse Daniel para mim, remexendo nas caixas nas prateleiras. — Por que as coisas não estão identificadas nesse navio?

Marjan correu até nós. Puxou a âncora de capa de uma caixa de madeira. Era um amontoado de velas rasgadas costuradas na ponta de uma corda comprida, como uma pipa pesada e maltrapilha.

O navio se inclinou para a direita e deslizamos pelo piso molhado. Peguei Pearl nos braços e ela se chocou em mim antes de batermos na parede. As mesas e cadeiras foram conosco.

Daniel se levantou primeiro e cambaleou até Marjan, pegando a âncora de capa da mão dela.

— Leva Pearl para baixo, para o casco! — gritou ele para mim.

Cuspi água salgada e bati nas costas de Pearl para ela fazer o mesmo.

Não podíamos simplesmente soltar a âncora de capa. Era preciso desfraldar a vela principal e pôr ao través. Mas Daniel não podia fazer isso tudo sozinho.

— Marjan, por favor, leve Pearl lá para baixo — gritei.

Segurei os ombros de Pearl e tentei virar para Marjan, mas ela se virou e agarrou a minha cintura.

— Não! — Chorou. — Não! Você também!

— Eu tenho que ajudar Daniel — falei, meu peito se apertando. — Você não vai ficar sozinha. Já vou descer, eu prometo.

O corpinho dela tremeu no meu e eu a soltei.

— Por favor, não me abandona — murmurou ela, um soluço entalado na garganta.

— Marjan, por favor.

Marjan levantou Pearl e a carregou pela porta da cabine. Vi o rosto de Pearl no clarão de um relâmpago, uma explosão de luz capturando seus olhinhos abalados, o cabelo desgrenhado pela água salgada e pelo vento, como se ela tivesse sido esfregada até começar a se esgarçar.

Daniel e eu escorregamos e cambaleamos na direção da popa, o rugido frio e escuro fazendo minha mente zumbir. O estrondo seco era intermitente, parecia vir mais de dentro do que de fora. Havia água para todo lado, incontrolável, uma força esmagadora. O pânico cresceu em mim, lembranças dos primeiros dias, quando as enchentes e tempestades cobriram tudo que eu conhecia. Os carros virados batiam nas casas. Uma árvore antiga foi arrancada pelas raízes como se puxada pela mãozorra de alguém. As aves foram jogadas nas cercas e nas casas pelo vento.

Daniel se segurou no afundador e no meu braço, impedindo que fôssemos jogados no mar. Meus dedos estavam dormentes e duros enquanto eu tentava passar a corda da âncora de capa ao redor dos postes gêmeos de amarração. Uma onda cresceu à nossa frente, a crista começando a tomar forma. Amarrei a corda e joguei a âncora de capa por cima da amurada. Daniel e eu nos abaixamos quando a onda quebrou e fomos engolidos pela água.

A corda ficou rígida e nos seguramos na amurada quando o navio começou a se arrastar e inclinar, virando de frente para as ondas. Ainda havia o risco de emborcar, mas afastei o pensamento e me concentrei em Daniel já se arrastando pelo convés molhado na direção do mastro principal.

Daniel e eu mexemos no bloco de polias, mas Wayne tinha rizado a vela tão apertado que não conseguimos afrouxá-la. Eu não conseguia ver a corda, o mastro escuro como uma sombra. Meus dedos dormentes deslizaram pela corda várias vezes, sem conseguir puxar nada nem afrouxar o nó.

— Vá para baixo! — gritou Daniel para mim, me empurrando.

— Nós podemos perder o mastro! — gritei, mas minhas palavras se perderam quando outra onda bateu.

Daniel me segurou pela cintura com um braço, o outro em volta do mastro, e nós dois fomos jogados para a direita como bonecos de pano, nossos pés deslizando no convés, com água agitada até os tornozelos.

Quando recuperamos o equilíbrio, dei uma cotovelada nele para que saísse da frente e meus dedos reencontraram a corda. O convés se nivelou, como se o vento e as ondas tivessem parado momentaneamente, o movimento sugado do nosso pequeno mundo. Meu coração acelerou e senti a adrenalina ardendo nas veias. À nossa frente, outra parede crescia, ainda mais alta.

Daniel me levantou e me carregou, quase me arrastando, até a escotilha, levantando-a e me empurrando para baixo. Pulou depois de mim e colocou a tranca no lugar, o som do estalo do metal perdido no uivo dos ventos e no rugido das ondas.

CAPÍTULO 44

Abracei Pearl e aninhei a cabeça dela debaixo do queixo, o corpo encolhido contra o meu. Ela havia parado de tremer e estava completamente imóvel. Tentei falar com ela algumas vezes, murmurar alguma coisa reconfortante, mas ela não respondeu. Senti que tinha recuado para alguma parte muito escondida dentro de si, isolada de tudo, até de mim. Minha pequena marinheira com medo do mar.

Estávamos no alojamento, sentados em nossos beliches. Thomas e Wayne tinham preenchido o buraco na parede com panos e martelado pedaços de madeira por cima. A pressão da água abriu novos canais entre as rachaduras na madeira, que cedia e gemia. A água se espalhava pelo chão lentamente, balançando com o movimento do *Sedna*. Lascas de madeira flutuavam na água como pequenos barcos sendo jogados aleatoriamente antes de serem levados para o corredor, fora do nosso campo de visão.

O navio subia e descia, como um eco reverberando na mente. Estrondos no céu. Muitos e muitos. Não tínhamos madeira suficiente a bordo. Eu sentia o cheiro agridoce do nosso suor, misturado ao pânico.

Uma janelinha no alto da parede exibia o brilho dos relâmpagos. Todo mundo se destacou à minha frente e desapareceu, a iluminação dando a sensação de que aquelas pessoas não estavam ali comigo de verdade. Era familiar, o pânico de ter sido enterrada viva em um túmulo de água, sempre em busca de ar, mas em vão.

Voltei os pensamentos para a minha mãe. O cesto de maçãs caindo do braço dela. Seu corpo teria virado lar de peixes e plantas? A caixa torácica o teto de uma anêmona do mar?

O terror me fazia estremecer. *Nós nunca vamos sobreviver a isso. É assim que a água nos leva.* Eu me vi em meu túmulo líquido, a luz submarina azulando a minha pele, meu cabelo flutuando como algas, corais saindo dos meus ossos. Uma coisa nova em um mundo novo.

Por favor, negociei com qualquer deus, qualquer criatura que tivesse poder. *Por favor, não nos deixe naufragar.* Procurei alguma coisa para oferecer em troca. Nossa travessia surgiu na minha mente, meu desejo de chegar a Row.

Não, pensei. Isso não.

Se eu parasse de procurar Row, seria como aceitar todas as verdades parciais que construí sobre a minha própria vida. Que Jacob fez certo de me abandonar. Que eu não conseguiria construir uma nova vida nesse mundo. *Qualquer coisa que não seja a minha essência. Não leve minha última filha.*

Pearl fez carinho em uma das cobras em seu colo. Passei o dedo pelo corpo comprido, a pele estranhamente macia. A cobra se afastou de mim. Um relâmpago brilhou; a cobra abriu os olhos e Pearl também. E tudo ficou preto de novo.

A LUZ DO fim da tarde lançou um brilho fraco no alojamento. Alguns de nós tinham cochilado, adormecido com o medo. A tempestade não deveria ter durado muito se ainda não era noite. Quase desejei que fosse de fato, para não termos que ver imediatamente os estragos à luz do dia

Havia trinta centímetros de água no alojamento. Só entrava um filete agora, abrindo caminho pelas tábuas marteladas sobre o buraco. Pearl tremia de frio e eu a enrolei em um cobertor.

Saímos do casco em silêncio. Tínhamos sobrevivido, mas não havia comemoração nem gratidão, estávamos todos abalados até o âmago, uma pergunta tácita no ar: sobrevivemos à tempestade, sim, mas sobreviveríamos à calmaria? Eu sabia que era pior. Os dias depois das enchentes eram sempre piores do que as enchentes em si. Ter que reconstruir tudo era o que abalava até o osso.

Quando olhei pelo convés do *Sedna*, pensei nas cidadezinhas do Nebraska que foram atingidas por tornados; o achatamento, as beiradas pontudas das coisas quebradas, coisas fora do lugar que eram grandes demais para serem removidas, como um carro apoiado em uma árvore, uma casa sem telhado.

O convés estava inundado e repleto de destroços: cordas e pedaços de madeira, pregos e velas destroçadas. A porta da cabine tinha sido arrancada. A vela principal também. Mas o mastro ainda estava de pé, e soltei o ar com alívio. Havia cordas desfiadas para todo lado. A verga superior estava no mar, ainda amarrada ao mastro. A vela de estai estava rasgada e balançava ao vento.

O afundador estava virado, quebrado na base como uma árvore atingida por um raio. Xinguei a mim mesma por não ter pensado em removê-lo. Seria a última coisa a ser consertada, isso se sobrasse material.

Era difícil acreditar que tudo aquilo era verdade. A tempestade não podia ter sido um sonho e tudo ainda estar no lugar? Lutei contra a angústia que me apertava o peito. Não havia tempo para chorar. Como nos dar ao luxo de lamentar com tanta coisa para fazer?

A água ao nosso redor estava lisa, como se nada tivesse acontecido. O céu estava cinza e o mar parecia mais suave, como se o mundo tivesse sido esfregado e limpo e agora estivesse soltando o ar, renovado.

Thomas foi o primeiro a falar:

— Vou olhar as antenas e a madeira.

— Não vamos ter tempo de reconstruir esta noite — disse Abran.

— Precisamos ao menos limpar uma parte do cordame. Reforçar o buraco no casco. Fazer um inventário das cordas que podem ser aproveitadas — falei.

Eu me preparei internamente; precisávamos seguir em frente.

— Então vamos ficar à deriva esta noite? — perguntou Marjan, a primeira vez que ouvi medo na voz dela.

— Ainda temos a âncora de capa — disse Daniel. — Vai nos segurar um pouco para não vagarmos para longe da rota. E temos a vela de estai.

— Percebi pelo tom que ele duvidava do quanto era capaz de navegar com ela.

Meu peito se apertou.

— Wayne, você pode verificar o leme? — pedi.

Ele assentiu e seguiu pelos destroços para a popa.

— Temos lona suficiente para uma vela principal nova? — perguntou Marjan.

— Não do mesmo tamanho — disse Thomas.

Isso pareceu quebrar alguma coisa em Pearl, que largou minha mão e se afastou de mim.

— Você teimou com Daniel — disse ela, falando com o chão.

— O quê, querida? — perguntei, me agachando e tentando olhar nos olhos dela.

— Você fez a gente passar no meio da tempestade. Você nem se importou. Você nunca ligou pra mim, só liga pra ela. Chegar no Vale. Chegar no Vale — cantarolou Pearl, as mãozinhas apertadas na lateral do corpo. Ela levantou o rosto o gritou, na minha cara: — EU TE ODEIO!

Atordoada, pisquei e fiquei em silêncio. Permaneci paralisada, agachada na frente de Pearl. Todo mundo se mexeu, os pés criando pequenas ondulações na água. Fui tomada pela vergonha. Lembrei a expressão no rosto de todos quando descobriram minha traição. A crítica e a raiva eram como objetos que recebi deles e guardei dentro de mim.

— Pearl — chamei, esticando a mão para o ombro dela, mas ela se afastou. — Pearl, se fosse você...

— Mas não fui eu. — Pearl projetou o queixo, os olhos escuros. Ela cruzou os braços. — Você ama mais ela.

— Não dá — falei, baixinho, meu coração se partindo.

Eu nunca poderia fazer a escolha certa, poderia? O que eu estava ensinando a ela sobre si mesma?

Wayne gritou da popa que o leme ainda estava lá.

— Nós temos que tirar a verga superior da água. Está virando o barco — disse Thomas.

Jessa foi com ele, e Daniel murmurou alguma coisa para os demais, pedindo que olhassem o que tinha sobrado na cabine. Um peixe morto passou flutuando por nós. Percebi que estavam todos com pena de mim e queriam nos dar privacidade.

— Eu tenho que verificar nossa localização — disse Daniel, a voz quase inaudível, em tom de desculpas.

Pearl baixou os braços e ergueu o rosto, o queixo tremendo. Os cílios oscilavam.

— Não tem como eu amar mais sua irmã do que você. Vocês duas já são donas de tudo que eu tenho. Não sobrou mais nada, mas sobrou tudo. Se fosse você lá, eu faria Row passar por isso. Mas não foi assim que aconteceu. — Limpei uma lágrima da bochecha dela. — Me desculpe por eu ter permitido que passássemos pela tempestade.

— Você nunca me escuta — disse ela.

Ouvi a voz de Jacob nela. Quantas vezes ele disse as mesmas palavras para mim? Baixei o olhar para o convés coberto de água. Eu estava cansada de tudo: cansada das escolhas, das responsabilidades. Por um momento desejei apenas desaparecer nas profundezas e flutuar para o esquecimento.

Pearl chegou mais perto de mim e entrelaçou os dedos nos meus.

O toque dela me sobressaltou.

— Desculpe — pedi, e era sincero.

Ela limpou as lágrimas com as costas da mão.

— Tenho que dar comida para o Charlie. Ele está mal-humorado — disse ela.

Eu assenti e deixei que ela voltasse para o casco. Enquanto Pearl descia pela escotilha, pensei no quanto ela estava errada.

O ressentimento ardeu em mim. Eu queria dizer a ela que não era que eu amasse Row mais, mas que outras coisas mais sombrias em mim guiavam minhas decisões. Minha fúria e meu medo. Esses sentimentos se misturavam com o meu amor e eu não conseguia separar uma coisa da outra. Como acontece quando o céu se esparrama sobre o mar e já não sabemos mais onde um termina e o outro começa.

Ela nunca conseguiu entender o peso de tudo aquilo. Das escolhas impossíveis. Nós estávamos vivendo essa vida juntas, mas era como se estivéssemos em mundos separados considerando o que sabíamos uma da outra. Eu me escondia de Pearl como a minha mãe se escondia de mim. E o que Pearl mantinha longe dos meus olhos? Que correntes sombrias se agitavam nela, misturadas com o amor, emergindo de abismos invisíveis para mim?

Um peixe passou nadando pelos meus pés. Um peixe cinza pequeno com um corte na barriga, deixando uma trilha de sangue. Eu o peguei e ele se debateu na minha mão, as escamas sacudindo ao sol.

CAPÍTULO 45

Naquela noite, tiramos a verga superior da água e organizamos os materiais danificados em pilhas do que poderia ser reaproveitado ou não. Na tarde seguinte, me acomodei no convés encostada na amurada para costurar a vela de estai. Marjan tinha me dado uma caixa pequena de pedaços de tecido para cobrir os buracos e rasgos. Eu estava pensando na melhor forma de pescar sem o afundador quando Daniel veio e se sentou ao meu lado. Mexi o corpo para longe e continuei costurando.

— Vi que você pegou uns bacalhaus hoje de manhã — disse ele.

Dois bacalhaus depois de quatro horas de trabalho. Precisávamos de mais se não quiséssemos fazer um racionamento ainda maior de comida.

— Thomas e Wayne estão com uma verga superior nova quase pronta — disse ele. — Não está ruim. — Como não falei nada, ele continuou: — Jessa está trabalhando na vela principal. Vai ser menor. Bem menor. Mas deve funcionar.

— De quanto vai ser nosso atraso? — perguntei.

— Vai ser o suficiente para nos preocuparmos com correntes mais fortes quando ancorarmos.

Mordi o lábio e enfiei a agulha, depois posicionei o tecido por cima de um rasgo e comecei a costurar as beiradas.

— Você está com medo de eles estarem nos seguindo? — perguntei.

O vento amontoou a vela nos meus joelhos e falei um palavrão. Daniel se inclinou e me ajudou a esticá-la no convés. Ele se moveu ao meu redor de um jeito hesitante, como se estivesse com pena de mim depois do desabafo de Pearl. Ou talvez sentisse minha vergonha por ter decidido tentar atravessar a tempestade. Eu sentia a vergonha como um pedaço de plástico entalado na garganta, uma coisa que eu precisava cuspir, mas que não saberia descrever. Imaginei-a como uma coisa dura que ficaria no meu estômago e viveria mais tempo do que eu. Como abrir o corpo de uma gaivota e encontrar pedaços de plástico no estômago, coisas pequenas e sólidas que balançavam dentro da ave sem nunca se dissolver.

— Um pouco — disse Daniel. Ele esticou uma dobra e estendeu a vela. — Quando minha mãe estava no fim da vida, ela sempre cantava uma música. "Se eu tivesse asas como a pomba de Noé, voaria sobre o rio, até meu amor...", cantou Daniel com voz grave e clara. — Era uma música antiga que a mãe dela cantava. Pensei por muito tempo que era sobre o meu pai, sobre a saudade que ela sentia dele.

Daniel ficou em silêncio e achei que ele tinha terminado de contar a história, mas ele voltou a falar.

— Mas então reparei que ela ficava me olhando atentamente enquanto cantava e uma noite tocou meu rosto. — Daniel levantou a mão e tocou os dedos nas bochechas. — Ela estava perdendo a visão naquela época e parecia que estava me procurando. Disse: "Não vai ainda, não vai ainda." Falei que não ia abandoná-la, mas isso não a acalmou. Só depois que ela morreu foi que percebi que ela estava tentando me dizer para não desistir. Tinha percebido que eu estava frio por dentro. Frio e vazio. Pensei que estava com ela no final, mas, de certa forma, não estava.

Gaivotas grasnaram ao longe, suas vozes um alívio. A água devia estar limpa por quilômetros. Amarrei a linha e cortei com os dentes. Daniel ficou me observando, mas mantive o olhar no tecido, esperando que ele continuasse.

— Foi disso que gostei em você — disse ele, tão baixinho que me inclinei para ele para ouvir. — Você não ficou fria. Nem mesmo por um tempinho.

Percebi por que ele estava me deixando inquieta. As palavras gentis eram como oferecer um copo de água a um homem sedento. Eu engoliria tudo e pediria mais se não me controlasse. Tinha chegado até ali vivendo sozinha e pedindo menos deste mundo do que eu achava possível. O necessário para sobreviver, mas não muito mais. Eu tinha orgulho do quanto era capaz de suportar a fome. Mas o desejo de ter mais permanecia em mim como uma chama firme que eu esperava que não me revelasse.

Nós dois estávamos com a cabeça voltada para o tecido, as mãos dele segurando a vela contra o vento, as minhas segurando a agulha. Reparei em uma mecha grisalha na têmpora dele, mas Daniel parecia novo demais para isso. O vento fez meu cabelo voar em um emaranhado escuro que cobriu meu rosto, e afastei os fios. Estar sentada ao lado dele, me ver como ele me via, provocou uma onda de adrenalina diferente.

— Então Abran era integrante dos Lírios Negros — disse Daniel, olhando para mim em busca de confirmação.

Apertei os lábios e assenti de leve.

— Se eles nos seguirem, Jackson vai dizer para a tripulação que estão indo atrás de Abran e para tomar o Vale. Eles querem construir uma fortificação no norte. Essa é a justificativa que ele vai dar para o comandante, mas, no fundo, ele vai por minha causa. Ele prometeu. E ele cumpre as promessas.

Estreitei bem os olhos e abri. Eu não queria pensar na possibilidade de estar sendo seguida.

— Fala mais sobre ele — pedi.

— Ele sempre me protegeu. — Daniel balançou a cabeça e olhou para mim com tanta dor que meu coração doeu também. — Um inverno, estávamos patinando no gelo em um riozinho e eu caí na água. Jackson pulou para me salvar, depois acendeu uma fogueira na margem para nos aquecermos antes de andarmos os três quilômetros até em casa. Ele me fez sentar com os pés e as mãos perto das chamas enquanto ficava indo buscar coisas para alimentar o fogo. Perdeu três dedos dos pés nesse dia e eu saí ileso. Ele nem sequer precisou considerar qualquer coisa. Agir assim fazia parte de quem ele era.

Estiquei a linha, os pontos repuxando o tecido como uma cicatriz.

— Mas sempre fomos rivais. Eu era o favorito da minha mãe e isso não o incomodava muito até aquela noite em que ele foi nos buscar. Ele começou a falar dos Lírios Negros e o que eles estavam fazendo para reconstruir a sociedade. Mas nossa mãe ouviu boatos de que Jackson tinha instigado o uso de armas biológicas durante a guerra, matando metade da população da Turquia. Ela disse que ele não era mais filho dela.

Um músculo no maxilar de Daniel sofreu um espasmo e ele piscou rapidamente. Engoli em seco e olhei para baixo. Imaginei-os em volta de uma mesa de cozinha, a mãe repudiando o filho.

— Então Jackson disse para ela: "Você sabe o que o Daniel fez para conseguir a sua insulina? Ele espancou e roubou. Foi atrás de pessoas e bateu nelas até conseguir o que queria, mas tudo bem, afinal ele é seu favorito. Acho que nada que ele faça nunca vai ser errado." Minha mãe simplesmente mandou Jackson sair de casa. E a expressão no rosto dele... Ele tinha voltado para nos salvar, mas estava sendo expulso. O choque e a descrença. Acho que nunca senti dor como naquele momento.

Daniel levantou as mãos para esfregar o rosto e a vela tremulou ao vento como uma asa quebrada. Eu a empurrei para baixo.

— Então, ele pegou o barco e a insulina que eu tinha conseguido e foi embora. Eu entendo... mas não consigo perdoar. Principalmente com o que ele está fazendo agora. É demais para mim.

— Naquele dia... na igreja. Você chegou tão perto. De fazer o que queria. — Deixei a pergunta no ar.

Daniel balançou a cabeça.

— Acho que não se tratava mais de nós dois, apenas.

Lembrei como Pearl ficou desnorteada e assustada. A gratidão tomou conta de mim. Estiquei a mão e segurei a dele. O toque gerou um tremor até meus ossos, então me afastei e voltei para minhas costuras tortas.

Daniel olhou pelo convés para onde Thomas e Wayne estavam carregando a nova verga para o mastro principal.

— O problema, Myra, é que você ainda acha que é contra o mundo. Acha que pode atravessar uma tempestade se necessário. Vou encontrar um jeito de levar você lá, mas precisa confiar em mim.

Eu o encarei com o que sabia que era uma expressão infantil e petulante. Aquela que fazemos quando estamos errados e a outra pessoa está certa e quase ficamos felizes por isso.

Ele balançou a cabeça para mim.

— Eu faria qualquer coisa por você. E o jeito como está me olhando me diz que você já sabe disso.

Os olhos dele não desgrudaram dos meus, e assenti, um movimento breve. Eu estava começando a ceder, as fissuras no meu muro começando a virar rachaduras maiores. Olhei para as mãos dele ainda na vela, para os calos, para a longa cicatriz subindo pelo indicador. Eu queria tocar nelas de novo, mas ajeitei o tecido por cima da vela, furei o dedo com a agulha e levei-o aos lábios só para sentir gosto de alguma coisa.

TRABALHAMOS NOS CONSERTOS do amanhecer até o anoitecer por mais de uma semana, mas mesmo depois que tudo estava pronto, alguma coisa ainda parecia quebrada. Fiquei pensando se não seria a solidão; nunca tínhamos ficado tanto tempo sem ver outro barco. Fazia um mês que tínhamos saído de Broken Tree.

Thomas me ajudou a encontrar compensado velho e varas de metal para reforçar o afundador. Marjan e eu pregamos madeira na base e prendemos as varas de metal na base com arame.

— Só precisamos repor a haste — murmurei, apertando o afundador, que se moveu com meu empurrão.

— Podemos jogar uma rede em cima, ver quanto peso ele aguenta — sugeriu Marjan. — Ver onde há mais tensão e reforçá-lo mais.

Prendi uma rede no afundador e joguei-o no mar. Nós duas ficamos no convés, vendo-o se inclinar para a esquerda. Marjan pegou um pedaço de madeira e empurrei o afundador para a direita e ela o pregou.

Nós nos sentamos. O afundador sentiu o peso, mas aguentou. Estávamos as duas em silêncio e eu pensava no sonho que tivera na noite anterior, do qual acordei sobressaltada, dando de cara com um ronco baixo de Pearl. Eu tinha sonhado que tudo no mar havia morrido, como se um veneno tivesse se espalhado. Ou talvez tivesse ficado quente ou frio demais e não houvesse para onde migrar, só quilômetros e quilômetros de veneno azul. A água de repente ficou toda errada e nenhuma criatura conseguia se transformar rápido o suficiente para acompanhar aquela evolução. Então cada peixe murchou e desceu ao solo submarino, empulhados às centenas. Montanhas de túmulos coletivos embaixo das ondas.

— E se os peixes acabarem? — perguntei a Marjan. — Se a água mudar e ficar inóspita? Quase não consegui pegar nada ultimamente.

O rosto de Marjan ficou plácido, rugas suaves pronunciadas na testa e nos cantos da boca. Os olhos escuros estavam desfocados, como se ela estivesse em outro lugar. De repente, eu quis saber o que ela tinha feito e do que se lembrava. Não só o que tinha realizado, mas o que fizera à contragosto.

— Nesse caso, não vamos pescar — disse Marjan depois de um minuto de silêncio.

Marjan estava de pernas cruzadas, as mãos no colo.

A calma dela me irritou.

— É fácil para você dizer isso — murmurei, mas fiz uma careta assim que terminei. — Desculpe. Eu...

— Porque não tenho ninguém dependendo de mim? — perguntou Marjan. A voz dela ficou fria, mas um sorriso leve surgiu nos lábios. Ela balançou a cabeça. — De certa forma, é mais fácil. E mais difícil.

Apertei bem os olhos e me inclinei para trás, as mãos atrás da cabeça. Respirei fundo, tentando inflar o peito, um peso me sufocando.

— Desculpe. É que... às vezes eu não sei o que estou fazendo. Estou tentando salvá-la, mas não posso protegê-la de tudo. Não neste mundo.

— Nem em nenhum outro. — Marjan espiou o convés e olhou Thomas no cordame, pregando um pequeno bloco de metal na verga superior recém-instalada. Quando olhou para mim, ela pareceu mais leve e menor. Estreitou os olhos contra a claridade do dia. — Minha mãe dizia que há sabedoria no sofrimento. Mas, se tenho alguma sabedoria, não veio do que aconteceu comigo, e sim do sofrimento que provoquei a mim mesma.

— Como assim?

— Minha filha... quando ela se afogou. Ela não foi arrancada das minhas mãos por uma enchente repentina, como eu disse. — Um sorriso triste surgiu no rosto de Marjan. — Às vezes eu gosto de pensar que foi assim.

O jeito hesitante e pausado como ela falou me lembrou a minha mãe. O ritmo não era diferente do mar, seguindo em frente e recuando.

— Antes de as escolas fecharem, eu era professora. De matemática e ciências. Tinha ouvido histórias que os professores tendiam a tratar os alunos como filhos e os filhos como alunos. Que todo professor ensina aos filhos e cedia aos alunos. Eu sempre pensei: *Ah, eu não faço isso*. Mas fazia, sim, principalmente com minha única menina. Sempre esperava mais dela, botava mais pressão. Depois que migramos na Enchente de Seis Anos, ficamos no Kansas e em Oklahoma por um período curto. Fizemos amizade com outra família com dois filhos pequenos. Eles pescavam e os filhos trabalhavam mergulhando nas partes rasas para pegar mariscos e outras criaturas pequenas. Eles dividiam a comida conosco, e nós, com eles. Meus filhos mergulhavam com os filhos deles, mas minha filha não queria. Dizia que tinha medo de ir para baixo da água. Mas eu disse: "Você precisa enfrentar seus medos. Precisa contribuir. É isso que temos que fazer agora." Então mandei que ela mergulhasse com o restante.

Meu coração começou a bater mais rápido. Marjan colocou a palma das mãos no convés entre nós, os dedos bem abertos, as juntas mais grossas pela idade. Tentei me concentrar na madeira do convés visível entre os dedos dela.

— Uma semana depois, eles estavam mergulhando em uma casa velha atrás de peixes e ela ficou presa. Não conseguiu encontrar saída. Os outros acharam que ela já tinha subido. Houve um momento... — Marjan apertou os olhos e percebi que ela estava voltando para aquele lugar, talvez se lembrando da água, do jeito exato como a luz do sol bateu na superfície.

— Um momento que foi só o começo da negação, negação esta contra a qual ainda luto. As pessoas dizem que ela é uma etapa, mas não é. Luto com ela até hoje. Quero acreditar que minha filha poderia estar aqui, que as coisas poderiam ter sido de outro jeito.

Estreitei bem os olhos e senti o suor escorrendo nas costas. Tentei engolir, mas minha boca estava seca. *Não*, eu ficava pensando. *Não. Não era para ter sido assim, não com Marjan.*

— Fui buscar o corpo dela porque eu a mandei lá para baixo. — A voz de Marjan ficou fraca. — Ela estava tão leve na água... Como uma pluma. Como se nem fosse uma garotinha. Como se fosse um sonho meu.

Marjan virou o rosto para o lado e a luz bateu em seu cabelo preto, criando um tom azulado.

— Então, quando você sacrificou todos nós para buscar Row, eu pensei: que coisa horrível. E foi horrível mesmo. Mas também pensei: ela está ocupada se destruindo. O mundo destrói a gente, mas só quando você destrói a si é que sente que não dá para cicatrizar.

— Não foi culpa sua — falei, balançando a cabeça para ela.

Marjan mordeu o lábio.

— Às vezes eu também acredito nisso.

Ouvi as gaivotas mergulhando na água, as asas batendo furiosamente quando tiravam um peixe da água. A corda da rede estava tão esticada que vibrava no afundador. Alguma coisa estava me incomodando, uma pressão crescendo por dentro, uma coisa que precisava sair. Não consegui encará-la, então me inclinei para a frente e olhei para minhas próprias mãos.

— Quando Row nasceu, os ombros dela eram muito estreitos. Muito mesmo, como se o esqueleto não tivesse totalmente formado. Como se ela não estivesse pronta para vir a este mundo — falei, alguma coisa entalando na garganta. Massageei a nuca. — Como? — perguntei, a voz rouca. — Como se segue em frente?

Marjan ficou em silêncio por um momento, me observando. Mordeu o lábio e apertou os olhos até serem só duas fendas.

— Você faz aquilo que for mais difícil. O impossível. Várias vezes.

Eu não era capaz de fazer o que ela fez, pensei. Não podia seguir em frente como ela seguiu. O afundador gemeu com a pressão e me inclinei na direção da amurada como se fosse sair correndo do barco. Nenhuma de nós se moveu para puxar a rede. Pisquei furiosamente para as lágrimas não caírem. Eu queria esticar a mão e segurar a dela, mas não fiz isso. Não havia mapas para essas coisas, apenas as marcas deixadas por quem passou por elas antes de nós.

Marjan me fez pensar em uma frase que o vovô sempre repetia dias antes de adormecer e não acordar. *Da água viemos e para a água retornaremos, nossos pulmões sempre ansiando por ar, mas nossos corações batendo como ondas.* Pareceu triste na ocasião, agourento até, mas agora parecia reconfortante, algo que falava de vigor.

Marjan suspirou.

— Myra, mais do que peixes no mar, mais do que terra firme, você precisa de esperança. Está se estrangulando.

Olhei para ela, que sustentou meu olhar, os olhos escuros implacáveis. Fiquei surpresa com o desespero que vi ali. Marjan, que sempre pareceu tão firme, tão resoluta frente às dificuldades, ostentava também uma seriedade sombria. A esperança sempre guardaria algum desespero, percebi, nascido de tudo que eu tinha visto e feito. Eu carregaria aquelas imagens e aqueles gestos no meu corpo e a esperança estaria ali, nem se alimentando deles, nem os extinguindo.

Lembrei-me de quando encontrei meu pai enforcado. Ele estava tão frio, o rosto manchado. Querer mais da vida do que ela podia dar parecia um sinal de fraqueza. É preciso aceitar o que ela oferece e seguir em frente, foi o que pensei na ocasião. Depois que o tiramos de lá, a marca da corda permaneceu em seu pescoço. Parecia uma linha de inundação, como se o mar tivesse subido até a altura do queixo e ele tivesse desistido de lutar contra a água.

CAPÍTULO 46

Eu não sabia mais que regras estávamos seguindo. Assim, fiquei acordada até tarde uma noite, fazendo iscas artificiais à luz de velas na cabine. Uma nova porta meio torta tinha sido construída com compensado e batia ritmicamente na moldura a cada onda.

Amarrei insetos mortos em anzóis e enrolei pedaços de tecido e fio para parecerem insetos ou minhocas. Eu estava ficando sem fio e pensando onde poderia conseguir mais quando Daniel abriu a porta da cabine.

— Não conte para o Abran — murmurei.

Daniel olhou para os anzóis à minha frente e deu de ombros.

— Eu não ia contar.

Ele se sentou ao meu lado. À luz de velas, parecia mais velho e mais distante, os ângulos do rosto mais profundos. Os malares se juntavam à barba, que quase escondia a nova magreza do rosto. O silêncio dele e a presença imóvel faziam com que parecesse um homem de tempos antigos, um tempo ao qual eu não tinha acesso.

— A que distância estamos? — perguntei.

— Quase mil quilômetros a sudoeste.

Inspirei fundo. Quase lá. Eu achava que ficaria empolgada, mas só senti uma trepidação estranha, uma coisa entalada nos ossos.

— O que foi? — perguntou Daniel, tocando no meu braço com a ponta dos dedos.

Balancei a cabeça rapidamente como se para despertar a mim mesma.

— Nada.

As asas da mosca morta que eu estava segurando entre os dedos caíram quando tentei enfiá-las num anzol.

— Merda — murmurei.

Respirei fundo. Passei a noite pensando em Jacob, me perguntando o que ele sentiu nos anos depois que foi embora. Teria se arrependido? Sentiu culpa? Ou morreu logo depois de ir embora, com pouco tempo para sentir qualquer coisa? Eu queria conversar com Daniel a respeito, mas não sabia por onde começar. A vontade que senti enquanto Daniel e eu consertávamos a vela ardia ainda mais forte agora, uma chama que ficava pulando e se prolongando.

— Aquilo que você falou — comecei, mas parei. Trinquei os dentes e perfurei o corpo da mosca com o anzol. — Sobre querer reconhecimento. Eu... Eu passei tanto tempo tentando acreditar que Jacob queria voltar para mim. Eu esperei. E esperei. E quando ele não voltou eu disse para mim mesma que alguma coisa tinha atrapalhado. — Olhei para Daniel, os olhos ardendo. — Só que nada atrapalhou.

Tive uma visão de mim mesma no fundo do mar, soltando criaturas marinhas uma a uma do piso escuro. Garras, presas, tentáculos. Coisas que eu conhecia intimamente. Tudo emergindo.

— Você não sabe — disse Daniel, puxando a cadeira para perto de mim, os olhos sempre no meu rosto.

Salvar Row era a única coisa que eu podia admitir que queria. Havia alguma parte de mim que queria ver Jacob de novo? Eu queria a chance de destruí-lo como ele fizera comigo?

— Se ele estivesse lá... — Eu parei de falar e fiquei em silêncio.

— Ele ainda é o pai delas — disse Daniel. Ele me observou como se estivesse lendo meus pensamentos. — O que os pais fazem um com o outro... importa.

Olhei para a mosca morta tremendo na minha mão.

— Claro, é preciso pensar nas crianças — debochei.

— Eu não vou deixar você, Myra — disse Daniel, a voz baixa e suave.

— Você nem sempre pode cuidar de tudo — respondi com rispidez.

— Eu sei. Você nunca me deixa cuidar de você. Nem de Pearl.

— Nós não precisamos de cuidado.

— Precisam, sim. — Os olhos dele não hesitaram e eu afastei o rosto.

Um peso cada vez maior foi caindo sobre mim. O que aconteceria no Vale parecia irrevogável, parte de uma história antiga que já tinha sido escrita. Eu tinha a sensação estranha de estar sendo observada pelo meu eu futuro, que sussurrava no meu ouvido, me pedindo atenção.

Amarrei um pedaço de linha em volta da mosca morta. Passei a mão pela nuca e senti que estava molhada de suor. Eu estava nervosa. Precisava que Daniel fosse embora. Deixá-lo ali ao meu lado era ceder ao impulso errado, alimentar uma vontade que precisava ser sufocada.

— Agradeço por toda a ajuda — falei, virando o corpo um pouco para longe do dele. — Tenho que terminar. — Pigarreei e estreitei os olhos para a mosca.

Daniel arrastou a cadeira no chão para mais perto. Ele colocou o polegar embaixo do meu queixo e virou meu rosto para o dele.

— Não me importo em ajudar você. Não sou seu ajudante.

Nós nos encaramos e senti calor até na sola dos pés. Uma dor cresceu no meu estômago e gotas de suor brotaram entre meus seios. Lembrei quando o puxei para o barco, os membros compridos e pesados sob o sol alto do meio-dia, os cílios escuros tremendo enquanto ele recuperava a consciência, a pele brilhando com a água e a luz. Mesmo então, senti uma sensação de certeza tranquila nele que não entendi.

Daniel aninhou meu rosto com as mãos e levou uma até meu pescoço. Passou uma mecha do meu cabelo entre os dedos, a fricção dos fios fazendo um ruído leve.

— Você não entende? Eu não posso perder você — sussurrou ele.

O carinho na voz dele me deu a sensação de estar desmaiando. Eu me inclinei para ele, que me beijou, a boca áspera e faminta, nossas línguas ousadas, as respirações se misturando.

A barba dele arranhou meu rosto e segurei o pescoço dele, os músculos se movendo e pulsando ao toque. Meu coração bateu cada vez mais rápido, alcançando a velocidade do dele.

Daniel me botou na mesa. Enfiou os dedos embaixo da minha blusa e a tirou. A mão dele na minha pele despertou um calor entre as minhas pernas e eu me arqueei para perto dele. Senti seu volume duro contra a minha barriga e segurei a nuca dele, o cabelo deslizando pelos meus dedos, a boca descendo pelo meu pescoço.

Os dentes, os pelos ásperos nos braços. Um aroma defumado e salgado no cabelo. O peito pesado e quente, o gosto da pele. O ar não era suficiente. Eu estava amolecendo, me liquefazendo, me dissolvendo.

Os dedos dele deslizaram entre as minhas pernas, meus quadris se projetando na direção dele, meu corpo todo se abrindo. Quando ele me penetrou, inclinei a cabeça para trás, as mãos ainda em sua nuca, meu pescoço tão exposto quanto a barriga de um peixe, o aposento quase de cabeça para baixo. A luz da vela girou na escuridão. Ele se moveu dentro de mim e minha cabeça ficou turva e depois clara, turva e clara de novo, até eu não conseguir subir mais e me manter em suspenso.

Lentamente a realidade da cabine retornou, como acordar depois de um sono profundo. Madeira áspera nos dedos, o frio lá de fora dando um jeito de entrar. A noite estava gelada. E muito silenciosa.

CAPÍTULO 47

Depois de uma semana velejando em águas límpidas e frias e com vento forte, chegamos a uma região com neblina tão densa que não dava para ver um palmo à frente. O horizonte e o sol desapareceram. Daniel ficava andando de um lado para outro da cabine e falando palavrões.

— Nós poderíamos dar de cara com icebergs a qualquer momento. O mapa diz que, dependendo da estação, já pode haver nestas águas — disse ele quando passei na cabine para pegar uma nova vara de pescar.

Toquei no ombro dele e ajeitei seu cabelo para trás.

— Nós vamos ficar bem — falei com eufemismo nada característico.

Ele pegou minha mão.

Enquanto estar com Abran foi como dar uma pausa de mim mesma, estar com Daniel era um pouco como voltar para casa, estar de volta ao meu interior. Abran foi útil para mim, mas não só isso. Senti uma atração imediata pelo carisma dele, pela obstinação, por seu jeito de andar pelo navio, como se pudesse muito bem ter nascido ali. Eu queria um pouco dessa tranquilidade. Quando embarquei no *Sedna*, foi a primeira vez que fiquei na propriedade de outra pessoa e a vulnerabilidade era coisa nova para mim. Eu precisava do toque de Abran para aliviar esse medo.

Estar com ele era como um daqueles jogos infantis em que toda a emoção está na caça e não em conseguir a presa. O prazer de se estar com os dedos a centímetros das costas da pessoa e vê-la escapar, conseguindo fugir de alcance. O prazer de querer e não ter.

Mas Daniel me oferecia um tipo mais profundo de desejo: de posse, de um futuro, de um tipo de vida em comum. Talvez ele me fizesse pensar em futuro porque era a primeira pessoa desde o vovô com quem eu me sentia segura. Talvez o amor dele por Pearl me fizesse sentir que éramos parceiros desde o começo, que podíamos trabalhar juntos por um amanhecer em outra margem. Minha atração por ele tinha crescido lenta e constantemente, tomando conta de mim, como musgo se espalhando em uma árvore e deixando o tronco todo verde até cair no chão da floresta. Eu sentia Daniel até no sangue, como se ele me habitasse só de olhar. Não houve constrangimento entre nós depois daquela noite na cabine. O que ficou era uma compreensão mais profunda, como se tivéssemos conversado longamente depois de um silêncio de muito tempo.

Voltei a pescar, a encher os barris de sal com bacalhau e halibute e uns peixes pequenos e cinzentos que eu nunca tinha visto nem ouvido falar. Estávamos com medo de que pudesse ser tóxico e Wayne se ofereceu para experimentar.

— O provador do rei — brincou ele, tentando aliviar o clima, mas ninguém riu enquanto o víamos mastigar e engolir.

Ele não exibiu nenhum sinal de doença um dia depois, então Marjan preparou os peixes com o que havia sobrado das batatas e nós todos tentamos saborear nossa primeira refeição completa em dias. Tínhamos entrado em racionamento de comida na semana anterior e eu ouvia nossos estômagos roncando pela madrugada.

Normalmente, eu dependia de ler a água para pescar, mas a neblina não permitia isso. Assim, segui pescando às cegas, jogando as linhas pela amurada, prendendo a rede no afundador, puxando-a com mais frequência porque o afundador não aguentava muito peso. A corda segurando a rede estava começando a puir, mas era a única que tínhamos. Não havia mais barbante para consertá-la e torci para que aguentasse até chegarmos ao Vale.

Daniel fez com que rizássemos a vela principal para diminuir a velocidade.

— Não posso navegar pelos icebergs se não conseguir vê-los — repetia ele o tempo todo.

Coloquei a mão no ombro dele e senti os músculos contraídos e tensos como corda recém-trançada. Ele passou o dia todo na cabine calculando distâncias ou parado na proa, tentando ver depois da neblina, procurando o sol.

Um dia, Marjan me chamou. Ela estava na amurada, perto da proa do navio, o binóculo na mão. Saí de perto do afundador para ir até ela.

— Olha — disse Marjan, me entregando o binóculo e apontando para a frente.

Não consegui ver nada além da neblina.

— O quê?

— Eu vi um navio — disse Marjan, retorcendo as mãos.

Olhei de novo, mas não vi nada e nem queria. Eu tinha parado de me preocupar com os Lírios Negros. Ficamos tão isolados por tanto temo, só com água e céu por quilômetros e mais quilômetros, que ver outra embarcação parecia uma possibilidade distante e improvável. Por baixo da descrença, o medo latejou e cresceu.

— Tem certeza? Talvez você tenha imaginado. Essa neblina pode fazer parecer que tem coisas por aí, mas é só mais neblina.

Marjan balançou a cabeça e mordeu o lábio superior, a testa franzida. Estiquei a mão e fiz carinho no braço dela. Ela estava com olheiras escuras. Marjan era quem mais sofria com nossos recursos escassos, lutando para fazer refeições com os grãos presos na trama de um saco de aniagem. Nós ainda tínhamos alguns centímetros de grãos em barris e alguns enlatados, mas não podíamos desperdiçar nem uma migalha sequer. Não sabíamos quanto tempo demoraria para chegar ao Vale nem quanto tempo levaríamos para encontrar comida na terra.

Falei para Marjan não se preocupar. Depois que ela saiu para fazer o jantar, subi no cordame para falar com Daniel. Ele olhou para o céu e fez uma pequena anotação no caderno. Falei que Marjan achava que tinha visto outro barco.

O rosto dele se enrijeceu e ele parou de escrever.

— Você acha que são eles? — perguntei.

Meu cabelo toda hora voava no rosto e fiquei empurrando-o para trás.

Como ele não falou nada, acrescentei rapidamente:

— Pode ser qualquer um.

— Nós podemos ir mais para o norte — disse Daniel. — Ancorar e atracar daquele lado.

— O mapa diz que ancorar no lado sul é melhor. No lado norte há um penhasco íngreme e a viagem é mais longa até o vale do leste ou do oeste.

O mapa de Beatrice mostrava que o Vale só seria acessível pelo lado sul da ilha. O oeste e o leste ofereceriam uma viagem mais longa a pé, pelas montanhas, e o norte era uma costa traiçoeira, um labirinto de pedras e gelo. Havia alguns penhascos íngremes no lado sul da ilha também, mas no sudeste havia uma pequena enseada onde podíamos ancorar e ir de canoa até a margem. Aquela parte da margem era uma costa mais plana com poucos quilômetros a serem atravessados até o Vale.

— Só estou tentando pensar em alternativas — disse Daniel com rispidez. Esfregou o rosto, o nariz vermelho do frio. — Não comente sobre esse navio com mais ninguém ainda, ok? A neblina vai passar em breve e vamos fazer um plano. — Ele apertou os olhos para o céu. — Espero.

Desci do cordame e voltei para o afundador para puxar a rede. Girei a manivela e joguei o peso em cada volta. O cabo de madeira fez minha pele arder, meus dedos gelados até os ossos. A corda gemeu na amurada e quando a rede apareceu na água, eu me firmei contra a manivela, o peso adicional fazendo força contrária.

Trinquei os dentes e olhei para a corda. As fibras se desenrolaram no ponto fraco, os fios estalando e se esgarçando. Então houve um som alto de estouro e a rede caiu na água.

O pânico me tomou imediatamente e dei um pulo para pegar a corda, mas ela tinha desaparecido.

Olhei por cima da amurada, a água escura ondulando, densa demais a ponto de nem exibir meu reflexo. Caí de joelhos, bati com os punhos no convés e xinguei.

— Mãe?

Eu me virei e vi Pearl atrás de mim. Ela deu um passo à frente e acariciou meu cabelo, prendendo-o em um coque na nuca. Os dedinhos dela estavam tão frios que os aninhei nas mãos e soprei.

— Sim, eu calafetei os pontos fracos do casco, merda! — disse Jessa com rispidez para Wayne.

— O chão do alojamento estava molhado hoje de manhã — disse Wayne.

O bigode reto estava espetado dos dois lados da boca e ele ficava tentando ajeitar com a mão.

— Pode parar de encher meu saco? Estou resolvendo — resmungou Jessa.

Daniel estava na janela da cabine, de braços cruzados, os ombros encolhidos. Ele não dormiu na noite anterior, ficou virando de um lado para o outro, despertando do meu sono leve. Antes do amanhecer, ele estava no convés, o binóculo nos olhos, vasculhando o horizonte. A neblina começava a se dissipar. O resto da tripulação achou que ele estava de olho em icebergs.

Marjan e eu empilhamos os pratos do café da manhã e começamos a elaborar um plano para fazer a comida durar mais. Sem rede para pescar e com nossos alimentos secos quase no fim, estaríamos dependentes da pesca com linha.

— Mãe! Mãe! — Pearl entrou correndo na cabine, segurou minha mão e me puxou pela porta.

Nós saímos no ar frio e lá estavam. As montanhas da Groenlândia. Atrás delas, o Vale.

As montanhas saíam da água, um verde impressionante, o reflexo delas no mar abaixo claro como um objeto entalhado. Senti que poderia esticar a mão e tocá-las. O vento assobiava e nos envolvia como se nos erguesse, uma sensação vertiginosa de estar voando.

Pearl segurou minha mão e sorriu para mim. Fiquei de joelhos e a abracei.

— Estamos quase lá — sussurrou ela no meu cabelo.

Ela falou com empolgação, mas tive um pressentimento ruim. Eu esperava sentir apenas alívio, mas também senti medo... medo do que eu encontraria naquelas montanhas.

Os outros nos seguiram para fora da cabine. Palmas, gritos, berros de alegria. Wayne deu um tapa nas costas de Thomas. Marjan soltou o ar, fechou os olhos e juntou as mãos. Abran botou as mãos nos quadris, balançou a cabeça e soltou uma gargalhada de alívio, depois abraçou Jessa.

Nem Daniel conseguiu segurar uma gargalhada. Ele se virou e me tomou nos braços, me levantando. Seu sorriso cortou sua face em duas. Era o maior sorriso que eu já tinha visto. Escondi o rosto no peito dele e inspirei. A alegria de todo mundo era contagiante e afastei meu medo. Senti uma agitação no peito e novamente a visão da casinha perto do mar surgiu. Mas, dessa vez, vi Daniel junto comigo, Pearl e Row. Botas na lareira, velas na mesa. Flores selvagens secas em uma xícara rachada.

Nós nos separamos e Daniel entrou na cabine para pegar o binóculo.

Puxei o capuz de pele em volta do rosto. Desde os invernos no Nebraska eu não via a respiração sair branca do nariz e da boca. O momento foi nostálgico. O ar tinha gosto de um copo frio de água. Como se tudo fosse ficar bem.

A neblina se dissipou à nossa volta, revelando icebergs ao redor das montanhas. O verde da terra era tão intenso que atravessou esse véu branco, mas podíamos ver com mais clareza, as dobras nas montanhas, as pedras na costa.

— Nós vamos conseguir contorná-los? — perguntei a Daniel quando ele voltou.

Daniel observou a água à nossa volta e assentiu. A expressão dele estava plácida de novo, o mau humor controlado.

— Acho que somos pequenos o suficiente para não haver problema. Só precisamos ir devagar. Vou pedir a Wayne para rizar a vela principal de novo. Dá para chegar lá em um dia.

Passamos por um iceberg. Parecia tão sereno, um branco brilhante. Fez-me pensar no rosto de uma mulher com as feições desgastadas, apagadas.

Virei de costas para o norte e olhei para o sul, para ver a água pela qual tínhamos passado cegamente. Nada além de água, sem icebergs, sem topos rochosos de montanhas. Tivemos sorte. Ao sul ainda havia um pouco de neblina ao longe, cobrindo o horizonte. Olhei para cima, para o céu cinzento e limpo, e vi um pássaro.

Não era uma gaivota. A cabeça era pequena demais, e as pernas, muito curtas. Era uma ave terrestre. Apertei os olhos. Era cinza-clara e voava como se estivesse com dificuldade, parecendo não saber se aproveitar do vento como as gaivotas faziam. Mesmo que não tivéssemos visto o vale, era nosso sinal. Estávamos perto da terra. Eu estava perto de Row.

Uma pomba. Como a de Noé, pensei. Um sentimento caloroso se espalhou no meu peito e sorri sozinha. Esperança. Como Marjan tinha falado. Era o que eu precisava.

Um bando de gaivotas veio voando do sudoeste, aparecendo de repente no meio da neblina como fantasmas. Elas grasnavam feito loucas, as vozes tão erráticas e sobrepostas que pareciam em pânico, como se estivessem brigando. Como se estivessem fugindo de alguma coisa.

Passaram pela pomba, suas sombras escurecendo o *Sedna* quando sobrevoaram o convés. A pomba parecia voar em linha reta, como se na direção de alguma coisa. Em uma missão.

Eu pisquei. Não era uma pomba qualquer, era um pombo-correio. Como o que vi ser solto em Ruenlock.

A neblina recuou mais um pouco e vi a linha do horizonte, uma mancha cinza onde o céu encontrava o mar, afiada como uma lâmina. E ao sul, logo atrás da pomba, um navio escuro no horizonte.

CAPÍTULO 48

Daniel me passou o binóculo. A embarcação tinha o dobro do tamanho da nossa e parecia um velho navio de guerra, mas feito de plástico e pneus e folhas de metal em vez de madeira lisa. A proa tinha um rostro grosso de metal, onde a luz do sol se refletiu. Uma bandeira preta com um lírio branco no meio ondulava no vento e o casco exibia a inscrição *Lírio Negro*. O irmão de Daniel não era só um capitão de alta patente, era o capitão do principal navio da frota.

O navio foi ficando maior a cada minuto, vindo a toda velocidade para cima de nós, as velas totalmente esticadas no vento. Todos prenderam a respiração, em silêncio. Eu mesma não conseguia respirar e uma onda furiosa de terror desceu por minhas costas. Precisaríamos velejar para o lado norte das montanhas? Era um trecho mais traiçoeiro, mas fugir era nossa única opção. Éramos menores e capazes de manobrar pelo gelo melhor do que eles.

— Eles estão a uns vinte quilômetros, mais ou menos — disse Daniel.

Quando me virei, vi que a tripulação toda olhava para mim. Abran estava branco como gelo. Ele andou até a amurada, colocou as mãos nela e abaixou a cabeça.

A tripulação começou a se falar, em pânico, especulando.

— Eles nos seguiram o caminho todo? Mas já se vingaram por Ruenlock!

Olhei para Daniel, mas nenhum de nós disse nada sobre a ligação dele ou de Abran com os Lírios Negros. Lembrei o que Daniel tinha dito sobre a tripulação estar rastreando os passos de Abran e ter tomado a colônia do Vale enquanto Jackson caçava Daniel.

— Talvez planejem tomar a colônia dos Abades Perdidos no Vale. Ouvi falar que eles estavam tentando dominar o norte — disse Marjan.

— E as colônias preexistentes são mais fáceis de tomar do que as comunidades novas — disse Thomas.

— O que quer dizer que não estaríamos nessa situação se soubéssemos que o Vale era uma colônia desde o começo — afirmou Wayne, rosnando para mim.

— Somos menores do que eles. — Ignorei o comentário. — Vamos passar entre os icebergs, seguir para o norte e aportar. Precisamos nos esconder no Vale.

— Mas a região é muito traiçoeira. E se ficarmos presos entre o gelo e os corsários? — perguntou Wayne.

Eu tinha uma esperança secreta de que os Lírios Negros fossem ficar presos naquele campo de gelo e que ainda pudéssemos atracar no lado sul das montanhas, onde uma pequena baía nos protegeria das pedras e ondas. Mas, se os corsários conseguissem passar por ali, Wayne estava certo: o norte não seria um plano seguro.

Eu me virei de novo para olhar o navio. Tinha casco duplo, com pelo menos seis velas, e pelo binóculo vi buracos de canhão abaixo do convés principal. Parecia ter capacidade para trinta homens, talvez mais, sem contar os escravos abaixo do convés.

— Nós não deveríamos ter ... — murmurou Abran.

Os recursos que roubamos na caverna. O assassinato no *saloon* de Broken Tree. Behir.

Também fui tomada de arrependimento, mas tentei sufocar. Eu estava tonta, então abri e fechei os punhos para me concentrar melhor.

— Vamos tentar passar pelo gelo — falei para Daniel.

Ele assentiu e correu para a cana do leme.

Olhei para Jessa, Thomas e Wayne.

— Arsenal.

Eles assentiram e correram até a escotilha, pularam por ela e deixaram que fechasse com um baque. Tínhamos bombas caseiras, rifles, facas, arcos e flechas. Armas que ajudariam mais em contato próximo; nada como canhões que podiam nos destroçar de longe. Ou um rostro como o deles, que por si só poderia nos afundar.

— Estoque água — pedi para Marjan, que foi até a cabine para tirar a água boa da cisterna e guardar em garrafas de plástico.

Pearl estava segurando minha mão com tanta força que a deixava dormente. Eu me agachei na frente dela.

— Não — disse ela.

— Pearl...

— NÃO! — gritou ela na minha cara. — Não quero ficar sozinha lá embaixo!

Senti tanta náusea que achei que vomitaria. Ela olhou para mim com expressão desafiadora. O rosto na minha frente pareceu congelado por um momento, como se ela fosse uma foto, como se eu soubesse que tudo isso logo seria uma lembrança e por isso resistisse à passagem do tempo. Registrei cada pedacinho dela com uma clareza que me surpreendeu e me assustou. Eu não a queria longe dos meus olhos.

Você precisa agir, eu disse para mim mesma, tentando calar meus pensamentos. *Precisa arrumar uma bolsa para ela, para o caso de acabarmos separadas.* Levei Pearl até a cabine e peguei uma bolsa vazia. Remexi nas prateleiras e guardei uma vara de metal, um pedaço fino de corda, um cobertor de lã, um canivete e algumas das garrafas que Marjan enchia com a água da cisterna. Revirei nos armários da cozinha em busca de comida e encontrei uma latinha de salmagundi e um pote de biscoito de água e farinha.

Em seguida, puxei Pearl para a escotilha. Ela agarrou meus pulsos e soltou seus ombros.

— Não vai demorar — menti. — Já, já eu desço para dar uma olhada em você.

— E se a água começar a entrar?

Imaginei uma bala de canhão partindo o casco do *Sedna*, a água entrando, o rugido louco e um jorro de uma força fria capaz de dobrar metal. E Pearl no meio disso, trêmula, indefesa.

Trinquei os dentes e tentei manter o equilíbrio. Eu estava prestes a surtar.

— Não vai acontecer. Se acontecer, vou buscar você — prometi, descendo a escada com ela.

— A água é fria aqui — disse Pearl.

Isso me fez parar. Eu estava ocupada pensando em balas de canhão e armas e fogo, calculando distâncias para ataques diferentes. Mas o naufrágio do *Sedna* levaria todos nós ao mesmo tempo. A água estaria tão fria que não conseguiríamos nos segurar a pedaços de madeira e flutuar até uma formação rochosa. Morreríamos todos de hipotermia.

O casco fedia a mofo e bolor. Desde que tivemos o vazamento na tempestade, o ambiente ficou muito úmido. Levei Pearl pelo corredor curto até o depósito de alimentos e a coloquei entre uns barris quase vazios de grãos.

Passos soaram acima de nós. Eu tinha que subir para ajudar. Pearl segurou meu braço.

— Fica comigo — murmurou ela.

— Eu ficaria se pudesse, querida.

Beijei a testa dela e afastei o cabelo do rosto.

— A água é fria demais para nadar — disse ela, batendo queixo.

— Eu sei. Mas você não vai precisa nadar, está bem? — O *Sedna* balançou e por um momento louco achei que estávamos encostando em um iceberg, mas o barco continuou se movendo normalmente.

Tinha sido só uma onda.

Tentei controlar a respiração.

— Vou voltar para buscar você — prometi.

Pearl tremeu, mas se encostou entre os barris, a expressão de quem confiava muito em mim.

— Está bem.

* * *

No convés, Thomas e Abran estavam no mastro principal, rizando as velas.

— O que eles estão fazendo? — gritei para Daniel na cana do leme.

— Temos que rizar as velas, estamos indo rápido demais. Não consigo navegar por esse gelo — gritou Daniel.

— Se formos devagar, vamos ficar ao alcance das balas de canhão — argumentei.

Passei a mão pelo cabelo e soltei um palavrão.

Havia um iceberg à frente e Daniel nos guiou para a direita. Jessa e Wayne estavam colocando rifles e bombas na cabine. Marjan estocou a água em bolsas. Pendurei um rifle no peito, enfiei uma faca extra na bainha da cintura e saí da cabine.

O *Lírio Negro* estava a um quilômetro e meio apenas, no lado estibordo, vindo em nossa direção. As velas do navio eram pretas, dando a aparência de uma besta sombria disparada em direção à presa. Vários homens e mulheres armados se deslocavam pelo convés. O irmão de Daniel estava na proa, o cabelo para trás com o vento, tão imóvel que parecia uma estátua.

Duas mulheres carregavam uma escada de madeira com pontas curvas. Pretendiam subir a bordo.

Minha respiração ficou curta e rasa, as mãos suadas. A pomba, que voava quase tão rápido quanto o *Lírio Negro* velejava, estava acima de nós. Tão pálido que quase se misturava com o céu. Olhei para além dela, para o navio. Subia fumaça de uma chaminé improvisada na cabine.

— Marjan! — gritei.

Eu não estava preocupada com a possibilidade de um incêndio no convés, que seria fácil de apagar. Mas a possibilidade de fogo nas velas era preocupante porque as chamas aumentariam com o vento e desceriam até nós em segundos.

Marjan saiu da cabine e apontei para a fumaça. Nós duas corremos até os baldes amarrados na popa, descemos todos pela lateral do *Sedna* e puxamos de volta pelas cordas amarradas nas alças. Jogamos a água salgada na cisterna seca.

Depois que joguei meu quarto balde, Abran segurou meu braço.

— Myra. Se eu não...

Balancei a cabeça e tentei me soltar, mas a mão dele me apertou mais.

— Apenas tente cumprir minha promessa. Para o meu irmão. Se for você e não eu.

Os olhos dele estavam vermelhos, a pele tão enrugada e inchada, até acinzentada, que ele parecia não dormir havia semanas. Estiquei a mão e toquei a bochecha dele.

— Nós queremos a mesma coisa.

Um lar. Um lugar com um futuro em que quiséssemos estar. Eu não entendia como isso não tinha ficado claro para mim desde o começo. Salvar Row não era o único objetivo. Eu também queria uma vida para nós todos.

Ele assentiu. Segurou minha cabeça com as mãos e beijou minha testa.

Atrás dele, vi a canoa, presa à parede oeste da cabine. Só cabiam quatro pessoas, então sempre nos revezávamos para remar até a costa. Não daria para fugir nela. Mesmo que todos nós coubéssemos, os Lírios Negros nos alcançariam.

Um único disparo soou e me encolhi instintivamente. A pomba caiu morta a uma distância curta, uma mancha de sangue escorrendo na madeira do convés.

Tinha um pedaço de papel enrolado e preso na perna dele. Eu me agachei e peguei o papel.

A tripulação se reuniu em volta de mim.

Meu coração subiu até a garganta quando vi as palavras.

— Vocês têm um dos nossos. Entreguem-no — li em voz alta.

Eles estavam falando de Abran, mas Jackson não pararia até estar com Daniel.

— Eu vou — disse Daniel.

Ele foi até a canoa e começou a soltar a corda.

— Daniel, espere! Não é você que eles querem — gritei para ele.

Uma agitação horrível surgiu no meu peito. Um arrepio se espalhou nas minhas veias.

Row estava tão perto. Eu conseguia ver o Vale. Depois de tanto tempo, ela estava quase ao meu alcance. Eu tinha ido longe demais para que os canhões naufragassem nosso navio ali. Pearl estava no casco. Engoli em seco. Imaginei enviar Abran para eles, remando pela água gelada para a morte.

A imagem me deixou tonta. Meus pensamentos se embaralhavam. Havia um limite que não podia ser ultrapassado, e Jacob tinha me ensinado onde ficava. Lembrei-me dele querendo que eu abandonasse minha mãe e meu avô e partisse antes; só nós dois, antes que a água chegasse ao Nebraska.

Tive a mesma reação naquele momento: um aperto na barriga, uma recusa no peito. Depois de perder minha mãe e meu avô, eu tinha certeza de que nunca mais sentiria isso por ninguém, mas lá estava. A mesma lealdade irracional. A mesma vulnerabilidade. A mesma determinação defensiva. Não íamos entregar um dos nossos. Eu pretendia resgatar Row e nada me impediria. Se tivesse que sobreviver aos Lírios Negros para pegá-la, era o que eu faria.

A tripulação se olhou e tomei o cuidado de não olhar para Abran.

— Então alguém neste navio é corsário? — perguntou Wayne, os olhos apertados de desconfiança.

— Alguém neste navio *foi* corsário — corrigi. — Não vamos abrir mão de ninguém. Não há motivo para acreditar que eles não atacariam mesmo assim.

Daniel voltou a soltar a canoa.

— Não temos chances com eles atrás de nós. Eu vou. Isso começou comigo e vai terminar comigo.

A tripulação trocou olhares confusos.

— O que ele quis dizer? — gritou Wayne.

— Essa não é a questão — falei para Daniel com rispidez.

— A escolha não é só sua — disse Wayne para mim. — Abran, o que você acha...

Abran arrancou o lenço do pescoço e expôs as cicatrizes.

— Eu fui dos Lírios Negros.

Todo mundo se virou para ele em choque. Seu estoicismo então começou a desmoronar, o rosto se retorcendo em medo e dor.

— Esse tempo todo... — disse Wayne, um tom agressivo na voz.

Jessa cruzou os braços e deu um passo para trás. Marjan não demonstrou surpresa, mas Thomas passou a mão no rosto. Todos ficaram em silêncio e distantes.

Não podemos nos afastar uns dos outros, pensei. Eu tinha passado a vida toda me afastando das pessoas. Era a hora de nos unirmos.

— Vamos ignorar isso e seguir em frente. Eles são grandes demais para navegarem por esse gelo — falei, com uma certeza que não sentia.

Uma expressão triste e resignada tomou Abran. Ele balançou a cabeça.

— Nós nunca vamos conseguir escapar deles, Myra — disse, baixinho.

— Se ele for, talvez nos deixem em paz — acrescentou Jessa, a voz aguda e ansiosa.

Abran assentiu e começou a atravessar nosso círculo em direção à canoa. Eu não o veria enforcado na proa do navio dos Lírios Negros. Minha visão ficou turva.

— NÃO!! — rugi, empurrando Abran com tanta força que ele caiu no convés.

Eu me virei para a tripulação com os punhos erguidos e eles se moveram para trás. Seus rostos exibiam cautela e choque. Parecido com o jeito com que alguém olharia para um cachorro com os dentes à mostra e os pelos eriçados. Eu devia estar parecendo uma mulher possuída.

— Não vamos entregar um dos nossos — falei, baixinho.

A tripulação trocou olhares. Marjan assentiu.

— Vou pegar a bandeira — disse Marjan.

Marjan voltou da cabine com a bandeira laranja, a que dizia pedido recusado. Agora, não éramos mais *Sedna*: éramos um desafio. Laranja como o céu antes de escurecer.

Por segundos depois que erguemos a bandeira, houve silêncio. Em seguida, houve um som de sucção. Uma tensão estranha tomou o ar, como uma linha esticada entre nós e eles. E depois, só som.

CAPÍTULO 49

Caí no chão e a explosão ecoou nos meus ouvidos. Madeira se partindo, água entrando, o *Sedna* tombando. Marjan estava perto de mim, as mãos na cabeça. Thomas espiou por cima da amurada; gritou para Daniel pegar a cana do leme. Estávamos indo na direção de um iceberg.

A fumaça se espalhou pelo ar. Havia o aroma denso e metálico de munição. Cambaleei para a frente e me encolhi atrás da amurada. Uma flecha em chamas caiu no convés, perto do meu pé. Arranquei-a da madeira e pisei nas chamas para apagá-las.

Wayne e Jessa disparavam com rifles por cima da amurada de estibordo. Eu me abaixei com eles e disparei. O balanço do barco tornava a mira quase impossível e eu nunca fui boa de tiro, sempre mais habilidosa com a faca. Tiros acertaram a amurada. A bala do canhão tinha raspado na frente do *Sedna*, achatando a ponta da proa e destroços de madeira pontilhavam o mar ao nosso redor. O topo da proa estava aberto, as tábuas estilhaçadas.

Do outro lado do convés, Abran e Marjan jogavam baldes de água na cabine, onde um pequeno incêndio se espalhava. O *Lírio Negro* desacelerou ao manobrar entre dois icebergs, mas estava a menos de oitocentos metros de distância.

As balas eram pequenas demais. Precisávamos de fogo. Se ao menos eu conseguisse acertar a vela deles... Aqueles corsários precisavam cair na água gelada para morrer. Eu tinha que ir até a cabine.

Pendurei o rifle sobre o peito e corri abaixada na direção da cabine. Uma saraivada de balas quase me atingiu. Ouvi um grito da proa, mas a cabine não me permitia ver quem foi.

Corri para a cozinha. Achei os fósforos no fogão e acendi alguns gravetos.

Remexi nas armas espalhadas na mesa da cabine e encontrei um arco e algumas flechas. Amarrei um pano na ponta da flecha e, com mãos trêmulas, encontrei o álcool que Marjan escondia em um armário secreto. Derramei um pouco no pano e o segurei na chama até pegar.

A segunda bala de canhão nos acertou quando saí da cabine. O impacto reverberou em mim e sacudiu o *Sedna*. Caí no convés, o barco estremecendo embaixo de mim, a flecha quente queimando meu peito.

Empurrei o corpo para trás e me sentei. A flecha tinha se apagado.

Pearl, pensei. A bala de canhão tinha perfurado o casco?

Houve um rugido abafado de vozes gritando. Desorientada, me levantei, pronta para correr de volta para a cabine e reacender a flecha.

O *Lírio Negro* veio na nossa direção, a água jorrando dos dois lados da proa. O rostro estava prestes a nos acertar no costado.

— Sai da frente! — gritou Abran em algum lugar atrás de mim.

Ele segurou meu braço e me jogou no convés.

O *Lírio Negro* acertou o *Sedna*, o impacto vibrando como um terremoto na minha coluna. As pessoas caíram no convés dos dois navios. As velas se viraram, o vento bloqueado de repente. Nós nos inclinamos para a direita e achei que viraríamos direto no mar, mas os navios se nivelaram. Então jogaram ganchos na nossa amurada para nos puxar. O *Sedna* estava preso.

Eles vão subir aqui daqui a pouco, pensei, atordoada.

Thomas correu até um gancho e cortou a corda com a machete. Outro gancho foi jogado.

Prendi a flecha apagada na aljava que tinha nas costas e pendurei o arco no peito. Engatinhei até a escotilha e desci. Minha garganta travou quando caí na água gelada.

— Mãe!

Apertei os olhos na luz fraca do casco e vi a silhueta de Pearl, os tornozelos enfiados na água, parada no espaço entre o depósito e o alojamento. O mofo misturado com água do mar e explosivos criava um cheiro pungente e amargo, como se houvesse uma mão suja sobre a minha boca.

Pearl segurou um saco de aniagem que se movia. Fora ao alojamento pegar as malditas cobras.

— Está frio — sussurrou Pearl.

Peguei minha filha no colo. O rugido de água entrando no barco bloqueava os ruídos de cima, como se estivéssemos embaixo de uma cachoeira. Disparei pelo corredor até a escotilha e a empurrei na escada na minha frente. Eu precisava tirá-la daquele navio. Minha mente ficou vazia, exceto por esse único pensamento. A canoa estava pendurada na cabine; tínhamos que chegar nela o quanto antes. Talvez Pearl pudesse chegar ao Vale, mesmo que nós não.

Quando chegamos no nível superior, eu mal consegui enxergar em meio à fumaça. Nossa vela principal estava em chamas, sua fumaça enegrecia o céu. Marjan estava pendurada no cordame, um braço coberto de sangue, tentando jogar um balde de água na vela.

Gritos, passos altos, disparos de rifle à minha volta. Explosões de bombas interrompiam o caos em intervalos, como os badalos de um relógio. Vários homens do *Lírio Negro* estavam segurando a escada, tentando acertar o ângulo para jogá-la em nossa amurada.

À minha frente, Jessa carregou o rifle. Um tiro soou e ela tremeu e caiu no convés, dobrando-se como uma boneca de pano.

Corri com Pearl pelo lado de bombordo da cabine, para onde a canoa estava. Meus dedos haviam perdido a sensibilidade e tive dificuldade com os nós. Finalmente consegui soltá-los. Pearl levantou uma ponta da canoa e eu a outra.

Descemos a canoa pela lateral do *Sedna*, então peguei a escada de corda pendurada na parede da cabine, prendi nas argolas da amurada e a soltei pela lateral do navio.

Pearl estava usando as botas quentinhas que eu tinha comprado para ela, e me inclinei e apertei os cadarços.

— Quando você chegar em terra, se estiverem molhadas, faça um fogo com seu pedaço de pedra e seque os pés antes de atravessar a montanha, entendeu?

Pearl assentiu.

— Anda — mandei, esticando a mão para ajudar Pearl.

Ela pulou para trás e balançou a cabeça.

— A água está fria.

— Você não vai cair na água — falei. Senti minha determinação diminuindo e firmei a voz. — Sobe na escada.

As sobrancelhas de Pearl se uniram, o queixo batendo.

— Não quero ir sozinha.

Meu coração estava acelerado como um cavalo a galope. Olhar nos olhos dela me partiu ao meio, então olhei para o mar, tentei imaginar a rota que ela faria remando pelos icebergs, na direção da terra.

Eu queria mais do que tudo ir com ela, sair do navio naufragando, ir para o Vale e procurar Row. *Você disse para Pearl que não a deixaria*, pensei. Senti meus ligamentos repuxarem, um aperto nas juntas. Como se eu fosse explodir.

A lembrança da noite em que Pearl nasceu surgiu na minha frente. Os relâmpagos, as ondas altas e os trovões. O grito de Pearl, alto como o de um animal noturno em caça. Os membros dela se debatendo e se acalmando quando a enrolei bem em um cobertor. Uma expressão sonolenta surgindo em seu rostinho, como se ela tivesse voltado parcialmente para o lugar de onde tinha vindo.

Vou falhar com você, pensei, segurando-a nos braços.

Vovô morreu um ano depois disso. Suas mãos eram retorcidas como troncos de árvores, os fios finos de cabelo molhados de suor. Ele falou sem parar em sua última noite, me disse: *O mundo é mais do que tudo isso. Você vai ver que é bem mais*. Suas palavras tinham tom de promessa.

A expressão dele me assustou naquele momento, tão cheio de confiança, pronto para uma passagem tranquila para outro lugar. Parecia com o rosto de Pearl ao nascer, as pálpebras pesadas e sonolentas, o corpo quente do mundo anterior de onde tinha vindo e para onde retornaria.

Talvez todos nascêssemos com confiança e a perdêssemos. Talvez tivéssemos que encontrar de novo antes de partir.

Eu tinha levado aquela tripulação até ali; não podia abandoná-la. Não estava mais sozinha e vagando; essa pessoa não existia mais. Tudo em mim se voltava para Pearl, mas eu também sentia uma resistência nos ossos. Uma certeza de que algumas escolhas são lugares e há lugares onde não se pode viver. Eu tinha que ir para onde eu pudesse viver. Tinha que terminar o que comecei e continuar seguindo para um futuro — um futuro no qual não tinha direito de acreditar.

— Não posso deixar a tripulação, querida. — Minha voz falhou.

— Vá para o Vale. Você viu o mapa. Vá na direção da enseada e suba a montanha até lá.

Lágrimas desciam pelas bochechas dela. Eu não queria que aquela fosse minha última imagem de Pearl, então segurei seu queixo e limpei as lágrimas com o polegar.

— Vou buscar você. Vou logo atrás de você — menti.

Os olhos de Pearl faiscaram de esperança com isso.

— Sei que vai — disse ela baixinho.

A esperança dela me derrubou como uma onda e ameaçou me afogar. A dúvida cresceu dentro de mim como pequenas fraturas em todos os meus ossos, as rachaduras e fissuras aumentando a cada respiração.

Nossa respiração condensava por causa do frio e quando a puxei para um abraço, senti o cheiro familiar de salmoura e gengibre, tão firme e imutável quanto os batimentos daquele coração. O lenço vermelho estava para fora do bolso da calça e o empurrei para dentro, lembrando de quando ele voou do rosto do vovô antes de Pearl resgatá-lo.

— Só posso ir atrás de você quando cuidar disso primeiro — sussurrei no ouvido dela.

Ela assentiu. Eu a passei por cima da amurada e ela passou a perna pela beirada e prendeu o pé na escada. Na metade da escada ela olhou para mim, a expressão carinhosa, a canoa flutuando abaixo, batendo de leve no barco.

Tive vontade de arrancar meu coração e enfiar junto. *Não é uma despedida, não é uma despedida*, repeti várias vezes, sem conseguir acreditar nas palavras.

Ela se acomodou na canoa e pegou os remos. Parecia tão pequena ali, a água uma amplidão azul. O céu e o gelo no mesmo tom. E ela, uma coisinha diferente de tudo ao redor, o azul tão completo que parecia que o mundo poderia engolir aquela criatura.

CAPÍTULO 50

Desviei os pensamentos de Pearl para o *Sedna*. Se eu quisesse ir atrás de Pearl, teria que me concentrar.

A escada dos Lírios Negros já estava presa no nosso barco. Não tínhamos rede contra invasores, não tínhamos munição suficiente. Estávamos em número bem menor e não sobreviveríamos a um combate direto.

Eu estava absolutamente desnorteada, como se me movesse em uma sala escura, sem conseguir respirar, as mãos esticadas, tentando abrir espaço na minha própria mente. Olhei para a água. Tão azul. Diferente da água no Nebraska, sempre verde ou marrom de sujeira.

Quando comecei a pescar, meu avô chamava a minha atenção quando eu jogava a linha antes de observar a água, dizia que eu estava fazendo sem propósito. Eu achava que, desde que os anzóis estivessem na água, os peixes morderiam.

Observe a água. Você precisa se submeter aos desejos dela. Não tente lutar contra, dizia ele enquanto o barco balançava de leve debaixo do sol de meio-dia de um dia quente.

Olhei para o barco deles e para o nosso, àquele ponto totalmente irrecuperável. A fumaça da vela queimando me fez tossir, a chama cada vez mais próxima de nós. Eu tinha que aceitar que já tínhamos perdido o *Sedna*.

Pensei em Pearl dizendo que afundaríamos. Que cairíamos na água. Ela estava certa, pensei com tristeza. *A água é fria*, ela repetia, como se fosse um segredo que ela estivesse confiando a mim.

Olhei pelo convés e encarei o *Lírio Negro*. Wayne jogou uma bomba, que explodiu no ar, arremessando alguém do navio deles na água.

A água. A água gelada. Se pudéssemos jogá-los nela, podíamos tomar o navio deles. Usar o *Lírio Negro* para velejar até a enseada e encontrar Pearl.

Corri até a cabine, onde as bombas estavam em caixas na mesa.

Abran estava lá, com um fósforo em uma das mãos e uma bomba na outra.

— A gente tem que jogar isso. Me ajuda — disse Abran.

Peguei a bomba e o fósforo da mão dele e corri da cabine. Precisei me mover abaixada porque os tiros continuavam ao meu redor. Coloquei a bomba na base da amurada, onde a escada estava presa.

Wayne disparou com o rifle por trás da amurada, tentando acertar os corsários que engatinhavam pela escada com machetes presas nos cintos e rifles pendurados nas costas. Wayne disparou uma vez, errou e puxou o gatilho de novo, mas nenhuma bala saiu.

Acendi o fósforo na madeira áspera e botei fogo no pavio da bomba. Corri na direção de Wayne, segurei-o pelo braço e o puxei para trás, para longe da amurada.

— O que você está fazendo? — gritou Wayne, tentando se soltar da minha mão.

Eu o empurrei para a cabine.

— Se abaixa! — gritei, jogando Wayne no chão comigo e cobrindo a cabeça.

A explosão jogou pedaços de madeira sobre nós, uma cascata de serragem e fumaça. Os navios roncaram e tremeram no mar. Fiquei de pé e corri pelos destroços.

A amurada onde coloquei a bomba tinha sumido. A escada deles estava em pedaços. O homem que estava nela segundos antes agora se debatia na água gelada.

Daniel se levantou perto do mastro principal e mirou com o arco e flecha. Corri na direção dele e gritei que me ajudasse.

Na cabine, peguei nossa última corda firme em um cesto, desenrolei-a e entreguei uma ponta para ele enquanto segurava a outra.

— O que você está fazendo? — gritou ele no meio da barulheira.

— Espere — pedi, uma das mãos no peito dele, segurando-o.

Olhei para fora da cabine.

Como eu esperava, eles estavam jogando mais ganchos. Os ganchos se prenderam na amurada dos dois lados do buraco da minha explosão. Senti o *Sedna* ir na direção deles. Os corsários estavam puxando a gente mais, para pular a bordo sem precisar da escada.

— Se agache atrás da amurada — falei, apontando para a esquerda do buraco. — Eu vou para aquele lado. — Apontei para o lado direito. — Quando eles pularem, vamos jogá-los no mar.

Daniel assentiu e corremos e nos agachamos atrás da amurada. A corda estava desenrolada entre nós, em um arco amplo no convés. A fumaça tão densa que parecia uma neblina, deixando tudo indistinto.

Quando o primeiro homem pulou pelo buraco na nossa direção, olhei para Daniel e assenti. Nós nos levantamos e puxamos a corda, empurrando-o para trás, para a água. Ele gritou antes de desaparecer nas ondas.

Nós nos abaixamos de novo e afrouxamos a corda entre nós. Outro pulou e a corda o jogou para trás, direto ao mar.

Marjan gritou no alto e olhei para cima. Ela estava no cordame com um rifle, acertando corsários do ponto de vantagem. Havia uma flecha enfiada no ombro dela e a blusa branca estava ficando vermelha por causa do sangue. Ela se esforçava para se segurar no cordame com o outro braço, mas escorregou e balançou nas cordas emaranhadas antes de cair no convés.

Fechei os olhos e fiz uma careta quando ouvi o som do impacto. Mantive-os fechados por mais alguns segundos, as flechas voando acima da minha cabeça. *Droga. Droga.*

Senti a corda se mover na minha mão com um puxão de Daniel e me levantei a tempo de pegar uma mulher e jogá-la no mar.

Então tudo parou de repente. Um arrepio percorreu meu corpo inteiro. Eles deviam ter percebido o que estávamos fazendo. Uma saraivada de balas acertou a amurada, e Daniel e eu mergulhamos no chão. Flechas voaram, acertando a cabine, o convés, passando por cima do barco e caindo no mar além.

Dois homens pularam na mesma hora, as machetes em riste para cortar a corda, mas a levantamos e os jogamos para trás antes que pudessem acertá-la. *Já foram seis*, pensei. Quantos ainda havia?

Mais um deles pulou, mas ele se abaixou a tempo e a corda foi para trás dele até ficar reta e só tocar no ar.

O desgraçado golpeou com a machete e cortou a corda no meio. Então atacou Daniel. Um segundo depois, uma flecha acertou suas costas.

Abran, escondido atrás da cabine, recarregou o arco.

Tirei a faca longa do cinto e me preparei. Vários corsários pularam ao mesmo tempo. Um jogou uma machadinha na minha direção, mas ela certou a amurada porque me abaixei a tempo.

O homem puxou uma faca do cinto e veio para cima de mim. Cheguei para o lado, agarrei seu cabelo, puxei a cabeça para trás e cortei sua garganta. Ele caiu aos meus pés e pulei para o lado na hora que outro corsário me atacou com a machete.

Um grito veio da cabine. Abran, o rosto pálido, as mãos se movimentando em volta de uma espada enfiada na barriga. Jackson, diante dele, puxou a lâmina de dentro de Abran.

Sangue jorrou pela boca de Abran e ele caiu de joelhos, o rosto vazio, os músculos paralisados.

— NÃO!! — gritei, indo na direção deles, mas fui puxada para trás pelo cabelo e jogada no chão.

Uma mulher ergueu a machete acima de mim, mas rolei para o lado antes da lâmina acertar o chão onde eu estava. Uma flecha perfurou o peito dela, que cambaleou e caiu.

Olhei para onde Abran estava caído. Daniel estava perto dele, rastejando para trás no convés, para longe de Jackson. A mão de Daniel ia deixando um rastro de sangue na madeira. Jackson foi até ele.

Corri para lá, pulando os corpos caídos. Jackson ergueu a espada, os olhos em Daniel, a uma curta distância dele. Então me joguei com todo o meu peso e caímos no convés. Ele me pegou pelo pescoço e de repente o mundo se estreitou quando comecei a perder o ar.

Chutei a barriga dele. O aperto afrouxou e rolei de lado. Então peguei um punhado de cabelo e puxei o pescoço para prepará-lo para a lâmina.

Com o canto do olho, vi Daniel se aproximando, a faca na mão boa, quando alguém se chocou nele. Um grito frenético. Sangue no convés.

Jackson segurou minha camisa e se soltou. Rolei alguns passos no convés antes de me equilibrar. Ele procurou a arma, as mãos ásperas e vermelhas, os movimentos enlouquecidos de pânico.

Tirei a segunda faca da bainha no tornozelo e ataquei com as duas facas. Ele bloqueou meu primeiro golpe no pescoço com o antebraço. Enfiei a segunda faca na barriga dele, puxei rapidamente e então golpeei o pescoço.

Ele se afastou, tentando em vão conter o ferimento que jorrava muito sangue. Tentou dizer alguma coisa, mas só saiu um gorgolejo.

Como a calmaria depois da tempestade, levei um momento para reparar na imobilidade repentina. Não havia mais balas, machetes nem bombas. Só o vento açoitando o *Sedna*. Os estalos e gemidos de um navio naufragando. Pequenos focos de incêndio, fumaça. Velas rasgadas oscilando, cordas rompidas balançando. Vidro quebrado e madeira, o barco todo uma arma, pronto para cortar. Tudo afiado, exceto os corpos, todos caídos em posturas que não eram de repouso.

Daniel se levantou, deixando quem o atacou caído de cara no chão. Ele escorregou e se equilibrou com as palmas das mãos.

Jackson viu Daniel pelo canto do olho e tremeu. Encostou-se na amurada e pareceu decidir ir embora deste mundo antes que o irmão pudesse chegar a ele. Antes de ficar imóvel, seus olhos foram tomados por uma tristeza enorme que parecia um vazio, como se ele estivesse sendo sugado para fora de si.

Não consegui tirar o gosto de sangue da boca, amargo e metálico. Cuspi e limpei o rosto com o braço, tentando limpar o sangue da vista.

Dei uma volta, a faca esticada à frente do corpo, me movendo como uma bússola sem norte.

Daniel se agachou ao lado de Jackson enquanto aninhava a mão ferida no peito. Havia um dedo pendurado por um tendão. Ele colocou a mão no coração de Jackson, depois levou a mão ao rosto para fechar os olhos do irmão com delicadeza.

Uma euforia de alívio começou a crescer em mim até eu olhar além do convés. A costa sudoeste se aproximava de nós, as ondas nos jogando em frente, nos levando em direção às pedras.

CAPÍTULO 51

A PROA DO *Sedna* estava submersa, a popa subindo no ar. Daniel e eu nos agarramos na amurada enquanto fugíamos para estibordo.

Mantive o olhar no *Lírio Negro*, esperando que mais corsários surgissem. Thomas estava agarrado no mastro principal e usou o mastro da bandeira como muleta. O *Lírio Negro* e o *Sedna* estavam indo para as pedras, mas o *Sedna* afundaria antes de bater. Tínhamos mais chance de sobreviver no *Lírio Negro* do que no *Sedna*. Tínhamos que reunir todo mundo e agir rapidamente.

— Thomas! — chamei, acenando para ele nos seguir.

Ele veio mancando, uma das pernas da calça manchada de sangue.

— Onde está Pearl? — perguntou Daniel.

Olhei para ele sem entender e me dei conta de que ninguém me viu colocá-la na canoa. Um torpor tomou conta de mim; parecia que o céu ia me engolir.

— Eu a coloquei na canoa — falei. Meu queixo tremeu e meus joelhos cederam.

Daniel deu um passo à frente e me segurou para não cair.

— Nós vamos encontrá-la — disse ele.

Assenti, atordoada, apoiada nele. Daniel me sacudiu com força.

— Myra, nós vamos encontrá-la. Venha.

Um escravo apareceu no convés do *Lírio Negro*. Todos ficamos paralisados, nos entreolhando. Segurei o cabo da faca com força. Ele recuou até estar com as costas na amurada, então virou e pulou na água gelada.

Daniel, Thomas e eu contornamos a cabine. Marjan estava caída encostada nela. Corri até lá e me ajoelhei. Seu rosto estava pálido e as pálpebras estremeceram quando ergui seu queixo. Toquei no cinto amarrado em um torniquete no braço dela.

Abran. Ele estava tentando salvá-la quando Jackson o atacou.

Abran estava caído de lado aos pés de Marjan. Estiquei a mão e passei os dedos pelo cabelo dele. Eu deveria estar lá para ajudá-lo, pensei. Um arrepio percorreu meu corpo. Não deveria ter terminado assim.

Lembrei de nós dois deitados na cama, sua risada, o sorrisinho de menino e o cabelo desgrenhado. Lembrei dele rolando para o lado e lendo suas passagens favoritas de livros, dizendo palavras que eu raramente ouvia: *eufórico*, *resplandecente*, *suculento*. Também pensei no lado assombrado dele, na sombra que carregava. No entanto, mais do que isso, pensei no homem encantador que teve a visão e a esperança de um vilarejo, seu coração ansioso tão puro que certamente se partiria.

Não vou decepcionar você, Abran, eu disse silenciosamente para ele, tocando em seu braço de novo.

Wayne saiu cambaleando da cabine e quase tropeçou em Marjan e em mim. Estava carregando as bolsas que Marjan tinha enchido de água e comida.

Ele largou todas e se ajoelhou ao lado de Marjan.

— Vou levá-la no colo — disse para mim.

Daniel e eu botamos as bolsas nas costas e me levantei com dificuldade por causa do peso.

— Marjan, nós vamos para o outro navio — disse Wayne, a voz normalmente rouca agora bem suave.

Ele a levantou e apoiou o braço dela em seu ombro. O *Sedna* tremeu e a proa afundou mais. A água estava na metade do caminho até o mastro principal. Os ganchos do *Lírio Negro* estavam totalmente esticados, presos no *Sedna*.

Daniel cortou as cordas dos ganchos nas amuradas.

— Myra! — chamou ele. — Vamos!

Nós todos nos reunimos diante do buraco que eu tinha feito na amurada. Um a um, pulamos no convés do *Lírio Negro*. Daniel e eu pegamos Wayne quando ele pulou, para que Marjan não caísse. Eu me virei, peguei a faca e serrei a corda do último gancho até se partir.

O mar em torno do *Sedna* gorgolejou e começou a puxá-lo para baixo. O mastro do traquete desapareceu ao entrar inclinado na água.

Olhei ao redor pelo *Lírio Negro* em busca da âncora, mas só vi destroços. Uma âncora nos ajudaria a atracar mais devagar, aliviando um choque inevitável. Ou poderia nos segurar como uma bola na ponta de um barbante, jogados de um lado para outro. Pensando bem, era melhor ser jogado uma vez e segurar o tranco.

Espuma branca jorrou ao nosso redor, entrando no navio, tocando em nossos pés. O *Sedna* foi para mais longe de nós e bateu numa formação rochosa. E explodiu em destroços.

Enquanto o *Sedna* era sugado para a escuridão, o *Lírio Negro* chegava mais perto da margem rochosa, a água atrás de nós como a mão de Deus.

— Para o mastro! — gritei acima das ondas.

Nós nos levantamos cambaleantes, os dedos segurando a madeira molhada em busca de equilíbrio.

Nós nos agarramos ao mastro principal e uns aos outros, o navio desmoronando ao nosso redor a cada pequena colisão. Um ribombar abaixo de nós deixou claro que as pedras estavam partindo o casco, o rugido do navio colidindo com uma formação rochosa a bombordo.

Engoli a bile de pânico que subiu pela minha garganta. Estávamos indo com tudo para a costa. Trinquei os dentes e pensei em Pearl, o cabelo ruivo um pontinho de cor no mar cinza e no gelo branco, a frente da canoa cortando a água em pequenas ondas. O *Lírio Negro* sacudiu tanto que meus ossos doeram e apertei bem os olhos.

Quando os abri, vi a costa cada vez mais perto. Pedras, areia, ondas, um céu cinza lúgubre acima. Os ossos de uma baleia na margem. Pisquei. O esqueleto tinha metade do tamanho do *Lírio Negro*, algo surreal que parecia deslocado, errado. Um naufrágio já à nossa frente, vítima do vento e das ondas.

Em um empurrão final, fomos erguidos das ondas e arremessados como um brinquedo de criança.

Eu me sentei com dor se espalhando pelo corpo. Levantei a perna de Daniel de cima do meu braço. Ele piscou e balançou a cabeça, como se tentando tirar água do ouvido. O sangue deixou um rastro que descia por sua têmpora e bochecha antes de pingar do queixo. Estiquei a mão e limpei com o polegar.

Levantei-me com dificuldade, a perna esquerda fraca e latejando com meu peso.

— Nós temos que sair daqui — disse Daniel, a voz grogue e distante.

Os destroços poderiam ser puxados de volta para o mar com a maré.

Daniel levantou Marjan sobre o ombro. Thomas se apoiou em Wayne e mancou adiante. O navio estava com a aparência de algo que foi martelado. Madeira quebrada, pedaços de metal, velas caídas espalhadas pelo convés.

Apertei os olhos para enxergar ao longe. O litoral rochoso estava coberto de musgo e líquen. À direita ficava um penhasco íngreme com uma queda de uns bons quinze metros. À esquerda, a encosta suave de uma montanha, com riachos e pequenos agrupamentos de choupos espalhados. O esqueleto de baleia estava no sopé, totalmente intacto, como se pudesse adquirir carne e nadar de volta para o mar.

Várias aves marinhas se reuniam e bicavam algumas poças deixadas pela maré. O ar vibrava com seus gritos estridentes.

Tivemos sorte de a maré estar baixa. O mar estava espumando só trinta centímetros abaixo de nós, e o *Lírio Negro* se moveu, já se acomodando na costa. Estava tão frio que eu precisava assoprar o ar da garganta nas mãos o tempo todo.

Ajudei Daniel a passar pela amurada quebrada e ele pulou na água rasa. Tropeçou e se apoiou em um joelho, a cabeça de Marjan balançando com o impacto. Eu pulei e o frio me cortou como uma faca.

— Temos que aquecê-la — falei para Daniel.

Então fui correndo na frente dele, para procurar madeira. A respiração de Marjan estava entrecortada e ela mal conseguia manter os olhos abertos. Eu sabia que talvez não pudéssemos fazer nada além de lhe dar conforto.

Caí de joelhos na areia molhada e praguejei. Abran estava morto. Estávamos a quilômetros da enseada para onde mandei Pearl ir. Não havia nem sinal dela. Nada daquilo seguia como deveria ser.

As rochas eram altíssimas e pareciam flutuar no espaço, como se ainda estivéssemos na água. Ruídos explodiam em meus ouvidos, despertando pânico. Até a luz do sol parecia forte demais. *Calma, Myra. Uma coisa de cada vez.*

Peguei alguns pedaços de madeira e Wayne foi atrás de mim, procurando gravetos na praia. Apertei os olhos por causa do vento que sacudia a areia da praia, com medo de não conseguirmos fazer fogo. Raspei líquen das pedras com a parte de trás da faca e enfiei nos bolsos.

Observei a margem dos dois lados. Nem sinal de Pearl nem da canoa. Tentei encontrar esperança em não ver uma canoa flutuando sozinha nas ondas e nem quebrada na margem rochosa. Mas o peso no meu estômago só aumentou. Eu queria deixá-los e ir procurar por ela.

Acalme-se e elabore um plano, pensei. *Você precisa se situar. E vai precisar de ajuda.* Eu me obriguei a olhar para baixo em busca de mais madeira.

Daniel ajudou Marjan a se recostar em uma pedra preta grande. Um tronco de árvore caída protegia um lado do vento e um arbusto protegia o outro. Thomas se sentou com cuidado ao lado dela esticou a perna machucada.

Coloquei as bolsas e a madeira junto deles, abri uma delas e procurei fósforos. Daniel afastou com cuidado a camisa de Marjan do ferimento no ombro. Os olhos dela estavam fechados e ela não fazia careta. Já estava se afastando de nós e da dor.

Eu me ajoelhei diante dela e arrumei a madeira em uma pirâmide, enfiando o líquen e as folhas secas nos vãos. Os primeiros três fósforos estavam úmidos demais, mas o quarto pegou, e o protegi com a mão, soprando o líquen para espalhar a chama na madeira.

Daniel rasgou um pedaço da camisa de Marjan e o enrolou no ombro, fazendo uma atadura improvisada. Tirei meu casaco para cobri-lo, mas Daniel disse:

— Não precisa. Eu já estou aquecido.

E então ele tirou a jaqueta e enrolou em Marjan.

Mentiroso. Havia sangue fresco saindo de cima do quadril dela e tateei com cuidado pela lateral do seu corpo. O sangue tingia a ponta dos meus dedos. Ela fez uma careta e se encolheu ao toque. Seu rosto estava pálido e amarelado como porcelana antiga. Senti a ponta irregular de uma flecha quebrada acima do quadril. Eu achava que o sangue tinha vindo do ferimento do ombro.

— Tem uma ponta de flecha aqui — sussurrei, torcendo que Marjan não conseguisse ouvir. — O resto deve ter quebrado quando ela caiu do cordame.

— É por isso que ela perdeu tanto sangue — murmurou Daniel, passando a mão pelo rosto. — Faça com que fique confortável. Wayne e eu vamos procurar mais suprimentos no navio antes que seja tarde demais.

Marjan virou a cabeça para mim e tentou dizer alguma coisa. A garganta dela pareceu trabalhar contra, tentando engolir. Levei uma garrafa de água aos lábios dela e lhe dei um gole.

— Pearl? — perguntou Marjan.

A pressão apertou meu peito e eu balancei a cabeça.

— Ela... Ela está perdida. Não está aqui.

Dois pássaros levantaram voo perto de nós, gritando um para o outro, os grasnidos estridentes no céu cinzento e calmo.

Marjan esticou a mão, segurou a minha e apertou uma vez.

— Faça a coisa mais difícil — sussurrou ela.

Eu assenti, segurando a onda de emoção. Naquele momento eu era um dos destroços do *Sedna*, batendo nas pedras, me quebrando em muitos pedaços que afundariam todos sem jamais se reunir outra vez.

— Me jogue no mar — disse Marjan. — Vou ficar com os outros.

Pensei em Marjan encontrando o corpo da filha preso naquela casa. Ela ficou enrolada nas cortinas de uma sala? Em um banheiro sem janela? Pensei em Marjan virando a filha submersa, o cabelo em movimento, seu rosto imóvel.

Pensei nas migrações. Uma vez passei por um bebê mamando na mãe que tinha acabado de morrer. O que significava entrar em uma era sem túmulos?

Mas assenti e apertei a mão dela.

As pálpebras de Marjan estremeceram e seus lábios formaram palavras fantasma que não consegui ouvir. Parecia uma última comunicação. Acariciei o dorso de sua mão com o polegar. Ela grudou os olhos escuros nos meus, mas não consegui entender o que diziam. Procurei culpa, mas só encontrei uma vaga procura, como se ela quisesse saber seu próprio nome.

Com a outra mão, ela segurou o cordão, os dedos se movendo nas quatro contas.

Ouvi passos atrás de mim.

— Encontramos cobertores — disse Daniel, mas ele parou de falar de repente e o silêncio nos envolveu.

Ele colocou a pilha de cobertores de lã ao meu lado.

Os olhos de Marjan tremeram e se fecharam, e a mão no cordão caiu no colo. A mão que segurava a minha ficou flácida.

Afastei o cabelo do rosto dela. A pele estava surpreendentemente macia depois de todos esses anos. Tentei sussurrar um adeus, mas nenhuma palavra saiu. Não consegui falar porque não queria ouvir minha própria voz. Eu queria ouvir sua voz melodiosa, suas palavras.

Um peso sombrio se espalhou do meu peito para os membros. Sentei-me e olhei para o mar. Uma ave estava agachada na beira de uma poça da água do mar. Alguma coisa viva se contorcia no bico.

CAPÍTULO 52

Daniel e Wayne tiraram uma porta dos destroços do *Lírio Negro* onde colocamos o corpo de Marjan. Encontrei umas flores roxas crescendo na grama em um ponto mais distante da água, colhi um buquê e coloquei em suas mãos. Molhei um pedaço de pano no mar e limpei o sangue da pele. Ela estava pálida e úmida e fria, como uma flor florescendo embaixo da água.

Thomas colocou duas pedras achatadas em suas pálpebras fechadas. Fiquei ao lado de Marjan enquanto os outros preparavam o funeral. Quando fechava os olhos, eu ainda via o rosto dela. Eu me sentia morta, como se meu espírito tivesse saído do corpo e vagado para outro lugar.

Havia uma projeção de rochas no mar, e Wayne e Daniel a levaram até lá, Thomas e eu atrás. Tive medo de uma onda jogá-la de volta nas pedras, mas a água estava mais calma à medida que a maré começava a subir.

Daniel e Wayne subiram nas pedras e colocaram a porta na água. O mar se encarregou de levá-la. Ela se afastou até que uma onda cresceu e a engoliu. Marjan não retornou.

O mar ficou uma superfície imóvel e lisa de novo. Gaivotas gritavam no ar e várias mergulharam na água, caçando onde ela tinha desaparecido. Quando a água a engoliu, pensei no homem que Pearl e eu largamos no mar antes de isso tudo começar. O que me contou que Row estava no Vale. Quando ainda éramos só Pearl e eu. Talvez tudo tivesse começado antes mesmo disso. Talvez algo em mim estivesse programado, como um alarme natural pronto para despertar. Mas pensei nisso com distanciamento, como se tivesse acontecido em outra vida, com outra pessoa.

Voltamos para perto do fogo em silêncio. Wayne colocou mais madeira nas brasas. Thomas se enrolou em um cobertor. Tentei me concentrar em movimentos simples, obrigando minha mente voltar a ficar firme e clara.

Lavei o pano que tínhamos usado como atadura para Marjan. Ajoelhei-me ao lado de Thomas e limpei o corte na perna dele, torcendo para a água salgada ajudar a impedir uma infecção até conseguirmos suprimentos médicos.

Daniel empilhou tudo que conseguiu encontrar no navio ao lado do fogo. Latas de sardinha, sacos de farinha. Potes de água limpa. Algumas jaquetas e um par de botas. Mais fósforos e uma latinha de querosene. Não era tanto quanto esperávamos, mas o casco estava danificado demais e submerso, impossível de entrar. A água gelada sufocaria quem tentasse encontrar alguma coisa. Daniel só conseguiu procurar na cabine do convés.

Comecei a me permitir procurar Pearl em mar e em terra. Uma oração se repetia em minha mente, desejando que ela aparecesse na primeira curva ou atrás de uma rocha.

Toquei no braço de Daniel.

— Está na hora.

Ele assentiu.

— Quando voltarmos, vamos precisar quebrar madeira do navio.

Percebi o que ele quis dizer e olhei para os poucos choupos finos na montanha. Desde que descemos, meus pensamentos ficaram atrasados e entalados; eu reparava nas coisas só momentos depois de ter olhado para elas. Fazia conexões sobre o significado das coisas só depois que já era óbvio. Estávamos presos ali. Não podíamos construir outro navio com tão pouca madeira. Se o que houvesse no Vale não fosse o que precisávamos, nós... Não me permiti concluir o pensamento.

— Tenho que procurar Pearl — falei para Wayne e Thomas.

— Onde ela está? — perguntou Wayne, a testa franzida.

— Eu a coloquei na canoa.

Wayne observou o mar e vi que duvidava de que tivesse sobrevivido.

— Mandei que fosse para o Vale — expliquei.

Queria que eles dissessem que tinham certeza de que ela estava lá, perfeitamente bem.

— E a epidemia? — perguntou Wayne. — Será que ainda está lá?

Eu não sabia por quanto tempo as epidemias de peste duravam nos vilarejos, mas tinha ouvido falar que as pulgas podiam carregar a bactéria por mais tempo do que os humanos e os roedores.

— Possivelmente — respondi. — Mas precisamos de abrigo e vamos ter que correr o risco. — Eu me agachei na frente do fogo e cutuquei as chamas com um galho. — Precisamos ir antes que escureça mais.

— Myra, só você e eu precisamos ir — disse Daniel suavemente.

— O quê? — perguntei, olhando para ele. — Nós precisamos de ajuda com os guardas dos Abades Perdidos. Deve haver vários ainda.

— Nós não deveríamos ficar juntos? — perguntou Wayne para Daniel. — Foi ela quem colocou a gente nessa.

Eu me levantei e limpei a areia da calça.

— Eu não pretendia que isso acontecesse.

Eu não sabia o quanto da culpa por nossos infortúnios era minha, mas sentia tudo em meu âmago, um fardo do qual não conseguia me livrar. Era como um peso morto embaixo do pânico latejante na garganta toda vez que eu pensava em Pearl.

— Não é culpa dela — disse Daniel.

Estiquei a mão para fazer Daniel parar. Eu não conseguia determinar o que era minha culpa e o que não era, mas podia assumir a responsabilidade de nos levar àquele destino.

— É. É culpa minha.

Wayne parou e me encarou, surpreso. Em seguida, se virou, olhou para o mar e balançou a cabeça.

— Eu sabia. Sabia que tinha que haver outro motivo para você querer tanto vir para cá. Mas quis arriscar mesmo assim. Achei que seria bom. — Wayne deu alguns passos para a frente e chutou uma pedra na espuma de uma onda. Virou-se para mim como se estivesse me observando pela primeira vez e encontrando uma coisa que não esperava.

— Thomas não vai conseguir se deslocar com aquela perna — disse Daniel. — Ele precisa de descanso e calor. E alguém precisa ficar aqui para vigiar. — Daniel e Wayne trocaram olhares. Um navio dos Abades Perdidos podia velejar pelos icebergs a qualquer momento para parar e coletar impostos.

Thomas olhou para o mar, o rosto pálido, os braços tremendo de fadiga ou frio.

— Vou ficar bem sozinho. Além do mais, como vocês dois vão encontrar Pearl e enfrentar os guardas?

— Você está machucado demais para ficar sozinho, Thomas. E, se houver algum problema, não vai conseguir ir até a montanha. Talvez a gente consiga encontrar Pearl sem alertar os guardas. Chegar e sair despercebidos — disse Daniel.

Wayne balançou a cabeça.

— Improvável. Não tem como eles não reconhecerem uma pessoa nova.

— Não temos tempo para planejar isso — falei, pegando minha bolsa. — Vamos ter que encarar o que vier.

Wayne olhou para mim e assentiu.

— Thomas e eu vamos ficar aqui resgatando as coisas do navio — disse ele. — Podem ir sozinhos. Eu e ele só atrasaríamos vocês.

Daniel tirou o mapa do Vale de uma das mochilas e o desdobrou.

— A gente vai ter que passar pela montanha — disse Daniel, os olhos no penhasco à nossa direita. — Ela é íngreme demais para escalar.

Olhei para cima e vi uma gaivota mergulhar do penhasco acima de nós até a água. Então era de lá que elas estavam mergulhando enquanto caçavam na costa.

Peguei o mapa da mão de Daniel e apontei para ele.

— Nós não deveríamos ir primeiro até a enseada? Ver se Pearl está lá?

Parte de mim não queria entrar ainda no Vale, com medo do que eu encontraria. Além do mais, e se ela estivesse na enseada e nós a perdêssemos indo direto para o Vale? Nossa ideia era atracar na enseada; o que aconteceu nunca esteve no nosso plano. Behir, Jessa, Abran, Marjan, todos mortos. Pearl desaparecida. Não era para ser assim. Minha mente ficava ignorando os fatos, procurando outra versão da realidade. *Não pode ser assim que tudo termina para nós.*

— São uns vinte quilômetros, pelo menos — disse Daniel, apontando para a costa que nos separava da enseada. — Você disse para ela ir para o Vale. Se a conheço bem, ela já está lá.

Sozinha, no frio.

Trinquei os dentes e assenti uma vez. Virei-me para o fogo e me agachei na frente dos suprimentos, enrolando uma jaqueta da pilha.

— Bem, pode me ajudar? Temos que levar um pouco disso com a gente — falei.

CAPÍTULO 53

Daniel e eu subimos sem parar por duas horas antes da escuridão cair. Havia tão poucas árvores que parecíamos ser as únicas coisas entre a montanha e o céu negro que nos pressionava com a palma da mão de alguém. O vento açoitava nossa pele e tirava o ar da nossa boca. Eu sentia cheiro de musgo e de pedra molhada e mais nada. Quando estava em terra, era comum sentir aroma de madeira, fumaça, peixe salgado, da agitação de outros corpos em um porto. Mas ali, parecia que estávamos sozinhos no mundo, as duas únicas pessoas que sobraram.

No mapa, a distância entre a costa aonde fomos parar e o Vale estava marcada como quase dez quilômetros, e Daniel e eu concluímos que conseguiríamos chegar lá em duas horas. Mas o frio e o terreno irregular e difícil nos exauriram mais rápido do que esperávamos. Eu não sentia mais meu rosto, nem as minhas mãos, nem os dedos dos pés. Daniel carregava um lampião pequeno à frente, mas o fogo acabaria antes do amanhecer. As estrelas estavam escondidas por nuvens e a lua era uma foice fina, oferecendo um leve véu de luz.

— Temos que parar um pouco — disse Daniel.

Ouvi um animal correr por uma pedra para um arbusto a alguns metros. Sobressaltada, olhei para a escuridão na direção de onde viera, mas só vi sombras.

— Não, vamos em frente — falei, tirando o mapa do bolso, as mãos tremendo enquanto eu tentava segurá-lo na luz do lampião.

Daniel arrancou o mapa da minha mão.

— Nós vamos congelar, Myra. Vamos acender uma fogueira aqui, agora. Tem uma rocha aqui. Vai bloquear o vento.

O vento soprou nas minhas costas e me firmei contra ele como uma árvore jovem em uma tempestade. Uma coisa quente subiu pela minha garganta e meu pescoço se encheu de suor.

— Ei — disse Daniel delicadamente, tocando meu braço. — Não vamos chegar nela mais rápido se não pararmos para nos situar.

Alguma coisa em mim estava se rompendo contra a minha vontade, minha determinação sumindo. Eu assenti e desabei atrás de uma pedra alta e irregular. Um amontoado de árvores pequenas e espinhosas crescia à direita, nos protegendo um pouco do vento. Acendemos a fogueira e nos encolhemos perto dela, os cobertores de lã em volta do corpo e sobre a cabeça. Daniel estudou o mapa à luz do fogo, pegou a bússola e observou a posição da lua. Me aproximei do fogo e deixei que aquecesse meu rosto.

— Estamos no caminho. Deve levar só mais uma hora. Beba um pouco de água — disse ele, me entregando o cantil.

Segurei-o sem firmeza e pensei em Pearl, sozinha no frio. Tentei lembrar o que ela estava usando quando a coloquei na canoa. Um suéter azul leve, uma calça marrom e as botas que Daniel tinha comprado para ela. O lencinho vermelho pendurado no bolso de trás. Um gorro de lã. Ela não estava de luvas, que eu conseguisse lembrar. Fechei os olhos e fiz uma careta, apertei as mãos e as abri na frente do fogo, botando-as tão perto que senti queimar.

— Myra — disse Daniel com tom intenso. Ele se inclinou para a frente, segurou meus pulsos e puxou minhas mãos de volta. — Pare.

Quero sentir alguma coisa, pensei. Meus olhos observaram os dele.

— Não vai mudar nada — disse ele, como se lendo meus pensamentos.

— Eu preciso mais dela do que ela de mim — falei.

As palavras surgiram espontaneamente nos meus lábios.

Daniel não disse nada a princípio. Ficou olhando para o fogo, e fiquei me perguntando se ele tinha me ouvido.

— Isso não é verdade — disse ele, a voz baixa.

Minha esperança de que Pearl e Row e eu pudéssemos ficar juntas de novo tinha sido uma visão irreal, uma esperança infundada e tola. Um pássaro sem asas.

Eu não conseguia entender. A viagem, a tempestade, o ataque. O fato de eu ter enganado a tripulação. O fato de termos ido até ali por causa de Row e agora eu ter perdido Pearl. Parecia justo e cruel, como uma ordem antiga ressurgindo e se afirmando, Sedna enviando criaturas das profundezas do mar, determinando o destino dos homens.

— O que você sentiu? — perguntei. — Quando seu irmão...

A grama tremeu ao vento e as árvores balançaram e ecoaram pela montanha. Daniel pegou uma fruta silvestre em um arbusto perto de nós e a espremeu nos dedos até estourar.

— Não pareceu certo. A sensação foi... incompleta. Vazia. Eu queria consertar o que tinha perdido. — Daniel balançou a cabeça. — Nem sempre dá para consertar as coisas, apenas para reconstruir.

Daniel atiçou o fogo com uma vara, as cinzas se soltando dos pedaços de madeira e se espalhando pelo vento.

— E se eu não conseguir encontrar nenhuma das duas? — perguntei, a voz engasgada.

— Isso não vai acontecer — disse Daniel.

Ele não se moveu; seu rosto estava rígido como pedra. A luz do fogo criava sombras dançantes no rosto dele. O piado de uma coruja rompeu o silêncio e os olhos amarelos dela brilharam a alguns metros em uma árvore.

— Jessa... Abran... Marjan... — comecei a falar.

— Isso não é culpa sua.

Olhei para ele de cara feia. Daniel estava agindo como se nada importasse. Se não era culpa minha, de que forma eu poderia interpretar? Assumir a responsabilidade por tudo era a única forma de aceitar os acontecimentos como reais. A única forma de eu não me sentir indefesa e descontrolada.

— Claro que é — falei com rispidez.

— O que você fez quando enganou a tripulação... Tudo bem, isso é culpa sua. Mas não o resto.

Balancei a cabeça. Tinha perdido Pearl pelo que fiz. Era punição.

— Houve momentos em que eu nem quis ser mãe — sussurrei. Apertei bem os olhos e senti uma dor vazia nos ossos. — Eu não queria ser responsável por outras vidas. Houve ocasiões em que desejei que elas sumissem.

Eu tive medo de perdê-las, mas houve momentos em que aquele desejo ficou rondando esse medo. Se ficasse livre delas, eu poderia desistir, eu disse para mim mesma. Poderia pular na água sem lutar, sem precisar fingir ser forte.

Mas agora, eu tinha perdido as duas e ainda assim não era capaz de jogar tudo para o alto. A respiração na garganta parecia uma maldição. Não parava de vir, de formar fumaça na minha cara, debochando de mim. Meu próprio corpo me traindo.

— Não consigo seguir em frente — falei para Daniel. Virei-me para ele, a voz tensa, os olhos ardendo. — Não consigo. Eu não tenho mais nada. — Minhas mãos foram ao peito, arranharam o casaco, querendo arranhar a pele. — É como se meu coração tivesse sido dilacerado.

Assim como as ondas mudam a forma de uma pedra, batendo nela até virar algo novo.

Segurei o casaco e o arranquei. Enfiei as unhas no peito e no pescoço, o ar frio entrando, a dor intensa das unhas na pele um alívio.

Daniel segurou meus pulsos.

— Myra. Pare com isso! Myra!

— Eu quero morrer — falei, soluçando, caindo no peito dele, meu corpo fraco e pesado.

Daniel aninhou minha cabeça no peito e puxou meu corpo para perto.

— Não tenho mais nada. Não tenho coração — murmurei.

— Myra, você não está sofrendo por não ter coração, você está sofrendo porque carrega dois corações a mais dentro de si. E é impossível se desfazer deles. Você vai ter de carregar esses três corações para sempre. As meninas são sua bênção e seu fardo.

Balancei a cabeça junto ao peito dele, o cabelo emaranhado no meu rosto. Eu não podia ir em frente; eu parecia não ter forças. Nem sabia como, nem em que direção seguir.

Faça a coisa mais difícil.

Você precisa se tornar alguém que ainda não teve que ser. O pensamento veio de algum lugar em mim que eu não sabia que existia. Pensei em peixes voadores, os que subiam da água para o céu, as barbatanas batendo como asas.

Pensei no meu pai e como o desespero devia ter colocado as garras nele. Não só o desespero pelo que tinha acontecido, mas o desespero por quem ele não podia se tornar.

Um ano antes de se matar enforcado, ele esteve presente em um incêndio na fábrica onde trabalhava. Foi um acidente elétrico em que a luz brilhou bem nos olhos dele e o deixou parcialmente cego. O mundo em que ele vivia virou um mundo de sombras.

Espontaneamente, uma lembrança que eu tinha esquecido surgiu. Era um dia de primavera depois do acidente e eu estava sentada na grama, procurando minhocas para usar de isca. Minha mãe estava no degrau da frente e meu pai veio caminhando depois de ter passado o dia todo procurando emprego. Todos os dias ele andava pela cidade, batendo à porta de lojas fechadas, implorando por uma vaga entre os trabalhadores de alguma fazenda.

Nesse dia, ele parou a uma curta distância da minha mãe.

— Só consegui ver seu rosto quando cheguei aqui — disse ele baixinho.

Ela contraiu a boca, olhou para mim e respirou fundo. Eu soube na hora que ela estava tentando não chorar. Ela foi até ele, o segurou pela mão e o levou para dentro.

Durante aquele ano, eu também o segurei pela mão e o levei por aí, contando tudo o que via. Para mim, foi divertido. Um jogo. Para ele, deve ter sido como voltar para dentro do útero. Os sons e as formas abafados conforme ele se fechava mais e mais dentro de si e de suas incapacidades.

O vento uivou pelas pedras e as nuvens se moveram sobre a lua, escuridão seguida do brilho suave de luz. Parecia que estávamos sentados na beira do mundo.

Eu ficava feliz de ser seus olhos, pai. Nós precisávamos um do outro. Se eu fosse o suficiente, você teria ficado.

Mas de repente algo em mim começou a resistir. Eu não tinha ido até ali para outra pessoa decidir quem eu era e o que valia. Eu não tinha ido até ali para ficar parada no mesmo lugar. Eu talvez ainda fosse aquela criança, mas também era outra pessoa. Como o céu virando mar, o horizonte mudando, sempre subindo.

Descansei junto a Daniel, o fogo nos aquecendo lentamente. Esperei. Depois de um tempo, coloquei as mãos na pedra e me levantei. As nuvens estavam indo para o leste, uma série de estrelas iluminava a paisagem. Havia amontoados de pequenas flores entre as pedras. A descida escura até o Vale era uma sombra comprida.

CAPÍTULO 54

Entramos no Vale antes do amanhecer. Um brilho rosado no horizonte nos forneceu luz suficiente para enxergarmos enquanto descíamos pela montanha. De longe, o Vale parecia um vilarejo recém-abandonado, manchado com a neblina. Havia baldes virados nas ruas, um gato selvagem andando na beirada de um poço, portas abertas e penduradas, roupas e utensílios domésticos abandonados em gramados, chaminés sem fumaça, um silêncio que se alastrava.

Quando chegamos mais perto, senti cheiro de morte. Pungente, pesado, um fedor que nem o vento era capaz de afastar. Engoli em seco. Ainda não havia sinal dos guardas dos Abades Perdidos.

Piras funerárias se espalhavam em volta do vilarejo. Uma base de pedras, um amontoado de madeira queimada, ossos e cinzas. De uma delas saía um filete de fumaça para o céu. Um corvo voou acima de uma pira distante, deu um rasante e desapareceu atrás de um barraco.

Alguns barracos nos arredores pareciam construídos às pressas, com laterais de metal marteladas em tábuas. Outras construções mais dentro do vilarejo eram feitas de pedra com telhados de palha. Algumas foram pintadas de cores fortes: carmim, amarelo, azul. Cores que pareciam fortes demais na paisagem cinza e verde. Deslocadas. A beleza misturada com o cheiro de morte se tornou desorientadora, irritante.

Descemos pela encosta da montanha por um caminho aberto por passos entre as pedras. As flores roxas que eu tinha colocado nas mãos de Marjan também cresciam no pé da montanha aqui. O vilarejo prosseguia por um quilômetro e meio a leste de onde estávamos.

— Você vai para o leste pelo lado sul, eu vou para leste pelo lado norte. Nos encontramos na outra extremidade — disse Daniel.

O gato selvagem pulou do poço. Meu estômago se embrulhou. O poço estava fechado, mas ainda havia o fedor de um corpo em putrefação.

— Tudo bem — respondi.

— Myra. — Daniel pegou minha mão e a apertou. — Nós vamos encontrá-la.

Eu assenti e apertei a mão dele. A determinação que vi no rosto dele me surpreendeu. Ele realmente acreditava naquilo.

Nós nos separamos e atravessei sentido sudeste. A construção mais próxima do poço tinha uma pichação no lado de metal com letras vermelhas de forma: CADÁVER NO POÇO.

Lembrei-me da lojista de Harjo, quando eu soube do ataque. A voz dela pareceu estar vindo de longe. Da claustrofobia repentina de todas as prateleiras da loja.

Observei o vilarejo e segui para trás de um muro de pedra desmoronando. O ar parecia pesado, denso demais para respirar. Uma sombra passou por uma porta aberta de uma casa próxima. Fui até a porta e parei na entrada, espiei com a mão apoiada na faca.

Um estalo nas tábuas do piso rompeu o silêncio. Entrei e meus olhos se ajustaram ao aposento escuro. A luz do sol entrava pelas cortinas de renda. Deviam ter sido trazidas de baixo quando a água subiu. Eram estranhas as coisas que as pessoas trouxeram quando fugiram para um terreno mais alto.

A sala era ocupada por uma combinação estranha de móveis: uma mesa de jantar velha, uma espreguiçadeira pequena, vários lampiões de querosene pendurados no teto. A casa tinha cheiro de terra e fezes e urina e comida podre. Todas as superfícies estavam sujas de lama. Entrei em um quarto com a faca à frente do corpo.

Havia uma mulher magra mais ou menos da minha idade sentada na cama. Ela levantou as mãos na frente do corpo, os olhos arregalados.

— Por favor — murmurou com um sotaque que não reconheci. — Por favor.

— Não vou fazer mal a você — falei, baixando a faca. — Tem mais alguém aqui?

Ela balançou a cabeça, mas olhei o quarto mesmo assim e mantive a faca na mão.

— Você viu uma garotinha? — perguntei, levantando a mão na altura do peito para mostrar a altura de Pearl. — Cabelo meio ruivo, pele morena. Usando suéter azul.

Percebi que era absurdo dar tantos detalhes. Qualquer garota estranha seria reconhecível em um vilarejo exterminado por uma doença.

A mulher balançou a cabeça de novo, mas pareceu ter sido mais por medo do que para me dar uma resposta real. Seus olhos se enevoaram e a senti se afastando de mim, como se estivesse mergulhando mais para dentro de si. Ela baixou as mãos para o colo e ficou perfeitamente imóvel.

Recuei e saí da casa. O sol tinha afastado a neblina e começava a esquentar. Continuei por casas abandonadas, procurando sinal de Pearl. Por um momento, esqueci que tinha ido até ali por Row.

Percebi movimento na janela de outra casa. Segurei a faca com mais firmeza e esperei que alguém aparecesse na porta. Ninguém. Talvez tivesse sido um animal. Ou a pessoa estivesse se escondendo de mim. Ou me vigiando.

Eu estava quase na metade do caminho até o lado leste do vilarejo. Havia mais algumas casas à frente e, depois, na extremidade sudeste, uma casa isolada, a mais ou menos um quilômetro das outras. Olhei para o mapa. Atrás dessa casa havia uma encosta íngreme que levava ao penhasco onde tínhamos naufragado, na praia.

Passei pelas outras casas, atraída por aquela última que, por algum motivo indiscernível, estava destacada demais. Era como se um ímã me puxasse até ela. Quando me aproximei vi um pedaço de tecido vermelho no gramado. Olhei de novo. Era o lenço de Pearl. Esfreguei o tecido entre os dedos.

Segui sorrateiramente para a casa, prestando atenção. Se os Abades Perdidos tivessem capturado Pearl e a estivessem mantendo lá dentro, eu precisava surpreendê-los. Mas não conseguia ouvir nada além das aves marinhas gritando acima do penhasco, de onde observavam a água e mergulhavam para pescar.

Tudo, exceto elas, parecia totalmente imóvel. Nem o vento parecia tocar aquela parte do vale.

Como em quase todas as casas, a porta estava entreaberta. Tinha sido construída com tábuas de madeira lixadas. As juntas se encaixavam perfeitamente, sem rachaduras preenchidas com lama, musgo e lascas de madeira.

"Um dia, vou construir uma casa para nós", dissera Jacob anos antes. Isso foi em um piquenique às margens do rio Missouri depois que ele me pediu em casamento. Foi a coisa mais romântica que já aconteceu comigo. Ele só tinha feito móveis para nós até então, mas sonhava em fazer uma casa. Acreditei no sonho dele, e quando fantasiava com a casa, ela era quase como aquela. Uma coisa pequena e simples, em um canto tranquilo.

Meus ouvidos latejavam. Fui até a casa e subi os degraus da varanda. Um deles estalou e fiquei paralisada, ouvindo. Pensei ter ouvido vozes, mas não sabia se era minha imaginação.

Parei na porta e olhei para dentro. Móveis feitos à mão, uma mesa lateral e uma cadeira de balanço, estavam perto de uma madeira. Eram quase tão reconhecíveis como o cheiro de uma pessoa. Móveis feitos por Jacob.

A voz que pensei ter ouvido antes ficou mais alta. Pearl.

Eu estava submersa, tentando subir. A necessidade de ar cresceu em mim, os pulmões bombeando em vão.

Corri pela sala na direção da voz dela. Entrei na cozinha. Pearl estava com o pai à mesa da cozinha, segurando uma xícara.

CAPÍTULO 55

Jacob. Fiquei olhando para ele, paralisada, chocada demais para conseguir engolir a expressão de surpresa que saiu pelos meus lábios. Minha mão subiu até o peito como se para segurar meu coração. Minha coluna estava rígida, minha mente, vazia, e fiquei parada com a pele ardendo, sem conseguir tirar os olhos dele.

Sacudi o corpo.

— Coloca isso na mesa — ordenei a Pearl.

Sobressaltada, Pearl obedeceu com cuidado. Corri até ela e a tomei nos braços, sentindo seu cheiro, mas sempre de olho em Jacob. Coloquei Pearl no chão ao meu lado, minha mão no ombro dela, mantendo-a um pouco para trás. Ela estava com a bolsa de cobras pendurada no ombro.

A cozinha era apertada e cheia de pratos em um carrinho pequeno e nas prateleiras. Havia desenhos de criança nas paredes de madeira. O sol entrava por uma janela acima da mesa, com vista para a encosta gramada. Quando olhei por ela, não consegui ver o céu e pareceu que uma onda de grama cairia sobre nós. Desejei o movimento do mar, não estar presa em um aposento com aquele homem, tudo tão estável e imóvel.

Jacob não tinha mudado, só estava mais magro e parecia mais frágil. Seu cabelo ainda era ruivo, o rosto sem rugas, os olhos castanhos e suaves.

— Oi, Myra — disse Jacob baixinho.

Seu jeito de falar me fez sentir mais fraca, como se minhas defesas estivessem desmoronando sem a minha permissão. Tentei me firmar. Seu porte familiar, o ângulo do queixo, o jeito como estava sentado debruçado na mesa, as sobrancelhas ligeiramente erguidas, como se para fazer uma pergunta.

Pearl olhou para mim e disse:

— Ele falou que é meu pai. Falei que meu pai está morto.

— Myra, ela é... — Jacob não conseguiu terminar. As maçãs do rosto dele estavam muito saltadas no rosto esquelético. — Ela me chamou de amigo da família. Você... deve ter uma foto.

Lembrei-me da foto que tinha com Row e Jacob, a que o vovô e eu mostrávamos nos postos comerciais tantos anos antes. Pearl e eu olhávamos para ela.

— Ela disse: "Você deve ser o amigo da minha mãe. Onde está a Row?" Olhei melhor para ela e... não consegui respirar. Ela, aqui... Eu pensei... que ela era um fantasma, uma aparição. Perguntei quem era a mãe dela e ela disse seu nome. — Jacob me olhou com os olhos brilhando de lágrimas.

— Ele caiu — disse Pearl simplesmente.

Jacob riu, uma lágrima escorrendo pela bochecha e caindo na mesa.

— É um milagre.

— Você não é nada dela. Você não é nada — falei.

Jacob apertou a boca e deu um pequeno aceno.

— Nós nunca fomos gentis um com o outro, não é? — perguntou ele.

Eu não soube o que responder. A traição dele, o fato de ter me abandonado com Pearl, muitas vezes era a única coisa de que eu conseguia lembrar. Era fácil esquecer todos os pequenos momentos de egoísmo e apatia, as muitas vezes em que demos as costas um para o outro. As vezes em que ele saiu de casa e passou dias com pessoas que eu não conhecia em vez de nos ajudar nos preparativos da partida. As vezes em que falou de suas preocupações e eu dei as costas para ele, fingindo não ouvir. Eu não queria me lembrar disso; misturava tudo e dificultava o pensamento.

Apontei a faca para Jacob. Minha mão tremia tanto que a lâmina chacoalhava. A raiva pulsava em mim e a cozinha pareceu se estreitar. Por baixo da fúria eu senti o desdobramento da vulnerabilidade, a sensação crua de saudade vindo à tona. Eu queria saber tudo e queria todas as minhas perguntas respondidas, mas também queria nunca mais ouvir aquela voz.

— Onde está Row?

Com uma expressão de dor, ele olhou para baixo. Senti-me despencando, suspensa. Queria sentir o impacto do outro lado. Eu precisava saber. Talvez fosse o único motivo de eu ter ido lá.

— Onde ela está? — perguntei de novo.

— A peste... — disse Jacob.

Ele parecia o mesmo, mas sua voz não. Estava mais suave. A voz de um homem destruído. Ele levantou o olhar até o meu e eu fechei os olhos. A voz dele me destrinchava como uma faca arrancando as entranhas da barriga de um peixe. Fiquei parada, flutuando, sentindo o vazio vibrar em mim.

— Vou mostrar — disse ele baixinho e se levantou.

Nós saímos da casa e ele nos levou para os fundos. Havia um machado enfiado em um cotoco de árvore e uma pilha de lenha ao lado. Havia algumas ferramentas no chão, abaixo de uma janela quebrada.

O vento estava mais forte e descia pela encosta, fazendo a grama ondular. Meu cabelo voou no meu rosto. O céu foi ficando mais escuro, mas a grama brilhava, dourada e intensa.

Fomos até um pequeno jardim e um barracão, e foi quando eu vi. Uma pilha de pedras e uma cruz de madeira na subida da encosta.

Quando chegamos ao túmulo, caí de joelhos na frente das pedras e esperei o impacto. Esperei estar do outro lado da dor. Por tantos anos sofri por Row não estar comigo, mas não consegui sentir a dor de perdê-la para a morte. Agora, eu estava do outro lado, o lado em que sabia a extensão total do que havia sido tirado de mim.

Eu esperei, por um bom tempo, mas não veio nada.

Pearl se ajoelhou ao meu lado e segurou a minha mão. Quando ela me tocou, desmoronei por dentro, como geleiras despencando no mar, apagando-se aos poucos. Encostei a cabeça no ombro dela e chorei. Ela acariciou meu cabelo.

Lembrei-me do rosto de Row, de como ela franzia o nariz quando sorria. Os dentes eram tão pequenos e eu me perguntava quando cresceriam e ficariam do tamanho dela. A voz tão aguda que parecia um canto de pássaro. Procurei as lembranças dela, querendo voltar no tempo.

Abracei Pearl e inspirei o cheiro dela até me sentir reconfortada. Quando finalmente me sentei, vi Jacob com o canto do olho, parado longe de nós, as mãos nas costas, a cabeça baixa. Não foi assim que imaginei. Estar ajoelhada na frente do túmulo de Row com Jacob por perto. Eu tinha imaginado Row, Pearl e eu juntos, Jacob morto, como se nunca tivesse existido.

Gradualmente, meu torpor abriu espaço para a raiva e seu fogo ardente de sempre. Encarei Jacob, mas o rosto dele estava desprovido de expressão quando me olhou, as linhas em volta da boca sofrida, os olhos pesados de cansaço.

— Quando? — perguntei.

Jacob mordeu o lábio e olhou para baixo.

— Fiz o túmulo quatro dias atrás. Queriam levar ela junto, para trabalhar no navio. Mas ela ficou doente.

Se tivéssemos chegado um pouco antes, eu poderia tê-la abraçado. Sentido a pele dela ainda quente, olhado em seus olhos e ouvido sua voz. Como eu poderia ter valorizado até a curva dos cílios dela, a aspereza dos cotovelos. Ter guardado tudo na mente, sustento para todos os dias vindouros. Como quando ela era pequena e eu beliscava a ponta dos dedos dela e juntas víamos o sangue voltar. Nós duas hipnotizadas pelo corpo, ela querendo palavras para descrever cada parte e cada sensação, eu satisfeita em testemunhar a vida acontecendo diante de mim. Nunca real o suficiente no meu próprio corpo, mas no dela, um despertar glorioso. Ela, meu segundo despertar, meu segundo nascimento.

Jacob se agachou e ajeitou uma pedra no túmulo. A grama ondulou ao redor, o cabelo ruivo brilhando no céu cinzento. Ele balançou a cabeça e prosseguiu:

— A epidemia não tinha acabado como pensamos. Não me deixaram... pegar o corpo dela. Queimaram com os outros. Então enterrei algumas das coisas favoritas dela.

Eu me levantei, chocada. Pearl se levantou ao meu lado e limpou a calça. Ela odiava terra. Não estava acostumada. Tudo parecia cheirar a poeira e terra e às coisas deformadas que perfuravam o solo.

— Você não estava com ela? — perguntei.

— Tiraram ela de mim meses atrás. Levaram todas as meninas da idade dela. Deixaram na cela. — Jacob olhou colina abaixo, para as pequenas construções de pedra perto do meio do vilarejo. — No começo, me deixavam visitá-la, mas depois disseram que ela ficou doente e precisava ser isolada. Eu só soube que tinha morrido depois que queimaram o corpo. Tentei lutar com eles quando a levaram e levei uma surra tão grande que quase morri. Eu tentei, Myra, eu tentei — disse Jacob, abrindo as mãos em um gesto de súplica, com rugas entre as sobrancelhas.

— Se você tivesse tentado, não estaria mais aqui — respondi. Row não teve ninguém para cuidar dela nos últimos dias. Ninguém para segurar sua mão. Um vento frio sacudiu a grama. — Por que você ainda está aqui?

Uma expressão de dor surgiu no rosto dele.

— Como você sabe que... — comecei.

— Nenhum navio de reprodução parou aqui. Eu fico de olho. — Jacob moveu a cabeça na direção do penhasco, de onde dava para ver toda a costa sul. — Uma manhã, a fumaça encobriu o céu de uma pira funerária e a cela estava quase vazia. Row e outra garota tinham morrido à noite. Eles não tinham motivo para mentir para mim.

Imaginei-a deitada em uma esteira suja em uma das casas pelas quais passei. Talvez uma construção de concreto de um aposento só ou uma casinha de pedra com janelas de menos. Imaginei-a com sede, querendo água, os tremores sacudindo o corpinho. Guardas na porta, comida entregue em uma bandeja enfiada por baixo da porta.

Não. Não pode ter terminado assim para ela.

Eu queria pegar a faca, mas mantive as mãos vazias. Limpei-as na calça e tentei espantar a raiva. Eu sabia que Jacob podia ser cruel em sua fraqueza, mas nunca imaginei a forma que podia assumir e o quanto me afetaria.

— Me disseram que eu pioraria as coisas para ela se ficasse lutando com eles — disse Jacob. — Você não vê? — Jacob levantou os braços e girou, indicando o vale abaixo, os penhascos, o mar. — Estamos sozinhos agora. Não está mais como antes.

Eu poderia dizer o que sabia: que era possível escolher estar sozinho como se podia escolher todo o resto. Nada no mundo mudava o fato de isso ser escolha sua. A esperança nunca bateria na sua porta. Era preciso abrir caminho até ela, arrancá-la das rachaduras da sua perda, de onde saía como uma erva-daninha, e se agarrar a ela.

Mas não falei; eu mal conseguia falar com toda a raiva que comprimia minha garganta.

— Você nunca acreditou em Pearl e em mim. Em nenhuma de nós — falei, estreitando os olhos e contraindo o corpo como uma corda enrolada em um poleame. — E nos deixou sozinhas para morrer.

A grama dourada oscilou em um sopro de vento que vinha do penhasco e descia a colina. O cheiro de vegetação secando no frio do inverno veio da terra e nos envolveu. Em pouco tempo, a colina estaria coberta de neve.

Jacob apertou os olhos.

— Não tinha lugar.

— Não tinha lugar? — perguntei, minha voz quase inaudível.

Jacob apoiou a cabeça nas mãos, mas depois as abaixou. Quando falou, foi como se estivesse recitando uma história decorada anos antes.

— O barco era do David. Eu o conheci algumas semanas antes da barragem romper. Ele e a família estavam planejando fugir e disse que tinha lugar para mais duas pessoas. Eu perguntei se... perguntei se poderia levar uma pessoa a mais, queria levar você e Row, mas ele disse que não. Ameaçou não nos deixar ir. Principalmente quando descobriu que você estava grávida… — A voz de Jacob falhou e ele olhou para Pearl. Ela o encarou, o rosto inexpressivo, os braços para baixo. Houve um movimento no saco de aniagem dela. — Além do mais, eu tinha perguntado sobre isso naquele dia em que você estava tirando ervas daninhas na horta e você disse que não ia. Eu não podia ficar esperando seu avô terminar o barco, sabe? Eu estava ficando louco, perdendo a coragem. Eu sabia que a barragem ia romper.

Ondas bateram nas pedras abaixo, um ruído constante, o intervalo entre cada colisão preenchido por um gemido baixo do vento.

— Você poderia ter esperado. Poderia ter dito qualquer outra coisa.

— Você nunca me ouvia, Myra!

— Você está tentando botar a culpa em mim agora? Você planejou ir embora, Jacob! Foi até o fim com esse plano e nos abandonou, mas a culpa é minha?

— Não é culpa sua. É só que… você sempre estava esperando que eu me tornasse seu pai.

Fiquei tensa à menção do meu pai. Os cabelos da minha nuca se eriçaram e as palmas das mãos ficaram suadas. O grito de um pequeno animal veio do Vale, perseguido pelo predador. Talvez um falcão, as garras na barriga da presa. Balancei a cabeça para Jacob, mas sabia que ele estava falando a verdade.

— Você sempre me tratava como se eu fosse fraco e não fosse digno de confiança. Sempre me olhava como está me olhando agora.

— Como?

— Essa expressão que diz que você espera que eu decepcione você.

— Você sempre cumpriu essa expectativa.

Jacob fechou os olhos e suspirou.

— Eu quase morri de tanta culpa depois que deixei você. Eu queria morrer. Mas fiquei para cuidar de Row.

— E você fez um ótimo trabalho — falei com desprezo.

Eu fervia de raiva de mim mesma. Como pude amá-lo?

— Me desculpe, Myra. Me desculpe, mas... eu não poderia ter feito diferente. — Ele deu de ombros, abriu bem os braços e os baixou. — Não sobrou nada certo neste mundo.

O queixo de Jacob tremeu e ele piscou para conter as lágrimas. Um pássaro voou acima de nós e pousou no túmulo de Row.

— Você fez o que era fácil. Você sempre fez o que é mais fácil para você — falei.

Jacob fechou os olhos e vi pânico quando voltou a abri-los. Ele abaixou a cabeça e a apoiou nas mãos, com os dedos nos olhos. Olhou colina abaixo, pelo Vale, como se procurasse alguma coisa. De repente, tive a sensação estranha de que ele estava esperando alguém chegar.

O pássaro bateu os pés e arranhou a cruz de madeira, impaciente. Eu o encarei. Ele balançou a cabeça para nós como se estivesse esperando alguma coisa, um prêmio por um trabalho bem-feito.

Havia uma garra de metal no tornozelo dele. O mundo se estreitou.

— Você contou para eles — sussurrei, olhando para Jacob.

Jacob tinha enviado uma mensagem para os guardas dos Abades Perdidos, dizendo que estranhos tinham atracado no Vale. Para alertá-los para virem atrás de nós.

CAPÍTULO 56

Minha faca estava na mão antes de eu perceber. Pulei para cima dele, que cambaleou para trás, se virou e correu encosta acima.

Corri atrás dele. Ele olhou para trás, as pernas se movendo furiosamente, o cabelo balançando. O medo nos olhos dele espelhavam meu próprio pavor, a percepção parcial do que eu estava fazendo surgindo bem diante dos meus olhos. Alcancei-o depois de pouco mais de dez passos e pulei. Segurei-o pela barra da camisa e nós dois caímos no chão, rolando por pedras e grama seca. Em uma imagem fugidia, lembrei-me de uma briga na nossa cama no Nebraska, por causa de uma carta que ele não queria que eu visse, nossos membros emaranhados, nossos rostos próximos.

Rolei de debaixo dele e dei uma cotovelada forte nas costas. Apoiei o joelho nas costas dele e empurrei com todo o meu peso. Ele tentou respirar e arranhar minha perna, mas não conseguiu.

Peguei um punhado do cabelo dele e puxei a cabeça para trás, apoiando a faca na lateral da garganta dele. Isso também era o que eu queria, descobri com um tremor de horror. Eu queria isso quase tanto queria ver Row de novo. Reverter o passado. Não ser a parte impotente.

— Não — ofegou Jacob.

Minha mão apertou a faca e meu corpo se contraiu. Os olhos dele estavam vidrados em alguma coisa colina abaixo e olhei para o mesmo lugar.

Pearl estava abaixo de nós na encosta, perto do túmulo da irmã. Ela deu alguns passos na nossa direção, o queixo inclinado para cima, a grama ondulando em volta dos tornozelos; era a única coisa em movimento embaixo do céu cinzento.

E voltei a me sentir a bordo de um navio destruído, sendo jogada novamente contra o litoral. Suspensa, no ar. Vários fios do cabelo ruivo de

Pearl voavam ao vento. A curva perfeita do queixo. A voz presa em sua garganta pequenina.

Ela não merecia nada daquilo. Ver a mãe matar o pai. O quanto já tinha visto que não deveria? Um soluço cresceu em mim e soltei um berro gutural, curto e breve, uma explosão de escuridão. Como expelir sede de sangue, só que com dor voltando para o vazio deixado por ela.

— Me deixe ajudar — sussurrou Jacob. Ele tentou levantar a mão do chão, mas estava tremendo tanto que ele a baixou novamente. — Me deixe cuidar deles para que vocês possam fugir.

— Eu não confio em uma palavra do que você diz — rosnei.

Rolei-o para ver seu rosto, mas mantive a faca apontada para ele.

— Myra, quando ela chegou aqui eu não sabia...

— Não sabia que ela era sua filha? Mas entregaria outra criança para eles? É isso que você faz? Chama esses malditos ao sinal de qualquer pessoa?

Jacob fechou os olhos.

— Não tenho orgulho de nada do que fiz. Quando me dei conta de quem ela era... — A voz de Jacob falhou e ele mordeu o lábio. Ele explicou que primeiro a viu ao longe e que mandou a mensagem imediatamente, antes de pensar. — Eles me torturam se não fico vigiando. É por isso que me deixam morar aqui. Eu fico de olho nos barcos que se aproximam. Quando ela veio na direção da minha casa, foi como ver um fantasma que me assombra há anos. — Jacob balançou a cabeça. — Por favor, me deixe fazer só isso. Para vocês duas poderem fugir. Desde que Row morreu eu sinto que preciso fazer alguma coisa. Acho que o tempo todo eu estava esperando você chegar.

Eu o encarei e vi que ele estava falando sério. Jacob muitas vezes escondeu a verdade de mim, mas não conseguia mentir na minha cara. Faltava-lhe a coragem e a certeza para ser convincente e falso.

Em vez de gratidão, senti uma onda de poder. Eu podia negar tudo a ele, assim como ele tinha feito comigo. Lembrei-me de quando estava no

Sedna, que queria encontrar alguma coisa entre vingança e absolvição, mas não era o que eu queria naquele momento. Eu não queria dar nada a ele. Queria tirar todas as escolhas que lhe restavam e enfiar a faca em seu peito.

— Não há redenção para você, Jacob.

Jacob franziu a testa.

— Eu sei — murmurou ele. — Não posso salvar você, mas você pode se salvar. Eles vão chegar a qualquer minuto, Myra.

As aves no penhasco levantaram voo de repente, as asas em frenesi, como se atendendo a um chamado inaudível. Peitos brancos, asas negras, uma faixa laranja acima dos bicos. Subindo no ar, os pescoços esticados, os olhos em alguma coisa ao longe.

Faça a coisa mais difícil.

Pearl estava subindo a encosta na nossa direção. Pequenas flores roxas tremiam na grama alta ao lado de Jacob. Agora, reparei que pareciam as flores que ele tinha colocado na bandeja na manhã em que levou café na cama para mim. Eu tinha me esquecido delas, do cheiro melado, o roxo suave de quando o pôr do sol desaparece na escuridão. Eu também tinha esquecido que tínhamos brigado na noite anterior a essa, não lembrava por quê. Algum atrito sobre racionamento ou sobre Row ou sobre como lidar com os imigrantes passando.

Ele estava tentando se reconciliar, pensei. Tentando nos ajudar a deixar o motivo da briga para trás. Ele não era bom em muitas coisas, mas nisso sim. Em tomar a iniciativa, tentar reconstruir.

Eu precisava seguir em frente. Pearl e eu precisávamos. E enfiar a faca nele não ajudaria. Pearl parou ao meu lado, esperando para ver o que eu faria. Soltei Jacob e me apoiei nos calcanhares, mas observei seus movimentos com cautela e mantive a faca apontada para ele.

— Isso não muda o que você fez — falei.

Jacob engatinhou para trás, para longe de mim. Apontou para um amontoado de arbustos e árvores jovens a uns seis metros colina abaixo.

— Se escondam ali. Vou dizer que vocês já fugiram para lá — disse ele, apontando na direção oposta dos arbustos. Vozes soaram na casa, e ele olhou para baixo e praguejou. — Eles já chegaram. Merda. Não consigo enfrentar três, mas vou tentar ganhar tempo para você, ok? Se me matarem, você tem que correr para o Vale e se esconder nas casas vazias. Vai.

Segurei a mão de Pearl e a puxei para os arbustos. Engatinhamos no meio da vegetação e nos deitamos no chão, atrás de um arbusto carregado de frutas silvestres.

Jacob começou a descer a colina. Os três tinham ido. Uma mulher careca liderava o bando e dois homens a seguiam, um magrelo que mancava e o outro alto e com peito largo. Nós os víamos entre as frutas e galhos, mas não os ouvimos quando começaram a falar.

A mulher girava um machado pequeno. A irritação franzia sua testa. Ela disse alguma coisa para Jacob e fez sinal para a colina, onde eu o tinha atacado. Ela tinha nos visto, eu soube com um peso no estômago. Provavelmente da casa, quando estávamos expostos na encosta.

Jacob fez sinal, balançou as duas mãos abertas para a frente e para trás, discordando de alguma coisa. O rosto dela permaneceu impassível, a boca em uma linha firme. Fui tomada de náusea.

O homem grande se mexeu com inquietação e limpou a faca na barra da camisa.

O homem magrelo investiu a faca contra Jacob, que pulou para trás e puxou uma faca do próprio cinto. Jacob jogou a faca no homem magrelo, cravando a lâmina no peito dele. O homem cambaleou para trás e caiu na grama.

Os dois acompanhantes encararam Jacob com surpresa. Até eu fiquei atônita com a mudança de atitude porque o Jacob que eu conhecia era o tipo que fugia de briga. Pela primeira vez, ele pareceu ser pai de Pearl. Estava parado como Pearl às vezes ficava, os pés separados, os ombros empertigados, como se soubesse que o mundo nunca pertenceria a ele, mas que ficaria ereto mesmo assim.

A mulher moveu o machado, e ele se abaixou e pulou no homem maior, os braços em volta do peito, tentando derrubá-lo no chão.

Pearl apertou minha mão. Quando a encarei, percebi que nós duas sabíamos: assistíamos a Jacob morrer ali. Fora isso, seus olhos estavam escuros e ilegíveis, como se janelas tivessem sido fechadas. Minha respiração ficou entrecortada e tentei engolir, mas minha boca parecia cheia de lã.

Isso não vai dar certo, percebi. Jacob tinha razão; ele não conseguiria derrotar todos sozinho.

Eu não conseguia pensar direito sem o movimento do mar. O cheiro de terra, os galhos, tudo me sufocava, me fazia sentir presa e impotente.

Lembrei como Jacob me olhou quando entrei na igreja no dia do nosso casamento. Da adoração no rosto dele, da ansiedade que o fazia apertar as mãos sem parar.

Lembrei que às vezes eu sentia como se estivesse no lugar dele, tomada de incerteza e de culpa. Eu via sua silhueta à luz da janela e sabia que o mundo que eu via era diferente aos olhos dele.

Lembrei que ele não olhou para mim quando botou Row no barco. Eu ainda sentia a mesma raiva, ainda era incapaz de perdoá-lo, não conseguia nem pensar. Mas isso não mudava o fato de que todos morreríamos se eu não fizesse alguma coisa.

Jacob se atracou com o homem maior, tentando derrubá-lo, mas levou um soco e caiu no chão. Ele se levantou quando a mulher golpeou com o machado na barriga dele. Fechei bem os olhos. Ao abri-los, vi Jacob de joelhos, sangue jorrando da barriga.

E senti aquele golpe em mim. Apertei e arranquei um punhado de grama, uma explosão de terra aromática e estranha. Mordi o lábio com tanta força que senti gosto de sangue. Ele dissera para irmos nos esconder nas casas abandonadas, mas até quando? Até que fossem nos procurar. Estávamos a poucos metros. Eles olhariam nos arbustos primeiro, o único esconderijo na encosta vazia. Se corrêssemos para o Vale naquele momento, eles nos veriam. Eu tinha que acabar com aquilo imediatamente.

CAPÍTULO 57

— Fique aqui — ordenei a Pearl.

— Não — disse ela, começando a se levantar.

Segurei o ombro dela e a empurrei para baixo.

— Não discuta, Pearl! — rosnei.

Eles giraram em círculos, procurando na colina qualquer sinal nosso. Esgueirei-me entre as árvores e saí de trás dos arbustos. Os dois me viram e começaram a se aproximar, mas dei meia-volta e subi a encosta, para longe do túmulo de Row, mais perto da beirada do penhasco.

Parei a uma distância curta da beira. A grama estava tão seca que quebrou quando pisei e saiu voando com o vento vindo do mar. Senti fumaça vinda do acampamento abaixo e o cheiro me fez pensar em como teria sido o Vale quando os Abades Perdidos invadiram o local pela primeira vez, como as coisas ficam sombrias e sujas quando se está sendo atacado. O fogo, os canhões, os corpos no chão. Sua vida bloqueada por uma nuvem através da qual nada se vê.

Eu estava tremendo. Encolhi os ombros, projetei a cabeça, baixei o olhar.

— Minha filha — ofeguei quando eles estavam perto o suficiente para ouvir. — Ela caiu. — Olhei pelo penhasco, como se espiando um corpo lá embaixo.

O homem estava com um corte na testa e passou o braço no local para limpar o sangue. O rosto da mulher era enrugado e pálido. O machado estava frouxo na mão. Ela apertou a boca e olhou com impaciência para mim e para o precipício.

Botei a mão no peito como se em sofrimento e cheguei mais perto da beira.

— Ei — disse o homem, dando um passo à frente para me puxar para longe da queda.

Soltei o pulso da mão dele, passei para trás dele num movimento rápido e o empurrei. Ouvi a mulher emitir um ruído de surpresa. Ele não caiu como eu esperava, sua trajetória não foi visível. Ele simplesmente desapareceu e reapareceu lá embaixo.

Dei alguns passos para longe do penhasco e encarei a mulher. O ar era uma arma que só podia ser usada uma vez agora que ela sabia minhas intenções. Desembainhei a espada longa. A mulher ergueu o machado e o segurou com as duas mãos, como se pronta para girá-lo como um bastão de beisebol.

Um grito me assustou, o grito selvagem de um animal caçando na escuridão. Colina abaixo, Pearl veio correndo.

A mulher golpeou com o machado e eu me abaixei e pulei em cima dela, passando a faca em seu pescoço. Raspei na pele dela, que levou a mão ao pescoço. Seus olhos ficaram sombrios, ela levou o machado até a altura do ombro e veio até mim.

Atrás dela, eu via Pearl chegando cada vez mais perto. A mulher tentou acertar minha barriga e dei um pulo para trás. Quando me acertou acima do quadril direito, senti a dor se espalhar. De repente perdi toda a força nas pernas e caí.

Pearl chegou no alto da colina e parou perto de nós, o cabelo ruivo voando. Suas mãos estavam vazias, uma na lateral do corpo e a outra na abertura da bolsa.

Tentei me levantar, derrubar a mulher antes que ela pudesse chegar em Pearl, mas minhas pernas cederam e eu caí no chão.

Havia sangue pingando da lâmina do machado. A mulher o ergueu novamente para atacar Pearl. O suor escorreu nos meus olhos, mas trinquei os dentes e pulei na mulher. Enfiei a faca na bota dela, prendendo-a no chão. Ela gritou e puxou o pé, tentando se soltar. Moveu o pé para cima com a faca ainda presa, cambaleou para trás e caiu.

— Pearl, corre! — gritei.

Tentei me levantar de novo, mas minhas pernas se dobraram com fraqueza. Apertei uma das mãos no ferimento e me apoiei na outra mão, os dedos afundando na terra.

Pearl me olhou com irritação. Enfiou a mão na bolsa e tirou dali uma cobra se contorcendo. Era uma que eu não tinha visto, e na minha mente turva fiquei tentando entender por que Pearl estava exibindo cobras.

A mulher arregalou os olhos de horror e se apoiou nos cotovelos, arrastando-se para trás, os calcanhares criando pequenas nuvens de terra. Ela deu gritinhos quando Pearl se aproximou com a cobra. Gritos de pavor. Eram víboras, percebi. Pearl tinha me desobedecido o tempo todo. Surpresa e alívio surgiram ao mesmo tempo. Pearl jogou a víbora na mulher. A cobra fez um arco por cima de mim, uma mancha marrom. Caiu no peito dela, e quando ela levantou a mão para dar um tapa no animal, a cobra cuspiu veneno nos olhos dela.

A mulher gritou, enfiando as unhas nos olhos enquanto a cobra deslizava para longe na grama. Pearl chegou mais perto e jogou outra cobra, que mordeu o pescoço da mulher rapidamente três vezes, caiu e desapareceu na grama.

A mulher se arrastou para trás, cada vez mais perto da beirada do penhasco, até que algumas pedras caíram e estalaram ao se chocarem com as rochas embaixo.

— Esse é Charlie, meu favorito — disse Pearl educadamente, como se o apresentando.

Ela o segurou pela cabeça e a outra mão segurava o corpo enrolado, como se ele fosse uma chaleira.

Os olhos da mulher estavam apertados, com pele vermelha inchada em volta. Lembrei-me de quando li os panfletos distribuídos nos portos, os mesmo que fiz Pearl estudar para aprender quais cobras eram venenosas. O veneno de víbora queimava como ferro líquido, endurecia o sangue nas veias, fazia o corpo se contorcer em busca de oxigênio, a dor irradiando pela coluna.

Minha visão estava ficando turva, o mundo achatado e cada vez mais distante à medida que eu perdia a visão. Tirei a mão do ferimento na lateral do corpo. Vermelho forte na luz do sol. Fiquei surpresa, apesar de já saber que estava com hemorragia.

— Demora um dia inteiro para você morrer — disse Pearl para a mulher. — Mas como você tem mais picadas, talvez seja mais rápido.

Caí na grama quando ouvi o corpo da mulher bater nas rochas abaixo. A última coisa que vi foram pássaros no céu. Várias gaivotas subiram pelo penhasco, passaram voando por Pearl e por mim, passaram pelo túmulo de Row e desapareceram no horizonte oposto, como fantasmas.

CAPÍTULO 58

Acordei na cama de Jacob. As camisas grossas de flanela e as calças pesadas dele estavam empilhadas em uma prateleira ao lado da porta. Havia um pequeno buquê de flores roxas em uma xícara na mesa de cabeceira. A luz do sol entrava pela porta aberta que dava para a cozinha.

Daniel entrou no quarto, os calcanhares das botas arrastando na madeira. Ele estava um pouco curvado, olhando para mim por uma mecha de cabelo nos olhos. Havia uma atadura branca enrolada em sua mão. O sol cintilava no copo de água que ele segurava. Inspirei fundo. Daniel e o copo de água formavam um conjunto lindo no qual pude me concentrar por um tempo.

Ele o levou aos meus lábios e bebi, o líquido apurando meus sentidos, desanuviando minha mente. Ele saiu e voltou trazendo Pearl. Ela ficou parada um minuto na minha frente antes de falar. Seu rosto tinha mudado nas horas em que ela ficou longe de mim. Os olhos tinham um peso que eu sabia que seria impossível de alcançar.

— Eu queria que você tivesse encontrado ela — disse ela baixinho.

— Eu queria que você tivesse conhecido ela — falei.

Você já viu tantos túmulos, filha. De água, de terra. Engoli o nó que havia na minha garganta.

Pearl subiu na cama comigo e escondeu o rosto em meu pescoço. Suas costas tremeram e ela soltou um soluço. Fiz carinho em seu cabelo e murmurei. Às vezes, era fácil esquecer como ela era pequena.

Se eu me sentasse, conseguia ver a cozinha e observar Daniel e Pearl procurando comida. Não havia sobrado muito, mas encontraram um tomate podre, meio saco de farinha e dois ovos em uma caixa refrigerada. Daniel abriu um ovo em uma tigela de madeira e cheirou, depois abriu o segundo. Provavelmente ainda estavam bons, porque ele acendeu o fogo e os fritou para nós. Depois que terminou de preparar os ovos, misturou água com farinha e fez uma panqueca caroçuda na frigideira.

Comemos em silêncio. Pearl lambeu o polegar e passou pelo prato, recolhendo todas as migalhas. Olhei para trás de Daniel e Pearl à mesa, para um dos desenhos de Row na parede. Era um desenho feito com carvão, de uma baleia. Talvez aquela que tinha encalhado na margem da praia abaixo, porque a baleia que ela desenhou não estava na água, mas presa em terra.

Descansei por um dia, tomando o cuidado de não me mexer e não abrir o corte na lateral do corpo, onde Daniel tinha amarrado um lençol velho apertado. Na tarde seguinte, falei para ele:

— Nós deveríamos voltar até os outros.

— Descanse mais algumas horas.

Daniel explicou que tinha sinalizado para eles com uma bandeira e escrito um bilhete avisando que estávamos em segurança. Amarrou em uma pedra e a jogou do penhasco.

— Eles não vão a lugar nenhum e nós deixamos comida e água suficientes — disse Daniel. — Ele puxou uma cadeira para perto da cama, se sentou e pegou minha mão. — Pearl e eu estamos cavando um túmulo para Jacob ao lado do de Row. O chão está congelado e vamos demorar mais algumas horas.

Eu assenti. Daniel me observou como se quisesse que eu dissesse alguma coisa, mas eu não falei nada.

— Eu estava pensando na minha mãe hoje de manhã — disse ele. — Foi alguma coisa na luz aqui. Nos nossos últimos dias juntos, ela levantava os dedos para tocar na luz do sol e virava a mão, como se a luz fosse água corrente, escorrendo sobre a pele. — Daniel balançou a cabeça e passou o polegar pela minha mão. — A gente se acostuma com a perda do mesmo jeito com que se acostuma com a água. Não dá para imaginar a vida antes dela, não tê-la ao redor.

Pensei em como, durante a enchente, os corpos apareciam em toda margem nova que a água fazia. O sol levando pele e carne, os ossos polidos a cada onda.

Row se foi, eu repetia sem parar, tentando me obrigar a acreditar. Eu precisaria aprender a cuidar de mim mesma depois da perda dela. Eu precisaria abrir espaço para minha perda e para minha esperança, deixar ambas persistirem e mudarem como quisessem.

Havia um hematoma no queixo de Daniel. Toquei com cuidado, e ele se encolheu. Seus olhos eram tão claros que me davam a sensação de estar caindo. Ele esticou a mão e afastou o cabelo do meu rosto. Eu me inclinei para a frente, a dor irradiando do ferimento, e o beijei.

Naquela tarde, me levantei e testei meu equilíbrio. Vi Daniel e Pearl pela janelinha. Estavam trazendo cestos com maçãs. Devia ter um pomar ali perto, refleti. Eles estavam andando lado a lado. Quando se aproximaram, vi lágrimas no rosto de Daniel, que ele enxugou com o dorso da mão, escondendo o rosto para Pearl não ver. Eu sabia que ele achou que talvez nunca mais encontrássemos Pearl e só fingiu confiança para mim na montanha.

Remexi nas gavetas de Jacob em busca de mais roupas quentes. Um vento frio descia pela colina e fez a casinha tremer. Empurrei calças de lã para o lado e peguei um suéter pesado tricotado com fio amarelo grosso. Havia um desenho embaixo do suéter.

Era outro dos desenhos de Row, mostrando um rio e grous. Estava do mesmo jeito de tantos anos antes; a lembrança dela também era a minha. Um grou em pleno voo, acima do rio, a caminho do canto superior do papel. Embaixo, num rabisco quase ininteligível de criança, estava a palavra *mãe*. Imaginei-a mergulhada na lembrança dos mesmos dias que eu lembrava, se abrigando neles, um espaço compartilhado por nós duas.

Fiquei sem fôlego e tonta. Encostei-me na parede e deslizei até o chão e apoiei a cabeça nos joelhos; o desenho caiu no chão à minha frente. Então me permiti chorar, deixar que o chão me abraçasse.

Eu me sentia a Terra durante a enchente, tanta coisa caindo sobre mim; não só a dor, mas a também saudade. E eu sabia que era preciso sentar e esperar que passasse, os sentimentos crescendo sem parar, me esmagando, meu coração se deslocando nas profundezas, todas as partes rearrumadas.

Quando passamos pelas montanhas e voltamos para o acampamento na praia, a neblina estava começando a se dissipar. O rosto de Wayne e Thomas foi tomado de alívio quando eles nos viram chegando. Deram um pulo e correram até nós, tiraram as bolsas dos nossos ombros e nos abraçaram.

Thomas e Wayne tinham retirado toda a madeira e corda aproveitáveis do *Lírio Negro* e colocado para secar na praia. Eu sabia que não era para reconstruir um navio, primeiro porque não havia madeira suficiente, mas, além disso, estávamos todos cansados do mar. Nosso lugar era ali agora, no mínimo porque foi onde naufragamos. Onde teríamos que reconstruir.

Fizemos uma fogueira atrás da pedra preta grande e nos encolhemos juntos. Enquanto estávamos fora, Thomas e Wayne tinham recolhido mexilhões em uma bacia. Nós cozinhamos no fogo e conversamos sobre o vilarejo enquanto comíamos.

Daniel e eu descrevemos a epidemia, as casas vazias, o poço envenenado, os guardas mortos. Os Abades Perdidos voltariam em breve. Era provável que atracassem na enseada e subissem a montanha até o Vale para fazer sua coleta. Precisaríamos estar prontos para isso.

Daniel tinha visto um jardim e pomar grande no lado norte do vilarejo, agora descuidado e abandonado. Podíamos revirar o solo e podar os galhos, encorajar um novo crescimento. Podíamos morar em algumas casas abandonadas, consertá-las com a madeira tirada do navio. Podíamos construir uma escada para jogar pela lateral do penhasco, facilitando o acesso à água na hora de pescar. Uma escada que pudéssemos puxar durante ataques.

No caminho de volta pelo vilarejo, vimos mais algumas pessoas vagando pelas casas e pelas ruas. Elas se moviam como se ainda estivessem com medo, embora mais ousadas com a morte dos guardas. Pareciam curiosas com a nossa presença ali.

Enquanto caminhava, fui planejando uma abordagem. Eu não tinha o carisma de Abran, a capacidade dele de unir pessoas, mas teria que tentar. Precisávamos da ajuda delas se queríamos construir o refúgio com o qual Abran e o irmão sonharam.

Mas as perguntas eram muitas. Eles nos deixariam ficar? O quanto seria seguro ficar com estranhos? Que histórias e segredos eles guardavam e que seriam a base inconsciente da nossa comunidade?

Olhei para cada rosto à minha volta à luz da fogueira. Antes daquilo tudo, éramos só Pearl e eu, sozinhas no mundo. E agora, cada novo indivíduo era como uma boia no mar escuro. Thomas com um espírito que parecia intocado pela escuridão. Wayne com a disposição de enfrentar problemas. Daniel com sua presença firme. E Pearl, selvagem como um animal que eu jamais iria querer domar. Senti uma proteção maternal por cada um deles. Eu os conduziria pelo que viesse, tentaria cumprir a promessa que fiz a Abran. Quando a água cobriu a terra, senti como se estivéssemos sendo apagados. O mundo todo feito um túmulo. Mas nos elevaríamos com o horizonte se ele continuasse a subir; marcaríamos o céu com nossa silhueta antes que ele desaparecesse nos limites da Terra.

Lembrei-me da vez em que levei Row para pescar com o vovô e havia um peixe no barco que estava batendo as barbatanas no ar.

— Voa, voa — dissera Row.

Nós o jogamos na água e ele saiu nadando.

Pensei na ocasião que ela tinha dito isso porque queria que o colocássemos de volta na água; que ela não tinha dominado a diferença entre *nadar* e *voar*. Mas agora, acho que ela podia estar só falando sobre voar, porque queria que tudo fosse pássaro. Eu também desejei esse tipo de ascensão. Que tudo se elevasse aos céus, acima da morte certa, que houvesse uma parte de você sempre subindo cada vez mais, pairando acima de tudo que já se perdeu.

Havia uma atração em mim pela negação. Para acreditar que Row podia estar em algum lugar por aí. Mas eu sabia que era o tipo de esperança que trai. O tipo de esperança que é uma ilusão, que nos algema ao seu desejo. Eu precisava de esperança construída sobre possibilidades reais. Esperança de que fôssemos sobreviver ali; de que eu poderia cuidar daquelas pessoas. Jacob não tinha motivo para mentir para mim e os Abades Perdidos não tinham motivo para mentir para Jacob. Eles poderiam tê-la colocado em um navio de reprodução a qualquer momento que quisessem; era o que faziam o tempo todo.

Era hora de aceitar tudo e encontrar um jeito de seguir com a vida. Row tinha morrido; tinha vivido boa parte da vida sem mim. Não adiantava mais tentar me agarrar a uma verdade diferente dessa. Ela era minha e também não era. Tinha sido completa sozinha. E nossas lembranças nos uniam tanto quanto nossos corpos antes do nascimento dela. O espírito dela permaneceria como um fogo ardendo em meus ossos.

Vi naquele momento que não tinha viajado só para salvar Row. Eu tinha viajado por parte de mim que ainda não tinha nascido, tinha viajado para ir até ela, como se ela fosse um fantasma de um futuro que eu precisava criar.

Eu esperei tanto tempo para provar que eu estava errada... Para provar que tenho espaço em mim para tudo que perdi e vou perder, que o espaço em meu coração vai crescer com a perda em vez da barganha. E eu não tinha só descoberto que era verdade, eu tinha feito com que fosse verdade. Eu não era os estilhaços de um copo quebrado, mas a água que escapou dele. A coisa incontrolável que não vai desmoronar, nem diminuir.

Reparei que Pearl tinha saído de perto do fogo e olhei ao redor em busca dela. Ela estava dançando na frente do esqueleto de baleia, com areia voando dos pés. Girando sem parar. O cabelo voando no rosto. O corpinho pequenininho na frente dos ossos brancos e do céu cinzento e do mar azul, o horizonte uma linha tão clara que era difícil localizar.

    Um calor me aqueceu o peito, e sorri. Ela devia estar dançando com uma música que tinha na cabeça, pensei. Mas então ouvi. As gaivotas acima, no penhasco, não estavam mais mergulhando para pegar peixes. Suas vozes se espalhavam ao vento, agudas e singulares como sinos.

    Pareciam cantar.

AGRADECIMENTOS

Para Victoria Sanders e Rachel Kahan, por sua fé neste livro e por me ajudar a torná-lo ainda melhor, e para Hilary Zaitz Michael, Bernadette Baker-Baughman, Jessica Spivey, Benee Knauer e para a equipe da HarperCollins. Tenho muita sorte de ter trabalhado com todos vocês.

Para o meu grupo de escritores: Theodore Wheeler, Felicity White, Ryan Borchers, Amey O'Reilly, Bob Churchill, Drew Justice e Ryan Norris; para Kate Sims, por ser uma ótima crítica literária; e para os meus professores, por sempre terem sido tão generosos.

Para Adam Sundberg, por dar uma riqueza de conhecimento e perspectiva sobre a história do meio ambiente. Todo e qualquer erro é responsabilidade minha.

Para minha família, que sempre apoiou meu trabalho; para meu pai, por ter construído um cavalete para mim quando eu era pequena; e para o primeiro e único Fetty, por ter me ensinado a ler e a escrever e por continuar sendo meu primeiro leitor até hoje.

Para Don, por manter a luz.

Para meus filhos e meu marido, por tudo.

Este livro foi impresso pela Exklusiva, em 2019, para a HarperCollins Brasil. O papel do miolo é pólen soft 70g/m², e o da capa é cartão 250g/m².